GLENN COOPER

Diplômé d'Harvard en archéologie, Glenn Cooper est chercheur en biotechnologie. *Le Livre des morts* (Le cherche midi, 2010), son premier roman, a été vendu dans le monde à plus d'un million d'exemplaires et traduit en plus de vingt-cinq langues. Après *Le Livre des âmes* (2011), *Le Testament des Templiers* (2012) et *La Prophétie des papes* (2013), *Le Livre des prophéties* (2014) est son cinquième ouvrage publié en France, au Cherche midi. Il vit dans le Massachusetts.

Retrouvez toute l'actualité de l'auteur sur : www.glenncooperbooks.com

LA PROPHÉTIE DES PAPES

DU MÊME AUTEUR
CHEZ POCKET

LE LIVRE DES MORTS
LE LIVRE DES ÂMES
LE TESTAMENT DES TEMPLIERS
LA PROPHÉTIE DES PAPES

GLENN COOPER

LA PROPHÉTIE DES PAPES

Traduit de l'anglais (États-Unis)
par Sophie Aslanides

CHERCHE MIDI

Titre original :
The Devil Will Come
Éditeur original : HarperCollins

MIXTE
Papier issu de
sources responsables
FSC® C003309

Pocket, une marque d'Univers Poche, est un éditeur qui s'engage pour la préservation de son environnement et qui utilise du papier fabriqué à partir de bois provenant de forêts gérées de manière responsable.

ISBN : 978-2-266-22710-0

Les étoiles cheminent,
Le temps maintient son cours, l'horloge va sonner,
Le démon va venir, c'est la damnation de Faust.

Christopher MARLOWE
La Tragique Histoire du docteur Faust

PROLOGUE

Rome, 1139

Il maintint ses rideaux entrouverts pour pouvoir garder un œil sur les cieux nocturnes, mais la fenêtre donnait à l'ouest et il lui fallait avoir une vue vers l'est.

Le palais apostolique du Latran, comme l'appelaient les Romains, était immense – certainement le plus vaste et le plus grandiose édifice qu'il ait jamais vu. Sa langue maternelle, l'irlandais, n'était d'aucune utilité dans ces contrées. Il trouvait qu'il était difficile de tenir une conversation en latin, par conséquent, pendant sa visite, ses hôtes et lui se débrouillaient dans un anglais approximatif. En anglais, on nommait ce lieu *« the Lateran Palace »*, la résidence du pape.

Il repoussa la fine couverture et chercha ses sandales à tâtons. Il s'était couché, vêtu de son simple habit de moine qu'il continuait à porter bien qu'il eût droit à des vêtements plus fastueux. Il s'appelait Máel Máedóc Ua Morgair – en anglais, Malachie, évêque de Down, et il était l'invité du pape Innocent II.

Le voyage depuis l'Irlande avait été long et difficile ; il avait dû traverser les terres sauvages de l'Écosse, l'Angleterre et la France. Le périple avait duré tout l'été et on était maintenant fin septembre, l'air était déjà d'un froid mordant. En France, il avait séjourné chez le vénérable ecclésiastique Bernard de Clairvaux, un érudit dont l'intellect était visiblement comparable au sien. Mais il avait trompé Bernard, simulant piété et ferveur. Il les avait tous trompés.

La cellule de Malachie dans l'aile réservée aux hôtes se trouvait à une distance considérable des appartements d'apparat aux plafonds hauts du pape. Il était à Rome depuis une quinzaine de jours et il n'avait vu le vieil homme que deux fois : la première, pour une audience formelle dans ses appartements privés, la seconde, pour prendre part à une visite de groupe sur le site du projet favori du pape, la restauration de son église préférée, Sainte-Marie-du-Trastevere. Qui savait combien de temps s'écoulerait encore avant qu'il soit à nouveau convoqué pour mener à bien sa mission – supplier Innocent d'accorder le pallium aux archevêques d'Armagh et de Cashel ? Mais ce n'était pas important. Ce qui était vital, c'était qu'il avait réussi à se trouver à Rome le vingt-quatrième jour de septembre de l'année 1139, à l'approche de minuit.

Malachie se glissa furtivement le long d'immenses couloirs déserts, faisant en sorte que ses yeux s'accommodent à la pénombre. Il s'imagina être une créature nocturne ondulant sans bruit dans le palais endormi.

Ils n'ont aucune idée de qui je suis.

Ils n'ont aucune idée de ce que je suis.

Et dire qu'ils m'ont gobé tout entier et m'ont permis de m'installer dans leurs propres entrailles !

Un escalier menait au toit. Malachie l'avait déjà vu, mais il ne l'avait jamais emprunté. Il pouvait seulement espérer qu'il arriverait sans encombre jusqu'au sommet, pour se trouver face au firmament.

Lorsqu'il ne put faire un pas de plus, il tourna un loquet de fer et appuya son épaule contre un lourd vantail qui finit par céder et s'ouvrir vers l'extérieur. La pente du toit était telle qu'il devait veiller à ne pas perdre l'équilibre. Pour plus de sécurité, il enleva ses sandales. Sous ses pieds, les tuiles étaient froides et lisses. Il n'osa pas jeter un regard sur le ciel du levant avant d'avoir calé son dos contre la cheminée la plus proche et enfoncé ses talons entre les tuiles.

Ce n'est qu'à ce moment-là que Malachie se délecta du spectacle des cieux.

Au-dessus de la grande cité endormie, le sombre firmament sans nuages était parfait à tous égards. Et, comme il s'y attendait, l'éclipse de Lune avait commencé.

Il avait passé des années à étudier les horoscopes.

Comme les grands astrologues avant lui, tel Balbilus de la Rome antique, Malachie était passé maître dans la lecture des astres, mais il pensait qu'aucun de ses prédécesseurs n'avait eu une aussi belle occasion. Quel désastre, quelle catastrophe, si le ciel avait été couvert.

Il lui fallait voir la Lune de ses propres yeux !

Et au moment précis où il devait compter les étoiles !

Les éclipses totales de Lune étaient assez rares et celle de ce soir était incomparable.

Cette nuit, la Lune était en Poissons, la constellation sacrée.

Et elle venait de boucler son cycle de dix-neuf ans, pour replonger sous la pointe sud de l'ellipse solaire, le point d'adversité maximale, la Queue du Dragon, comme l'appelaient les astrologues.

Cette convergence d'événements célestes ne s'était probablement jamais produite auparavant et ne se reproduirait peut-être jamais ! C'était une nuit d'importance, pleine de gloire. C'était une nuit pendant laquelle un homme comme Malachie pouvait énoncer une prophétie d'une grande puissance.

Maintenant, tout ce qui lui restait à faire, c'était attendre.

Il faudrait presque une heure pour que la Lune dorée disparaisse dans les ténèbres, son disque grignoté progressivement par un géant invisible.

Lorsque ce moment viendrait, il faudrait que Malachie soit prêt, que son esprit ne soit aucunement distrait. Sa vessie lui faisait un peu mal. Il remonta son habit et se soulagea, regardant, amusé, son urine couler le long du toit avant de tomber dans le jardin du pape. Dommage que ce porc ne soit pas là, la tête levée, la bouche ouverte.

L'éclipse progressa jusqu'au quart, puis à la moitié, puis aux trois quarts. Il sentait à peine le froid de la nuit. Lorsque la dernière lueur de la Lune disparut, une pénombre soudaine s'installa, épaisse et d'une chaude couleur ambrée. C'est alors que Malachie vit ce qu'il attendait. Des étoiles scintillaient dans la pénombre. Elles n'étaient ni rares ni nombreuses.

Il aurait le temps de les compter et de vérifier leur nombre avant que la Lune réapparaisse.

Dix.

Cinquante.

Quatre-vingts.

Cent.

Cent douze.

Il se concentra le plus possible et répéta l'exercice.

Oui, cent douze.

L'éclipse commença son évolution inverse et la pénombre disparut.

Malachie redescendit à pas hésitants et prudents jusqu'à la porte, reprit l'escalier et refit le parcours jusqu'à sa chambre. Il ne devait pas perdre un instant.

Il alluma une grosse bougie, plongea une plume dans un encrier et se mit à écrire aussi vite qu'il le pouvait. Il travaillerait toute la nuit, jusqu'à l'aube. Il avait une vision claire, aussi claire que les étoiles scintillantes gravées dans son esprit.

Ici, dans le palais du Latran, ici, à Rome, ici, dans le sein de la chrétienté, le domaine de son grand ennemi, de l'ennemi de son peuple, Malachie eut une vision lucide et certaine de ce qui adviendrait.

Il y aurait cent douze autres papes : cent douze jusqu'à la fin de l'Église. Et la fin du monde tel qu'ils le connaissaient.

1

Rome, en l'an 2000

« Que veut K ? » demanda l'homme.

Il était assis et ses doigts boudinés tambourinaient nerveusement sur les accoudoirs en bois de son fauteuil. Bien qu'il n'y ait plus personne au bout du fil, l'autre homme tenait toujours le combiné. Il le reposa sur son socle et attendit qu'un bus municipal passe sous leur fenêtre ouverte et que le grondement de son moteur s'atténue.

« Il veut qu'on la tue.

— Eh, bien, on va la tuer. Nous savons où elle habite. Nous savons où elle travaille.

— Il veut qu'on le fasse ce soir. »

L'homme assis alluma une cigarette avec un briquet en or. Il portait une inscription gravée : À ALDO, DE LA PART DE K.

« Je préfère quand on a plus de temps pour s'organiser.

— Bien sûr. Moi aussi.

— Je ne t'ai pas entendu protester.

— Ce n'était pas un de ses hommes. C'était K en personne ! »

L'homme assis se pencha en avant sous l'effet de la surprise et laissa échapper une bouffée de fumée dont les volutes allèrent se mêler aux effluves d'essence.

« C'est lui qui t'a appelé ?

— Tu ne t'en es pas douté en m'entendant parler ? »

L'homme assis tira sur sa cigarette si longuement que la fumée parcourut ses poumons jusqu'aux cavités les plus profondes. Lorsqu'il expira, il dit :

« Bon, ben… c'est ce soir qu'elle meurt. »

Elisabetta Celestino fut surprise de constater qu'elle pleurait. À quand remontaient ses dernières larmes ?

La réponse vint sous la forme d'une vague de douloureux souvenirs. La mort de sa mère. À l'hôpital, à la veillée, à l'enterrement et des jours et des jours durant, jusqu'à ce qu'elle prie que les larmes cessent. Et elles cessèrent. Alors même qu'elle était une petite fille à l'époque, elle détestait les yeux humides, les joues mouillées, les sanglots qui soulèvent la poitrine, l'impossibilité de contrôler son propre corps, et elle se jura de bannir désormais ce genre de manifestation.

Mais, maintenant, Elisabetta sentait le picotement des larmes salées dans ses yeux. Elle était en colère contre elle-même. Il n'y avait pas de commune mesure entre ces événements éloignés dans le temps – le décès de sa mère, et cet e-mail qu'elle venait de recevoir du professeur De Stefano.

Malgré tout, elle était déterminée à l'affronter, à lui faire changer d'avis, à retourner la situation. Dans le panthéon de l'Università degli studi di Roma, De Stefano était un dieu, et elle, une pauvre petite étudiante de troisième cycle, une suppliante. Mais, depuis l'enfance, elle faisait preuve d'une détermination farouche et elle parvenait souvent à vaincre son adversaire en lui administrant une pluie d'arguments avant de lâcher quelques missiles chargés d'intelligence pour emporter le morceau. Dans le passé, nombreux étaient ceux qui avaient succombé parmi ses amis, ses professeurs, même, une fois ou deux, son génie de père.

En attendant devant le bureau de De Stefano au département d'archéologie et des antiquités, situé dans le bâtiment sans âme et de style fasciste des sciences humaines, Elisabetta retrouva son calme. Il faisait déjà nuit et froid pour la saison. Les chaudières ne produisaient pas une chaleur perceptible et elle garda son manteau sur ses genoux, pour réchauffer ses jambes nues. Dans le couloir désert, les murs étaient couverts de bibliothèques vitrées, où étaient enfermés, bien en sécurité, les volumes anciens. Les tubes fluorescents du plafond projetaient une bande blanche sur le sol carrelé de gris. Il n'y avait qu'une porte ouverte. Elle donnait sur le bureau encombré qu'elle partageait avec trois autres étudiants, mais elle ne voulait pas attendre là-bas. Elle voulait que De Stefano la voie dès son arrivée au bout du couloir ; elle s'était donc assise sur l'un des bancs peu accueillants où les étudiants attendaient leurs professeurs.

Elle dut patienter. Il n'était presque jamais à l'heure. Elle ne savait pas si c'était sa manière de marquer l'importance de sa position hiérarchique ou simplement s'il gérait mal son temps. Néanmoins, il se confondait toujours en excuses polies et lorsqu'il arriva enfin, en courant, il débita une série de *mea-culpa* et ouvrit précipitamment la porte de son bureau.

« Asseyez-vous, asseyez-vous, dit-il. J'ai été retardé.

Une réunion qui a traîné et la circulation était épouvantable.

— Je comprends, dit Elisabetta avec douceur. C'est gentil de revenir ce soir pour me recevoir.

— Oui, bien sûr, je sais que vous êtes contrariée. C'est difficile, mais je crois qu'il y a dans cette affaire des enseignements à tirer qui ne manqueront pas de vous aider dans votre carrière. »

De Stefano accrocha son imperméable et s'enfonça dans son fauteuil de bureau.

Elle avait répété son discours dans sa tête et, maintenant, la scène lui appartenait.

« Professeur, voici ce qui me pose le plus gros problème : vous soutenez mon projet depuis le moment où je vous ai montré les premières photos de Saint-Calixte. Vous m'avez accompagnée pour voir les dégâts de l'affaissement, le mur écroulé, le briquetage du Ier siècle, les symboles dessinés sur le plâtre. Vous êtes convenu avec moi qu'ils étaient spécifiques aux catacombes. Vous êtes convenu aussi que la symbolique astrologique était inédite. Vous avez soutenu mes recherches, mes publications, la poursuite des fouilles. Que s'est-il passé ? »

De Stefano passa la main sur ses cheveux raides coupés très court.

« Écoutez, Elisabetta, vous avez toujours été au courant du protocole. Les catacombes sont sous le contrôle de la Commission pontificale d'archéologie sacrée. Je suis membre de cette commission. Tous les projets de publication doivent lui être soumis et recevoir son aval. Malheureusement, votre dossier a été refusé et votre demande de fonds pour votre projet de fouille a été également refusée. Mais voici la bonne nouvelle : vous êtes très connue, maintenant. Personne n'a critiqué votre parcours. Et cela ne peut que bénéficier à votre carrière. Tout ce qu'il vous faut, c'est de la patience. »

Elle s'appuya contre le dossier de sa chaise et sentit ses joues rougir de colère. « Pourquoi ont-ils refusé ma demande ? Vous ne m'avez pas expliqué.

— J'ai parlé à l'archevêque Luongo cet après-midi encore et je lui ai posé cette question. Il m'a dit que la commission avait jugé votre dossier trop abstrait et pas assez abouti, et que toute divulgation publique de ces découvertes nécessitait une étude plus approfondie et une analyse contextuelle.

— N'est-ce pas là une bonne raison pour continuer à creuser la galerie vers l'ouest ? Je suis convaincue, comme vous, que l'effondrement a mis au jour un columbarium du début de l'Empire. La symbolique est singulière et indique une secte précédemment inconnue. Je peux faire des progrès considérables avec une petite bourse.

— Pour la commission, c'est hors de question. Ils ne soutiendront pas le projet d'une tranchée qui s'ouvrirait au-delà des limites connues de la catacombe. Ils s'inquiètent plus généralement des questions concernant la stabilité architecturale. Une excavation pourrait déclencher d'autres effondrements et un effet domino qui se répercuterait jusqu'au cœur de Saint-Calixte. La décision est remontée jusqu'au cardinal Giaccone.

— Mais je peux le faire en toute sécurité ! J'ai consulté des ingénieurs. Et d'autre part, on parle d'un site préchrétien ! Il ne devrait même pas être placé sous l'autorité du Vatican.

— Vous êtes la dernière personne à garder toute naïveté sur ce sujet, gloussa De Stefano. Vous savez que le complexe tout entier est sous la juridiction de la commission.

— Mais, professeur, vous faites partie de la commission. Vous n'avez pas protesté ?

— Ah, mais j'ai dû me retirer parce que j'étais coauteur du papier. Je n'ai pas eu voix au chapitre. »

Elisabetta hocha tristement la tête.

« Alors, c'est fini ? Aucune seconde chance ? »

La réaction de De Stefano fut de tourner ses paumes vers le ciel en signe d'impuissance.

« J'allais faire ma thèse là-dessus. Et maintenant ? J'ai arrêté tous mes autres travaux et je me suis plongée dans l'astrologie romaine. J'ai consacré plus d'un an à ces travaux. Les réponses à mes questions se trouvent de l'autre côté d'un mur en plâtre. »

De Stefano prit une grande inspiration et parut s'armer de courage :

« Il y a autre chose qu'il faut que je vous dise, Elisabetta, déclara-t-il. Je sais que vous allez trouver ça assez déstabilisant et je vous présente mes excuses, mais je vais quitter la Sapienza, une décision qui prend effet immédiatement. On vient de m'offrir un poste exceptionnel dans la commission, la première vice-présidence non ecclésiastique de son histoire. Pour moi, c'est une occasion rêvée et, franchement, j'en ai par-dessus la tête de tous les emmerdements de l'université. Je vais parler au professeur Rinaldi. Je pense qu'il fera un bon directeur de recherches. Je sais qu'il est assez occupé, mais je le convaincrai de vous prendre. Tout ira bien. »

Elisabetta contempla le visage de De Stefano marqué par la culpabilité et décida qu'il n'y avait rien d'autre à dire, si ce n'était « Bon Dieu », dans un souffle.

Une heure plus tard, elle était encore assise devant son bureau, les mains posées sur ses genoux. Elle regardait par la fenêtre le parking vide plongé dans le noir, derrière la faculté de lettres et de philosophie, dos à la porte.

Ils entrèrent tout doucement, chaussés de semelles de crêpe, et pénétrèrent dans le bureau sans être vus.

Ils retinrent leur souffle de crainte qu'elle puisse entendre l'air s'échapper de leur nez.

L'un d'eux tendit le bras.

Soudain, une main se posa sur l'épaule de la jeune fille. Elisabetta laissa échapper un petit cri.

« Hé, jolie ! On t'a fait peur ? »

Elle fit pivoter sa chaise et ne sut pas si elle devait être soulagée ou fâchée à la vue des deux policiers en uniforme.

« Marco ! Tu n'es qu'un monstre ! »

Il n'était pas un monstre, bien entendu, il était grand et beau, son Marco.

« Ne sois pas fâchée contre moi. C'était l'idée de Zazo. »

Zazo sautait sur place comme un gamin, étourdi par le succès de sa plaisanterie ; son holster en cuir claquait contre sa cuisse. Depuis qu'elle était toute petite, il s'amusait à faire peur à sa sœur et à la faire hurler. Toujours en train de mijoter quelque chose, toujours farceur, toujours un moulin à paroles, son surnom d'enfant, Zazo – « tais-toi, ferme-la » – lui était resté.

« Merci, Zazo, dit-elle, ironique. J'en avais besoin, surtout ce soir.

— Ça ne s'est pas bien passé ? demanda Marco.

— Un désastre, marmonna Elisabetta. Un désastre complet.

— Tu pourras me raconter pendant le dîner, proposa Marco.

— Tu n'es pas de service ?

— Eh, non ! dit Zazo. Moi, si je fais des heures sup, je n'ai pas de petite amie pour me nourrir.

— Je la plaindrais si elle existait », dit Elisabetta.

Dehors, ils se courbèrent pour se protéger de la morsure du vent. Marco boutonna son pardessus pour cacher sa chemise bleue amidonnée et son ceinturon blanc. Lorsqu'il n'était pas de service, il ne voulait pas ressembler à un flic, surtout sur un campus universitaire. Zazo, lui, s'en fichait. Leur sœur Micaela se plaisait à dire qu'il était tellement heureux d'appartenir à la police qu'il gardait probablement son uniforme pour se coucher.

Dehors, tout bougeait et claquait dans le vent, à l'exception de la colossale statue en bronze de Minerve, la déesse vierge de la sagesse, qui projetait son ombre sur sa pièce d'eau baignée de lune.

La voiture de patrouille de Zazo était garée juste devant les marches. « Je peux vous ramener. » Il se mit au volant.

« On va marcher, répondit Elisabetta. J'ai besoin d'air frais.

— Comme tu voudras, dit son frère. On se voit chez papa dimanche ?

— Après l'église, dit-elle.

— Dis bonjour à Dieu pour moi, dit Zazo d'un ton léger. Je serai au lit. *Ciao*. »

Elisabetta fit deux tours de son écharpe autour de son cou et partit, bras dessus bras dessous, avec Marco vers son appartement sur la via Lucca. Généralement, à neuf heures, le campus grouillait de monde, mais la chute vertigineuse des températures avait semblé prendre les gens par surprise et les piétons étaient rares.

L'appartement d'Elisabetta n'était qu'à dix minutes de là. C'était un modeste deux-pièces qu'elle partageait avec une interne en orthopédie qui était souvent de garde. Marco vivait chez ses parents, de même que Zazo, qui occupait sa chambre d'enfant, comme un gamin trop grand. Aucun d'eux ne gagnait suffisamment d'argent pour louer son propre logement, même si l'idée d'une colocation dès leur prochaine promotion revenait régulièrement sur le tapis. Depuis qu'Elisabetta et Marco se fréquentaient, ils devaient toujours se voir chez elle quand ils voulaient être un peu seuls.

« Je suis désolé que tu aies eu une mauvaise journée, dit-il.

— Tu ne peux pas imaginer à quel point elle a été mauvaise.

— Je suis sûr que ça va s'arranger. »

Elle étouffa un rire amer.

« Tu n'as pas pu leur faire changer d'avis ?

— Non.

— Tu veux que je descende le vieux schnock ? »

Elisabetta rit.

« Tu pourrais peut-être l'estropier légèrement… »

Le feu n'était pas de la bonne couleur, mais ils traversèrent la grande Viale Regina Elena en courant, malgré tout.

« Où est Cristina ce soir ? demanda Marco quand ils arrivèrent de l'autre côté.

— À l'hôpital. Elle a une garde de vingt-quatre heures.

— Bien. Est-ce que tu veux que je reste ? »

Elle serra sa main.

« Bien sûr que je le veux.

— Est-ce qu'il manque quelque chose ?

— Il y a ce qu'il faut pour bricoler un repas, dit-elle. Rentrons. »

Devant eux s'étendait le quartier étudiant de la via Ippocrate. Si la soirée avait été chaude, il aurait été envahi de jeunes gens fumant aux terrasses des cafés et flânant dans les petites boutiques, mais ce soir, il était presque désert.

Il y avait une petite portion de rue qui, parfois, faisait hésiter Elisabetta quand elle l'abordait seule, la nuit. C'était une zone mal éclairée, flanquée d'un côté par un mur en béton barbouillé de graffitis et de voitures garées en épi de l'autre. Mais, avec Marco, elle ne craignait rien. Rien de fâcheux ne pouvait lui arriver tant qu'il était à ses côtés.

Une cabine téléphonique se dressait devant eux. Un homme de grande taille était à l'intérieur. Le bout de sa cigarette s'illuminait chaque fois qu'il tirait une bouffée.

Elisabetta entendit un bruit de pas qui s'approchait rapidement par-derrière, puis un gémissement étrange, profond, sortit de la bouche de Marco. Elle sentit sa main glisser de la sienne.

L'homme sortit de la cabine téléphonique et s'approcha à grands pas.

Tout à coup, surgissant derrière elle, un bras puissant s'enroula autour de la poitrine d'Elisabetta et, lorsqu'elle essaya de se retourner, il remonta autour de son cou et l'immobilisa. L'homme de la cabine téléphonique était presque devant elle. Il tenait un couteau.

Un coup de feu éclata, la détonation fut si forte qu'elle brisa net l'atmosphère presque onirique de l'attaque.

Le bras disparut. Elisabetta se tourna et vit Marco sur

le trottoir en train de lutter pour lever son arme de service et tirer une seconde fois. L'homme qui s'était jeté sur elle pivota vers Marco. Elle voyait du sang couler de l'épaule de l'homme et tacher son manteau en poil de chameau.

Sans un mot, l'homme de la cabine partit en trombe, délaissant Elisabetta pour s'occuper de la menace immédiate. L'homme blessé et lui tombèrent sur Marco à bras raccourcis, leurs poings le martelant comme des pistons.

« Non ! » hurla-t-elle et elle saisit un des bras en plein mouvement, essayant de faire cesser le massacre, mais l'homme de la cabine la repoussa violemment de sa main tenant le couteau. Elle sentit la lame lui entailler la paume.

Ils reprirent leur boucherie et, cette fois, Elisabetta se jeta aveuglément dans les jambes de l'homme de la cabine, essayant de l'éloigner du corps de Marco. Quelque chose céda, mais ce n'était pas lui, c'était son pantalon, qui se mit à descendre.

Il se redressa et donna à Elisabetta un grand coup au visage.

Elle tomba sur le trottoir et sentit le sang, celui de Marco, qui coulait dans sa direction. Elle vit l'homme sur lequel Marco avait tiré, accroupi, le souffle court, dans son manteau taché.

Il y eut des cris au loin. Quelqu'un hurla d'un balcon en hauteur, à quelques mètres de là.

L'homme de la cabine s'approcha et s'accroupit posément à côté d'Elisabetta. Son visage dur était totalement inexpressif. Il leva son couteau au-dessus de sa tête.

Il y eut un autre cri, plus près. Quelqu'un hurla : « Hé ! »

L'homme se retourna vers l'endroit d'où venait le cri.

Dans les secondes qui s'écoulèrent avant qu'il ne revienne à Elisabetta et écrase sa poitrine d'un coup de poing, juste avant qu'elle ne perde connaissance, elle remarqua la présence d'un détail étrange, troublant. Elle ne pouvait pas en être certaine – elle n'en serait jamais certaine –, mais elle crut voir quelque chose dépasser dans le dos de l'homme, juste au-dessus de la ceinture lâche du pantalon. C'était quelque chose qui n'aurait pas dû être là, quelque chose d'épais, de charnu et de répugnant, qui émergeait au milieu d'une multitude de petits tatouages noirs.

2

Le Vatican, aujourd'hui

La douleur était sa compagne permanente, son bourreau particulier et, parce qu'elle était devenue si intimement inscrite dans son corps et dans son esprit, d'une manière perverse, elle était aussi devenue son amie.

Lorsqu'elle s'emparait de lui avec violence, raidissant sa colonne dans une souffrance atroce, il devait s'interdire de laisser échapper les jurons de son enfance, de la langue des rues de Naples. Il avait un bouton qu'il pouvait presser pour injecter une dose de morphine dans ses veines, mais, au-delà d'accès occasionnels de faiblesse, généralement au milieu de la nuit, lorsque le sommeil lui paraissait si précieux, il évitait d'y recourir. Le Christ aurait-il usé de la morphine pour alléger ses souffrances sur la Croix ?

Mais, lorsque le paroxysme de la douleur s'estompait, son passage laissait place à un vide plaisant. Il était reconnaissant des enseignements que ce tourment lui procurait : que la normalité était précieuse, et une valeur simple à chérir. Il regrettait d'avoir méconnu cette idée durant sa longue vie.

Il y eut un léger tapotement à sa porte et il répondit de la voix la plus forte possible. Une sœur silésienne vêtue d'un habit gris effleurant à peine le sol entra dans la pièce au plafond haut en traînant les pieds.

« Votre Sainteté, dit-elle. Comment vous sentez-vous ?

— À peu près comme il y a une heure », dit le pape, esquissant un sourire.

Sœur Emilia, une femme qui n'était pas beaucoup plus jeune que le souverain pontife, s'approcha et s'empressa de débarrasser les objets posés sur la table de nuit.

« Vous n'avez pas bu votre jus d'orange, le réprimanda-t-elle. Est-ce que vous préféreriez un jus de pomme ?

— Je préférerais être jeune et en bonne santé. »

Elle secoua la tête et poursuivit son rangement.

« Laissez-moi vous redresser un peu. »

Son lit avait été remplacé par un lit d'hôpital inclinable. Sœur Emilia manipula la télécommande pour en relever la tête et, lorsqu'il fut en position presque assise, elle approcha la paille de ses lèvres sèches et le regarda d'un air sévère jusqu'à ce qu'il consente à boire quelques gorgées.

« Bien, dit-elle. Zarilli attend pour vous voir.

— Et si je ne veux pas le voir ? »

Le pape savait que la vieille religieuse n'avait pas une once d'humour, alors il laissa le silence s'installer pendant quelques secondes avant de lui dire que son visiteur était le bienvenu.

Le docteur Zarilli, le médecin privé du souverain pontife, attendait dans l'antichambre devant les appartements pontificaux au troisième étage, accompagné d'un autre médecin venu de l'hôpital Gemelli. Sœur Emilia les fit entrer dans la chambre à coucher et ouvrit les longs rideaux couleur ivoire de la fenêtre qui donnait sur la place Saint-Pierre, afin de laisser entrer les derniers rayons de soleil de cette belle journée de printemps.

Le pape leva un bras faible et adressa aux deux hommes un court salut officiel. Il était vêtu d'un simple pyjama blanc. Sa dernière thérapie lui avait fait perdre tous ses cheveux. Pour avoir chaud, il portait un bonnet de laine qui avait été tricoté par la tante d'un de ses secrétaires particuliers.

« Votre Sainteté, dit Zarilli. Vous vous souvenez du docteur Paciolla ?

— Comment pourrais-je l'oublier ? répondit le pape d'un ton ironique. Il m'a soumis à un examen très approfondi. Approchez, messieurs. Souhaitez-vous que sœur Emilia vous apporte du café ?

— Non, non, merci, répondit Zarilli. Le docteur Paciolla a les résultats de vos derniers scanners à la clinique. »

Les deux hommes en costume noir et au visage sombre ressemblaient plutôt à des employés des pompes funèbres qu'à des médecins. Le pape choisit de traiter leur apparence avec légèreté.

« Êtes-vous venus pour me conseiller ou m'enterrer ? »

Paciolla, un grand Romain cultivé, accoutumé à soigner les hommes riches et puissants, ne parut pas décontenancé par le décor de cette visite à domicile, ni par l'importance du patient.

« Simplement pour informer Votre Sainteté. Certainement pas pour vous enterrer.

— Tant mieux, dit le pape. Le Saint-Siège a des affaires plus importantes à traiter qu'organiser un conclave. Expliquez-moi, donc. Fumée blanche ou fumée noire ? »

Paciolla baissa la tête quelques instants, puis il croisa le regard serein du pape.

« Le cancer n'a pas réagi à la chimiothérapie. Je crains qu'il ne se soit étendu. »

Le cardinal Aspromonte passa sa grosse tête à la calvitie naissante dans la salle à manger pour s'assurer que le vin pétillant préféré du cardinal Diaz était bien posé sur la table. C'était un détail insignifiant pour le secrétaire d'État et chamberlain de la sainte Église romaine, mais il était sensible à ces détails. Son secrétaire privé, monseigneur Achille, un homme maigre et nerveux qui avait, longtemps auparavant, suivi Aspromonte de Gênes au Vatican, attira son attention vers la bouteille verte qui se trouvait sur le buffet.

Aspromonte marmonna son approbation et disparut un instant, pour revenir lorsqu'il entendit le téléphone sonner.

« C'est probablement Diaz et Giaccone. »

Achille décrocha le téléphone de la salle à manger, hocha la tête avant d'ordonner d'un ton raide :

« Faites-les monter.

— Cinq minutes d'avance, dit Aspromonte. Avec les années nous avons bien éduqué nos invités, n'est-ce pas ?

— Oui, Votre Éminence. Je trouve que oui. »

Mgr Achille escorta les cardinaux Diaz et Giaccone dans le bureau aux murs couverts de livres où Aspromonte attendait, ses mains veinées de bleu croisées sur son ventre considérable. Ses appartements privés étaient magnifiques, grâce à des travaux de rénovation récents financés par une riche famille espagnole. Il accueillit les deux hommes chaleureusement, ses bajoues tremblèrent lorsqu'il leur serra la main. Puis il envoya Achille chercher des apéritifs.

Les trois vieux amis portaient des soutanes noires bordées de rouge avec une large ceinture rouge, mais là s'arrêtaient leurs ressemblances. Le cardinal Diaz, le vénérable doyen du Collège des cardinaux, qui occupait autrefois le poste d'Aspromonte, celui de secrétaire d'État, était le plus âgé – il avait soixante-quinze ans, mais il était le plus imposant. Il dominait largement ses collègues. Dans sa jeunesse à Málaga, avant d'embrasser la prêtrise, il avait été un boxeur poids lourd remarquable et il avait gardé, à son âge, des traces de son passé athlétique. Il avait de grandes mains, un visage carré et une importante chevelure grise, mais son trait le plus remarquable était son maintien, toujours très droit, même lorsqu'il était assis.

Le cardinal Giaccone était le plus petit. Son visage était marqué de rides profondes, il avait des joues flasques, un nez retroussé et sa mine renfrognée pouvait mystérieusement se transformer en un sourire par un très léger mouvement des muscles. Le peu de cheveux qui lui restait était concentré au-dessus de sa nuque de taureau. Tout insignifiant qu'il puisse paraître par ailleurs, il pourrait, parmi les cardinaux rassemblés par un jour ensoleillé, être inévitablement remarqué dans la foule à cause de ses immenses lunettes de soleil Prada si caractéristiques qui le faisaient ressembler à un metteur en scène de cinéma. Il pouvait se détendre, maintenant qu'il n'était plus inquiet à l'idée d'être en retard. Il y avait eu un embouteillage sur le chemin du retour depuis la via

Napoleone où il avait présidé la réunion annuelle de la Commission pontificale d'archéologie sacrée.

« Les lumières sont allumées, en haut », dit Diaz, en pointant le doigt vers le plafond.

L'appartement du pape se situait deux étages au-dessus de leur tête dans le palais du Vatican.

« C'est bon signe, j'imagine, dit Aspromonte. Peut-être son état s'est-il amélioré aujourd'hui.

— Quand l'avez-vous vu pour la dernière fois ? demanda Giaccone.

— Il y a deux jours. J'y retournerai demain.

— Comment vous a-t-il paru ? demanda Diaz.

— Faible. Pâle. La souffrance se lit sur son visage, mais il ne se plaint jamais. »

Aspromonte regarda Diaz.

« Venez avec moi demain. Je n'ai pas de question officielle à régler avec lui. Je suis sûr qu'il voudra vous voir. »

Diaz hocha sèchement la tête, ramassa le verre de prosecco qu'Achille avait posé à côté de son fauteuil et regarda les minuscules bulles qui montaient vers les cieux.

La douleur était moins vive depuis une bonne heure au moins et le pape parvint à avaler un bol de bouillon. Il eut une envie soudaine de se lever et de profiter de ce rare sursaut d'énergie. Il fit retentir sa sonnette et sœur Emilia apparut si promptement qu'il lui demanda – ce qui se voulait une plaisanterie – si elle avait l'oreille collée contre la porte.

« Allez chercher les pères Diep et Bustamante. Dites-leur que je veux descendre dans mon bureau et dans ma chapelle. Et faites venir Giacomo pour qu'il m'aide à m'habiller.

— Mais, Votre Sainteté, objecta la nonne, ne devrions-nous pas demander au docteur Zarilli si c'est bien raisonnable ?

— Laissons Zarilli où il est, grogna le pape. Laissons-le dîner tranquillement en famille. »

Giacomo Barone était un laïc, au service du pape depuis vingt ans. Il n'était pas marié et vivait dans une petite chambre du palais ; il semblait n'avoir d'autres intérêts que le football et le souverain pontife. Il parlait seulement lorsqu'on lui adressait la parole et, quand le pape était plongé dans ses réflexions et peu enclin à bavarder tranquillement, ils pouvaient passer une demi-heure dans un silence complet, enchaînant ablutions et habillage.

Giacomo entra, le visage assombri par une barbe de trois jours. Il apportait avec lui l'odeur des oignons qu'il était en train de cuisiner.

« Je veux me laver et m'habiller », dit le pape.

Giacomo s'inclina docilement et demanda :

« Que souhaitez-vous porter, Votre Sainteté ?

— Juste la tenue d'intérieur. Ensuite, emmenez-moi en bas. »

Giacomo avait des épaules et des bras puissants, et il déplaça le pape dans sa chambre comme un mannequin, l'épongeant, le poudrant, empilant les vêtements, pour finir avec une soutane blanche et une ceinture armoriée, une croix pectorale, des pantoufles rouges souples et un *zucchetto* blanc en lieu et place du bonnet tricoté. L'habillage parut fatiguer le souverain pontife, mais il insista pour aller au bout de son projet. Giacomo le souleva pour l'installer dans son fauteuil roulant.

Ils prirent un ascenseur pour descendre au premier étage où deux gardes suisses en tenue d'apparat bleue et orange avec des rayures rouges se tenaient à leur poste habituel devant la conciergerie. Ils semblèrent choqués de voir le pape. Tandis que Giacomo poussait le fauteuil, le pontife les salua et les bénit. Ils traversèrent les salles officielles de l'État désertes jusqu'au bureau privé du pape contenant son grand bureau, l'endroit qu'il préférait pour travailler et lire ses documents.

Le bureau était un immense plateau en acajou de plusieurs mètres de long, placé devant une bibliothèque qui contenait un mélange éclectique de documents officiels, textes sacrés, biographies, textes historiques et même quelques romans policiers.

Ses deux secrétaires privés, un prêtre vietnamien et un Sarde, attendaient calmement, à sa disposition, leur jeune visage souriant.

« Je ne vous ai jamais vu si heureux d'être appelés pour travailler en pleine nuit, dit le pape d'un ton léger.

— Cela fait un moment que nous ne pouvons pas servir Votre Sainteté, dit le père Diep dans son italien chantant.

— Nos cœurs sont pleins de joie », ajouta le père Bustamante avec une sincérité touchante.

Le pape, assis dans son fauteuil roulant, contempla les piles de papiers qui envahissaient son bureau autrefois impeccablement rangé. Il secoua la tête.

« Regardez ça, dit-il. On dirait un jardin laissé à l'abandon. Les mauvaises herbes ont envahi les parterres de fleurs.

— Les affaires courantes sont assurées, dit Diep. Les cardinaux Aspromonte et Diaz cosignent les documents du jour. La plupart de ceux qui sont ici sont des copies à votre intention.

— Permettez-moi de faire usage du peu de capacités que j'ai ce soir pour m'occuper d'une ou deux affaires ecclésiastiques vitales. Choisissez celles qui conviennent. Ensuite, je veux aller prier dans ma chapelle avant d'être à nouveau obligé de garder le lit sous les ordres de sœur Emilia et du docteur Zarilli. »

Le vin provenait de la propriété du frère d'Aspromonte, qui envoyait régulièrement des caisses au Vatican. Aspromonte était aussi généreux quand il servait à boire que lorsqu'il offrait des bouteilles.

« Le sangiovese est excellent, dit Diaz, levant son verre pour l'admirer à la lumière du chandelier. Mes félicitations à votre frère.

— L'année 2006 a été magnifique pour lui et, en fait, pour tous les vignerons de Toscane. Je vous en enverrai une caisse, si vous voulez.

— Ce serait merveilleux, merci, répondit Diaz. Prions pour que les conditions lui soient aussi favorables cette année.

— Il faut d'abord que les pluies cessent, grogna Giaccone. La journée d'aujourd'hui a été plutôt claire. Mon Dieu ! Ces trois dernières semaines nous avons eu droit à un vrai déluge. Nous devrions envisager la construction d'une arche.

— Cela affecte-t-il votre travail ? demanda Aspromonte.

— Je viens d'arriver d'une réunion de la Commission pontificale et je peux vous dire que les archéologues et les ingénieurs sont très inquiets quant à l'intégrité des catacombes sur la via Appia Antica, en particulier celles de Saint-Sébastien et Saint-Calixte. Les terres qui les recouvrent sont tellement gorgées d'eau que certains arbres ont été déracinés par des rafales de vent. On craint des affaissements et des effondrements. »

Diaz secoua la tête et posa sa fourchette.

« Ce ne sont pas les seules causes d'inquiétude.

— Le Saint-Père... » dit Aspromonte doucement.

Diaz dit avec pondération.

« Ils sont nombreux à attendre que nous fassions ce qu'il faut, que nous nous chargions des préparatifs.

— Vous voulez dire, que nous préparions un conclave », rectifia Giaccone brutalement.

Diaz hocha la tête.

« La logistique n'est pas une mince affaire. On ne peut pas, simplement en claquant des doigts, rassembler tous les cardinaux électeurs.

— Ne pensez-vous pas que nous devrions avancer prudemment sur ce terrain ? demanda Aspromonte, finissant de mâcher sa dernière bouchée de bœuf. Le pape est vivant et, si Dieu le veut, il le restera. Et nous devons faire attention à ce que ne transparaisse aucune aspiration personnelle. »

Diaz vida son verre et laissa Aspromonte le remplir. Il jeta un regard par-dessus son épaule pour vérifier qu'ils étaient bien seuls.

« Nous sommes amis. Nous avons travaillé la main dans la main tout au long de ces trois dernières décennies. Nous nous sommes confessés les uns les autres. Si nous ne pouvons pas nous parler avec franchise, qui le peut ? Nous savons tous qu'il y a de grandes chances que le prochain pape soit assis à cette table. Et à mon avis, je suis trop vieux ! Et pas assez italien ! »

Aspromonte et Giaccone gardaient les yeux rivés sur leur assiette.

« Quelqu'un devait le dire, insista Diaz.

— Certains disent qu'il est temps que ce soit un Africain ou un Sud-Américain, dit Giaccone. Il y a des hommes bons qui méritent considération. »

Aspromonte haussa les épaules.

« Il paraît qu'il y a une excellente glace à la pêche pour le dessert. »

Le pape était seul dans sa chapelle privée. Le père Diep l'avait amené sur son fauteuil roulant et placé devant la chaise incrustée de bronze où il avait coutume de méditer. Le plafond était fait de panneaux composés de vitraux éclairés, de style contemporain, où dominaient les couleurs primaires. Le sol était en marbre italien blanc veiné de noir, aux dessins d'inspiration moderne, mais adouci par un joli tapis ancien marron au centre. L'autel était simple et élégant : sur une table couverte de dentelle blanche étaient posées des bougies et une bible. Derrière la table, un Christ crucifié doré flottait dans une niche de marbre rouge qui s'élevait du sol au plafond.

La hanche du pontife se mit à lui faire mal et la douleur s'intensifia. Il avait commencé à prier et il ne voulait pas retourner dans son lit immédiatement. Sa pompe à morphine était attachée à une perche fixée au fauteuil, mais il refusait de s'administrer une drogue en présence de cette magnifique représentation du Christ en souffrance.

Il lutta contre la douleur et continua à balbutier des prières silencieuses que seul Dieu pouvait entendre.

Soudain, une douleur différente.

Elle le saisit à la gorge et dans le haut de la poitrine.

Le pape baissa les yeux, pensant de manière tout à fait irrationnelle que quelqu'un s'était approché à pas de loup et lui écrasait violemment la poitrine.

La pression lui déforma le visage et il fut contraint de fermer les yeux.

Mais il voulait les garder ouverts et il lutta pour y parvenir.

C'était comme si une flèche enflammée s'était plantée dans sa poitrine. La brûlure transperçait sa chair.

Il ne pouvait pas appeler à l'aide, ni prendre une bonne inspiration.

Il lutta pour que son regard reste fermement fixé sur le visage du Christ en or.

Dieu bien-aimé, j'implore votre secours.

Mgr Albano entra dans la salle à manger du cardinal Aspromonte sans frapper.

Devant son visage décomposé, Aspromonte comprit que quelque chose de grave venait de se produire.

« Le pape ! Il a eu une attaque dans sa chapelle ! »

Les trois cardinaux se précipitèrent à l'étage supérieur et traversèrent en courant les salles de réception avant d'entrer dans la chapelle. Les pères Diep et Bustamante avaient dégagé le corps inerte du pape du fauteuil roulant pour l'allonger sur le tapis et Zarilli était accroupi auprès de son seul et unique patient.

« C'est son cœur, marmonna Zarilli. Il n'y a pas de pouls. Je crains que… »

Le cardinal Diaz l'empêcha de poursuivre.

« Non. Il n'est pas mort ! Nous avons le temps de lui administrer l'extrême-onction ! »

Zarilli commença à protester, mais Giaccone

l'interrompit et distribua des ordres stricts aux pères Bustamante et Diep, qui quittèrent la chapelle d'un pas pressé.

« Vu les circonstances, chuchota Aspromonte à l'intention de Diaz, vous pouvez vous dispenser des prières, même le *Misereatur*, et passer directement à la communion.

— Oui, dit Diaz. Oui, oui. »

Giaccone et Aspromonte aidèrent le cardinal Diaz à s'accroupir à côté du corps du pape. Il s'agenouilla et fit une prière silencieuse.

Les secrétaires du pape revinrent en courant avec un plateau d'hosties de communion et un sac en cuir rouge. Diaz prit une hostie et énonça d'une voix claire :

« Voici l'agneau de Dieu qui enlève les péchés du monde. Bienheureux ceux qui sont conviés à Sa table. »

Le pape était incapable de répondre, mais Aspromonte énonça à voix basse les mots qu'il aurait dits :

« Seigneur, je ne suis pas digne de te recevoir, mais dis seulement une parole et je serai guéri.

— Le corps du Christ, psalmodia Diaz.

— *Amen* », chuchota Aspromonte.

Diaz détacha un petit morceau de l'hostie et le posa dans la bouche écumeuse du pape. « Que le Seigneur Jésus te protège et te conduise à la vie éternelle. »

Zarilli s'était remis debout, le visage empreint d'une grande tristesse.

« Avez-vous terminé ? demanda-t-il à Diaz. C'est fini. Le pape est décédé.

— Vous avez tort, docteur, dit le vieux cardinal d'un ton glacial. Il n'est pas décédé tant que le cardinal Camerlengo n'a pas dit qu'il l'était. Cardinal Aspromonte, poursuivez, s'il vous plaît. »

Tout le monde recula tandis qu'Aspromonte prenait le sac en cuir des mains du père Diep. Il en sortit un petit maillet en argent sur lequel étaient gravées les armoiries du pape.

Il se mit à genoux et tapota doucement le front du pape avec le maillet.

« Lève-toi, Domenico Savarino », dit-il, utilisant le nom que la mère du pontife avait chuchoté dans son oreille quand il était enfant. On disait qu'aucun homme ne restait endormi en entendant son nom de baptême.

Le pape resta immobile.

Un autre tapotement.

« Lève-toi, Domenico Savarino », dit Aspromonte à nouveau.

La pièce était plongée dans le silence.

Il tapota le front du pape avec le maillet une troisième et dernière fois.

« Lève-toi, Domenico Savarino. »

Aspromonte se remit debout, se signa et énonça d'une voix forte les mots terribles :

« Le pape est mort. »

« Le pape est mort. »

Cette fois, les mots étaient prononcés par un homme qui parlait dans un téléphone portable. Il y eut un silence et un profond soupir. L'homme put presque entendre le soulagement sortir de la poitrine de son interlocuteur. Damjan Krek répondit :

« Sous le signe des Poissons. Comme c'était prédit.

— Voulez-vous que je passe à l'action ?

— Bien sûr, dit Krek d'un ton brusque. Fais-le ce soir. Ce soir, c'est le moment parfait. »

Tout en traversant tranquillement la place Saint-Pierre,

l'homme se dit que K avait raison. Ce soir était bien le moment idéal. À mesure que la nouvelle de la mort du pape se répandait dans le Vatican, les laïcs comme les ecclésiastiques se précipitaient pour prier à la basilique, avant de retourner à leur table de travail et se consacrer à la tâche qui les attendait.

L'homme tenait en main un sac en nylon noir, du genre de ceux qu'on utilise pour transporter du matériel militaire. S'il était lourd, personne ne s'en serait aperçu. Comme celles d'un Atlas moderne, ses épaules colossales semblaient pouvoir porter n'importe quelle charge. Il avait sa tenue habituelle, un costume bleu marine avec un petit badge émaillé sur son revers. Il n'était pas beau, mais les traits anguleux de son visage mince et ses cheveux couleur aile de corbeau faisaient que les gens se retournaient souvent sur son passage, et il avait toujours eu du succès auprès des dames.

Au lieu de monter les marches de la basilique, il bifurqua vers une porte privée conduisant à la chapelle Sixtine. Il accéléra le pas et entendit l'air nocturne siffler entre ses dents serrées. Il sentit le Sig collé contre son cœur et le couteau Boker contre sa cuisse. À la porte, se tenait un garde suisse en tenue d'apparat, éclairé par un projecteur. Le garde regarda l'homme droit dans les yeux, puis jeta un coup d'œil au sac qu'il portait à l'épaule.

« Caporal », dit l'homme rapidement.

Le garde exécuta un salut raide et fit un pas de côté.

« Mon colonel. Quel triste jour.

— Oui. »

Le lieutenant-colonel Matthias Hackel traversa le hall morne et désert, ses chaussures à semelles de cuir résonnaient sur les dalles. Devant lui se trouvait un couloir dont l'accès était verrouillé, qui menait directement à la chapelle Sixtine. Il avait les clefs, bien entendu, mais l'étage était tout entier surveillé par des caméras. Même si le commandant en second des gardes suisses pouvait circuler presque partout dans le Vatican dans la plus totale impunité, il valait mieux passer par des couloirs du sous-sol où les caméras de surveillance étaient moins nombreuses.

Il monta une volée de marches en pierre jusqu'au premier niveau du sous-sol et suivit un couloir jusqu'à se trouver directement sous la chapelle Sixtine, dans un labyrinthe de pièces de taille petite et moyenne encombrées d'objets sans intérêt et sans grande valeur. Le Vatican possédait des espaces très sécurisés pour les documents, les livres et les trésors artistiques, mais le contenu de ces pièces était plus prosaïque : des meubles, du matériel de nettoyage, des barrières de sécurité extérieures.

La salle dans laquelle il entra était dépourvue de caméras et elle recevait si rarement des visiteurs qu'il était certain de pouvoir y travailler sans être interrompu. Il alluma les lumières et la pièce fut tout à coup baignée d'une lumière fluorescente d'un jaune vert écœurant. On y voyait des piles de simples tables en bois, bon marché, de moins d'un mètre de large, assez hautes pour qu'on puisse s'y asseoir. Elles avaient été achetées en gros dans les années 1950 à une entreprise milanaise, mais elles paraissaient relativement neuves, compte tenu du fait qu'on les utilisait peu. Elles avaient été sorties de la réserve et emportées à l'étage jusqu'à la chapelle Sixtine cinq fois seulement en presque six décennies, toujours à l'occasion du choix d'un nouveau pape.

Elles avaient l'air assez banales, mais une fois

recouvertes jusqu'au sol de velours rouge, avec une surnappe de velours et brocart brun et or, leur splendeur se révélerait, en particulier lorsqu'elles seraient disposées en rangées impeccables sous le plafond de Michel-Ange.

La table la plus proche trouverait son utilité dans un avenir plus immédiat. L'homme y posa son sac et sourit.

3

Tommaso De Stefano prit son temps pour fumer une cigarette, apparemment agité à la perspective de son rendez-vous. Au-dessus de lui, l'eau descendait en cascade de la fontaine aux dauphins sculptés et entremêlés qui trônaient au centre de la piazza Mastai depuis 1863. Sa femme l'encourageait depuis longtemps à renoncer au tabac et même lui reconnaissait la nécessité d'améliorer son souffle poussif. Cependant, cette place de Rome était un monument à la gloire du tabac et c'était peut-être justice, pour des raisons historiques, de lui rendre hommage en fumant.

De plus, il était nerveux et même un peu intimidé. Son malaise n'était pas sans lui rappeler l'appréhension qu'il avait éprouvée quelques années auparavant lorsqu'il était allé chercher un cousin qui avait purgé une peine de six ans pour vol. À l'époque, il avait demandé à sa femme, désespérément hésitant :

« Qu'est-ce qu'on dit à un homme dont la vie a été interrompue si longtemps ? Comment ça va ? Ça fait une paye ? T'as l'air en forme ? »

Derrière lui se trouvait l'imposante Manufacture des tabacs de Rome que l'entreprenante famille du pape

Pie IX avait érigée au XIXe siècle. Aujourd'hui, c'était devenu un organisme d'État chargé des monopoles. En face de lui se trouvait une structure plus banale de quatre étages en grès rouge, bâtie par le même pape en 1877 pour loger et éduquer les filles employées dans sa manufacture. Ce n'était probablement pas un acte de pure charité papale, plus certainement une manœuvre calculée pour que sa main-d'œuvre bon marché ne soit pas dans la rue et exposée aux maladies vénériennes.

De Stefano éteignit sa cigarette et traversa la place.

Bien que la fabrication de tabac eût cessé depuis longtemps, le bâtiment rouge était resté, devenu une école. Un groupe d'adolescentes proprettes en tenue de sport bleu et blanc s'agitait sous la pancarte :

SCUOLA TERESA SPINELLI,
MATERNA-ELEMENTARE-MEDIA

De Stefano prit une grande inspiration et ouvrit le portail en fer forgé. Dans la cour de marbre, une jeune religieuse conversait avec une femme à l'air soucieux, sans doute la mère de la gamine qui courait en rond, pour libérer son trop-plein d'énergie. La religieuse était noire – africaine, à en juger par son accent – et portait le sarrau bleu clair d'une novice. Il préféra ne pas l'interrompre et poursuivit son chemin dans la cour pour aller jusqu'au hall d'entrée frais et sombre. Une sœur plus âgée, toute petite, portant des lunettes et vêtue de noir, le vit et s'approcha.

« Bonjour, dit-il. Je suis le professeur De Stefano.

— Oui, vous êtes attendu, dit la religieuse sur un ton professionnel qui contrastait avec le regard amical que portaient sur lui ses yeux ridés. Je suis sœur Marilena, la principale. Je crois que son cours est terminé. Je vais aller la chercher. »

De Stefano attendit, ajusta sa cravate et regarda les jeunes filles qui sortaient en courant.

Quand elle apparut, une brève expression de confusion se lut sur le visage de De Stefano. Cela faisait combien de temps ? Onze ? Douze ans ?

Elle n'avait rien perdu de sa sculpturale beauté méditerranéenne, mais la voir ainsi portant un scapulaire noir, ses cheveux entièrement cachés sous un voile de nonne, le troubla profondément.

Son teint laiteux n'était que légèrement plus foncé que le sous-pull blanc à col montant qu'elle avait sous son habit à plis plats, la tenue traditionnelle de son ordre, celui des sœurs Augustines. Alors qu'elle ne portait aucun maquillage, son teint était parfait, ses lèvres naturellement humides et roses. Quand elle était étudiante, elle s'habillait mieux que ses amies et elle utilisait des parfums charmants. Mais, même dans la tenue très simple d'une religieuse, elle ne pouvait s'empêcher d'être d'une élégance impeccable. Ses sourcils étaient soigneusement épilés, ses dents brillaient, ses mains étaient manucurées, les ongles naturels. Et malgré son ample habit, on voyait bien qu'elle était toujours mince.

« Elisabetta », dit-il.

Elle sourit.

« Professeur.

— Je suis content de vous voir.

— Moi aussi. Vous avez l'air en forme. »

Elle tendit ses deux mains. De Stefano les saisit dans les siennes, puis les lâcha très vite.

« C'est gentil de le dire. Mais je crois que je suis devenu un vieillard. »

Elisabetta secoua la tête vigoureusement en entendant ces mots, puis elle demanda :

« Que diriez-vous de prendre un peu le soleil ? »

La cour était jonchée de jouets pour les enfants les plus petits. Entre deux arbres en pots se trouvaient deux bancs de pierre qui se faisaient face. Elisabetta s'installa sur l'un. De Stefano s'assit sur l'autre et plongea sa main dans sa poche d'un geste automatique.

« Je suis désolée, dit-elle. Vous ne pouvez pas fumer ici… les enfants.

— Bien sûr, dit De Stefano, confus, en retirant sa main. Il faut que j'arrête. »

Il y eut un silence un peu long, auquel Elisabetta mit fin quand elle dit :

« Vous savez, je n'ai presque pas dormi la nuit dernière. J'étais émue à l'idée de vous voir.

— Moi aussi, admit-il, faisant à peine allusion à la nervosité qu'il éprouvait encore.

— La plupart de mes anciens amis se sont éloignés il y a longtemps, dit-elle. Certains d'entre eux étaient gênés. D'autres ont pensé, je crois, que j'étais cloîtrée.

— Vous pouvez donc voir votre famille ?

— Oh, oui, au moins une fois par semaine. Mon père habite tout près d'ici.

— En tout cas, vous avez l'air heureuse.

— Je le suis.

— Ce mode de vie vous convient, donc.

— Je ne peux pas m'imaginer faire autre chose.

— J'en suis heureux. »

Elisabetta examina l'expression de son visage.

« On dirait que vous voulez me demander pourquoi. »

De Stefano eut un large sourire.

« Vous êtes très perspicace. D'accord, pourquoi ? Pourquoi êtes-vous entrée dans les ordres ?

— J'ai failli mourir, vous savez. Le couteau est passé à un centimètre de mon cœur. On m'a dit que des hommes ont fait fuir nos assaillants avant qu'ils puissent m'achever. J'ai passé deux mois à l'hôpital. J'ai eu beaucoup de temps pour réfléchir. Ce n'était pas une révélation. La vocation m'est venue lentement, mais elle s'est installée fermement et, de toute façon, j'avais toujours été croyante et pratiquante – je tiens ça de ma mère. Ce que j'ai vu autour de moi a eu un impact aussi. Tous ces gens malheureux, pas épanouis ; les médecins, les infirmières, les patients que j'ai rencontrés, leurs familles. Les religieuses qui circulaient silencieusement dans les couloirs étaient les seules qui paraissaient en paix. Je n'ai pas voulu retourner à la vie universitaire. Je me suis rendu compte à quel point j'étais malheureuse, vide, surtout sans Marco dans ma vie. Une fois que j'ai senti la vocation, tout est devenu tellement limpide.

— À la Commission pontificale, beaucoup de mes collègues sont membres du clergé, bien entendu. J'en ai entendu certains parler de leur décision de choisir une vie de piété. Mais je n'avais jamais connu personne avant et après.

— Je suis la même.

— J'en suis certain. » De Stefano haussa les épaules. « Mais pour moi, vous êtes un peu différente. Pourquoi avez-vous choisi cet ordre ?

— Il fallait que ce soit une communauté active, expliqua Elisabetta. Ma nature n'aurait pu se satisfaire d'un ordre contemplatif. J'adore les enfants, j'aime enseigner. Cet ordre se consacre à l'éducation. Et je les connaissais. J'ai été élève ici, vous savez.

— Ah bon ?

— Pendant huit ans. École primaire et collège. Sœur Marilena a été un de mes professeurs ! Je n'avais que dix ans quand ma mère est morte. Sœur Marilena a été formidable à ce moment-là et elle l'est toujours.

— Je suis très heureux que vous ayez trouvé votre voie. »

Elisabetta hocha la tête, puis regarda De Stefano droit dans les yeux.

« S'il vous plaît, dites-moi pourquoi vous vouliez me voir. »

De Stefano fit craquer les jointures de ses doigts comme s'il s'apprêtait à jouer un morceau de piano.

« Il y a trois jours, mardi, il y a eu un tremblement de terre de faible intensité dont l'épicentre se situait à environ cinquante kilomètres au sud de Rome.

— Je ne le savais pas », répondit-elle.

De Stefano marqua une pause qui dura plusieurs secondes avant de poursuivre. Lorsqu'il reprit la parole, une légère hésitation était perceptible dans sa voix.

« Il a été à peine ressenti ici, mais il a eu assez d'amplitude en profondeur pour atteindre la ville et causer un petit effondrement dans les catacombes de Saint-Calixte, dans une zone déjà affectée par des instabilités antérieures et les pluies diluviennes de ces dernières semaines. »

Elisabetta haussa les sourcils.

« Cet effondrement s'est produit dans la zone immédiatement à l'ouest du mur que vous avez étudié quand vous faisiez de la recherche, dit De Stefano.

— Personne n'a jamais eu l'autorisation d'effectuer des fouilles à cet endroit ?

— Non, la décision avait été prise et, lorsque vous

êtes partie, eh bien, personne n'a demandé qu'elle soit réexaminée. Et certainement pas moi. L'archevêque Luongo était inflexible à l'époque et il est devenu mon supérieur lorsque j'ai rejoint la commission, alors, je n'ai pas fait de vagues.

— Mais maintenant, il y a une excavation naturelle, dit Elisabetta.

— Bâclée, mais naturelle, oui, vous avez raison.

— Et… ?

— C'est la raison pour laquelle je suis ici, dit De Stefano avec nervosité. Nous… je… j'ai besoin de votre aide.

— Mon aide ? répéta-t-elle, incrédule. Comme vous le voyez, je ne suis plus archéologue, professeur !

— Oui, Elisabetta. Mais voici la situation. Nous avons découvert quelque chose d'assez remarquable – et qui renvoie à un sujet sensible. Jusqu'ici, seul un très petit nombre de gens sont au courant, mais on s'inquiète à l'idée que la nouvelle se répande et provoque des remous qui ne seraient pas souhaitables.

— Je suis désolée, je ne comprends pas.

— La simultanéité avec le décès du pape est bien malheureuse. Le conclave doit normalement débuter dans sept jours – tous les cardinaux électeurs viennent au Vatican et les yeux du monde entier seront rivés sur nous. Si par hasard il y avait une fuite sur Saint-Calixte, eh bien, il nous faudrait une histoire à servir au public. Il faudrait que nous soyons capables de fournir une explication crédible pour éviter une trop grande agitation.

— Qu'avez-vous trouvé, exactement ?

— Je ne veux pas vous le *dire*, Elisabetta. Je veux vous le *montrer*. Je voudrais que vous veniez là-bas dimanche après-midi. Nous aurons posé suffisamment d'étais pour qu'il n'y ait plus de danger. Ensuite, je voudrais que vous travailliez avec moi à la commission pendant un certain temps. Je vous ai fait aménager un bureau.

— Pourquoi moi ? Vous avez tout un département à votre disposition. Vous pouvez obtenir l'assistance de n'importe quel expert au monde rien qu'en claquant des doigts.

— Le temps est un enjeu critique. Aujourd'hui, nous amenons de nouveaux ouvriers sur le site pour les gros travaux. Nous allons faire appel à des ingénieurs, à d'autres membres de mon personnel. Nous avons recouvert certaines zones de bâches pour les cacher aux regards inquisiteurs, mais malgré tous les efforts que nous déployons, les gens vont parler, inévitablement. Nous ne pouvons pas nous le permettre, je vous en prie, croyez-moi. J'aimerais vous en dire plus, mais… La presse peut tout découvrir d'un instant à l'autre. En haut lieu, au Vatican, on est très inquiet. Ils exigent que je rédige à l'avance un communiqué dans l'éventualité d'une fuite, mais je ne sais pas quoi écrire. Ce serait funeste pour le nouveau pape si quelqu'un commettait une indiscrétion, en particulier si nous étions pris au dépourvu et cherchions les mots adéquats. Vous avez passé une année entière à faire des recherches sur la symbolique à l'extérieur de la pièce effondrée. Vous avez étudié de manière exhaustive l'astrologie romaine du Ier siècle. Vous étiez une de mes plus brillantes étudiantes. Je suis certain que vous pouvez vous y remettre en un rien de temps. Personne n'est mieux placé que vous pour formuler rapidement une opinion. »

Elisabetta se leva, fâchée, le visage empourpré.

« C'était il y a douze ans, professeur ! J'ai une vie différente aujourd'hui. C'est hors de question. »

De Stefano se leva à sont tour pour être au même niveau qu'Elisabetta, mais elle le dépassait malgré tout d'une tête.

« L'archevêque Luongo est content que vous apparteniez au clergé. Il pense que vous avez la sensibilité qui convient aux enjeux de cette affaire et il refuse de se faire encore plus de mauvais sang sur son caractère secret. Dites-moi, avez-vous gardé vos notes et vos documents du temps de votre recherche ?

— Tout est chez mon père, quelque part, dit-elle d'un ton distrait. Mais je ne peux pas quitter l'école comme ça. Je ne peux pas abandonner mes élèves.

— On est en train de prendre certaines dispositions », dit De Stefano. Le ton de sa voix était soudain plus énergique, plus insistant. « Ce soir, Mgr Mattera, au Vatican, le responsable de tous les ordres religieux de l'Église, appellera la mère supérieure de votre ordre à Malte. La principale de l'école, sœur Marilena, en sera informée dès ce soir. La machine est en route, Elisabetta. Vous devez nous aider. Je crains que vous n'ayez pas le choix. »

4

Prière du matin dans la chapelle. Relecture des plans de cours. Cours. Correction de copies. Prière du soir. Dîner collectif au réfectoire. Lecture et méditation. Prière de la nuit. Coucher. Tel était le rythme de vie d'Elisabetta, la douce routine de ses jours de semaine.

Le samedi était consacré à la prière à la chapelle et en privé, aux courses, aux discussions avec les sœurs et les novices, et se terminait parfois par un match de foot à la télévision ou un film.

Mais le dimanche était son jour préféré. Elle allait à la messe à la basilique Sainte-Marie-du-Trastevere. C'était là qu'elle avait reçu, enfant, sa première communion, là qu'elle avait prié pour sa mère malade, là qu'elle lui avait fait ses adieux lors d'une messe funéraire affreusement triste, là qu'elle venait se confesser, qu'elle trouvait du réconfort, de la joie.

Elisabetta songea que sa vie s'était déroulée de manière curieuse. Quand elle était adolescente, elle ne pensait qu'à l'aventure et au voyage, et l'archéologie lui avait paru être le chemin vers l'exotisme. Mais l'attraction exercée par la très ancienne basilique Sainte-Marie s'était révélée plus puissante que les temples de Louxor ou Teotihuacan. Son père, ce veuf si distrait, aurait besoin d'elle, ainsi en avait-elle décidé. Zazo et Micaela, tous deux charmants mais égocentriques, n'étaient visiblement pas capables de s'occuper de lui comme il le fallait, en particulier quand il vieillirait. Alors, à l'université, elle prit la décision de rester plus près de la maison et choisit l'archéologie classique.

Ensuite, Zazo lui avait présenté son copain de l'école de police, Marco. Le bon, le doux Marco, dont le rêve le plus cher était de devenir policier, épouser la femme de ses rêves et applaudir à tout rompre l'A.S. Roma. Il ne quitterait jamais Rome, c'était certain, alors Elisabetta avait encore réduit le champ de ses aspirations à l'archéologie romaine et au début de l'ère chrétienne lorsque les catacombes avaient commencé à former un dédale dans le tuf meuble volcanique de la ville. Elle resterait toute sa vie à Rome. Avec Marco, avec sa famille.

Et puis, il y avait eu cette terrible nuit où Marco lui avait été arraché. Cette nuit-là avait marqué le début d'une longue période de récupération physique et d'intense réflexion, à l'issue de laquelle elle avait déconstruit la personne qu'elle était et reconstruit la personne qu'elle voulait être.

Maintenant, tout l'univers d'Elisabetta se limitait à un seul kilomètre carré sur la rive ouest du Tibre. Son école se trouvait là, ainsi que son église et l'appartement de son père sur la via Luigi Masi. C'était le même quartier que celui qui avait abrité son enfance. Cette insularité était réconfortante, comme le ventre d'une mère.

La messe était terminée. Elisabetta avait reçu la communion du vieux père Santoro, le prêtre qui prenait aussi en charge les devoirs ecclésiastiques de son ordre, dont la voix marquée par l'âge avait le timbre d'une cloche délicatement moulée. Elle s'attarda sous la voûte de l'abside après le départ de la plupart des paroissiens, pour s'imprégner du silence. Au-dessus de sa tête se trouvaient des scènes bibliques sur un fond de carreaux dorés. La coupole avait été décorée par Pietro Cavallini au XIIIe siècle et les histoires qu'il représentait sur ses mosaïques étaient si élaborées qu'après toutes ces années elle découvrait encore des images qu'elle n'avait jamais remarquées auparavant. Une fois qu'elle repérait la mosaïque du gracieux oiseau moqueur, difficile à trouver, elle mettait un point d'honneur à se dévisser le cou pour lui adresser un clin d'œil en guise de salut.

Dans la clarté de ce matin de printemps, Elisabetta alla à pied d'un pas déterminé jusqu'à l'appartement de son père. Les gens qu'elle croisait pouvaient être répartis en deux groupes. L'un, composé principalement de gens âgés qui cherchaient ostensiblement à croiser son regard, espérait un sourire et un hochement de tête pour qu'elle les bénisse en retour. L'autre paraissait prétendre qu'elle n'existait pas, comme si son habit la rendait invisible. Elle préférait le second. Ces promenades lui étaient précieuses, ces rappels intimes de la vie profane qu'elle avait laissée derrière elle. Elle aimait regarder les vitrines, lire les affiches de films, observer l'intimité franche des jeunes couples dans la rue, se rappelant ce qu'elle ressentait en marchant dans ces rues habillée en « civil ». Mais rien de ce qu'elle voyait ne la faisait changer d'avis ou n'entamait ses certitudes fondamentales ; c'était tout le contraire. Chaque traversée de son ancien domaine la confortait. Elle était fière de porter sa foi sur ses longues manches noires, de célébrer ouvertement l'intense amour du Christ qu'elle ressentait au fond de son cœur.

Lorsqu'elle arriva à la porte de l'appartement de son père, elle rassembla ses forces. Il ne manquait jamais de l'ouvrir d'un grand revers de la main, plus tellement par mauvaise humeur, mais incontestablement par habitude.

Ils s'embrassèrent. Il déposa un baiser si rapide qu'il manqua la joue d'Elisabetta et ses lèvres effleurèrent le bord de son voile.

« Comment s'est passée la messe ? demanda-t-il.

— Très bien.

— Aveuglée par la lumière ? »

Elle le suivit vers la cuisine.

Elisabetta laissa échapper un soupir.

« Oui, exactement, papa. »

Comme d'habitude, son nez fut assailli par les lourds effluves de tabac à pipe Cavendish qui embrumaient l'air. Lorsqu'elle était petite, elle les remarquait à peine, sauf quand quelqu'un à l'école reniflait l'odeur de son pull-over et se moquait. C'était simplement l'odeur de son monde. Maintenant qu'elle était adulte, elle frémissait à l'idée de l'état des poumons de son père après toutes ces années.

Comme il convenait à un professeur d'université, l'appartement de Carlo Celestino était spacieux, situé au dernier étage d'un immeuble d'un blanc argileux dans une étroite rue en pente. Il y avait trois chambres à coucher – elle en avait partagé une avec Micaela depuis sa plus tendre enfance, jusqu'à son départ pour l'université. Zazo, le fils béni, avait toujours bénéficié de sa propre chambre. Maintenant, toutes prenaient la poussière, figées dans un passé lointain. La porte de la chambre de son père était fermée. Elle l'était toujours et Micaela n'avait pas la moindre idée de l'état dans laquelle elle se trouvait, bien que les autres pièces de l'appartement soient, au pire, seulement en désordre. La poussière et la saleté relevaient du domaine de la femme de ménage, mais l'employée était trop effrayée pour toucher aux piles chancelantes de papiers et de livres qui couvraient la plupart des surfaces en bois dans les pièces de réception.

Carlo Celestino ne correspondait pas vraiment à l'image communément admise du mathématicien. Il avait les épaules carrées, les jambes courtaudes et le teint rubicond d'un agriculteur, ce qui le distinguait nettement de ses collègues minces et blafards qui peuplaient le département de mathématiques théoriques de la Sapienza. Mais il avait toujours été différent, un marginal génétique qui avait poussé de manière inattendue dans une lignée de simples fermiers laitiers, un type dont les premiers souvenirs d'enfance n'étaient pas des vaches ou des prés, mais des nombres tournoyant dans sa tête, en train de s'organiser.

Il avait gardé la vieille ferme de ses parents dans les Abruzzes et il passait encore des week-ends et des vacances dans les douces collines dominant l'Adriatique, se consacrant à des activités physiques dans la campagne vallonnée autant que le supportait son corps de soixante-huit ans, laissant son esprit jouer avec le théorème avec lequel il s'était battu toute sa vie : la conjecture de Goldbach, un édifice mathématique dont son épouse prétendait qu'il l'aimait plus qu'elle. Imagine, disait-elle avec ce visage exaspéré dont hériteraient Elisabetta et Micaela, passer tout ton temps à essayer de prouver l'assertion selon laquelle tout entier pair plus grand que deux peut s'exprimer comme la somme de deux nombres premiers ! Elle ne pouvait pas le concevoir à l'époque, qu'aurait-elle pensé si elle avait vécu vingt-cinq ans de plus ? Il était là, toujours à essayer de prouver ce fichu théorème afin de pouvoir s'en vanter alors qu'aucun mathématicien au monde n'y était parvenu en deux cent cinquante ans.

Elisabetta constata que les épais cheveux blancs de son père étaient plus hirsutes que d'habitude. Elle se dit qu'il avait l'air fatigué.

« Comment tu te sens, ces derniers temps, papa ?

— Moi ? Très bien. Pourquoi ?

— Pour rien. Juste pour savoir. À quel moment Micaela et Zazo doivent-ils arriver ?

— Ils n'arriveront pas avant que tu aies fini de cuisiner, tu le sais. »

Elle rit et mit un tablier.

« Jetons un coup d'œil à ce gigot. »

Il sortit l'agneau du réfrigérateur et, pendant qu'il retirait le papier d'emballage, il lâcha soudain :

« Ils refusent de me confier de nouveaux étudiants de troisième cycle.

— Je savais qu'il y avait quelque chose, dit-elle sans lever les yeux.

— C'est ce qu'ils font quand ils pensent que quelqu'un est devenu trop vieux ou trop imbécile.

— Je suis sûre que ce n'est pas le cas, dit Elisabetta. Mais peut-être que tu devrais être content de ne pas avoir de nouveaux étudiants. Il faut quatre ou cinq ans avant qu'ils obtiennent leur diplôme. Parfois plus.

— À la prochaine étape, on proposera de me nommer professeur émérite, puis on déplacera mon bureau au sous-sol. Je sais comment ça marche, crois-moi. »

Carlo eut un regard dur et fronça si fort ses sourcils

broussailleux qu'ils se rejoignirent presque au-dessus de l'arête de son nez. Ses gros poings se serrèrent.

Elisabetta se lava les mains avant de saupoudrer la viande de sel marin.

« Qu'est-ce que ces ânes diront lorsque je résoudrai Goldbach ? railla-t-il.

— Vas-y, va travailler, papa. Je vais finir de préparer le repas. »

Au moment où Zazo et Micaela arrivèrent, la fenêtre de la cuisine était couverte de buée. Zazo renifla comme un chien et tapota le dos d'Elisabetta.

« C'est très bien parti, dis-moi, dit-il en jetant un coup d'œil dans une casserole bouillonnante. Tu as presque bouclé l'affaire ! »

Zazo et Elisabetta avaient tous les deux l'ossature gracieuse de leur mère, une femme qui avait le port et la silhouette d'un mannequin. Zazo gardait la ligne en jouant au foot après le travail et en soulevant de la fonte dans le gymnase de la caserne ; avec sa mâchoire carrée et ses yeux doux, il restait un beau parti, sur le point de s'engager affectivement à tout instant.

« Contente de te voir, moi aussi, dit Elisabetta d'un ton joyeux. Est-ce qu'Arturo est là ?

— À moins qu'il ne soit caché quelque part, je ne crois pas. »

Zazo goûta la sauce rouge avec la cuillère en bois. Elle le chassa gentiment et appela Micaela.

Elisabetta l'entendit avant de la voir. La voix de Micaela attirait l'attention des gens comme les aboiements incessants d'un chien en laisse. Elle était en train de se plaindre à son père du comportement d'Arturo.

« Il n'avait pas besoin de permuter ! Il savait qu'il était invité ! Quel naze ! »

Micaela entra dans la cuisine en tapant des pieds. Elle ressemblait plus à son père, plus petite que son frère et sa sœur. Trapue, elle avait un visage aux traits plus lourds que ceux de sa famille. Lorsque les enfants étaient petits, les gens parlaient des charmants visages d'Elisabetta et de Zazo, et du caractère explosif de Micaela. Rien n'avait changé.

« Arturo ne vient pas, annonça-t-elle à sa sœur.

— J'ai entendu. C'est dommage.

— Une espèce de crétin au service des urgences voulait sa journée et Arturo a accepté de le remplacer. Incroyable. Il est un peu fêlé. »

Elisabetta sourit. En gros, les seuls jurons qu'elle entendait ces derniers temps sortaient de la bouche de sa sœur.

« Peut-être qu'il est seulement gentil.

— Je le déteste.

— Non, ce n'est pas vrai. »

Les deux sœurs s'embrassèrent enfin.

« J'aime bien tes cheveux », dit Elisabetta. Ils étaient plus ondulés que d'habitude, ressemblant beaucoup à la coiffure qu'Elisabetta portait avant qu'elle ne coupe ses cheveux très court.

« Merci. Il fait chaud, ici. Tu dois être en train de te déshydrater. »

Comparée à Elisabetta, toute vêtue de noir, Micaela paraissait presque nue dans son débardeur échancré.

« Ça va. Viens m'aider. »

On pouvait s'asseoir à six autour de la table et, quand on était moins nombreux, la chaise de Flavia Celestino restait vide comme pour inviter son esprit à revenir parmi eux.

« Comment s'est passée ta semaine ? demanda Elisabetta à son frère en lui passant le plat.

— Tu peux imaginer, dit Zazo. On a des douzaines de cardinaux et leurs suites qui arrivent bientôt. Le chef de mon chef est agité, mon chef est agité et, pour faire bonne mesure devant mes hommes, je suis censé être agité.

— Et tu ne l'es pas ? interrogea son père.

— Quand m'as-tu vu m'agiter pour la dernière fois ? »

Ils connaissaient tous la réponse, mais personne n'en dit mot. C'était douze ans auparavant. Ils se rappelaient souvent l'état de folie dans lequel il était lorsqu'il arriva en trombe dans l'hôpital où Elisabetta était allongée, à moitié morte, dans une salle, tandis que le corps de Marco refroidissait dans une autre. Ils se souvenaient comment sa colère avait couvé par la suite, lorsque au début on lui avait interdit de participer à l'enquête, puis quand on lui avait refusé l'accès au dossier au moment où les investigations officielles avaient été abandonnées. Il était trop proche de l'affaire, trop lié aux victimes, lui avait-on dit. Son manque d'impartialité mettrait en danger l'action en justice.

« Quelle action en justice ? s'était-il insurgé. Vous n'avez arrêté personne ! Vous n'avez pas la moindre piste ! Cette enquête est une plaisanterie. »

Après un an de frustration, Zazo et ses supérieurs avaient atteint le point d'ébullition au même moment. Il voulait partir, ils voulaient qu'il parte. Sa gaieté naturelle avait fait place aux sarcasmes et à des explosions hostiles envers les échelons supérieurs de sa hiérarchie, et il s'était fait houspiller plusieurs fois pour s'être montré trop répressif lors d'arrestations. Ils l'avaient obligé à consulter un psychologue, qui avait conclu qu'il était fondamentalement équilibré, mais qu'il avait besoin d'être muté dans un endroit qui ne lui rappellerait pas quotidiennement les atrocités commises à l'encontre de sa sœur et de son meilleur ami.

Le divisionnaire de Zazo avait suggéré la gendarmerie de l'État du Vatican, la force de police civile qui patrouillait le Vatican, un emploi plus calme où les délinquants les plus remarquables auxquels il aurait à se confronter étaient des pickpockets et des conducteurs commettant de légères infractions au code de la route. On avait tiré les ficelles appropriées et il avait été muté. Il avait changé d'uniforme.

Zazo s'était bien adapté au Vatican. Il retrouva son équanimité, gravit les échelons et devint chef de bataillon. Il parvint à avoir son propre appartement. Il avait une voiture et une moto. Il avait toujours une jolie fille à son bras. Il ne pouvait pas se plaindre, sa vie était agréable, à l'exception des moments où l'image affreuse du cadavre saigné à blanc de Marco lui revenait à l'esprit.

Carlo déclara que la viande était tendre, puis grogna :

« Peut-être que, lorsqu'il y aura un nouveau pape, tu pourras obtenir une promotion et intégrer sa garde rapprochée. Le nouvel arrivant a souvent envie de procéder à des changements. »

La moitié des hommes en civil chargés de la sécurité du pape étaient issus de la gendarmerie, l'autre moitié était constituée de gardes suisses.

« Je ne peux pas travailler avec les gardes suisses. La plupart d'entre eux sont des abrutis.

— Les gardes suisses… grommela Carlo sur un ton déplaisant. Tu as probablement raison. »

Une fois qu'Elisabetta eut débarrassé la table, Micaela

servit le tiramisu qu'elle avait acheté dans une pâtisserie. Elle s'était montrée renfrognée et étonnamment silencieuse pendant le repas et il suffit d'un petit encouragement de la part d'Elisabetta pour qu'elle se mette à parler.

Micaela était en dernière année d'internat en gastroentérologie à l'hôpital Sant'Andrea. Elle voulait y rester ; Arturo y était titulaire et elle aimait son service. Depuis un moment, elle cherchait à obtenir le seul et unique poste de titulaire disponible.

« Ils le donnent à Franchetti, gémit-elle.

— Pourquoi ? demanda son père d'un ton brusque. Tu es meilleure que lui. Je ne laisserais pas ce clown me mettre un tube dans le derrière.

— C'est un homme, je suis une femme, point final, dit Micaela.

— Ce n'est pas possible qu'ils soient si sexistes, dit Elisabetta. À notre époque ?

— Allez ! Tu travailles pour l'organisation la plus sexiste du monde ! » s'écria Micaela.

Elisabetta sourit.

« L'hôpital est laïc. L'Église ne l'est certainement pas. »

L'interphone de l'appartement bourdonna.

« Mais qui ça peut bien être ? gronda Carlo. Un dimanche ? »

Il alla d'un pas pesant jusqu'à la porte.

« Peut-être que c'est Arturo », dit Zazo, provoquant un grognement de la part de Micaela.

Elisabetta posa doucement sa fourchette et se leva.

Ils entendirent Carlo hurler dans l'interphone qui se mit à crépiter. Lorsqu'il revint dans la salle à manger, son visage avait une expression ahurie.

« Il y a un type en bas qui prétend qu'il est le chauffeur de l'archevêque Luongo. Il dit qu'il est venu chercher Elisabetta.

— Il est en avance, dit Elisabetta, ajustant sa ceinture de cuir. J'allais vous en parler.

— Nous parler de quoi ? demanda Zazo.

— Mon ancien professeur, Tommaso De Stefano, est venu me voir. Il fait encore partie de la Commission pontificale d'archéologie sacrée. Il veut mon aide sur un projet. J'ai dit non, mais il a insisté. Il faut que j'y aille. Je suis désolée de laisser la vaisselle.

— Tu vas où ? » s'enquit Micaela, frappée de stupeur.

En fait, ils étaient tous très étonnés. La vie d'Elisabetta était si prévisible que cet écart dans sa routine paraissait provoquer chez eux une immense surprise.

« Dans les catacombes, dit-elle. Saint-Calixte. Mais, s'il vous plaît, n'en parlez à personne. »

C'était comme si une éternité s'était écoulée depuis la dernière fois qu'Elisabetta était venue en ces lieux. L'entrée de Saint-Calixte était un peu à l'écart de la via Appia qui, en cette fin d'après-midi de dimanche, était presque déserte. Elisabetta avait oublié à quel point le paysage devenait rural dès que l'on franchissait les murailles antiques au sud de la ville.

Une fois qu'on avait quitté la route principale, l'allée menant aux catacombes était bordée de hauts cyprès, dont les sommets prenaient une teinte orange dans le soleil déclinant. Plus loin s'étendait un grand terrain boisé et cultivé que possédait l'Église ; on y trouvait un vieux monastère trappiste, un dortoir pour les guides des catacombes et l'église du Quo Vadis. À l'ouest se situaient les catacombes de Sainte-Domitille. À l'est, les catacombes de Saint-Sébastien. Toute la région était sacrée.

Le chauffeur, qui n'avait pas pipé mot de tout le trajet, sortit d'un bond et ouvrit la portière avant qu'Elisabetta ait la possibilité d'actionner elle-même la poignée. Le professeur De Stefano l'attendait à l'entrée du public, une construction de plain-pied qui ressemblait à une simple villa méditerranéenne. À l'intérieur, De Stefano la fit passer devant le policier qui montait la garde près du portail en fer forgé des visiteurs. De là, ils descendirent un escalier de pierre jusque dans les entrailles de la terre.

« Cela fait un bout de trajet, dit-il. C'est à mi-parcours de Domitille. Et il n'y a pas vraiment de raccourci. »

Elisabetta souleva le bas de son habit juste assez pour ne pas trébucher. L'air du souterrain sentait la mort, une odeur familière.

« Je me souviens du chemin », répondit-elle.

Elle se sentit envahie par un mélange troublant d'appréhension et d'excitation en se rappelant les visites qu'elle avait effectuées ici, et elle se concentra sur ce qu'elle allait découvrir.

Ils avancèrent rapidement dans les zones normales accessibles au public. Les galeries, creusées à la pioche et à la pelle dans le tuf volcanique meuble entre les IIe et Ve siècles après J.-C., étaient les sinistres vestiges d'un grand mouvement de l'histoire. Les Romains avaient toujours enterré ou incinéré leurs morts dans des nécropoles situées à l'extérieur des murs de la ville parce qu'il était strictement interdit de le faire à l'intérieur de la cité. Les riches bâtissaient des caveaux familiaux. Les pauvres étaient entassés dans des fosses communes.

Cependant, les premiers chrétiens refusaient obstinément de mêler leurs morts aux restes de païens et la plupart d'entre eux étaient trop pauvres pour s'offrir de véritables tombes. Une solution fut trouvée sur les terres rurales de sympathisants de leur religion.

« Creusez vos nécropoles, s'entendirent-ils dire. Creusez autant que vous voulez, venez rendre visite à vos morts librement, mais laissez nos champs intacts. »

C'est ainsi que les catacombes se multiplièrent aux quatre points cardinaux en dehors des murailles de la ville, mais surtout vers le sud, de part et d'autre de la via Appia.

Au fur et à mesure des siècles, d'immenses réseaux de galeries souterraines furent creusés pour accueillir les restes de papes et de martyrs, de roturiers et de riches. Les papes avaient droit à des voûtes couvertes de fresques compliquées et les pèlerins venaient les vénérer. Les pauvres avaient de petits *loculi*, rien de plus que des étagères de pierre creusées dans le roc où on étendait leur corps enveloppé dans un linceul. Leur nom était parfois inscrit dans la roche. Ceux qui les aimaient laissaient les symboles sacrés de leur nouvelle religion, le poisson, l'ancre, la colombe et le monogramme *chi-rhô*. À mesure que le temps passait, les galeries se complexifièrent et devinrent des labyrinthes à plusieurs étages, comportant des kilomètres de tunnels pour accueillir les centaines de milliers de défunts croyants.

Bien que les premiers temps de l'histoire de la chrétienté fussent troublés, le destin finit par favoriser la nouvelle religion lorsque, au IVe siècle après J.-C., l'empereur Constantin lui-même s'y convertit, interdit la persécution des chrétiens et restitua à l'Église les biens qui lui avaient été confisqués. Progressivement, les restes des papes et des martyrs importants furent retirés des catacombes et enterrés dans des terres consacrées appartenant aux églises. Le sac de Rome par les Goths en 410 après J.-C. mit fin à l'utilisation des catacombes pour des enterrements, même si, pendant des siècles, les pèlerins continuèrent à y venir et les papes firent de leur mieux pour préserver et parfois embellir ces importants caveaux.

Mais leur conservation ne durerait pas éternellement. Au XIe siècle, on transférait de plus en plus de reliques vers les églises à l'intérieur des murs de la ville. Les catacombes étaient condamnées à disparaître peu à peu. Leurs entrées furent envahies par la végétation et elles se trouvèrent dissimulées, totalement oubliées jusqu'au XVIe siècle, quand Antonio Bosio, le Christophe Colomb de la Rome souterraine, redécouvrit une catacombe, puis une seconde, puis une trentaine d'autres et commença à les étudier de manière systématique.

Cependant, les pilleurs de tombes firent leur apparition et, pendant les deux siècles suivants, la plupart des artefacts en marbre et autres matières précieuses disparurent, jusqu'à ce qu'en 1852 l'Église place toutes les catacombes chrétiennes sous la protection de la nouvelle Commission pontificale d'archéologie sacrée.

Elisabetta avait toujours eu un sentiment de paix dans ces boyaux creusés à la hâte, aux tons aussi chauds qu'un coucher de soleil. Comme les parois et les plafonds bas devaient s'animer avec les ombres mouvantes des pèlerins qui passaient, serrant leur lampe à huile vacillante ! Quelle excitation ils avaient dû ressentir, en s'enfonçant dans les ténèbres, en jetant un coup d'œil aux corps dans les *loculi*, aux inscriptions et peintures colorées dans les *cubicula* – les cellules réservées aux familles – jusqu'à ce que leur impatience les conduise à destination, aux cryptes des papes et des grands martyrs comme Saint-Calixte !

Maintenant, les *loculi* étaient vides. Il n'y restait plus d'ossements, de lampes ou d'offrandes, il n'y avait que les cavités rectangulaires nues creusées dans la roche. Elisabetta effleura un fragment de plâtre dont elle se souvenait, sur une des parois. Il avait la forme fragile d'une colombe tenant une branche d'olivier dans son bec. Elle laissa échapper un soupir.

De Stefano marchait vite et d'un pas assuré, pour un homme de son âge. De temps en temps, il se retournait pour s'assurer qu'Elisabetta le suivait. Pendant les dix premières minutes de leur trajet, ils parcoururent les tunnels ouverts au public. Ils traversèrent la crypte de Sainte-Cécile et celles des papes, contournèrent les tombes de saint Caïus et saint Eusèbe, jusqu'à ce qu'ils arrivent devant un portail au loquet défait, la clef dans la serrure. La région libérienne ne faisait pas partie du circuit touristique habituel. Fini au VIe siècle, ce réseau compliqué de passages sur trois niveaux avait été le dernier secteur à avoir été excavé.

L'effondrement se situait à la limite de la région libérienne. Lorsque De Stefano marqua une pause à une intersection peu éclairée entre deux galeries et parut momentanément perdu, Elisabetta lui conseilla gentiment de prendre à gauche.

« Votre mémoire est excellente », dit-il, admiratif.

Un bruit étouffé de métal contre des débris devint plus perceptible à mesure qu'ils approchaient de leur destination. Le mur de plâtre qui avait tant intéressé Elisabetta des années auparavant avait disparu, transformé en poussière par l'effondrement. Maintenant, on voyait une ouverture béante, irrégulière comme l'entrée d'une grotte.

« Nous y voici, dit De Stefano. Le gros œuvre est terminé. De solides étais sont en place. Si je ne pensais pas que c'était sûr, je ne vous aurais pas amenée.

— Dieu nous protégera », dit Elisabetta, plongeant du regard dans l'espace mal éclairé.

Dans la chambre funéraire se trouvaient trois hommes qui pelletaient un mélange de tuf, de terre et de brique. Une espèce de système d'élévation manuelle avait été mis en place pour monter les seaux pleins de gravats à la surface. Les hommes cessèrent de travailler et regardèrent fixement Elisabetta.

« Voici mes assistants les plus fidèles, dit De Stefano. Messieurs, je vous présente sœur Elisabetta. » Les hommes étaient jeunes. Malgré la fraîcheur qui régnait dans les souterrains, ils étaient trempés de sueur. « Gian Paolo Trapani est directement responsable de toutes les catacombes de la via Antica et il joue le rôle de contremaître dans cette opération. »

Le charmant jeune homme qui s'avança avait des cheveux assez longs, rougis par la poussière de tuf. Il ne paraissait pas savoir s'il devait tendre une main crasseuse, alors il se contenta de dire : « Bonjour, ma sœur. Je crois que vous avez étudié ici autrefois. C'est dommage qu'il ait fallu un tremblement de terre pour que l'on poursuive les fouilles. C'est une drôle de pagaille. »

Suivi d'Elisabetta, De Stefano s'engouffra dans l'ouverture. La chambre avait une forme irrégulière, vaguement rectangulaire. Mais les côtés étaient mal définis à cause des tas de gravats. Les étais en bois, aussi épais que des traverses de chemin de fer, avaient été installés pour soutenir les parois et le plafond de terre. L'espace mesurait au moins quinze mètres sur dix, pensait-elle, mais l'effondrement accidentel rendait l'évaluation difficile. De la lumière naturelle leur parvenait d'une hauteur de plus de dix mètres. Une tête apparut et un autre type cria :

« Pourquoi vous vous arrêtez ? »

C'était lui qui actionnait le palan et les poulies du système de remontée du seau.

« Fais une pause ! » cria Trapani et la tête disparut.

La première impression d'Elisabetta fut qu'ils favorisaient la vitesse au détriment de la qualité scientifique du travail. Il n'y avait pas de plan de fouille, pas le moindre signe qu'ils prenaient des notes sur leur progression ni qu'ils la mesuraient. Pas de trépied pour appareil photo ni de table à dessin. Le sol paraissait avoir été déblayé d'un grand mouvement frénétique plutôt que de manière rationnelle, mètre par mètre. Des bâches bleues couvraient une grande partie du sol. Seule une des parois était à peu près verticale. Elle était cachée derrière une bâche suspendue.

« Désolé pour tout ce désordre, dit Trapani, en regardant les chaussures d'Elisabetta et le bas de sa robe, qui étaient couverts de poussière de tuf. Nous avons progressé plus vite que nous ne l'aurions voulu.

— Je vois ça », répondit Elisabetta.

Elle était surprise de la facilité avec laquelle elle retrouvait le sens de l'observation propre à un archéologue. Pendant douze ans, elle s'était concentrée sur un monde intérieur, celui de l'émotion et des croyances, de la foi et de la prière. Mais, à ce moment précis, son esprit l'emportait sur son cœur. Elle traversa la chambre avec précaution, évitant les bâches tendues de toute part, observant tous les détails et les mettant en ordre.

« Les briques, dit Elisabetta en se baissant pour en ramasser une. Typiquement romaines du Ier siècle, longues et étroites. Et ça aussi. » Elle laissa tomber la brique et choisit un fragment gris friable de la taille d'un petit chat. « *Opus caementicium*, ciment de fondation romain. » Ensuite, elle ramassa un morceau de bois noir, calciné et pensa : *Il y a eu un incendie ici.* « Cette chambre date d'avant la première catacombe, d'au moins un siècle. C'est exactement ce que j'avais suggéré. L'extension des catacombes du IVe siècle s'est arrêtée juste avant d'empiéter sur celle-ci.

— Oui, je suis d'accord, dit De Stefano. Les terrassiers des catacombes de la région libérienne n'étaient qu'à quelques coups de pioche de la surprise de leur vie.

— C'est un columbarium, n'est-ce pas ? dit Elisabetta.

— Comme vous l'avez suggéré pendant vos études, admit De Stefano, on dirait bien une chambre funéraire souterraine pour des populations préchrétiennes. Le monument en surface a vraisemblablement été rasé et a très probablement disparu avant que les catacombes ne soient creusées. »

Il sortit un sac en plastique transparent de sa poche.

« Si la datation du Ier siècle devait être éventuellement mise en cause, ceci coupera court aux discussions. Nous en avons trouvé plusieurs. »

Elisabetta prit le sac en plastique. Il contenait une grosse pièce en argent. Le buste sur le côté face montrait un homme au nez plat avec les cheveux bouclés qui portait une couronne de laurier. Il y était inscrit : NERO CLAVDIVS CAESAR. Elle retourna le sachet. Au dos se trouvait une arche élaborée flanquée des lettres S et C – *Senatus Consulto* –, le sceau sénatorial.

« L'arche perdue de Néron, dit-elle. 54 après J.-C.

— Précisément, dit Trapani, visiblement impressionné par la perspicacité de la religieuse.

— Mais ce n'est pas un columbarium typique, si ? dit-elle en jetant un coup d'œil aux bâches.

— Non, effectivement. »

De Stefano agita la main en direction de la bâche tendue devant la paroi.

« Descendez-la, s'il vous plaît, Gian Paolo. »

Les hommes décrochèrent la bâche des clous et la plièrent. En dessous se trouvaient des rangées de petites niches en forme de dômes creusées dans le ciment ; nombre d'entre elles contenaient des urnes funéraires en pierre. Les rangées de niches étaient interrompues par un panneau lisse de plâtre crémeux. Gian Paolo le balaya de sa lampe torche.

Sur le plâtre était dessinée une roue avec des symboles peints.

Elisabetta s'approcha et sourit.

« Les mêmes que sur mon mur. »

Les cornes du Bélier.

Les piliers jumeaux des Gémeaux.

La flèche perçante du Sagittaire.

Les volutes en miroir du Cancer, le Crabe.

Le croissant de la Lune.

Le symbole masculin, Mars. Le symbole féminin, Vénus.

Le zodiaque en entier. Les planètes. Un cercle d'images.

De Stefano s'approcha, effleurant presque les épaules d'Elisabetta.

« Le plâtre que vous avez étudié devait venir du mur intérieur d'une chambre plus petite. Il a fallu cet effondrement pour que soit exposée la chambre principale. »

Un symbole attira particulièrement son attention. Elle se tint en dessous et monta sur la pointe des pieds pour mieux le voir.

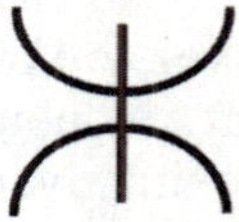

On aurait dit un personnage stylisé, une ligne verticale pour le tronc, les bras en C tourné vers le haut comme s'ils étaient levés, un C tourné vers le bas pour les jambes. La ligne verticale montait au-dessus des bras pour figurer la tête ou le cou, mais elle descendait aussi jusqu'aux jambes.

« C'est certainement le symbole des Poissons, mais il est traditionnellement représenté sur le côté. Verticalement, il ressemble plus à un homme, non ? Il y avait la même variante sur mon mur originel. Et si c'est censé être un homme, que pensez-vous de cela ? demanda Elisabetta en désignant le segment qui se trouvait entre les jambes. Un phallus ? »

Les archéologues parurent gênés d'entendre une religieuse prononcer un tel mot. De Stefano répliqua rapidement :

« Non, je ne crois pas.

— Qu'est-ce que c'est, alors ? »

Le vieux professeur marqua une pause et dit à Trapani.

« Bon, retirez les bâches du sol. »

Les hommes travaillèrent rapidement, d'une manière presque théâtrale, marquant ainsi le caractère spectaculaire de ce qu'ils allaient révéler en dévoilant la totalité du sol jonché de débris.

Elisabetta couvrit sa bouche de sa main pour étouffer un juron.

« Mon Dieu ! chuchota-t-elle. Combien y en a-t-il ? »

De Stefano soupira.

« Comme vous pouvez le voir, nos fouilles ont été hâtives. L'effondrement a indubitablement causé un vrai bazar, mais il y a approximativement quatre-vingt-cinq adultes et douze enfants. »

Les corps étaient essentiellement à l'état de squelettes, mais à cause de l'atmosphère hermétiquement close, certains étaient partiellement momifiés, présentant encore des fragments bruns d'adhérence de peau, des touffes de cheveux et des lambeaux de vêtements. Elisabetta distingua quelques visages qui avaient la bouche ouverte, figée, semblait-il, comme si ces personnes avaient eu le souffle coupé.

Les restes étaient incomplètement mis au jour : des centaines d'heures de travail seraient nécessaires pour les extraire proprement et soigneusement des décombres. Il y en avait tellement qu'il était difficile de se concentrer sur chacun des corps.

C'est alors que de cet amas de bras, de jambes, de côtes, de crânes et de colonnes vertébrales une image singulière émergea, pénétra la conscience d'Elisabetta comme une immense vague venant se briser contre un rocher. Ses yeux passèrent de l'un à l'autre des squelettes jusqu'à ce qu'elle sente sa vue se troubler et ses genoux se liquéfier.

Père tout-puissant, donne-moi Ta force.

Comment nier l'évidence ? Chaque corps, chaque homme, femme, enfant étendu devant elle avait une queue osseuse.

5

Janko Mulej avait l'habitude de faire craquer ses articulations lorsqu'il s'impatientait. Krek ne manqua pas de le remarquer.

« Qu'est-ce que tu as ? » demanda Krek.

Mulej avait environ quarante ans, soit une dizaine d'années de moins que son hôte, et il était aussi vilain que le cul d'un autobus, comme Krek aimait à le dire, même en face de Mulej. Il faisait presque deux fois la taille de Krek ; c'était un géant qui aurait été obligé de se promener en survêtement s'il n'avait pas eu cet excellent tailleur à Ljubljana.

« Peut-être que nous devrions nous arrêter là pour ce soir. »

La grande pièce du château des Krek ne se réchauffait jamais, même au plus fort de l'été, et, en ce soir de printemps, Krek avait jugé qu'un feu était de mise. Il aimait que les flammes de son feu montent haut et toute la soirée il ajoutait de nouvelles bûches pour que la gigantesque cheminée ne cesse de ronfler.

Le manoir médiéval était dans sa famille depuis quatre cents ans, même si Krek ne l'avait pas possédé nominalement pendant les désagréables décennies du communisme. Niché au milieu de plusieurs centaines d'hectares de forêts slovènes, à quelques kilomètres du lac de Bled, son donjon original datait du XIIIe siècle. Les douves profondes étaient bien fournies en carpes et, apparemment, la roche déchiquetée des murailles laissait supposer un état de délabrement avancé.

Cette impression s'effaçait dès qu'on y entrait. Le père de Krek avait été un ermite qui avait rarement quitté son domaine. Il avait consacré sa vie à le rénover, depuis ses fondations jusqu'au toit. Son fils, quant à lui, avait été loin de bénéficier de la même attention. Ivo Krek s'était focalisé sur les entrailles de la maison, la maçonnerie, la plomberie, le chauffage, l'électricité. Son fils partageait la dévotion de son père pour le château, mais son regard averti se porta sur les meubles et décorations de l'ère moderne. Les pièces de réception avec leurs arches romanes étaient somptueusement meublées d'antiquités authentiques, mais Krek y ajouta sa touche avec des pièces contemporaines confortables afin de rendre les lieux habitables. Des téléviseurs à écran plat cohabitaient avec des sculptures médiévales en noyer. Un meuble du XVIe siècle, dont les panneaux comportaient des scènes de chasse peintes, contenait une installation audio danoise à quatre cent mille euros. La cuisine dotée d'un équipement digne des plus grands chefs de renommée mondiale paraissait tout droit sortie des pages d'un magazine de décoration.

Il décida de recevoir Mulej et ses autres invités dans la grande pièce. Vu ses dimensions, les hommes s'y sentaient minuscules, même quelqu'un de la taille de Mulej, et Krek aimait que ses gens aient cette impression en sa présence.

Krek jeta un coup d'œil sur la vieille pendule. Il était dix heures.

« Je suis debout depuis quatre heures et c'est toi qui es fatigué ? demanda-t-il à Mulej, en élevant la voix. Tu ne sais donc pas ce qui est en jeu ? Tu n'as pas l'air de réaliser le peu de temps qui nous reste. »

Mulej déplaça son poids considérable sur la banquette en cuir. Il était assis trop près du feu et il transpirait abondamment ; mais il ne bougerait certainement pas puisque c'était là que Krek l'avait installé. La table posée entre eux était jonchée de hautes piles de dossiers épais, de rapports financiers et d'un assortiment de journaux.

« Bien sûr que je le sais, K, dit Mulej en essuyant son front humide avec son mouchoir trempé. Je suis désolé. Nous ferons tout ce que vous nous demanderez. »

Krek jeta une bûche qui tomba lourdement dans l'âtre et fit crépiter le feu abondamment. Une braise sauta sur son pantalon. Il jura et l'enleva, mais continua à abreuver Mulej d'injures. Les excuses de l'homme produisaient peu d'effet.

« Le conclave aura lieu dans moins d'une semaine, il va y avoir un nouveau pape et, maintenant, nous avons ce problème à Saint-Calixte. Nous avons un boulot énorme. Tu dormiras quand je te dirai de dormir, tu mangeras quand je te le dirai. C'est compris ? »

Pour le monde extérieur, Mulej était le Cerbère de Krek, la bête menaçante qui gardait les portes de l'enfer, le directeur général de son consortium. Mais, lorsque son patron se mettait en colère contre lui, le gardien des enfers devenait un petit corniaud craintif.

Krek leva les yeux au ciel, comme si à travers le

plafond il pouvait voir les constellations dans le ciel nocturne.

« Mais, bon sang, pourquoi fallait-il que Bruno Ottinger meure ? Il me manque, le vieux bougre. J'avais confiance en lui.

— Vous pouvez avoir confiance en moi aussi, dit humblement Mulej.

— Oui, je suppose que oui, dit Krek, se calmant un peu. Mais tu es assez stupide. Ottinger était un génie, presque mon égal. »

Mulej saisit d'un geste preste l'exemplaire du quotidien *Delo* et le remit sur la pile, comme s'il était pressé de changer de sujet.

« Alors, que voulez-vous que je fasse pour ce problème ? »

La page de l'éditorial présentait une photo de bonne taille de Krek, un portrait flatteur même s'il paraissait un peu maussade, se détachant d'une manière théâtrale sur un fond noir avec le titre : DAMJAN KREK : POURQUOI REFUSE-T-IL D'ÊTRE CANDIDAT À LA PRÉSIDENCE ? Un commentateur politique qu'ils connaissaient bien, une mouche du coche de droite, essayait à nouveau de semer la pagaille.

« On devrait l'ignorer, soupira Krek. Pourquoi ce type ne me laisse pas tranquille ? »

Mulej répondit à cette question par une autre.

« Combien de milliardaires y a-t-il en Slovénie ?

— Voilà l'inconvénient d'être un gros poisson dans un petit lac, dit Krek. Nous sommes bien plus efficaces quand nous travaillons dans l'ombre. Ah, les hommes politiques ! »

Il cracha ses derniers mots d'un ton venimeux.

« Nous en avons eu notre dose », dit Mulej.

La voix de Krek était teintée de mépris.

« Des phalènes irrésistiblement attirées par la lumière. »

Le téléphone de la ligne intérieure, provenant de la maison du gardien, sonna. Krek décrocha.

« J'avais oublié, dit-il. Envoyez-la-moi.

— Voulez-vous que je reste ? demanda Mulej.

— Je ne serai pas occupé plus d'une heure, dit Krek. Oui, reste ! Je t'interdis de partir. Quand je reviendrai, je veux voir une proposition sur les affaires que nous allons organiser entre maintenant et la semaine prochaine.

— Je sais ce que je dois faire, K, dit Mulej d'un ton las.

— Et je veux que tu t'assures que la déclaration sera vérifiée par un de nos intervenants arabes. Il faut qu'elle ait l'air authentique.

— C'est en cours.

— Et écris un communiqué pour la presse disant que l'entreprise est offensée, à titre personnel, et bien sûr, au nom de nos employés catholiques. Tu piges ?

— Pigé.

— Et plus important, je veux un projet pour résoudre cette histoire des catacombes. Elle tombe au pire moment, je n'arrive pas à y croire. Je veux que nos gens, en Italie, sachent que c'est ma priorité numéro un. Je veux les meilleurs renseignements, le meilleur plan et la meilleure exécution. » Il s'était subrepticement rapproché de Mulej et, maintenant, il était debout au-dessus de lui. Il enfonça un index dans son épaule. « Pigé ? »

Le colosse hocha la tête, obéissant.

« Oui, K. »

On sonna à la porte et K alla ouvrir en personne.

Un de ses gardes accompagnait une jeune femme. Krek l'accueillit dans le hall avec un sourire.

« Comment t'appelles-tu ?

— Aleida, monsieur Krek. »

Elle avait l'accent néerlandais.

« Mes amis m'appellent K, dit-il. On m'a dit que tu étais charmante. Je ne suis pas déçu.

— C'est un honneur de vous rencontrer. Certainement un des plus grands événements de ma vie. »

Aleida était une petite brune avec un visage de star de cinéma. L'excitation du moment avait rougi ses joues.

« Viens avec moi, dit Krek. Mon temps est compté.

— Bien sûr, monsieur Krek… Bien sûr, K. Un homme comme vous a beaucoup de responsabilités, j'en suis sûre. »

Il la conduisit vers un grand escalier aux ornements sculptés et ils passèrent devant une ribambelle de précédents Krek figés sur des toiles.

« Vous n'avez pas idée. »

Les deux murs du couloir étaient ornés de bois de cerf, un espace dangereux si on s'y retrouvait dans un état très alcoolisé. Les parties résidentielles du château étaient également dépourvues de toute marque féminine. La femme de Krek était décédée des suites d'une maladie neurologique qui avait évolué rapidement et les quelques fantaisies qu'il avait tolérées de son vivant furent éliminées à sa mort. Son domaine était sauvage, peuplé de sangliers et de chevreuils. C'était un château de chasse, la maison d'un homme.

La chambre à coucher de Krek était grande mais austère. Un plancher recouvert de quelques petits tapis. Un énorme poteau en chêne sculpté en spirale au milieu de la pièce supportait d'immenses poutres. Une commode médiévale contre un mur. Une tapisserie. Un grand lit avec un demi-baldaquin recouvert de damas à rayures.

Krek s'assit au pied du lit et ôta sa cravate.

« On m'a dit que tu as été modifiée », dit-il.

Aleida baissa les yeux et chuchota quelque chose qui devait servir d'excuse.

« Je n'accepte généralement pas les femmes modifiées, mais on m'a conseillé de faire une exception.

— Mes parents m'ont envoyée dans un pensionnat où les filles prenaient leur douche ensemble, dit-elle d'une voix douce. Je ne voulais pas *la* perdre, mais ils m'ont imposé l'opération.

— C'est une histoire banale. Je préférerais que ces choses n'arrivent pas, mais j'accepte qu'il en soit ainsi. Montre-moi. »

Docilement, Aleida commença à enlever ses vêtements. D'abord son manteau, puis ses chaussures à talons, son chemisier, sa jupe serrée. Il n'y avait pas de meuble à portée de main. Elle laissa ses habits tomber sur le sol.

Krek lui dit d'arrêter pour lui laisser le temps de savourer l'image de la jeune femme en lingerie. Il ne voulait pas qu'elle se tourne, pas encore.

« Vas-y, continue », dit-il enfin.

Aleida détacha ses bas noirs de son porte-jarretelles et les fit descendre le long de ses jambes, puis, d'un geste adroit, défit son soutien-gorge et enleva lentement son string noir. Elle était rasée, la peau bien lisse.

« Très jolie, dit Krek, en s'appuyant sur un coude. Maintenant, tourne-toi. »

La jeune fille obéit. Elle était là : une mince cicatrice pâle au milieu et en bas de sa colonne vertébrale sur environ six centimètres.

« Approche. »

Il inspecta la marque et la dessina du bout du doigt.

« Qui t'a opérée ?

— Le docteur Zweens, répondit-elle. À Utrecht.

— Je le connais. Il travaille bien. Bon, Aleida, tu es vraiment jolie. Je ne vois aucun problème. »

La saisissant par les hanches, il la tourna vers lui. Elle le regarda d'un air reconnaissant.

Krek se leva, défit sa ceinture et laissa son pantalon tomber sur le sol. Elle finit de le lui enlever et fit de même avec son caleçon.

Il posa les mains d'Aleida autour de sa taille. Elle les promena lentement, dans un geste sensuel, jusqu'à ses reins où elle saisit le membre épais qui partait du bas de sa colonne vertébrale. Elle fit courir ses doigts sur toute sa longueur. Il était aussi charnu que sa bite et tout aussi dur.

« Tire-la, gémit Krek, tire-la fort. »

6

Le petit bureau d'Elisabetta était situé au troisième étage de la Commission pontificale d'archéologie sacrée sur la via Napoleone, une rue animée en pente douce. Dehors, tout était en mouvement, les voitures, les motos, les piétons. La cacophonie des moteurs et des gens faisait paraître la ville animée. À l'intérieur, le rythme était alangui. Les membres du personnel se promenaient dans les couloirs à une allure très ralentie. Les catacombes et les monuments étaient là depuis des siècles, pensaient-ils, alors pourquoi se presser ?

Elisabetta ne se laissa pas gagner par la torpeur. Là-bas, sur la piazza Mastai, ses cours se déroulaient sans elle. Sœur Marilena la remplaçait. Les enfants ne perdaient rien au change et ce n'était pas là le problème majeur. Cette mission était un schisme, une déchirure dans le tissu de son âme, malgré toute la sinistre fascination qu'elle comportait. Le déroulement de ses journées avait un but : servir Dieu. Pour la première fois depuis une douzaine d'années, on l'avait forcée à abandonner son canot de sauvetage gentiment bercé par les vagues pour la plonger dans une mer inconnue.

Les livres et les papiers étalés sur son bureau venaient

d'une autre époque, d'une autre Elisabetta. Elle reconnaissait son écriture, se rappelait les annotations qu'elle y avait ajoutées, mais elles lui paraissaient étrangères. Elle leur en voulait, elle en voulait au professeur De Stefano et aux membres de la commission. Pour elle, ils participaient au complot qui visait à l'éloigner et à la priver de tout ce qu'elle aimait. Même les membres du clergé à la Commission semblaient être les habitants d'un univers parallèle chargés de missions différentes de la sienne. Les religieuses ressemblaient plutôt à des secrétaires dont les yeux étaient rivés sur la pendule, les prêtres sentaient la cigarette et parlaient d'émissions de télévision dans le réfectoire. Il fallait qu'elle finisse ce travail qu'on lui avait assigné et qu'elle retourne à sa précieuse normalité.

Elisabetta feuilletait son vieil exemplaire des *Astronomica* de Manilius lorsqu'elle ressentit le besoin soudain de s'isoler totalement et de prier en silence.

Elle ferma les yeux et serra la croix qu'elle portait autour du cou, si fort qu'elle en eut mal à la main, cette main qui la faisait souvent souffrir depuis que sa paume avait été lacérée.

« Seigneur tout-puissant, j'ai renoncé à toute pensée me concernant et concernant mon ancienne vie lorsque je me suis confiée à Ton esprit saint. J'ai confié mon cœur au pouvoir de Ton amour. Ce cœur qui a failli être percé par le couteau d'un assassin, ce cœur t'appartient désormais. Reçois mes actes, mes épreuves, mes souffrances, pour que mon être tout entier puisse se consacrer à T'aimer, T'honorer et rendre gloire à Ton nom très saint. Que je puisse T'appartenir entièrement, vivre et mourir comme une de Tes dévouées servantes, telle est ma volonté. Fais que la paix m'habite toujours. Que mon âme soit pure à jamais. *Amen.* »

Avant qu'Elisabetta ait le temps de rouvrir les yeux, des images troublantes commencèrent à envahir son esprit comme des visiteurs importuns. Des images de corps partiellement momifiés, pourvus de queues, flottèrent devant ses yeux.

Soudain, une image s'imposa à elle, un souvenir douloureux qu'elle avait enfoui dans son inconscient : le dos à moitié dénudé de l'homme qui l'avait poignardée, cette chose qui dépassait en bas de sa colonne, entourée de petits tatouages noirs qui ressemblaient tellement à un essaim d'insectes en fureur.

Cette chose. C'était bien une queue, n'est-ce pas ?

Soudain prise de vertige elle expira, sans se rendre compte que, pendant tout ce temps, elle avait retenu sa respiration.

C'était comme si elle l'avait toujours su.

Elisabetta se sentit toute petite et vulnérable, un moineau emporté dans une tornade. Dieu était en elle. Il était tout autour d'elle. Mais, pour la première fois depuis longtemps, elle avait terriblement besoin d'une étreinte physique.

« Tu viens ? »

Elisabetta entendit la voix de baryton de Marco impatient, de l'autre côté de la porte de la salle de bains.

« Oui ! cria-t-elle.

— Tu as dit oui il y a dix minutes. On va être en retard.

— Cette fois, c'est pour de bon. »

Elle mit la dernière touche à son maquillage et recula autant que possible pour tenter d'obtenir dans le miroir un reflet plus complet, plus proche d'une image en pied. Elle aimait bien sa nouvelle robe. C'était une robe d'été rouge et elle lui faisait une silhouette particulièrement jolie. Il ne lui restait plus qu'à choisir un collier, quelque chose de beau et de long, pour mettre en valeur son décolleté.

Elle ouvrit la porte et vit l'impatience s'effacer du visage de Marco.

« Ça valait la peine d'attendre, dit-il. Tu es fantastique ! »

Elle lui demanda s'il aimait la robe et il répondit en passant ses grandes mains sur le tissu soyeux et en remontant le long de ses bas.

Elisabetta rit et s'écarta de lui.

« Je croyais que tu avais dit qu'on allait être en retard.

— Ce n'est que le mariage de mon cousin. En plus, je ne l'aime pas.

— Eh bien, je ne vais pas te laisser abîmer ma tenue et mon maquillage. Sans parler de ton nouveau costume… qui, au fait, te va très bien. »

Marco se regarda dans la glace du couloir.

« Tu trouves ?

— Oui. Tu vas rendre les filles complètement folles.

— Elles ne peuvent pas m'avoir, dit-il d'un ton léger. Je suis déjà pris.

— Rien que pour ça, je vais t'embrasser, mais plus tard. Je reviens tout de suite, je vais chercher un collier. »

À ce moment-là il cessa de ressembler à un homme assuré et son expression fut celle d'un petit garçon excité. Il plongea la main dans la poche intérieure de sa veste et en sortit une petite boîte recouverte de velours.

« Peut-être que ça conviendra.

— Marco, qu'as-tu fait ? »

Elle l'ouvrit et aima sur-le-champ ce qu'elle vit. C'était un pendentif en forme de cœur sur une chaîne en or, une moitié recouverte de diamants pavés, l'autre de rubis.

« Tu l'aimes bien ?

— Oh, mon Dieu, je l'adore ! »

Elle courut à la salle de bains pour le mettre et en revint, rayonnante.

« Il est magnifique, dit-il. Comme toi.

— Je suis une moitié et toi tu es l'autre moitié, dit Elisabetta. Laquelle est la mienne, celle des diamants ou celle des rubis ?

— Celle que tu préfères. »

Elle fit deux pas en avant et leva son visage vers lui. Il l'enlaça de ses bras vigoureux et la serra doucement. Elle ferma les yeux, passa ses bras autour de sa taille et posa son oreille contre son cœur ; elle se sentait plus heureuse et en sécurité qu'elle ne l'avait jamais été.

« Je vous dérange ? »

Surprise, Elisabetta ouvrit les yeux. Le professeur De Stefano était à sa porte.

« Non, je vous en prie, entrez. »

Le vieil homme paraissait embarrassé.

« Je voulais juste m'assurer que vous aviez tout ce dont vous aviez besoin.

— Oui, tout est là, dit-elle, retrouvant ses esprits. Mon carton de papiers est arrivé ce matin de chez mon père. L'ordinateur semble marcher.

— Avez-vous besoin que quelqu'un vous aide à vous en servir ?

— Nous avons des ordinateurs à l'école, professeur. Je me débrouille très bien.

— Bien, bien. Je demanderai à ma secrétaire de vous donner accès aux photos prises sur le site.

— Cela me serait utile », dit Elisabetta.

De Stefano s'attarda.

« Est-ce que vous avez un plan ? demanda-t-il brusquement. Je sais que c'est seulement votre première journée complète et je ne voudrais pas vous bousculer, mais j'ai déjà eu des appels du Vatican ce matin. Ils attendent impatiemment un rapport. »

Elle tapota son exemplaire des *Astronomica*.

« Je réfléchis aux symboles. Je veux essayer de comprendre leur sens, la signification qu'ils avaient pour ces... créatures. Et j'ai besoin de comprendre mieux le phénomène – les queues. »

De Stefano hocha vigoureusement la tête.

« Oui, c'est d'une importance capitale. Nous devons résoudre ce mystère rapidement. Qui étaient ces gens ? Comment se sont-ils trouvés là ? Comment sont-ils morts ? Par le feu ? Ont-ils été assassinés ? Si c'est le cas, par qui ? S'agissait-il d'un suicide collectif ? Dans l'affirmative, pourquoi l'ont-ils commis ? Qu'est-ce que leur queue et leur symbolique nous disent d'eux ? Étaient-ce des Romains ? Des païens ? Y a-t-il la moindre probabilité qu'ils aient été chrétiens ? Il va être impossible de tenir éternellement le public éloigné de tout ça. Il y a toujours des fuites, dans ces cas-là. J'espère seulement que nous aurons des explications crédibles à offrir si elles se produisent avant le début ou la fin du conclave. Je vous confie cette mission. Mais informez-moi dès que vous avez progressé. »

Sa voix s'était faite suppliante.

Elle ouvrit le petit volume à une page marquée par un signet. Marcus Manilius était un astrologue romain dont la vie s'était déroulée sous les règnes d'Auguste et de Tibère, un personnage qui aurait sombré dans les limbes de l'oubli s'il n'y avait pas eu son poème épique *Astronomica*, dont le but était d'enseigner le zodiaque à ses contemporains.

> La raison de l'homme n'imposa de borne ni de limite à ses activités avant d'avoir évalué les cieux, saisi les secrets les plus intimes du monde par la compréhension de leurs causes et contemplé tout ce qui existe. Elle a perçu pourquoi les nuages étaient ébranlés et dispersés par un coup de tonnerre ; pourquoi les flocons de l'hiver étaient plus doux que la grêle de l'été ; pourquoi les volcans s'embrasaient et la terre tremblait ; pourquoi la pluie tombait et ce qui faisait souffler les vents. Une fois que la raison eut relié ces événements à leurs véritables causes, elle s'aventura au-delà de l'atmosphère pour explorer les immensités voisines du firmament et comprendre les cieux comme un tout. Elle a déterminé les formes et les noms des signes et découvert les cycles qui les gouvernaient selon des lois ; elle a découvert aussi que toutes choses bougeaient selon la volonté et la disposition du firmament, parce que les constellations, par la variété de leurs dispositions, définissent des destinées différentes.

Elisabetta savait encore certaines choses : les Romains avaient été fous d'astrologie, totalement convaincus que les cieux décidaient de leur sort. Certains empereurs, ceux qui étaient aussi sûrs d'eux que Tibère, encouragèrent ces pratiques. D'autres, comme Auguste, persuadés que la populace tentait par tous les moyens de prédire leur fin, interdirent tout simplement les consultations astrologiques.

Mais, malgré l'omniprésence du zodiaque dans la vie quotidienne des Romains, elle savait que les symboles astrologiques apparaissaient rarement sur les fresques des maisons ou des tombeaux. La symbolique étalée dans ce columbarium était unique et, étant donné le contexte, déroutante.

Elisabetta compara ses anciennes notes concernant le mur original, aujourd'hui désintégré, avec ses nouvelles annotations. Le schéma des symboles était identique, les douze signes astrologiques étaient rendus avec simplicité et élégance dans un grand cercle, dans leur ordre longitudinal traditionnel, du Bélier aux Poissons, suivis des sept signes planétaires dans un ordre particulier : la Lune, Mercure, Vénus, le Soleil, Mars, Jupiter, Saturne. Et dans chaque cercle, le signe des Poissons était toujours vertical, comme un homme en position debout.

Et que penser des restes momifiés et des squelettes ? Il lui faudrait étudier de près les photos de De Stefano, mais surtout, il faudrait qu'elle retourne dans les catacombes avec une truelle et un pinceau, et qu'elle passe du temps sur le site. Elle se mit à écrire un pense-bête : demander au professeur d'organiser une autre visite. Mais son attention fut attirée par un Post-it portant un point d'exclamation qu'elle avait mis dans le livre des années auparavant. Elle ouvrit le volume à la page marquée.

> Une puissance supérieure mêle souvent le corps d'animaux sauvages aux membres d'êtres humains : il ne s'agit pas de naissances naturelles Ce sont les étoiles

qui créent ces formes inédites, les cieux qui introduisent ces caractéristiques.

Des êtres monstrueux.

Elisabetta frissonna, essayant de se rappeler pourquoi elle avait marqué ce passage.

Son ordinateur émit un bip pour signaler l'arrivée de son premier message électronique. Elle fit pivoter sa chaise à roulettes et cliqua sur la boîte de réception, s'attendant à trouver les photos de De Stefano. Mais c'était un message de Micaela – dans la ligne intitulée objet, il n'y avait que : SALUT.

Voici quelques articles pour toi. J'espère qu'ils correspondent à ce que tu cherches. Ça me rend folle que tu ne me dises pas ce qui se passe. Mic.

Elisabetta envoya les documents à l'imprimante partagée qui se trouvait dans la salle des archives et se dépêcha d'aller les récupérer avant que quelqu'un puisse les voir.

Elle était soulagée d'être seule, loin des regards indiscrets, lorsque les articles tombèrent dans le plateau de l'imprimante. Elle les agrafa, en attendant les suivants. Puis elle se rendit compte d'une présence. Un jeune prêtre était apparu entre les meubles de classement et il la regardait.

Elle se retourna et le fixa très – trop – longtemps.

Il était très grand, il devait atteindre deux mètres, avec un visage oblong et de fins cheveux blonds qui le faisaient ressembler à l'homme du *Cri* de Munch. Il portait des lunettes à monture de plastique noir dont les verres étaient si épais qu'ils grossissaient et déformaient ses yeux. Mais c'était son grand torse et ses bras, démesurément longs, qui frappèrent le plus Elisabetta. Les bras étaient disproportionnés, même pour un corps aussi filiforme que le sien, et ses poignets fins, osseux, émergeaient des manches trop courtes de sa soutane noire.

Elle fut gênée d'être restée ainsi bouche bée et elle était sur le point de dire quelque chose lorsqu'il se faufila par la porte et disparut sans un mot.

Une fois revenue à son bureau, Elisabetta glissa les articles dans son sac. De la lecture pour ce soir. Elle passerait le reste de l'après-midi à étudier le fichier de De Stefano contenant les photos des fouilles.

Gian Paolo Trapani avait pris des centaines de photos. Les travaux étaient rudimentaires et les squelettes n'étaient que partiellement séparés les uns des autres et des débris qui les entouraient. Elle examina attentivement chaque photo. Ses premières impressions lui firent penser que ces gens étaient aisés. Ils portaient des bracelets en or et en argent, et des pendants d'oreilles ornés de pierres précieuses. Il y avait des tas de pièces en argent ici et là, qui suggéraient la présence de bourses décomposées depuis longtemps. Les corps étaient serrés les uns contre les autres de manière assez uniforme, indiquant, selon Elisabetta, qu'ils avaient été entassés dans un espace exigu. Mais une caractéristique se dégagea après qu'elle eut vu suffisamment de clichés. Les squelettes des enfants et même des bébés semblaient éparpillés au hasard au milieu de ceux des adultes. Elle ne parvint pas à trouver un seul enfant protégé par les bras d'un adulte. Où se trouvait la preuve de l'instinct maternel ?

Puis elle s'arrêta sur la photo d'un squelette.

C'était un homme, se dit-elle, à en juger par la

longueur totale et la grosseur du crâne. Du point de vue de la momification, il était l'un des mieux conservés, avec une grande portion de peau marron tendue sur les os faciaux. Elle savait que les changements *post mortem* rendaient ce genre de jugement difficile, si ce n'était absurde, mais elle lisait une expression figée de rage torturée sur ce visage dont il ne restait pas grand-chose.

Le squelette portait beaucoup d'or. De lourds bracelets en or ornaient ses poignets. Un pendentif en or martelé était niché dans ses côtes. Elisabetta chercha un gros plan du pendentif, mais il n'y en avait pas. Elle grossit la zone avec un logiciel de traitement de photos, mais ce fut inutile. S'il y avait des marques, elle ne pouvait pas les distinguer. Elle se dit qu'elle devrait l'examiner lors de sa prochaine visite à Saint-Calixte.

Mais ce fut la dernière photo de ce squelette qui embrasa vraiment son imagination. Il y avait quelque chose dans une de ses mains osseuses : une chaîne en argent cassée avec un médaillon en argent. Un frisson d'impatience agita Elisabetta. Elle zooma. L'image qu'elle obtint était floue, mais elle était presque certaine de ce qu'elle voyait : le symbole *chi-rhô*, un des premiers symboles chrétiens, composé de la combinaison des deux premières lettres du mot grec pour Christ.

Que faisait ce symbole des débuts de la chrétienté dans le contexte visiblement non chrétien d'un columbarium romain décoré de signes astrologiques païens ?

Elisabetta referma le dossier de photos et frotta ses yeux secs.

Un nouveau mystère.

Elisabetta arriva à la piazza Mastai trop tard pour le service du soir et fut obligée de prier seule pendant que les autres sœurs prenaient leur dîner ensemble. Comme la chapelle se trouvait à l'autre bout du couloir, à l'opposé de la cuisine, elle était paisible et silencieuse. Lorsqu'elle eut terminé, elle se signa et se remit debout. Sœur Marilena était assise au dernier rang.

« Je ne vous avais pas entendue, dit Elisabetta.

— Bien, dit la vieille religieuse. Mama a mis de côté une assiette pour vous. Elle n'aime pas qu'on saute un repas. »

Mama était la mère de sœur Marilena, une vieille dame de quatre-vingt-douze ans. Des années auparavant, Marilena avait demandé une dérogation à la supérieure de leur ordre pour que sa mère ait la permission de vivre avec elles plutôt que d'aller dans une maison de retraite. Elles avaient beaucoup de place. Au troisième et au quatrième étage du couvent logeaient seulement huit sœurs – quatre Italiennes, quatre Maltaises – et dix novices, toutes africaines. Ce n'était pas facile, ces derniers temps, de recruter de jeunes novices, en particulier en Italie et dans le reste de l'Europe, alors les femmes, un peu perdues dans ce grand espace, s'offraient le luxe d'avoir chacune sa chambre.

« Une prière supplémentaire ? » demanda Elisabetta.

C'était une de leurs plaisanteries favorites. Marilena se glissait souvent dans la chapelle pour y prier encore et encore. L'ordre manquait de fonds. Elles avaient besoin de livres et d'ordinateurs. Avec la pénurie de novices qui entraient dans l'ordre, elles devaient faire appel à des enseignantes contractuelles, qui coûtaient cher. La plupart des parents ne pouvaient guère supporter une augmentation importante des frais de scolarité. Alors Marilena priait constamment pour que l'école trouve des ressources supplémentaires.

« Je crois que Dieu m'a entendue, cette fois », répondit Marilena, une de ses phrases préférées.

Elisabetta sourit et s'enquit :

« Comment Manuela s'en est-elle sortie de son test de géométrie ?

— Pas bien. Cela vous surprend-il ?

— Non. Elle va avoir besoin d'une aide particulière.

— Ne vous en faites pas, dit Marilena. J'ai de bons souvenirs de Pythagore et d'Euclide. Et vous, comment vous en êtes-vous sortie ?

— Je n'aime pas ça. J'ai à peine eu le temps de prier.

— Vous avez à peine le temps de prier les jours d'école.

— C'est différent. Ici, je suis avec vous. Leur bureau est un lieu qui m'est étranger, tout comme les gens qui s'y trouvent.

— Vous vous habituerez.

— J'espère que non, rétorqua Elisabetta. Je veux en finir avec cette mission et revenir. »

Marilena hocha la tête.

« Vous ferez ce que l'Église vous demandera et je suis sûre que Dieu vous bénira pour votre dévouement. Maintenant, venez manger avant que nous n'ayons toutes les deux des ennuis avec Mama. »

Plus tard, une fois rentrée dans sa chambre, Elisabetta s'assit à son bureau en chemise de nuit et pantoufles, pour finir la lecture des articles que Micaela lui avait envoyés. C'était aride. Le sujet était technique et franchement déplaisant – un abrégé de la littérature médicale sur les queues humaines. La plupart des rapports étaient en anglais et elle s'attaqua à ceux-là en premier. D'autres étaient en français, en allemand, en russe et en japonais ; elle les garda pour plus tard.

Elle posa le quatorzième article de la journée traitant des queues humaines ataviques – un terme qu'elle ne connaissait pas auparavant. Atavisme : réapparition d'une caractéristique perdue, typique d'un lointain ancêtre dans l'évolution. Comme d'autres atavismes, la littérature scientifique traitait des appendices caudaux humains comme d'un exemple de notre héritage commun avec des mammifères non humains.

Elisabetta n'allait pas se laisser entraîner dans un débat sur la biologie de l'évolution. Elle avait une formation scientifique et elle préférait laisser la doctrine de l'Église coexister en paix avec des truismes sur l'évolution, au moins dans son esprit à elle. Personne dans l'Église n'avait jamais eu l'occasion de l'interroger sur ses croyances en la matière et elle ferait de son mieux pour qu'il en reste ainsi.

Ces appendices, apprit-elle, étaient rares chez l'homme. Très rares : on ne disposait que d'une centaine de cas bien documentés dans le siècle passé. Elisabetta se força à examiner les photos, en particulier celles des bébés. Elles remuaient quelque chose en elle, quelque chose d'extrêmement dérangeant et vil, un profond dégoût. Et il y avait plus encore, de la peur. Une peur darwinienne ancienne, celle de la proie en présence du prédateur. Elle prit une profonde inspiration et reprit sa lecture.

La taille des queues humaines pouvait aller du petit appendice à un membre plus long, comparable à un serpent. Elles possédaient toutes la même structure que l'appendice des mammifères avec des os supplémentaires, jusqu'à une demi-douzaine de vertèbres coccygiennes, recouverts de tendons, de muscle et de peau rose. Elles pouvaient bouger grâce aux muscles striés qui contrôlaient tous leurs mouvements.

La plupart des parents optaient pour une ablation chirurgicale de crainte que leur enfant ne soit stigmatisé et c'était pour cette raison que, chez les adultes, les queues étaient plus rares.

Les paupières d'Elisabetta s'alourdissaient. Elle avait fini de lire tous les articles en anglais et elle les trouvait répétitifs. Un article allemand trônait au sommet de la pile. Il était extrait du *Deutsche Medizinische Wochenschrift*. C'était un court article datant de 2007. Elisabetta maîtrisait mal l'allemand, mais elle comprit que le titre renvoyait à une étude de cas sur une queue humaine adulte. Le texte était dense et impénétrable.

Elle s'en occuperait au matin, décida-t-elle.

Il était temps pour elle de se vider la tête et de retrouver son équilibre avec une brève prière avant que le sommeil ne l'emporte.

En se levant de sa chaise, Elisabetta eut une soudaine envie de tourner la page. Elle essaya de se retenir, mais sa main bougea trop vite.

À la vue de la photographie, elle sentit ses jambes se dérober sous elle et elle retomba sur sa chaise si brutalement qu'elle en eut le souffle coupé.

Mon Dieu.

Le corps nu d'un vieillard était allongé sur une table d'autopsie, photographié de la taille jusqu'aux genoux.

Au-dessus des fesses masculines ridées on voyait un appendice, mesurant vingt centimètres, de sa base jusqu'à son extrémité, si l'on en croyait la règle posée à côté. Il était épais à la base, cylindrique sur toute sa longueur, sans être effilé ; le bout était gros et court, comme le bout tranché d'une saucisse.

Ce n'était pas tout.

Elisabetta essaya de déglutir, mais elle avait la bouche trop sèche. Elle plissa les yeux, courbée sur la photo, et ajusta sa lampe de bureau, mais c'était insuffisant.

Le souffle court, elle sortit de sa chambre en courant, attrapant sa robe de chambre et l'enfila tout en remontant le couloir. Sœur Silvia, une adorable vieille dame dont la vessie avait quelque faiblesse et qui marchait vers les toilettes, resta bouche bée en voyant Elisabetta passer en courant et dégringoler l'escalier en direction des salles de classe.

Elle alluma les lumières et trouva ce qu'elle cherchait dans le laboratoire de sciences. Puis elle remonta les marches quatre à quatre, serrant fort une loupe dans sa main. Elle se rassit à son bureau. La base de la colonne vertébrale du vieux monsieur, voilà ce qui avait brusquement attiré son attention, comme si elle avait reçu une grande claque dans la figure.

Ils y étaient, visibles sous la loupe, entourant la queue en demi-cercles concentriques ; toute une série de petits tatouages noirs. Elisabetta fut saisie d'une peur qui la paralysa, comme si ce vieux corps nu pouvait se lever, sortir de la page et la frapper en plein cœur avec un couteau.

7

L'Institut de pathologie de l'hôpital universitaire d'Ulm dans le sud de l'Allemagne se trouvait dans la forêt à la limite du grand campus. Un voyage en avion puis en voiture avec chauffeur depuis l'aéroport de Munich avait été organisé sur l'insistance du professeur De Stefano, malgré les protestations d'Elisabetta qui estimait qu'un voyage en train serait aussi bien.

« Écoutez, dit-il. Je tends le bâton pour me faire battre, en vous permettant d'emmener votre sœur, alors laissez-vous faire. Je veux m'assurer que vous pouvez effectuer l'aller-retour en un jour. La rapidité… »

Sans qu'il trouvât cela amusant, Elisabetta termina à sa place : « … est essentielle. »

Micaela et elle avait voyagé côte à côte dans l'avion qui les avait amenées de Rome, parlant à voix basse de queues et de tatouages, de signes astrologiques et des rites funéraires de la Rome antique.

Micaela dévora avec gourmandise ses noix apéritives et prit celles d'Elisabetta lorsqu'elle les lui proposa. Elle était visiblement ravie d'être dans la confidence. Mais Elisabetta, déjà soucieuse qu'un membre de sa famille soit mêlé à cette affaire, commença à s'inquiéter pour de bon sur la notion de secret chez sa sœur lorsque celle-ci lui dit :

« Nous devrions en parler à papa. C'est un génie.

— Oui, je sais, il est très intelligent et j'imagine que ses capacités analytiques seraient très utiles, répondit Elisabetta, mais nous ne pouvons rien lui dire. Nous ne pouvons pas parler de ça à quiconque ! C'était déjà assez difficile de les convaincre de te faire entrer dans le circuit. J'ai dit que j'avais besoin d'un docteur en médecine et De Stefano a donné son approbation uniquement parce que tu es ma sœur. »

Les deux femmes qui sortirent de la Mercedes à l'entrée de l'Institut n'auraient pas pu être plus différentes : Micaela dans une robe moulante imprimée avec une veste en cuir élégante et de hauts talons, Elisabetta dans son habit noir et ses chaussures confortables.

Tandis qu'Elisabetta restait en retrait, Micaela dit à l'homme qui se trouvait à l'accueil qu'elle avait un rendez-vous. Il passa un appel téléphonique, puis leva les yeux et demanda à la bonne sœur s'il pouvait lui être utile.

« Nous sommes ensemble », répondit Elisabetta.

Il les observa toutes les deux et secoua la tête, visiblement en proie au doute sur la manière de comprendre ce rapprochement improbable entre deux mondes.

Plus tôt, Micaela avait fait rire Elisabetta aux larmes en lui parlant des titres académiques pompeux, en cours chez les Allemands. Aussi, quand le docteur en médecine Peter Michael Gunther sortit de l'ascenseur, Micaela gratifia sa sœur d'un clin d'œil complice. Il ressemblait en tout point à un « *Herr Professor* ». Grand, magistral, il portait un bouc qui lui donnait un air suffisant et son titre en toutes lettres était brodé de rouge au-dessus de la poche de sa blouse.

« Mesdames, fit Gunther dans un anglais impeccable, apparemment perplexe sur la manière de s'adresser à elles de manière adéquate, c'est un plaisir de vous rencontrer. Je vous en prie, suivez-moi. »

Micaela bavarda comme une pie pendant tout le trajet. C'était elle qui avait pris le premier contact et il semblait, de toute façon, beaucoup plus à l'aise avec elle.

« Je suis surpris que vous ayez montré de l'intérêt pour mon modeste article, dit Gunther en les faisant entrer dans son bureau résolument moderne qui donnait sur le plan d'eau de l'Institut.

— Personne d'autre ne s'y est donc intéressé ? » demanda Elisabetta qui prenait la parole pour la première fois.

Il versa du café.

« Vous savez, j'avais pensé qu'il déclencherait plus d'intérêt et de commentaires, mais ça n'a pas été le cas. Juste quelques notes de la part de collègues et une ou deux plaisanteries. En fait, c'est la police qui a manifesté le plus d'intérêt. »

Elisabetta posa sa tasse.

« Pourquoi la police ? Est-ce que sa mort était suspecte ?

— Pas du tout. La cause du décès a été une thrombose coronaire, sans aucun doute. L'homme avait plus de quatre-vingts ans, on l'a trouvé inanimé dans la rue et on l'a amené aux urgences, où son décès a été constaté. Rien d'extraordinaire dans tout ça, jusqu'à ce qu'on le déshabille. L'affaire a pris un autre tournant inhabituel deux jours après son autopsie, lorsque quelqu'un est entré par effraction dans la morgue de l'hôpital et a enlevé le corps. La même nuit, mon bureau à l'hôpital a été cambriolé et certains de mes dossiers ont disparu, y compris les notes et les photographies de notre vieux monsieur. Même mon appareil photo numérique a été volé, avec la carte mémoire qu'il contenait. La police a été assez inefficace, à mon avis. Ils n'ont jamais rien trouvé. »

Elisabetta se sentit prise de découragement en entendant cela. Leur voyage avait-il donc été inutile ? Tout ce qu'elle put demander, ce fut :

« Qu'a fait sa famille ?

— Il n'avait pas de famille. L'homme n'avait pas de parent vivant que nous puissions identifier. C'était un professeur d'université qui était depuis longtemps à la retraite. Il vivait dans un appartement loué près du centre-ville. Apparemment, il était assez seul. La police a conclu que quelqu'un à l'hôpital avait peut-être parlé de son anatomie particulière et qu'un groupe d'excentriques avait volé sa dépouille pour un rituel ou pour faire une plaisanterie de mauvais goût. Qui sait ?

— Comment avez-vous pu écrire l'article si tout avait été volé ? demanda Micaela.

— *Ach so!* s'exclama Gunther d'un air entendu. Comme le cas était unique, j'avais tiré un deuxième jeu de photographies et j'avais fait une copie du rapport d'autopsie. Je les avais rapportés dans ce bureau le soir de son examen *post mortem*. Je voulais pouvoir les étudier à ma guise. Encore une chance que je dispose de deux bureaux.

— Donc, vous avez des photos ? insista Micaela.

— Oui, plusieurs.

— En supplément de celles que vous avez publiées ? s'enquit Elisabetta.

— Oui, bien sûr. Maintenant, c'est peut-être à votre tour de me dire pourquoi une religieuse et une gastro-entérologue se passionnent pour le cas que j'étudie. »

Les sœurs échangèrent un regard. Elles avaient préparé leur réponse.

« Ce sont les tatouages, dit Elisabetta. Je participe à un projet de recherche sur la symbolique des débuts de l'ère chrétienne. J'ai des raisons de penser que les tatouages de cet homme ont un lien avec cette époque, mais les photos publiées sont trop floues pour que je puisse y comprendre quoi que ce soit.

— De quel genre de symboles parlez-vous ? demanda Gunther, manifestement intéressé.

— Des symboles astrologiques, répondit Elisabetta.

— Alors vous allez être déçues », dit-il en prenant un dossier sur son bureau impeccablement ordonné.

Il étala une série de photographies en couleurs, une par une, comme un croupier de casino, en faisant claquer les coins. Elles représentaient toutes le dos flétri de l'homme. Les premières étaient prises au grand-angle et les deux qui avaient été publiées avec l'article faisaient partie du lot. La queue était longue, elle descendait plus bas que les fesses. Sous la peau ratatinée, on distinguait les vertèbres supplémentaires.

Sur d'autres clichés, le champ était restreint et l'agrandissement augmentait à mesure que le photographe était remonté vers la partie conique attachée sur un minuscule os coccygien. Le diamètre de la queue s'élargissait au milieu ; de fins poils blancs recouvraient la peau. Avaient-ils été noirs lorsqu'il était jeune ? se demanda Elisabetta.

Ensuite, Gunther sortit les photographies les plus intéressantes, celles de la base de la colonne vertébrale.

Il était peut-être impoli de se jeter dessus, mais Elisabetta ne put s'en empêcher. Elle attrapa l'un des gros plans et le dévora des yeux.

Les tatouages représentaient des nombres.

Trois demi-cercles concentriques de nombres entouraient la base de la queue.

63 128 99 128 51 132 162 56 70
32 56 52 103 132 128 56 99
99 39 63 38 120 39 70

Micaela, pour ne pas être en reste, avait mis la main sur une photographie similaire. « Qu'est-ce que ça signifie ? demanda-t-elle.

— Nous n'en avons pas la moindre idée, dit Gunther. Nous n'avons toujours pas élucidé ce mystère. »

Ils se tournèrent tous les deux vers Elisabetta.

Elle secoua la tête, l'air découragé.

« Je n'en ai pas la moindre idée, moi non plus. (Elle posa la photo sur le bureau.) Est-ce que nous pouvons en avoir une copie ?

— Oui, certainement.

— Savez-vous autre chose de cet homme ?

— Nous avons son nom et sa dernière adresse, c'est tout.

— Pouvez-vous nous les communiquer ? » interrogea Elisabetta doucement.

Gunther haussa les épaules.

« D'ordinaire, la confidentialité envers les patients me l'interdirait, mais lorsque la police s'est saisie de cette affaire, elle est devenue publique. » Il sortit une feuille du dossier. « Un jour, mesdames, vous me renverrez l'ascenseur en me communiquant les résultats de vos recherches. J'ai l'impression que vous avez des choses cachées dans vos manches.

— Les manches de ma sœur sont plus larges que les miennes », répondit Micaela en souriant.

L'adresse dans Fischergasse était près de la cathédrale d'Ulm et si les deux femmes n'avaient pas été pressées, craignant de manquer leur vol de retour, Elisabetta aurait essayé d'y faire une courte visite. L'édifice avait été, à ses débuts, une église catholique relativement modeste, mais la conversion de la région au protestantisme et la flèche grandiose ajoutée au XIXe siècle par les anciens en avaient fait la plus haute cathédrale du monde.

Leur chauffeur se gara devant une rangée de jolies maisons à colombages dans la vieille ville, assez près du Danube pour que le vent leur apporte le parfum du fleuve. Le numéro 29 était une imposante maison de quatre étages dont le rez-de-chaussée était occupé par une boulangerie.

Lorsqu'elles arrivèrent, Micaela était collée à son portable, engagée dans une conversation très animée avec son petit ami Arturo. Elisabetta entra donc seule.

« Si tu ne trouves rien, au moins, laisse-moi rapporter des gâteaux », cria Micaela dans son dos.

La rue, agréable, plaisait à Elisabetta. Il aurait été merveilleux de s'asseoir sur un banc et de passer un peu de temps seule. En dehors de quelques brefs moments dans la chapelle du couvent à l'aube, elle avait passé la journée entière sans prier. Elle se sentait mal, frustrée, et elle se demanda avec inquiétude si sa foi n'était pas mise à l'épreuve. Et si c'était le cas, réussirait-elle à la surmonter et en sortirait-elle pure ?

Une cloche actionnée par un ressort sonna à son

entrée dans la boulangerie. La femme replète à la caisse parut surprise de voir une religieuse dans son magasin et ignora un autre client dans sa précipitation à servir Elisabetta.

« Puis-je vous aider, ma sœur ? proposa-t-elle en allemand.

— Ah, parlez-vous italien ou anglais ? s'enquit Elisabetta en anglais.

— Anglais, un peu. Voulez-vous du pain ? Des pâtisseries, ma sœur ?

— Juste un peu d'aide. Un homme habitait ici. Je me demandais si vous le connaissiez.

— De qui s'agit-il ?

— De Bruno Ottinger. »

Ce fut comme si Elisabetta avait fait apparaître un fantôme. La dame se précipita contre le comptoir et faillit poser sa main sur une tarte toute fraîche.

« Le professeur ! Mon Dieu ! C'est drôle, Hans et moi, on parlait de lui hier soir, justement. Nous étions ses propriétaires.

— Je vois que vous êtes occupée. Je me suis arrêtée en chemin avant d'aller à l'aéroport et je voulais parler à quelqu'un qui l'avait connu.

— Laissez-moi me débarrasser d'elle, dit la boulangère en montrant, d'un mouvement du menton, la femme un peu âgée dont Elisabetta espérait qu'elle ne parlait pas un mot d'anglais. Elle achète toujours la même chose, alors, ça va aller vite. »

Une fois la cliente partie, la femme du boulanger, qui se présenta comme Frau Lang, accrocha à la porte en verre un panneau sur lequel on lisait : DE RETOUR DANS DIX MINUTES et tourna la clef dans la serrure. Elle toucha le poignet d'Elisabetta et dit d'un ton coupable : « Hans est protestant, mais je suis catholique. Je devrais me consacrer davantage à ma religion, mais on perd l'habitude, avec nos horaires fous et tous nos engagements familiaux.

— Il y a de nombreuses manières de mener une vie de piété, dit Elisabetta, obligeamment. Puis-je aller chercher ma sœur dans la voiture ?

— Est-ce aussi une religieuse ? demanda Frau Lang, les yeux écarquillés.

— Non, elle est médecin.

— Dites-lui de venir. Aime-t-elle les gâteaux ?

— Elle adore ça. »

Krek s'assit à son grand bureau, son téléphone portable collé à l'oreille. Les fenêtres à double vitrage réduisaient au minimum les bruits de la rue provenant de la place Prešeren à Ljubljana, mais il voyait que la circulation de midi dans la rue Čopova était intense.

« Oui, je sais que la communication est toujours un problème. »

Il écouta la réponse et dit :

« Je n'ai pas confiance en Internet. Nous travaillerons à l'ancienne. Le jour précédant le conclave, nos gens le verront et ils sauront que c'est nous. »

Il raccrocha brusquement et leva les yeux. Mulej était là, son imposante masse remplissait complètement le cadre de la porte, et il avait l'air contrarié.

« Qu'est-ce qu'il y a ? demanda Krek.

— Je viens de prendre un appel. Il y a un nouveau problème, probablement pas d'importance majeure, mais un problème que nous devons examiner de près.

— Vas-y, crache le morceau, bon sang !

— Vous vous souvenez de cette fille, celle qui fouinait du côté de Saint-Calixte il y a des années ? »

Le froncement de sourcils de Krek s'accentua. Son visage devint très laid.

« Elisabetta Celestino. Aldo Vani a bâclé le boulot. Elle a survécu. Elle est devenue nonne, voyez-vous ça. Elle est devenue inoffensive. On l'a laissée filer. Oui, Mulej, je me souviens d'elle.

— Quelqu'un au Vatican lui a demandé de reprendre du service. Elle a quitté son couvent et elle a commencé à travailler sur l'effondrement de Saint-Calixte. Je ne peux pas le confirmer, mais il est possible qu'elle soit allée à Ulm aujourd'hui.

— À Ulm ? rugit Krek. Mais qu'est-ce qu'elle fabrique à Ulm ? »

Mulej regarda à travers les vitres teintées des fenêtres plutôt que de braver le regard effrayant de son patron.

« Je ne sais pas, mais je vais le découvrir.

— Trouve-moi Aldo tout de suite. » La voix de Krek était tendue, sa gorge serrée par la haine. « Cette fois, il va faire le boulot correctement. Mulej, je veux qu'on empêche cette femme, cette religieuse, d'aller plus loin. Dis à Aldo de l'amener ici et je m'occuperai d'elle personnellement. Si cela est trop difficile, qu'il l'élimine lui-même. Pigé ? »

Le palais de la Chancellerie n'était qu'à quelques pas de la basilique. Néanmoins, c'était, dans le complexe du Vatican, un des bâtiments anonymes que les touristes remarquaient à peine. Un édifice administratif terne qui hébergeait, entre autres, le bureau de la gendarmerie.

L'inspecteur général du corps de la gendarmerie, Luca Loreti, était un chef compétent, généralement apprécié et respecté de ses hommes, même si les plus jeunes recrues levaient parfois les yeux au ciel en entendant ses phrases emberlificotées. Les officiers qui étaient là depuis un moment, comme Zazo, en revenaient toujours au fait que Loreti s'opposait avec constance à son homologue de la garde suisse, le colonel Hans Sonnenberg, et qu'il défendait ses hommes jusqu'au bout contre ce connard. Cela ne voulait pas dire pour autant que les officiers étaient parfaitement révérencieux. Loreti, qui avait un bon coup de fourchette, avait pris constamment de l'ampleur avec le temps et, chaque année, ses hommes pariaient sur la date à laquelle il faudrait retoucher son uniforme devenu trop étroit.

La plupart des cent trente gendarmes étaient assemblés dans l'auditorium pour le briefing de Loreti. Les officiers étaient assis devant, les sans-grade derrière, tous très disciplinés et en bon ordre hiérarchique. Loreti possédait une énergie incroyable pour un homme de sa corpulence et il parcourait la scène en tous sens d'un pas alerte, faisant tourner les têtes des spectateurs comme lors d'un match de tennis.

« D'abord, laissez-moi vous complimenter sur le boulot que vous avez fait aux funérailles du pape. Nos cardinaux, nos évêques, les officiels du Vatican, plus de deux cents personnalités mondiales et leurs gardes rapprochées – tous sont venus à la Cité du Vatican, ont présenté leurs respects et sont repartis en bonne santé, tonitrua Loreti dans le micro qu'il tenait à la main. Mais nous ne pouvons nous reposer sur nos lauriers, n'est-ce pas ? Il reste cinq jours avant le début du conclave. De nombreux cardinaux électeurs sont déjà arrivés dans la Maison Sainte-Marthe. À partir d'aujourd'hui, la maison d'hôtes et la chapelle Sixtine seront des zones de sécurité, et la basilique et les musées seront fermés au public. Nos tâches seront précisément définies par les protocoles. Je travaille depuis un certain temps avec le colonel Sonnenberg pour m'assurer que nous ne marcherons pas sur les plates-bandes des gardes suisses, qu'ils ne marcheront pas sur les nôtres et qu'il n'y aura pas la moindre faille dans notre dispositif de sécurité. Nous contrôlerons la maison d'hôtes, ils se chargeront de la chapelle Sixtine. Nous utiliserons nos chiens et nos experts pour fouiller la maison d'hôtes à la recherche d'explosifs et de dispositifs d'écoute. Les gardes feront la même chose avec leurs experts à l'intérieur de la chapelle Sixtine. Je veux que vous vous entendiez avec les gardes, mais s'il y a le moindre souci, faites-le savoir à vos supérieurs immédiatement et ils me tiendront au courant. Tout conflit devra nécessairement être résolu à mon niveau. »

Zazo connaissait la procédure. C'était son second conclave. Au premier, il était un caporal naïf, ébloui par le décorum, la grandeur et l'importance palpable des circonstances. Maintenant, il était plus blasé. Il avait des escadrons d'hommes à commander et sa responsabilité dépassait largement celle de monter la garde devant une porte.

Il donna un coup de coude à Lorenzo Rosa. Lorenzo, également commandant, était entré dans la gendarmerie la même année que Zazo et ils étaient devenus amis. Au début, Zazo avait résisté à l'envie de se lier à Lorenzo parce que l'homme avait une certaine ressemblance physique avec Marco – grand et athlétique, un visage aux traits forts, des cheveux noirs. D'un certain point de vue, Zazo avait l'impression que s'en faire un ami constituerait une sorte de trahison envers Marco. Mais

Zazo était d'un naturel tellement sociable et prompt à la camaraderie qu'il dépassa le blocage psychologique le jour où ils firent tous les deux un exercice et après avoir été exposés à un gaz toxique, se trouvèrent en train de vomir côte à côte dans un fossé.

« Ça ne va pas être aussi facile qu'il le dit, murmura Zazo. Ce sera la guerre ouverte avec les gardes d'ici vendredi. »

Lorenzo se pencha pour chuchoter dans l'oreille de Zazo.

« Les Suisses vont se faire mettre par les Ritals. »

Voilà pourquoi Zazo aimait ce gars-là.

Martin Lang, le boulanger d'Ulm, fut obligé de quitter le canapé sur injonction de sa femme, furieuse, qui l'envoya dans la chambre changer de chemise. Sans écouter les protestations d'Elisabetta, Frau Lang s'empressa de se lever aussi et laissa les deux femmes dans le salon tandis qu'elle mettait la bouilloire sur le feu et manipulait de la porcelaine et des cuillères.

Hans Lang revint, en rentrant une chemise propre dans son pantalon et en essayant, d'un geste malheureux, de lisser quelques mèches de cheveux sur sa calvitie naissante. On aurait pu vraiment croire qu'il était devant ses fourneaux depuis le milieu de la nuit.

« Je suis très désolé, dit-il dans un anglais hésitant. Je n'attendais pas de visite. Je suis toujours le dernier au courant. »

Elisabetta et Micaela s'excusèrent d'être venues ainsi et restèrent assises, raides, attendant que Frau Lang réapparaisse. Elisabetta tenta quelques compliments sur sa jolie boutique, mais l'anglais du boulanger ne lui permettait pas de suivre.

Lorsque Frau Lang revint avec du thé et des gâteaux sur un plateau, Micaela attaqua les pâtisseries tandis qu'Elisabetta grignotait sagement.

« Que pouvez-vous nous dire sur Herr Ottinger ? » demanda-t-elle.

Frau Lang prit en charge la conversation. Son mari restait assis sur le canapé, le regard dans le vague, comme s'il avait envie de retrouver son intimité.

« C'était un vieux monsieur tout à fait bien, dit-elle. Il a vécu au troisième étage de notre maison pendant quinze ans. Il restait dans son coin. Je ne dirais pas que nous le connaissions bien. Il achetait souvent une tourte à la viande pour son dîner, peut-être un gâteau le samedi. Il payait son loyer régulièrement. Il n'avait pas beaucoup de visites. Je ne sais pas que vous dire d'autre.

— Vous avez dit qu'il était professeur. Avez-vous une idée de son travail ?

— Il était retraité de l'université. Je ne sais absolument rien de sa spécialité, mais il y avait tellement de livres dans son appartement quand il est mort. »

Frau Lang parla en allemand à son mari.

« Hans dit que c'était surtout des livres techniques et scientifiques. Peut-être que c'était son domaine.

— Et il n'avait pas de famille ?

— Non. Les autorités ont vérifié, bien sûr. Nous avons dû passer par toute une procédure avant d'être autorisés à vendre ses affaires personnelles pour compenser la partie impayée du contrat de location. Nous ne sommes pas vraiment rentrés dans nos frais. L'homme ne possédait rien de significatif. Encore du gâteau ? »

Micaela hocha la tête avec enthousiasme et accepta une autre tranche avant de lancer :

« Avez-vous jamais remarqué quelque chose d'étrange le concernant ? Du point de vue physique ? »

Frau Lang secoua la tête.

« Non. Que voulez-vous dire ? C'était juste un vieux monsieur qui avait l'air tout à fait ordinaire.

— Alors il ne reste rien dans son appartement ? intervint Elisabetta, sans enchaîner sur la question de sa sœur.

— Non. Bien sûr, nous avons eu de nouveaux locataires, un gentil couple y habite depuis 2008. »

Elisabetta secoua doucement la tête. Elle appellerait l'université, pour retrouver éventuellement d'anciens collègues. Sa sœur et elle n'avaient plus rien à faire là.

Le boulanger dit quelque chose en allemand, d'un ton bourru.

« Hans vient de me rappeler quelque chose, dit sa femme. Nous avons gardé une boîte d'objets personnels, des choses comme son passeport et ce qui se trouvait dans sa table de nuit, au cas où un parent apparaîtrait. »

Les sœurs levèrent les yeux, pleines d'espoir.

« Est-ce qu'on peut les voir ? » interrogea Elisabetta avec vivacité.

Frau Lang parla à son mari en allemand à nouveau et Elisabetta comprit les jurons qu'il poussa en s'extrayant du canapé avant de passer la porte.

« Il va les chercher. C'est à la cave », dit Frau Lang, en le suivant des yeux avec un froncement de sourcils et en versant du thé.

Au bout de cinq minutes, le boulanger revint avec une boîte en carton de la taille d'une mallette. Elle était propre et sèche, et elle avait à l'évidence été conservée avec soin. Il la tendit à Elisabetta, marmonna quelque chose à sa femme et sembla s'excuser en s'inclinant un peu.

Frau Lang parut gênée.

« Hans va aller faire sa sieste. Il vous souhaite un bon voyage. »

Elisabetta et Micaela s'apprêtèrent à se lever, mais la boulangère leur fit signe de rester assises et disparut dans une autre pièce.

La boîte était légère. Son contenu se déplaça entre les mains d'Elisabetta lorsqu'elle la posa sur ses genoux. Elle ouvrit les rabats et jeta un coup d'œil à l'intérieur. Un relent fétide de moisi s'échappa, une odeur de vieille personne.

Des lunettes de lecture. Des stylos à encre. Un passeport. Une médaille en bronze sur un ruban, qui lui avait été donnée, comprit-elle, par une entreprise d'ingénierie allemande. Des chéquiers et des relevés bancaires de 2006 et 2007. Des flacons de pilules que Micaela examina et identifia comme des médicaments contre la tension. Une boîte contenant un dentier. Un Kodachrome passé d'un jeune homme, peut-être Ottinger lui-même, en tenue de randonnée sur une pente verdoyante et raide. Au fond de la boîte se trouvait une enveloppe en papier kraft portant une note manuscrite, d'une fine écriture à l'encre noire.

Elisabetta sortit l'enveloppe, ce qui fit dire à Frau Lang qui avait réapparu qu'il s'agissait d'un livre, le seul qu'ils n'avaient pas vendu à cause de la note personnelle qui l'accompagnait. Elisabetta, qui comprenait assez bien l'allemand écrit, lut la note lentement et la traduisit du mieux qu'elle put.

À mon professeur, mon mentor, mon ami. J'ai trouvé ceci entre les mains d'un marchand et je l'ai convaincu de s'en séparer. Vous, plus que n'importe qui d'autre, l'apprécierez. C'est le texte B, bien sûr.

Comme vous l'avez toujours enseigné, la clef se trouve en B. Le 11-Septembre est certainement un signe, vous ne pensez pas ? J'espère que vous serez des nôtres lorsque le jour de M viendra enfin.

K.

Octobre 2001

Sous la date se trouvait un petit symbole dessiné à la main.

À la vue de ce symbole, l'esprit d'Elisabetta se mit à vaciller.

Il avait quelque chose d'étrangement familier, à la fois réel et irréel, comme si elle l'avait déjà vu, dans un rêve oublié depuis longtemps.

Elle essaya de repousser cette impression en ouvrant l'enveloppe. À l'intérieur se trouvait un petit livre fin. Sa couverture était simple, en cuir patiné, très légèrement voilée. Les pages étaient un peu marquées de rousseurs. C'était un vieux livre en assez bon état.

Lorsqu'elle ouvrit le volume, ses idées s'éclaircirent aussi efficacement que si elle avait reniflé une bonne dose de sels.

Elisabetta ne pensait pas avoir vu la gravure, mais une partie était aussi reconnaissable que son propre reflet dans le miroir.

The Tragicall Hiſtoy of
the Life and Death
of Doctor Fauſtus.

With new Additions.

Written by *Ch. Mar.*

LONDON,
Printed for *Iohn Wright*, and are to be ſold at his ſhop without
Newgate, at the ſigne of the Bible. 1620.

C'était une édition de 1620 de *La Tragique Histoire du docteur Faust*, de Christopher Marlowe, et là, sur le frontispice se trouvait le vieux sorcier revêtu de sa toge, debout dans le cercle magique avec son livre, invoquant le diable qui traversait le plancher. Le diable était une créature ailée avec des cornes, une barbe pointue et une longue queue en spirale.

Ce n'est pas pour cela qu'Elisabetta eut des battements de cœur et la chair de poule. Ce n'est pas pour cela qu'elle eut l'impression de suffoquer sous son voile et ses lourdes robes.

C'est le pourtour du cercle magique qui provoqua sa panique.

Les constellations.

Poissons, Taureau, Gémeaux, Cancer.

Les signes du zodiaque.

La Lune, Mercure, Vénus, le Soleil, Mars, Jupiter et Saturne, présentés dans le même ordre particulier que sur la fresque de Saint-Calixte.

Et, à moitié caché, sur la droite du vêtement de Faust se trouvait l'emblème des Poissons, incliné vers le haut ; il ressemblait terriblement à un homme doté d'une queue.

8

Rome, 37

Le crépuscule s'épaississait au moment où les deux garçons fatigués remontèrent à pas lourds la route qui menait au centre-ville. Un quart de lune blafarde était suspendu mollement dans le ciel noir, éclairant très vaguement leur chemin. Progressant en silence, ils restèrent près du caniveau central, puant, pour éviter les tas d'ordures bien pires qui jonchaient leur parcours.

« Où allons-nous dormir ? demanda le plus jeune sur un ton craintif tandis qu'ils passaient devant une ruelle sinistre.

— Je n'en sais rien », répondit sèchement son grand frère. Sentant à quel point son petit frère de sept ans était malheureux, il se radoucit : « Le père de mon ami, Lucius, dit qu'il dort dans le marché aux bestiaux chaque fois qu'il vient à Rome. Nous trouverons un endroit là-bas. »

Il serra la main de son frère et le sentit frissonner. Sa tunique peu serrée ne le protégeait guère du froid.

« Est-ce qu'on arrive bientôt ? Au marché aux bestiaux ? » interrogea-t-il d'une voix pleine d'espoir.

Quintus grogna. Depuis le matin, il avait entendu des variantes de la même question au moins cent fois.

« Oui, Sextus, bientôt nous aurons un endroit chaud pour nous reposer, après avoir mangé un peu. »

Ils avaient quitté leur village à l'aube et se rendaient à la fabrique de briques de leur oncle au nord de Rome, sur le Pincio. Bien qu'affamés et épuisés, ils avaient passé les murs et étaient entrés dans la ville. Les deux énormes prétoriens avec les emblèmes en forme de scorpion sur leur plastron à la porte Capène leur avaient causé beaucoup d'ennuis et avaient essayé de leur soutirer de l'argent. Mais ils n'avaient pas de pièces, rien du tout, et ils avaient dû le prouver en se défaisant de tous leurs vêtements et en subissant les sarcasmes de ces effrayants soldats.

Quintus, qui avait trois ans de plus que son frère, s'était demandé si son père avait ressemblé à ces hommes. Il n'en avait qu'un souvenir très vague. Il était tout petit lorsque le centurion était parti en service actif en Germanie. Leur mère avait dû se débrouiller seule avec l'aide unique de deux sœurs plus âgées pour faire tourner leur petite ferme et s'occuper de Quintus et de son petit frère.

Une quinzaine de jours auparavant, leur mère avait été informée de la mort de son mari au combat contre les Cherusci. En apprenant par la suite que ce salaud avait dilapidé la totalité de ses soldes en agapes et filles de joie, tout ce qu'elle avait pu faire, c'était verser des larmes d'impuissance.

Criblée de dettes, elle s'était empressée de vendre sa terre pour une somme dérisoire à un riche patricien. Elle et ses filles allaient devoir survivre en travaillant comme journalières et tisseuses, mais elle ne pouvait pas nourrir deux bouches inutiles. Plutôt que de les vendre comme esclaves, elle avait pris la décision un peu plus humaine d'envoyer ses garçons chez leur oncle pour qu'ils gagnent leur vie.

À en juger par les odeurs, ils approchaient du marché aux bestiaux dans un quartier populaire où les constructions s'entassaient sur des îlots de terre dans un labyrinthe de petites ruelles tortueuses et étouffantes.

Au niveau de la rue, les murs de soutènement des bâtiments étaient en pierre et raisonnablement robustes. Les étages supérieurs penchaient, formant des angles précaires, et paraissaient beaucoup moins résistants ; les gamins passèrent devant une maison qui s'était écroulée. Les habitations se transformaient en boutiques le jour, vendant des objets de consommation courante et du vin âpre bon marché. Les deux voyageurs se traînèrent jusqu'aux lueurs blafardes du marché dallé, se tenant au milieu de la rue fétide pour mieux éviter les zones d'ombre menaçantes.

Les fenêtres ouvertes au niveau de la rue les lorgnaient comme les orbites noires d'un crâne mort. Sextus poussa un cri de frayeur en trébuchant sur un tas d'abats qui pourrissaient devant l'échoppe d'un boucher et déclencha la débandade parmi une troupe de rats. Rassemblant ses dernières forces, Quintus réussit à le rattraper avant qu'il ne tombe dans le tas d'ordures.

Une étable vide attira leur attention. Un chien étique en sortit, voulant attraper la viande à moitié pourrie avant que les rats ne s'emparent de leur dû. Le corniaud réussit à disparaître en courant dans une ruelle, traînant derrière lui un bout d'intestin.

Une fois dans l'enclos, Quintus regarda autour de lui et déclara :

« On va dormir ici. »

Ils s'efforcèrent de rassembler des écheveaux épars de paille encore propre et d'herbe sèche et installèrent des semblants de couches contre les planches dressées au fond de la construction dépourvue de toit.

« Il ne nous restera pas beaucoup de chemin demain, hein, Quintus ? » demanda le petit, plein d'espoir.

Quintus n'était sûr de rien, mais il énonça avec une confiance feinte :

« Si on démarre tôt, on sera chez l'oncle avant midi. »

Il défit les coins noués du baluchon qu'il avait porté sur son épaule pendant tout leur périple et sortit ce qui restait de leurs maigres provisions. Il donna à Sextus la moitié du pain et une pomme. Les deux garçons prirent place sur leur lit de paille et mangèrent.

Balbilus entendit un bruit sourd au-dessus de lui, un coup de barre de fer asséné sur une pierre ; c'était le signal qu'il attendait.

La chambre souterraine était bien éclairée par des lampes noires de suie. C'était un grand espace – cinquante hommes pouvaient s'y rassembler sans se serrer, une centaine à la rigueur. Des hommes vivants. C'était un espace prévu pour des milliers de morts si la plupart d'entre eux étaient incinérés et conservés dans des urnes rangées dans les parois de tuf. La chambre venait d'être terminée. Le columbarium attendait son premier habitant.

Tiberius Claudius Balbilus posa son pinceau. Il n'aimait pas qu'on l'interrompe, mais il y était habitué. Il était très demandé.

Il avait une trentaine d'années. Homme vigoureux, il avait le teint olivâtre dû à ses origines égyptiennes et grecques, un grand nez et une barbe soignée, taillée en pointe, de sorte que son visage ressemblait à une arme ou à un ciseau de sculpteur. Il avait défait sa tunique pour être plus à l'aise, mais avant de remonter l'escalier, il resserra sa ceinture et enfila une cape.

Balbilus entra dans le mausolée en poussant une trappe cachée. Les murs étaient occupés par les tombes et les linceuls des riches. Un cadavre récent, qui n'avait pas plus de quelques semaines, enveloppé dans un linge et fourré dans un *loculum*, dégageait une puanteur de mort dans la pièce. Le mausolée était dans sa famille depuis quelques générations. C'était une source confortable de revenus réguliers, mais à cause de sa fosse secrète, il avait désormais une autre destination.

Lorsque son heure viendrait, il reposerait là pour l'éternité, pas au-dessus du sol avec ses prétendus citoyens, mais sous terre, avec les siens. Ses disciples reposeraient là aussi. Pour des raisons de place, la plupart seraient incinérés. Mais lui, ses fils, les fils de ses fils pourraient être allongés – avec toute leur chair, tous leurs os – dans toute leur gloire.

Une silhouette solitaire l'attendait, le visage caché par une capuche. L'homme s'inclina légèrement devant Balbilus et dit :

« Les autres sont dehors. »

Balbilus, accompagné de son homme, Vibius, sortit par une porte arrière dans la froide nuit de décembre. Ils étaient dans un bosquet à quelques pas de la via Appia. Le mausolée était un édifice rectangulaire dont le toit avait une voûte en berceau faite à partir des briques les plus belles. La villa opulente de Balbilus se trouvait de l'autre côté du bosquet.

Le quart de lune, caché derrière un banc de nuages

violets, réapparut. Cinq silhouettes enveloppées de capes s'écartèrent de l'ombre des arbres fruitiers. Balbilus les aligna comme une unité de l'armée devant le mur du mausolée.

« J'ai étudié les astres et les étoiles favorisent l'action, dit Balbilus en s'adressant aux hommes. Ce soir, nous allumons un feu. Même s'il est petit pour commencer, il en engendrera un autre, puis un autre et encore un autre, jusqu'à ce qu'un jour il y ait une grande conflagration qui consumera la ville. Et lorsque cela arrivera, nous gagnerons la richesse et le pouvoir comme nous ne l'avons jamais imaginé. C'est ce que disent les astres et je sais que c'est vrai. Ce soir, nous allons monter les Romains contre ce nouveau culte chrétien. Je vois dans les étoiles qu'un jour ils deviendront puissants. Leur message est séduisant, comme du pain et des jeux pour l'âme. Les masses, je le crains, vont l'adopter tel un troupeau de moutons. Si nous les laissons devenir trop puissants, ils seront des ennemis redoutables. Vibius a mes instructions. Ce soir, vous verserez le sang parce que… » Il prit une inspiration pour marquer une pause rhétorique avant d'enchaîner : « … telle est notre mission. »

Les hommes répondirent à l'unisson :

« Telle est notre nature. »

Balbilus les laissa et retourna sous terre retrouver ses pinceaux.

Les six hommes partirent sans faire le moindre bruit. Profitant des cachettes fournies par les tombes et les feuillages bordant la via Appia, ils avancèrent vers le nord, vers la ville.

Au bout d'un moment, ils parvinrent à un pâle rayon de lumière vacillante projeté par des torches de part et d'autre d'un large portail. Ils se glissèrent d'une zone d'ombre à l'autre et se rapprochèrent.

Les deux prétoriens contemplaient d'un œil morne une flaque de lumière blafarde et tapaient leurs pieds contre le sol pour se réchauffer.

Vibius avança le premier. Il fit quelques pas sur la route en titubant, prononçant d'une voix pâteuse les paroles d'une chanson à boire. Les sentinelles se mirent en alerte et regardèrent fixement la silhouette qui émergeait des ténèbres en vacillant légèrement. Il s'arrêta pour porter son outre à vin rebondie à ses lèvres et boire une lampée.

Reprenant sa marche d'un pas instable, il s'arrêta comme il put, tout juste hors de portée du plus costaud des deux soldats.

« Hé, les amis, laissez-moi passer, s'il vous plaît ? » éructa-t-il.

La sentinelle parut se détendre, mais il avait toujours la main sur le pommeau de sa dague.

« C'est le couvre-feu, espèce de poivrot, personne ne passe. »

Vibius fit quelques pas trébuchants, tendant son outre.

« Buvez, messeigneurs, autant que vous voulez. Je vous paierai mon passage. Tout ce que je veux, c'est rentrer chez moi. »

De sa main gauche, il agitait le vin sous le nez du garde et, lorsque le soldat tendit le bras pour l'écarter, Vibius leva brusquement sa main droite, dans laquelle il serrait le long poignard qu'il avait caché sous son habit. La lame s'enfonça sous le menton du soldat et, dans un craquement sinistre, ressortit au sommet de son crâne.

Le second garde n'eut pas le temps de dégainer son arme. Un autre homme vêtu d'une cape s'était avancé dans la pénombre ; il passa un bras autour de la poitrine du soldat et saisit sa mâchoire de son autre main. D'un mouvement violent, l'homme tira fort et on entendit un craquement horrible lorsque les vertèbres de la sentinelle se brisèrent.

Les deux corps tressaillirent sur le sol glacé, puis s'immobilisèrent. Les autres hommes enveloppés dans leurs capes les rejoignirent et tous se lancèrent dans une chorégraphie sauvage.

Lorsqu'ils en eurent terminé avec leur découpage, des morceaux de corps baignaient dans des flaques de sang comme des bouts de viande dans un ragoût. Vibius plongea la main dans les plis de son habit et en sortit un médaillon en argent au bout d'une chaîne cassée. C'était le monogramme *chi-rhô*, le symbole du Christ. Il le laissa tomber dans le sang et fit signe à ses compagnons de le suivre ; ils franchirent la porte Capène et entrèrent dans la ville de Rome.

Les taudis au pied de la colline de l'Esquilin n'étaient jamais paisibles. Même tard dans la nuit, il y avait toujours assez de cris, de braillements d'ivrognes ou de pleurs de bébés pour qu'il n'y ait pas de calme. Au milieu de ce tapage, le clip-clop des sabots des ânes et le raffut produit par les roues des chariots passaient inaperçus.

Le conducteur du chariot tira sur les rênes juste devant un bâtiment miteux dans une étroite ruelle ; une grande partie du plâtre était tombée de la façade. S'ils n'avaient pas été payés pour se taire, les ingénieurs de la ville auraient condamné la construction des années auparavant.

Le charretier descendit d'un bond entre la voiture et le bâtiment et chuchota :

« On y est. »

Dans le chargement, quelque chose bougea ; un bras apparut, puis une tête barbue. Un homme de grande taille descendit et enleva les brins de paille collés à sa cape. Il paraissait défait, beaucoup plus vieux que son âge. Malgré ses trente-huit ans, ses longs cheveux étaient parsemés de filaments gris.

« Montez l'escalier. Frappez trois coups à la porte », dit le charretier avant de disparaître.

L'escalier était plongé dans le noir et l'homme dut avancer les pieds avec précaution pour trouver son chemin. Au dernier étage, il tendit le bras jusqu'à ce qu'il sente le bois brut d'une porte. Il tapa doucement avec son poing.

Il entendit des voix à l'intérieur et le bruit d'un verrou qu'on tire. Lorsque la porte s'ouvrit, il fut étonné de voir tous ces gens réunis dans la petite pièce éclairée à la bougie.

L'homme qui avait ouvert la porte le regarda fixement et lança par-dessus son épaule :

« Tout va bien. C'est lui. »

Ensuite, il prit la main fraîche du visiteur entre les siennes et la baisa.

« Pierre. Nous sommes si heureux que tu sois venu. »

Une fois à l'intérieur, l'apôtre Pierre fut l'objet de chaleureuses marques d'amitié : les hommes et les femmes cherchaient à l'embrasser, lui donnaient de l'eau, lui proposaient de s'installer confortablement sur un coussin.

Ses visites à Rome étaient peu fréquentes. C'était la terre de l'ennemi, trop dangereuse pour des visites impromptues. Il ne savait jamais dans quelles dispositions les Romains allaient se trouver et si sa tête était mise à prix. Il ne s'était écoulé que quatre années depuis l'assassinat de Jésus, mais les chrétiens, comme on commençait à les appeler – un nom que Pierre préférait de loin à « adeptes du culte juif » –, commençaient à être plus nombreux et à devenir, pour Rome, une cause de souci.

Pierre prit le bol de soupe que lui tendait son hôte, un tanneur du nom de Cornelius, et le remercia.

« Comment s'est passé ton voyage depuis Antioche ? demanda le tanneur.

— C'était long, mais j'ai rencontré beaucoup de gentillesse sur le chemin. »

Un jeune garçon qui ne devait pas avoir plus de douze ans, se rapprocha.

« Ta famille doit te manquer, dit le tanneur, en regardant son fils.

— Oui.

— Est-il vrai que vous étiez présent lorsque Jésus a ressuscité d'entre les morts ? » interrogea le gamin.

Pierre hocha la tête.

« Ce sont les femmes qui ont découvert que Sa tombe était vide. On m'a appelé et j'en suis témoin, mon garçon, Il a ressuscité. Il est mort pour nous et ensuite, Dieu L'a appelé à Ses côtés.

— Combien de temps allez-vous rester parmi nous ? intervint Cornelius, en faisant signe au gamin de s'éloigner.

— Une quinzaine de jours. Peut-être moins. Juste assez pour rencontrer les anciens et me faire une opinion sur ce nouvel empereur, Caligula. »

Cornelius fit la grimace. S'il avait été dans la rue, il aurait sûrement craché.

« Il sera forcément mieux que Tibère.

— J'espère que tu as raison. Mais, à Antioche, des voyageurs m'ont dit que les persécutions continuent, que nos frères et nos sœurs sont toujours torturés et assassinés. »

Cornelius eut un sourire fataliste.

« Il y a quelques années, nous avons été arrêtés et accusés d'être juifs. Maintenant, on nous accuse d'être chrétiens. À moins que nous ne léchions les bottes de l'Empereur et que nous n'adoptions le culte de Jupiter, nous continuerons à être persécutés.

— De quel prétexte se servent les autorités ? demanda Pierre, en mâchonnant un morceau de pain.

— Il y a eu des assassinats. Des citoyens ont été découpés en morceaux et nos symboles et nos monogrammes ont été mis au jour sur les lieux où on les a trouvés. »

Pierre soupira et posa son bol. Tous les regards étaient rivés sur lui.

« Nous savons tous que de telles atrocités n'ont strictement rien à voir avec les adeptes de Notre-Seigneur. Notre religion est une religion d'amour et de paix – un seul sacrifice a été fait pour cela, celui de Christos Lui-même, et Sa mort cruelle a racheté nos péchés pour l'éternité. Non, ces massacres doivent être l'œuvre d'une force du mal répandue dans ce monde de conflits et de tourments. Disons quelques mots de prière. Demain nous pourrons commencer à discuter de ce qu'il faut faire. »

Dans le marché aux bestiaux, les deux frères étaient allongés sur leur litière de paille, serrés l'un contre l'autre sous leur couverture.

Le plus petit se mit à pleurer, doucement d'abord, puis plus fort.

Quintus ouvrit les yeux.

« Tais-toi ! Qu'est-ce qui te prend ? Je dormais !

— J'ai peur, sanglota Sextus.

— Chut ! Quelqu'un pourrait t'entendre. »

Les sanglots du gamin continuèrent de plus belle et Quintus choisit une approche différente. « Tu as peur de quoi ?

— J'ai peur que des sorcières nous attrapent.

— Ne sois pas bête. Tout le monde sait que les sorcières, ça ne vit que dans la campagne. Elles ne viennent pas dans la ville. Les soldats les attraperaient et les tueraient.

— Et les lémures ? »

Quintus fut soudain sur la défensive, comme s'il regrettait que son frère lui ait rappelé leur existence.

Les lémures, qui avaient une queue, étaient ces fantômes sans famille et affamés qui s'introduisaient dans les maisons et se repaissaient de chair humaine.

« Tu es un peu bête, dit Quintus. Les lémures ne se promènent pas autour des enclos à bestiaux. Calme-toi et dors. Nous avons un long voyage demain.

— Tu m'as promis que ce ne serait pas long, gémit l'enfant.

— Court, long, n'y pense pas, c'est tout. Rendors-toi ! »

Sextus était au beau milieu d'un cauchemar. Il essayait désespérément de traverser un marécage pour échapper à un démon. Il se débattit frénétiquement pour éviter les griffes du spectre et pataugea dans la fange. Tandis que la boue chaude et collante lui éclaboussait le visage, il sentit le démon lui attraper les jambes et le tirer vers le bas. L'eau du marécage lui recouvrit le visage. Il essaya d'aspirer une bouffée d'air, mais c'est un liquide au goût de cuivre qui descendit dans sa gorge.

Dieu merci, il se réveilla.

C'est alors que le véritable cauchemar commença.

Il tourna la tête. Un homme était à califourchon sur son frère et lui plantait un poignard dans la poitrine. Un jet cramoisi jaillissait d'une grande entaille dans son cou. Le sang chaud inondait le visage de Quintus et coulait dans sa bouche.

« Quintus ! »

Il y avait assez de clair de lune pour voir la cape de l'assaillant et sa tunique, remontées jusqu'à sa taille. Quelque chose sortait de son dos, quelque chose qui dansait et se tortillait dans l'air.

Un poids lourd l'écrasa et étouffa ses cris. Un homme lui enfonçait la poitrine. Un homme aux yeux morts. Lorsqu'il vit le couteau descendre vers son cou, il ferma les yeux très fort, priant pour être encore endormi.

Le démembrement et le carnage furent exécutés rapidement.

« Mettez leur tête sous la paille, mais ne les cachez pas trop, ordonna Vibius. Enveloppez tout le reste dans de la toile d'emballage. Faites huit paquets et assurez-vous que chacun contienne une main ou un pied. »

Les assassins descendirent une ruelle vers une des échoppes contiguës au marché aux bestiaux, portant l'affreux produit de leur exécution. Ils s'arrêtèrent devant le rebord d'une fenêtre ouverte qui, pendant la journée, devenait un comptoir à hauteur de la taille.

C'était l'échoppe d'un boucher, la seule dans la ruelle marquée d'une colombe chrétienne.

Vibius mit le pied sur les mains réunies en courte échelle d'un de ses comparses et fut propulsé par-dessus le comptoir. Il atterrit sans un bruit sur le plancher grossier et avança silencieusement vers l'arrière de la pièce. Il s'immobilisa en entendant des râles retentissants et gutturaux.

Il progressa lentement jusqu'à ce qu'il puisse jeter un œil derrière le rideau qui se trouvait au fond de la boutique. Le boucher ronflait bruyamment, une cruche de vin vide renversée à côté de son lit. Vibius lâcha la poignée de son épée.

Rassuré sur le fait que l'homme imbibé de vin était profondément endormi, il retourna sur ses pas jusqu'au comptoir.

Il défit le verrou du placard à viande encastré dans le mur de pierre sous le comptoir, fouilla à l'intérieur et se mit à passer des paquets emballés et froids à ses complices de l'autre côté du comptoir.

Il les remplaça par des paquets de viande fraîchement découpée et encore chaude. Lorsqu'il eut terminé, il sauta par la fenêtre et se fondit dans les ténèbres.

L'aube pointait lorsque Balbilus termina sa fresque, mais sous terre, il ne sentait pas le soleil hivernal. Les vapeurs d'huile émises par les lampes lui brûlaient les poumons. Il estimait toutefois que c'était un petit prix à payer pour la satisfaction de cette nuit de travail. Vibius était revenu en annonçant que beaucoup de sang avait été versé et de bonne manière. Les chrétiens seraient accusés du massacre de l'élite romaine, du meurtre de deux gardes prétoriens. Et ils s'attireraient des réactions de haine pour avoir tué des enfants romains et vendu leur chair. En plus de tout cela, la fresque lui plaisait.

Le jour qui se levait pouvait-il être plus propice ?

À nouveau, le bruit du fer contre la pierre.

En haut de l'escalier, Vibius ouvrit la trappe et chuchota quelque chose à son intention.

« Agrippine ? Ici ? demanda Balbilus, incrédule. Comment est-ce possible ? »

Vibius haussa les épaules.

« Elle est en litière. Elle veut être amenée dans la tombe.

— C'est incroyable ! Quelle femme ! Assurez-vous que sa litière ne puisse pas être vue de la route. »

Agrippine la Jeune. L'arrière-petite-fille d'Auguste. La sœur incestueuse de Caligula. L'épouse de l'empereur Claude. La femme la plus puissante de Rome.

Et l'une des nôtres.

Agrippine était portée sur une litière par ses suivants. On la fit descendre avec précaution dans l'escalier et elle fut déposée doucement sur le sol. Balbilus connaissait ses gens. Ils étaient fiables.

Agrippine était emmitouflée dans des couvertures, la tête posée sur un oreiller en soie. Elle était pâle et défaite, le visage déformé par la souffrance, mais même dans son état de fragilité, sa beauté transparaissait.

« Balbilus, dit-elle. Il fallait que je vienne.

— Maîtresse, répondit-il, tombant à genoux avant de tendre ses mains vers la sienne. Vous auriez dû me faire appeler. Je serais venu à vous.

— Non, je voulais que cela se passe ici. » Elle tourna la tête vers le mur. « Ta fresque… elle est achevée !

— J'espère qu'elle vous plaît.

— Tous les signes du zodiaque. Somptueusement

dessinés, et par ta main, je vois, dit-elle en regardant les doigts tachés de peinture de Balbilus. Mais, dis-moi : cette séquence de planètes, que signifie-t-elle ?

— C'est un petit hommage personnel, maîtresse. La Lune, Mercure, Vénus, le Soleil, Mars, Jupiter, Saturne. Tel était l'alignement des planètes le jour où je suis né, il y a trente-trois ans. Je remets en cause ma décision, maintenant. C'est votre alignement que j'aurais dû choisir. Je peux faire refaire une couche de plâtre.

— Balivernes, mon bon prophète. Il s'agit de ton tombeau.

— *Le nôtre*, maîtresse.

— J'insiste pour que tu gardes la fresque telle qu'elle est. »

Un petit cri se fit entendre, sous la couverture qui protégeait Agrippine.

« Maîtresse ! s'écria Balbilus. C'est arrivé !

— Oui, il y a seulement deux heures, dit Agrippine d'une voix faible. Après toutes ces années et tous ces hommes en rut, enfin… mon premier-né. »

Une des servantes d'Agrippine tira sa couverture et un tout petit bébé rose apparut. La mère écarta les langes de l'enfant et dit avec fierté :

« Regarde, c'est un garçon. Il s'appelle Lucius Domitus Ahenobarbus.

— C'est magnifique, pavoisa Balbilus. Vraiment magnifique. Est-ce que je peux le voir ? »

Elle retourna le bébé. Il avait une queue rose parfaite, qui fouettait l'air énergiquement.

« Votre lignée est puissante, dit Balbilus d'un ton admiratif. J'imagine que l'empereur ne sait pas ?

— Ce vieillard radoteur et pathétique ne sait même pas que j'en ai une ! Nos accouplements sont des moments complètement absurdes, dit Agrippine. Tout à fait entre toi et moi, tu m'honores du titre de maîtresse, mais c'est toi, Balbilus, mon grand astrologue, qui es mon maître. »

Balbilus s'inclina.

« Je veux en savoir plus long sur ce petit garçon, dit-elle. Dis-moi ce qui va lui arriver. »

Balbilus avait lu les thèmes astraux attentivement. Il connaissait chaque jour de la semaine par cœur, presque chaque heure. Il se redressa et délivra sa prophétie avec une grande solennité :

« Le signe ascendant de cet enfant, le Sagittaire, est en accord avec le Lion, où se trouve sa Lune. Comme la Lune vous représente, vous, maîtresse, le garçon et vous entretiendrez une relation harmonieuse.

— Ah, tant mieux, ronronna Agrippine.

— La planète qui gouverne cet enfant et qui est son ascendant est très favorable. C'est Saturne, la planète du mal. »

Elle sourit.

« Et sa Lune est située dans la huitième maison, celle de la mort. Ceci indique une position élevée, de bons revenus, des honneurs. Jupiter se trouve dans la onzième maison, celle des amis. De là viendra la plus remarquable des bonnes fortunes, une grande renommée et un pouvoir immense. » Il baissa la voix. « Je n'émettrai qu'une réserve.

— Dis-moi, demanda Agrippine.

— Il est en carré avec Mars. Cela tempère le caractère favorable de son destin. Comment, je ne peux pas le dire. »

Elle soupira.

« C'est une bonne lecture. Il aurait été faux de parler

autrement. Rien n'est parfait en ce monde. Mais, dis-moi, Balbilus, mon fils sera-t-il empereur ? »

Balbilus ferma les yeux. Son appendice caudal se mit à vibrer.

« Il sera empereur, dit-il. Il prendra le nom de Néron. Et il sera l'incarnation du mal. Mais vous devez savoir ceci : vous, sa propre mère, pourriez bien faire partie des nombreuses personnes qu'il tuera. »

Agrippine tressaillit à peine en disant :

« Qu'il en soit ainsi. »

9

Elisabetta tint le fin volume entre ses mains, caressa sa douce reliure, renifla l'odeur de moisi du papier jauni et froissé. Il ne faisait que soixante-deux pages et pourtant elle avait l'intuition qu'il représentait bien plus que sa valeur d'objet antique.

Elle avait seulement proposé de l'emprunter, mais Frau Lang l'avait pressée de l'emporter.

« Et s'il avait une certaine valeur ? » avait demandé Elisabetta.

Frau Lang avait baissé la voix, en inclinant la tête vers le mur qui les séparait de l'endroit où se trouvait son mari.

« Je doute que ce que vous en tirerez permette d'acheter plus qu'une miche de pain, mais s'il vaut beaucoup plus, que ce soit pour l'Église. Cela ferait le plus grand bien à mon âme éternelle. »

L'enveloppe avec son message énigmatique écrit d'une main délicate était posée sur le bureau d'Elisabetta à la Commission pontificale d'archéologie sacrée.

Comme vous l'avez toujours enseigné, la clef se trouve en B.

À quoi correspondait ce B ? De quelle clef s'agissait-il ?

Le 11-Septembre est certainement un signe...

Un signe ? Que manigançait Ottinger et qui était K, le signataire de ce mot ?

Et ce curieux symbole, vaguement astrologique, vaguement anthropomorphique. Que représentait-il ? Et pourquoi était-il si familier ?

Elisabetta le dessina sur son tableau blanc avec un marqueur noir et le regarda à plusieurs reprises.

Elle entendit des voix féminines qui approchaient dans le couloir et espéra qu'il ne s'agissait pas de religieuses de la Commission venues lui demander de se joindre à elles pour le café. Elle aurait voulu fermer sa porte, mais elle se dit que cela aurait été grossier. Elle se contenta de tourner le dos à la porte de manière à ne pas encourager les intrusions. Les voix s'éloignèrent. Elle ouvrit le navigateur de son ordinateur et chercha : *Marlowe – Faust – B.*

Une ribambelle de résultats emplit son écran. Elle commença à parcourir un tas d'articles, sans remarquer qu'une heure s'était écoulée et que le professeur De Stefano essayait d'attirer son attention en tapotant à sa porte d'un staccato énergique.

Elle avait emprunté le téléphone portable de Micaela la veille pour lui faire un compte rendu depuis l'aéroport, mais ce matin il était impatient d'en apprendre plus.

« Alors ? demanda-t-il un peu irrité. Que signifie tout cela ?

— Je crois que je sais à quoi correspond ce B », répondit-elle.

De Stefano ferma la porte du bureau et s'assit sur l'autre chaise.

Elle avait déjà pris plusieurs pages de notes.

« Il y a deux versions du *Faust* de Marlowe, un texte A et un texte B. La pièce a été jouée à Londres dans les années 1590, mais la première version publiée, celle qu'on appelle la version A, n'est sortie qu'en 1604, onze ans après la mort de Marlowe. En 1616 une seconde version de la pièce a été publiée, le texte B. »

Elle relut rapidement ses notes :

« Elle ne contenait plus un passage de trente-six vers de la version A, mais avait six cent soixante-seize vers supplémentaires.

— Pourquoi deux versions ? demanda De Stefano.

— Personne ne semble le savoir. Certains érudits disent que Marlowe a écrit le texte A et que d'autres l'ont révisé pour produire la version B après sa mort. Certains disent qu'il a écrit aussi bien A que B. D'autres disent qu'il s'agit de retranscriptions différentes des souvenirs des acteurs, des années après les représentations.

— Et qu'est-ce que cela signifie pour nous ? Pour notre situation ? »

Elisabetta leva les deux mains en signe d'impuissance.

« Je ne sais pas. Nous avons un ensemble de faits qui sont peut-être liés les uns aux autres, mais la manière dont ils le sont n'est pas claire. Nous avons un columbarium du Ier siècle contenant presque cent squelettes – des hommes, des femmes et des enfants, tous avec des queues. Il y a des preuves d'un incendie, qui coïncide peut-être avec la mort de ces gens. Les murs sont décorés avec un motif circulaire contenant des symboles astrologiques peints dans un ordre particulier. Le symbole des Poissons vertical peut certainement être interprété comme ayant un double sens. Nous avons les photographies *post mortem* d'un vieux monsieur, Bruno Ottinger, avec une queue et des nombres tatoués sur son dos. La signification de ces nombres est inconnue. Nous avons une pièce écrite par Christopher Marlowe que cet homme avait en sa possession. Elle lui a été donnée par un autre homme, un certain K. Sur le mot il est écrit que "B est la clef", et que le 11-Septembre était un signe. Le livre datant de 1620 est la version B du texte. Le frontispice du livre montre Faust invoquant le diable alors qu'il se tient au centre d'un cercle de symboles astrologiques qui sont disposés exactement dans le même ordre que dans le cercle de la fresque du columbarium. Voici les faits. »

À l'exception, pensa Elisabetta, de celui qu'elle gardait pour elle : l'image fugace de la hideuse chute de reins de son agresseur, cette horrible nuit où Marco avait été tué.

De Stefano frotta nerveusement ses mains l'une contre l'autre comme s'il voulait les nettoyer.

« Alors nous ne sommes pas en position de les relier entre eux de manière à formuler une hypothèse cohérente ? »

Elle haussa les épaules.

« D'après ce que je sais de cette période, l'astrologie était extrêmement importante pour les Romains. Les aristocrates comme les citoyens plus modestes accordaient une immense valeur aux prédictions tirées des thèmes astraux. Peut-être que, pour ce culte ou cette secte particulière, les étoiles et les planètes étaient d'une importance capitale. Les spécificités physiques de ses membres les rendaient visiblement différents de la plupart de leurs contemporains. Nous savons que, dans la mort, ils se serraient les uns contre les autres. On peut raisonnablement imaginer que, dans la vie, ils étaient associés dans un culte ou un rituel quelconque. Peut-être se soumettaient-ils aveuglément aux interprétations astrologiques. Ou peut-être s'agissait-il d'une secte d'astrologues. Mais tout cela n'est que pure conjecture.

— Et vous pensez que ce culte ou cette secte pourrait avoir survécu jusqu'à aujourd'hui ? demanda De Stefano, incrédule. Est-ce ce que cet Ottinger nous dit ?

— Je ne me risquerais pas aussi loin, dit Elisabetta. Cela nous conduirait au-delà des limites d'une interprétation raisonnable. Pour commencer, il nous faut comprendre le message sur l'enveloppe et déchiffrer le sens des tatouages. »

De Stefano devenait de plus en plus défait et blême chaque jour et elle commençait à s'inquiéter sérieusement pour sa santé. Il semblait avoir du mal à prendre simplement appui sur les accoudoirs pour se lever.

« Bon, la bonne nouvelle, c'est que les médias n'ont pas encore eu vent de l'existence du columbarium. La mauvaise nouvelle, c'est que le conclave commence dans quatre jours, et plus l'échéance approche, plus mes supérieurs craignent qu'une fuite ne se produise. S'il vous plaît, poursuivez votre travail et tenez-moi au courant. »

Elisabetta se tourna vers son écran d'ordinateur, puis se reprit. Elle décida qu'elle devait consacrer quelques minutes à la prière. Au moment où elle s'apprêtait à fermer les yeux, elle jeta un coup d'œil à un titre en haut de la seconde page des résultats de sa recherche et, à sa grande honte, elle se surprit à cliquer sur le lien et à reporter ses dévotions.

Le titre disait : *Appel à contributions de la Marlowe Society pour la commémoration du 450e anniversaire de la naissance de Christopher Marlowe.*

Une vignette y était jointe. Elle montrait un homme au visage anodin, aux cheveux blond roux, le président de la Marlowe Society. Il s'appelait Evan Harris et il était professeur de littérature britannique à l'université de Cambridge, en Grande-Bretagne. L'annonce sur la page Web de la Marlowe Society était un appel international à contribution en vue d'une publication en 2014, l'année anniversaire de la naissance de Marlowe.

En cliquant sur la biographie de Harris, Elisabetta apprit qu'il était spécialiste de Marlowe et que, entre autres centres d'intérêt, il avait écrit sur les différences entre les textes A et B de *Faust*.

Il ne lui fallut pas beaucoup d'efforts pour cliquer sur son bouton « contact » et taper un court e-mail.

Professeur Harris,
Pendant mes travaux en tant que chercheur basée à Rome, on m'a récemment fait cadeau d'un exemplaire de *Faust* daté de 1620. Je joins à ce message une copie scannée de la première page à votre intention. J'ai un certain nombre de questions au sujet des deux textes, A et B, et je me demandais si vous pouviez m'aider. Comme ma requête est un peu urgente, je joins mon numéro de téléphone à Rome.

Elle hésita et décida de signer Elisabetta Celestino. Elle ne parvenait pas à se souvenir de la dernière fois où elle s'était servie de son nom de famille sur autre chose qu'un formulaire administratif. Sœur Elisabetta semblait, ces derniers temps, suffire largement, mais cela ne serait pas le cas pour un professeur de Cambridge.

Elisabetta emporta le livre de Marlowe jusqu'au photocopieur, appuya doucement le livre sur la vitre du scanner et envoya la page numérisée sur son adresse mail.

En retournant vers son bureau, elle revit le grand jeune prêtre à nouveau. Il était debout devant sa porte et, à la position de sa tête, elle comprit qu'il était en train d'examiner le symbole qui était dessiné sur son tableau blanc.

Lorsqu'elle arriva à mi-chemin du couloir, il lui jeta un regard en biais et partit à petits pas pressés comme une biche effarouchée.

Un peu troublée, Elisabetta s'installa à son bureau, joignit la page de garde du livre au mail destiné au professeur Harris et envoya le tout. Elle avait besoin d'une tasse de café fort.

Deux religieuses étaient attablées dans la cantine. Elle connaissait leurs noms, mais n'en savait guère plus. Elle s'éclaircit la voix :

« Excusez-moi, mes sœurs, pourriez-vous me dire comment s'appelle le jeune prêtre très grand qui est dans le département ? »

Une des nonnes répondit.

« C'est le père Pascal. Pascal Tremblay. Nous ne le connaissons pas. Il est arrivé le même jour que vous. Nous ne savons pas ce qu'il fait ici. »

L'autre religieuse ajouta :

« Pour tout dire, nous ne savons pas non plus ce que vous faites ici.

— Je travaille sur un projet particulier », répondit

Elisabetta, se conformant aux instructions de De Stefano concernant la discrétion requise.

La première sœur parut vexée.

« C'est ce qu'il a dit, lui aussi. »

Lorsqu'elle arriva dans son bureau, le téléphone sonnait.

C'était une voix anglaise.

« Bonjour, je voudrais parler à Elisabetta Celestino.

— Je suis Elisabetta », répondit-elle sur un ton soupçonneux.

C'était la première fois que le téléphone de son bureau sonnait.

« Oh, bonjour, ici Evan Harris, je réponds au message que vous venez de m'envoyer. »

Cela faisait longtemps qu'elle avait quitté le milieu universitaire, mais elle était incrédule : les gens seraient-ils devenus, dans l'intervalle, aussi réactifs à des demandes d'aide ?

« Professeur Harris ! Je suis surprise que vous reveniez vers moi aussi rapidement !

— Eh bien, d'ordinaire, je suis un peu plus lent dans la gestion de ma boîte mail, mais cet exemplaire de *Faust* que vous avez entre les mains… avez-vous une idée de ce que vous détenez ?

— Très vague, mais j'espérais que vous pouviez m'éclairer davantage.

— J'espère surtout que vous l'avez dans un endroit sûr parce qu'il n'y a que trois exemplaires connus de l'édition de 1620, qui se trouvent tous dans des grandes bibliothèques. Puis-je vous demander comment vous l'avez obtenu ?

— À Ulm.

— Ulm, dites-vous ! Curieux endroit pour un livre

comme celui-là, mais nous pourrons peut-être rechercher plus tard sa provenance. Vous dites que vous avez des questions sur les textes A et B ?

— Oui.

— Et puis-je vous demander si vous êtes rattachée à une université ? »

Elisabetta hésita parce que la réponse conduirait inévitablement à d'autres questions. Mais elle tenait à rester aussi près de la vérité que possible.

« En fait, je travaille pour le Vatican.

— Vraiment ? Pourquoi le Vatican s'intéresse-t-il à Christopher Marlowe ?

— Eh bien, disons que l'histoire de Faust a un lien avec des travaux que je conduis actuellement sur les postures de l'Église au XVIe siècle.

— Je vois, dit Harris, lentement. Bon, comme vous pouvez en juger par la promptitude de ma réponse, ce texte B que vous avez m'intéresse au plus haut point. Peut-être pourrais-je venir à Rome, disons, après-demain, pour le voir de mes propres yeux et, comme je serai alors à votre disposition, je vous dirai tout ce que vous voulez savoir sur les différences entre les versions A et B de *Faust*. »

Elisabetta convint que ce serait terriblement utile et elle lui donna l'adresse de la Commission sur la via Napoleone. Mais lorsqu'elle raccrocha, elle se demanda si elle n'aurait pas dû ajouter :

« Au fait, professeur, je devrais vous dire quelque chose : je suis religieuse. »

La piazza Mastai était déserte et le calme régnait dans le couvent. Elisabetta était contente de retrouver le silence de sa chambre spartiate. Une heure plus tôt, elle avait tiré ses rideaux et enlevé l'un après l'autre ses lourds habits religieux avant d'enfiler avec plaisir sa chemise de nuit qui, en comparaison, ne pesait rien.

Elle était nouvelle, cette impression que son habit devenait de plus en plus pesant et étouffant. Lorsqu'elle l'avait passé pour la première fois après avoir fait ses vœux, elle avait ressenti une légèreté presque magique, comme si les mètres de coton noir n'étaient que de la gaze aérienne. Mais, ces derniers jours, dans le monde laïc des bus, des aéroports, des rues de la ville, et des jeunes femmes en robes d'été légères, ils lui avaient semblé écrasants. Regrettant instantanément ses pensées, Elisabetta s'absorba dans une fervente prière pour demander pardon.

Ensuite, elle fut prête à aller se coucher. Même si sa prière avait contribué à apaiser son esprit, elle n'avait guère l'impression de mieux comprendre la signification de la présence des squelettes trouvés à Saint-Calixte. Le lendemain, elle se plongerait dans *Faust* et le texte B, et chercherait à en savoir le plus possible avant l'arrivée du professeur Harris. Mais, d'abord, elle devrait traverser une nuit de turbulences. Les cauchemars qui avaient suivi son agression avaient resurgi et se mêlaient à des terreurs nouvelles. Elle redoutait désormais le monde nocturne, peuplé de labyrinthes pleins de restes humains macabres et d'ignobles démons dotés de monstrueuses queues glabres.

Après une dernière prière qui l'aiderait à traverser la nuit sans encombre, Elisabetta se glissa entre les draps frais et éteignit sa lumière.

Lorsque la lumière d'Elisabetta s'éteignit, Aldo Vani jeta son mégot dans la fontaine et alluma une autre cigarette. Il traînait discrètement sur la piazza Mastai depuis une bonne heure, contemplant les fenêtres à l'étage du dortoir. Il avait un monoculaire compact caché au creux de sa main et, lorsqu'il était sûr qu'il n'y avait personne dans la rue, il balayait les fenêtres plusieurs fois. En l'espace des deux secondes qu'il avait fallu à Elisabetta pour tirer ses rideaux, il l'avait repérée. Troisième étage, quatrième fenêtre à partir du côté ouest du bâtiment. Il dut attendre que sa chambre et les autres de l'étage soient plongées dans le noir avant de pouvoir agir.

Un diamant et une petite ventouse avaient suffi à enlever sans bruit une vitre sur une fenêtre d'une salle de classe du rez-de-chaussée à l'arrière de l'école. Vani aurait parié sa vie que les locaux n'étaient pas protégés par une alarme et il grogna de satisfaction lorsqu'il tourna la poignée de la fenêtre et se glissa à l'intérieur. Se servant d'une lampe stylo, il contourna les rangées de petits bureaux. Le couloir était plongé dans les ténèbres, seuls étaient visibles les indicateurs rouges des sorties de secours aux deux extrémités. Ses semelles de caoutchouc lui permirent de monter sans bruit l'escalier du côté ouest du couvent.

Les yeux de sœur Silvia s'ouvrirent lorsqu'elle comprit, comme souvent, que sa vessie la taquinait. Une longue expérience lui avait appris qu'elle avait moins de deux minutes avant que survienne un accident. Elle partit pour la première de ses multiples expéditions nocturnes vers les toilettes communes.

Le périple commençait par la sollicitation de ses genoux arthritiques afin de leur faire supporter le poids de ses larges hanches. Ensuite, il lui fallait pousser ses pieds gonflés dans ses pantoufles et décrocher sa robe de chambre de la patère. Il lui restait moins d'une minute lorsqu'elle tournait la poignée de la porte.

La porte du troisième palier qui donnait sur le couloir grinça sur ses gonds rouillés et Vani dut l'ouvrir très lentement. Le couloir était trop éclairé à son goût. Des veilleuses se trouvaient à chaque bout et au milieu. Il défit l'ampoule de celle qui était la plus proche et marqua une pause pour compter les portes. La quatrième sur la façade donnant sur la piazza correspondait, il en était certain, à la quatrième fenêtre. Il vaudrait mieux qu'elle ne soit pas fermée à clef, mais ce n'était pas très important. Peu de serrures pouvaient lui résister plus de quelques secondes, en particulier dans un vieux bâtiment. Et, au pire, un coup d'épaule contre le chambranle et, malgré le bruit, il aurait largement le temps de lui planter son couteau dans la carotide. Et il serait redescendu avant que quiconque ne donne l'alerte.

Cette fois, il n'échouerait pas. Il l'avait promis à K. Il s'attarderait juste assez longtemps pour voir le sang cesser de couler de son cou lorsque sa pression artérielle tomberait à zéro.

Sœur Silvia se lava les mains et repartit à pas traînants vers le couloir. Sa chambre était deux portes plus loin que celle d'Elisabetta. Elle se mit à cligner des yeux. Le couloir lui paraissait plus sombre que tout à l'heure.

Elle cessa de cligner.

Un homme était debout devant la porte d'Elisabetta.

Pour une vieille dame infirme qui chantait ses cantiques d'une petite voix douce, elle laissa échapper un cri perçant monumental.

Vani ôta ses mains de la poignée de la porte et réfléchit calmement aux possibilités qui s'offraient à lui. Il lui faudrait dix secondes pour foncer sur la nonne hurlante et la faire taire. Il lui faudrait dix secondes pour forcer la porte et finir le boulot qu'il était venu accomplir. Il lui faudrait trois secondes pour abandonner sa mission et disparaître dans l'escalier.

Il prit sa décision et tourna la poignée de la porte d'Elisabetta. Elle était verrouillée.

D'autres portes commencèrent à s'ouvrir.

Des religieuses et des novices envahirent le couloir, s'interpellant tandis que sœur Silvia continuait à produire des décibels.

Elisabetta se réveilla en sursaut et chercha l'interrupteur de sa lampe à tâtons.

D'autres portes s'ouvrirent encore. Il ne restait guère de choix à Vani. Il savait qu'il n'y avait qu'une chose pire que l'échec, c'était de se faire prendre.

Lorsque Elisabetta déverrouilla sa porte et l'ouvrit, elle aperçut un homme vêtu de noir disparaître dans la cage d'escalier.

10

Cambridge, Angleterre, 1584

C'était le dimanche des Rameaux.

Cela faisait quatre longues années.

Chaque minute de chaque heure de chaque jour l'avait rapproché de ce moment. De son ultime débat public.

À plus d'un titre, sa vie d'érudit avait été aussi ardue que celle d'un ouvrier ou d'un marchand. Six jours par semaine, lever à cinq heures du matin pour le service. Puis petit déjeuner et cours de logique et de philosophie. Déjeuner à onze heures, rien d'autre qu'un peu de viande, du pain et du bouillon, suivi des cours de grec et de rhétorique. Ensuite, tout l'après-midi, avec le ventre qui criait famine, l'étude des techniques du débat et de la discussion dialectique : de vraies escarmouches intellectuelles pour entraîner les jeunes esprits. Le souper n'était guère moins frugal que le déjeuner, puis étude jusqu'à neuf heures – le moment où tout le monde terminait sa journée, sauf lui. Pendant que ses compagnons dormaient, il s'installait dans le coin le plus reculé de la pièce et s'adonnait à l'écriture de sa précieuse poésie pendant une heure ou deux. Les dimanches étaient à peine plus agréables.

Seul, il fit les cent pas sur le plancher poussiéreux devant la salle de conférences, vêtu de sa simple toge noire. À travers les portes closes, il entendait les bruits que faisait l'assistance qui s'installait au balcon. Quelques-uns le soutiendraient, mais la plupart n'étaient qu'une bande d'êtres méprisants qui prendraient plus de plaisir à le voir échouer.

S'il réussissait, on lui attribuerait son diplôme de premier cycle et il serait automatiquement admis en second cycle. À partir de là, Londres lui appartiendrait. L'échec signifierait un retour déshonorant à Canterbury et à une vie sans éclat.

Il serra les poings et rassembla toute son énergie.

Mon destin est d'être un grand homme. Mon destin est d'écraser sous mes semelles leurs petits esprits et leurs crânes comme des coquilles d'œufs.

Norgate, le directeur de Benet College, un homme grand et maigre, ouvrit les portes et annonça :

« Christopher Marlowe, nous sommes prêts à vous entendre. »

Quatre années auparavant, Marlowe avait fait la route de Canterbury à Cambridge, un voyage de soixante-dix miles et trois jours à supplier les charretiers de l'emmener, à supporter, assis au milieu des navets, le bavardage de ces paysans. Un marchand l'avait laissé aux abords de la ville et il avait parcouru le dernier mile à pied, son sac sur le dos. Les passants le remarquèrent à peine lorsqu'il franchit la porte Trumpington, un jeune homme parmi tant d'autres qui venaient à l'université suivre les cours du semestre de décembre.

Le garçon de seize ans dut demander son chemin. Dans une ruelle à côté d'une taverne, il vit un homme en train d'uriner.

« Comment va-t-on à Benet College ? » demanda Marlowe à l'homme, d'une voix forte. Pas de « S'il vous plaît, monsieur », ni de « Auriez-vous l'obligeance de ». Ce n'était pas sa façon de faire.

L'homme avait tourné la tête et ses sourcils froncés indiquaient qu'il avait bien envie de jeter le jeune homme dans la boue pour lui faire payer son impudence… dès qu'il aurait rangé son membre. Mais il changea d'avis après avoir examiné le jeune homme des pieds à la tête. Peut-être était-ce les yeux noirs, au regard dur, de Marlowe, ou ses lèvres pincées sans la moindre trace d'humour, ou l'étrange gravité de sa barbe naissante ou la manière hautaine avec laquelle il déplaçait sa fine ossature, mais l'homme céda avec humilité et fournit l'information que le jeune homme demandait.

« Traverse Pennyfarthing Lane, passe devant l'église Saint-Botolph, tourne à droite dans Benet Street, jusque dans la cour. »

Marlowe avait remercié d'un signe de tête et était rapidement arrivé à destination, à l'endroit où il vivrait pendant les six années et demie suivantes.

Il avait obtenu son statut d'étudiant à la King's School de Canterbury grâce à ses prouesses dignes de tous les éloges. Ce premier jour à Cambridge, il avait été le dernier de sa chambrée à arriver dans la pièce qui leur avait été attribuée au coin nord-est de la cour. Les autres étudiants boursiers, Robert Thexton, Thomas Lewgar et Christopher Pashley, tous pauvres comme Job, et comme lui, avaient déjà rangé leurs maigres effets et s'étaient chicanés sur les quelques meubles qui se trouvaient dans la pièce : deux lits, deux chaises, une table et trois tabourets, des pots de chambre et des cuvettes. Ils avaient cessé de se disputer pour prendre la mesure du retardataire, ce jeune homme maigre et maussade.

Marlowe ne s'était pas embarrassé d'amabilités. Son regard malveillant avait fait le tour de la pièce comme celui d'un animal sauvage scrutant une partie de son territoire.

« Je m'appelle Marlowe. Où est mon lit ? »

Lewgar, un garçon replet avec un visage couvert de boutons, avait désigné un matelas et dit :

« Tu vas dormir avec moi. J'espère que tu garderas ton haut-de-chausses pour dormir, mister Marlowe. »

Marlowe avait jeté son sac sur le matelas et il parvint à esquisser le premier sourire depuis des jours, un vague rictus sardonique.

« De cela, mon ami, tu peux être certain. »

Marlowe se tint devant ses examinateurs, le menton en avant et les bras pendant tranquillement le long de ses flancs. En quatre ans, il avait pris une bonne trentaine de centimètres en taille et toute trace d'enfance avait disparu. Sa barbe et sa moustache étaient plus épaisses et encadraient son long visage triangulaire, lui donnant un air canaille. Ses cheveux d'un marron soyeux effleuraient à peine sa collerette empesée. Alors que la plupart de ses contemporains commençaient à développer le nez bulbeux et les mâchoires prognathes qui marqueraient leurs années ultérieures, les traits de Marlowe étaient restés délicats, presque enfantins, et il affichait son charme avec un air hautain.

Aux côtés du directeur du collège se trouvaient trois étudiants plus âgés de second cycle, qui avaient tous la posture de sadiques s'apprêtant à embrocher leur proie. Une fois que le thème du débat fut donné, Marlowe les affronterait dans une joute verbale pendant quatre heures épuisantes et, avant le souper, son sort serait connu.

Quelqu'un dans l'assistance s'éclaircit la voix avec insistance. Marlowe se retourna. C'était son ami, Thomas Lewgar, qui subirait la même épreuve le jour suivant. Lewgar lui adressa un clin d'œil encourageant. Marlowe sourit et se tourna face à ses contradicteurs.

« Alors, mister Marlowe, commença le directeur. Voici le dernier thème de débat pour votre diplôme. Nous souhaitons que vous traitiez le sujet suivant et que vous commenciez sans tarder : "Selon la loi de Dieu, le bien et le mal sont diamétralement opposés." Allez-y. »

Marlowe put à peine cacher son plaisir. Les coins de sa bouche se relevèrent, imperceptiblement, mais assez pour perturber ses inquisiteurs.

L'affaire est dans le sac. Le diplôme m'est acquis.

Dans la salle à manger, les cent vingt membres de la faculté et étudiants de Benet College s'asseyaient habituellement avec leurs pairs. Les fenêtres à petits carreaux sales laissaient passer un peu de la lumière du crépuscule, mais comme on était au printemps, les *sizars*[1] pouvaient encore attendre avant d'allumer les bougies.

Au fond de la salle, le directeur et les professeurs étaient assis à la table d'honneur sur une estrade surélevée. Les quatre lecteurs de la bible, qui détenaient les bourses les plus prestigieuses dotées des indemnités les plus élevées, étaient installés juste en dessous du

1. Étudiants non boursiers qui sont au service d'autres étudiants et qui, en échange, reçoivent des avantages en nature. *(N.d.T.)*

directeur. Les six boursiers du collège Nicholas Bacon venaient ensuite. Marlowe était à la table adjacente avec ses compagnons et les autres étudiants. Les élèves non boursiers, tous issus de familles privilégiées, occupaient les tables dans le reste de la salle. Contrairement aux autres, ils payaient leur nourriture et les autres frais. Leur intérêt pour la vie universitaire était généralement marginal ; leurs principales occupations consistaient à boire, jouer au jeu de paume et recevoir un minimum de formation leur permettant, une fois rentrés dans leurs manoirs, d'occuper des postes de juges de paix. Autour des étudiants s'affairaient leurs serviteurs, les *sizars*. Marlowe était plein d'entrain et il commanda des bouteilles supplémentaires pour sa table. Il n'avait guère les moyens de se les offrir, mais son serviteur, un jeune homme de première année, nota soigneusement la somme dans les comptes de Marlowe en vue de règlements ultérieurs.

« J'imagine que vous pouvez tous boire quelques lampées supplémentaires, mais la part du lion est pour maître Marlowe, annonça Marlowe à sa tablée.

— Ça sonne bien, vous ne trouvez pas ? Maître Marlowe ! s'exclama son ami Lewgar. Demain à cette heure-ci, j'espère avoir moi aussi réussi mon examen et reçu mon diplôme. J'en ai la chair de poule, rien que de penser à ce que deviendrait mon vieux si je rentrais à Norfolk sans diplôme. »

Lewgar avait des boutons sur son visage glabre et il restait bien en chair alors que la plupart de ses collègues étaient maigres comme des clous. Bien que Marlowe soit notoirement intempérant et enclin à pilonner ses collègues de ses sarcasmes narquois et cinglants, il épargnait Lewgar qui passait son temps à se dénigrer.

De l'autre côté de la table, un étudiant de deux ans plus âgé que Marlowe, un jeune homme sérieux qui finissait son second cycle, prit la parole :

« Pas mal, ta prestation aujourd'hui, Marlowe. Presque aussi impressionnante que celle que j'avais donnée à l'époque. »

Marlowe leva son gobelet dans sa direction. Bien qu'il l'ait vu presque tous les jours ces quatre dernières années, il pouvait dire honnêtement qu'il connaissait à peine Robert Cecil, et, en fait, Cecil était l'un des rares hommes à Cambridge qui l'intimidaient. Oui, bien sûr, son père était le baron Burghley, le secrétaire d'État de la reine, de fait, l'homme le plus puissant dans un pays qui n'avait pas de roi. Mais il n'y avait pas que cela, Cecil était fort comme un bœuf, aussi intelligent que n'importe lequel des boursiers du collège Nicholas Bacon et aussi confiant dans ses propres compétences que Marlowe.

Mais Marlowe damait le pion à Cecil dans un domaine apprécié par tous et il éprouva une reconnaissance quelque peu émoustillée lorsque Cecil lui demanda de faire une démonstration.

« Allez, maître Marlowe, faites-nous l'honneur de quelques-uns de vos vers sur cet événement, à l'occasion de votre promotion. »

Marlowe se leva et s'appuya d'une main sur la table.

« Maître Cecil, je n'ai que quelques vers d'une petite œuvre en cours d'achèvement, ma première pièce.

— Vous tâtez donc du théâtre ?

— Moi qui partage sa couche, s'écria Lewgar dans un rugissement de rires, je peux attester qu'il tâte toute la nuit !

— Allez, silence ! ordonna Cecil à la tablée. Entendons ce que notre homme a écrit et, si cela ne nous sied pas, j'enverrai un petit oiseau à la cour pour informer Notre Majesté que ses écoles tombent en ruine. »

Marlowe leva les bras dans un geste très mélodramatique, attendant son moment, et, lorsque tous les yeux furent posés sur lui, il commença :

Comment, ami, pourrais-je oublier ta jeunesse,
Dont la face reflète à mes yeux le plaisir,
Au point que, captivé par les rayons de feu,
J'ai souvent repoussé les chevaux de la Nuit,
S'ils devaient le dérober à ma vue ?
Reste sur mes genoux et condamne à ta guise,
Asservis le Destin, coupe le fil du Temps.
Est-ce que tu n'as pas tous les dieux à tes ordres,
L'univers comme espace ouvert à tes désirs[1].

Il sourit, avala ce qui restait de son vin et se rassit, avant d'appeler un *sizar* d'un geste de la main.

Les convives attendaient que Cecil se prononce.

« Assez bien, maître Marlowe, dit-il, assez bien. Mon petit oiseau devra rester dans sa cage et oublier son voyage à Londres. Qui prononce ces vers et quel titre donnerez-vous à votre pièce ?

— Ce sont les paroles de Jupiter ! s'exclama Marlowe. Et j'appelle la pièce *Didon, reine de Carthage*.

— Eh bien, Marlowe, si, d'ici trois ans, vous entrez dans les ordres, le monde perdra certainement un éminent dramaturge. »

Les derniers à quitter la table furent Marlowe, Cecil et Lewgar. Il faisait de plus en plus sombre et Lewgar

1. *Didon, reine de Carthage*, Christopher Marlowe, traduit de l'anglais par Serge Lavoine, © L'Harmattan, 2010.

se mit à se plaindre et déclara qu'il devait se coucher de bonne heure.

« J'ai entendu dire que les professeurs n'étaient pas bien disposés à votre égard, Lewgar, dit Cecil méchamment.

— Vous avez entendu ça ? demanda Lewgar, d'une voix craintive.

— Oui, effectivement.

— Je ne dois pas échouer. Ce serait la fin de ma vie.

— Si tu te jettes dans la Cam, Thomas, j'écrirai un poème sur toi, dit Marlowe.

— Je m'en sortirai, si on ne me donne pas un sujet concernant les mathématiques. Tu sais à quel point je suis mauvais en mathématiques, n'est-ce pas, Christopher ?

— À ta place, je ne m'inquiéterais pas. Demain soir, tu seras aussi saoul que moi. Nous ferons la fête. »

Lorsque Lewgar fut parti à pas lourds, Cecil se leva et donna à Marlowe une grande tape dans le dos.

« Le vieux Norgate vous en informera au petit déjeuner, mais vous serez l'un des contradicteurs de Lewgar demain. Et moi aussi. »

Marlowe leva des yeux interrogateurs.

« Vraiment ? C'est tout à fait intéressant. »

Son *sizar* vint débarrasser ce qui restait sur la table, mais Marlowe l'envoya chercher encore du vin et lui ordonna d'allumer les bougies. Le garçon obtempéra. Marlowe fixa la flamme vacillante et laissa sa tête lourde de vapeurs d'alcool tomber, le menton sur la poitrine. Le chandelier, un simple tube en étain, retenait son attention. Il l'avait vu tous les jours pendant quatre ans, mais ce soir, il lui rappelait quelque chose. Il ressemblait beaucoup à un chandelier qu'il avait vu quelque treize ans auparavant.

Son père était toujours en colère, toujours à marmonner des invectives en travaillant. Christopher, âgé de sept ans, restait au coin du feu, à gribouiller frénétiquement sur une page barrée, un peu roussie, du livre de comptes de son père, que sa mère avait réussi à sauver du feu.

Le soleil brille,
Les oiseaux chantent,
Et voilà l'oiseau bleu
Qui déploie ses ailes.

Content de lui, il leva les yeux et aperçut une femme, debout sur le seuil, en train de se plaindre d'un travail que John Marlowe avait effectué. C'était l'épouse du boulanger, Mary Plessington. La couture s'était déjà défaite sur une chaussure qu'il venait de réparer.

Son père prit les chaussures sans rien dire et, dès que la femme fut partie, il se répandit en injures.

« Vilaine mégère. Elle a très probablement défait les points en enfonçant son pied dans le cul de son mari. C'est une sale réfractaire, de toute manière. Je ne devrais même pas l'accepter comme cliente. »

Sa mère, Katherine, interrompit sa couture et leva la tête.

« Ordure de papiste. M'donne envie de cracher sur mon propre plancher. »

La pièce principale de leur maison faisait office de cordonnerie. Son père restait à son établi toute la journée, à écorcher, à perforer les peaux et à se plaindre. Les Marlowe méritaient mieux, ne cessait-il de répéter.

C'était une bonne chose qu'il se soit élevé au rang de citoyen d'honneur et qu'il ait pu rejoindre la guilde des cordonniers avec tous les privilèges que cela impliquait. Mais il était toujours sur un des premiers barreaux de l'échelle de la classe moyenne et il ne parvenait pas à contrôler son mépris pour l'aristocratie et tous ceux qui s'en sortaient mieux que lui.

« Katherine ! s'écria-t-il. Vois comme notre jeune Christopher progresse dans ses apprentissages. Avec des études, il deviendra l'un d'eux, ou du moins, c'est ce qu'ils penseront. Ensuite, il les dépassera et occupera la place légitime pour un Marlowe au sommet de l'échelle. »

Christopher était le seul fils depuis la mort de sa grande sœur, des suites d'une fièvre. Il allait à l'école Saint-George-le-Martyr dirigée par le prêtre de la paroisse, le père Sweeting. Il avait rapidement appris à lire dans le manuel *ABC and Catechism* et, du jour où les pages imprimées avaient commencé à avoir du sens pour lui, des vers et des rimes avaient surgi dans sa tête, exigeant qu'il les transcrive. Ils constituaient un contrepoint joyeux aux autres pensées qui bouillonnaient dans son esprit, des pensées noires qui l'effrayaient lorsqu'il était plus jeune.

« Sommes-nous différents ? se rappelait-il avoir demandé à sa mère lorsqu'il avait cinq ans.

— Oui.

— Est-ce Dieu qui nous a faits ainsi ?

— Cela n'a rien à voir avec Dieu.

— Parfois, ça me fait peur.

— Tes peurs s'en iront, le rassurait sa mère. Lorsque tu auras un peu grandi, tu seras heureux d'être différent, crois-moi. »

Elle avait raison. La peur avait bientôt disparu et avait été remplacée par quelque chose de merveilleux, finalement, un sentiment de supériorité et de puissance. À l'âge de sept ans, il aimait sincèrement ce qu'il était et ce qu'il était en train de devenir.

Le fils du boulanger, Martin Plessington, était dans sa classe. Thomas Plessington était un des marchands les plus en vue de Canterbury, un protestant aisé qui avait cinq apprentis et deux fours. Martin était un garçon à l'ossature massive et il promettait de devenir un géant, comme son père. À l'école, il avait l'esprit lent, mais dans la rue, c'était une brute tyrannique dont la suprématie était fondée sur ses muscles.

Un jour, Christopher fut parmi les derniers à quitter l'école, réticent, comme toujours, à abandonner un des livres du père Sweeting. Sur le chemin du retour, il prit le raccourci habituel derrière la taverne The Queen's Head et les écuries de louage.

À sa grande surprise, il vit les grosses jambes de Martin Plessington sortir d'une fenêtre de la maison du maître des écuries. Martin se laissa tomber sur le sol. Il tenait quelque chose entre ses mains. Son regard croisa celui de Christopher.

« Fous le camp ! siffla Martin.

— Qu'est-ce que tu as ? demanda Christopher sans se laisser démonter.

— Pas tes oignons. »

Christopher s'approcha et le vit. C'était un bougeoir en étain décoré d'une croix catholique pleine d'ornements.

« Tu l'as volé ?

— Tu veux que je te rosse ? » lui répondit l'autre, fâché.

Christopher ne recula point.

« J'imagine que tu veux le vendre. À moins que ta famille ne soit un ramassis de papistes clandestins qui ont l'intention de s'en servir lors d'une messe illégale.

— Qui c'est que tu traites de papiste ? dit Martin, le visage de plus en plus rouge. Les Marlowe méritent même pas de torcher le cul d'un Plessington.

— Écoute-moi bien, dit Christopher sans broncher. Si tu me le montres, je te jure que je ne dirai à personne ce que tu as fait.

— Pourquoi tu veux le voir ? demanda le garçon d'un air suspicieux.

— Parce qu'il est beau, c'est tout. »

Martin réfléchit, puis lui tendit le bougeoir. Il avait un pied lourd et rond, qui pesait autant qu'une paire de briques. Christopher l'examina attentivement, puis inspecta la ruelle dans les deux sens.

« Est-ce que tu as remarqué ça ? fit-il.

— Quoi ? répondit Martin en s'approchant.

— Ça. »

Christopher leva le bougeoir avec toute la force que lui permettait sa petite constitution. Le pied du bougeoir vint s'écraser contre la tempe de Martin. Il y eut un craquement significatif qui rappelait le bruit d'une botte qui traverse une couche de glace, puis le garçon tomba à genoux et plongea vers l'avant ; le sang coulait à flots de sa blessure, il bougea encore quelques secondes, puis s'immobilisa.

Christopher fourra le bougeoir ensanglanté dans sa chemise et se mit à traîner le corps sans vie vers les écuries. C'était plus difficile qu'il ne l'avait prévu, mais il ne renonça pas tant que le cadavre de Martin ne fut pas complètement à l'intérieur. Les chevaux attachés frémirent, hennirent et tirèrent sur leurs longes.

Il laissa Martin à côté d'un tas de foin et marqua une pause pour retrouver son souffle. Ensuite, il plongea la main dans sa chemise pour récupérer le bougeoir. Il le saisit par sa base, se tachant les doigts de sang.

D'une main, il ouvrit la bouche de Martin et de l'autre, il enfonça le bougeoir dans la gorge du gamin aussi profondément que possible et regarda le sang monter et remplir le trou béant.

Le jour suivant, la chaise de Martin à l'école était vide et le père Sweeting énonça ce commentaire prophétique : il valait mieux pour ce garçon qu'il soit mort plutôt que de manquer un jour d'école. Christopher rentra d'un pas sautillant, passant à nouveau devant les écuries. Les portes étaient fermées et il ne semblait y avoir âme qui vive. Lorsqu'il arriva à la maison, sa mère et son père étaient assis à la table et parlaient à voix basse, ses sœurs se promenaient pieds nus.

« Tu as entendu la nouvelle ? lui demanda son père. Tu as entendu, pour Martin Plessington ? »

Christopher secoua la tête.

« Mort, dit son père sobrement. La tête fracassée et un bougeoir catholique enfoncé dans le gosier. On dit que ce sont les papistes les coupables, qu'ils ont tué un jeune protestant. On dit qu'ils vont causer des troubles à Canterbury, c'est certain. Une vraie guerre civile. On parle de deux ou trois gamins réfractaires déjà exécutés par des bandes de protestants. Qu'est-ce que tu en dis ? »

Christopher n'avait rien à dire.

Sa mère fit entendre sa voix.

« Tu portais ta belle chemise aujourd'hui. J'ai trouvé l'autre en boule, coincée entre le matelas et le mur. »

Elle se pencha pour attraper quelque chose entre ses genoux et la brandit.

« Il y a du sang dessus.

— Est-ce que tu as quelque chose à voir avec ça ? demanda son père. Dis la vérité. »

Christopher sourit, dévoilant les vides laissés par ses dents de lait tombées. Il bomba le torse et dit :

« C'est moi qui ai fait ça. Je l'ai tué. J'espère qu'il y aura la guerre. »

Son père se leva lentement et se déploya de toute sa taille, bien plus grand que l'enfant de sept ans. Ses lèvres tremblaient. « Tu es un bon garçon, dit-il enfin. Je suis très fier de toi. Des catholiques sont morts grâce à toi et il y en aura d'autres, je pense. Tu me fais honneur. Honneur à la lignée des Marlowe. »

11

La première pensée d'Elisabetta fut d'appeler son père, mais en quoi était-il besoin de le réveiller et de l'inquiéter inutilement ? Micaela, elle le savait, était de garde à l'hôpital. Elle appela Zazo. Il arriva une demi-heure après la police et resta avec Elisabetta dans la cuisine pendant qu'elle attendait d'être interrogée par un agent.

Elle serrait fort sa robe de chambre sur sa poitrine.

« Je suis navrée de t'avoir dérangé. Tu es tellement occupé.

— Ne sois pas idiote », dit Zazo. Il ne portait pas son uniforme ; il était en jean et pull. « Est-ce que tu as appelé papa ?

— Non.

— Bien. Alors le gars était à ta porte ?

— C'est ce que sœur Silvia a dit.

— Est-ce que tu as pu le voir ?

— Seulement de dos.

— C'était probablement un drogué à la recherche d'argent liquide, dit Zazo. Et trop défoncé pour se rendre compte qu'il était entré dans un couvent. Cela fait longtemps que je suis contrarié qu'il n'y ait pas d'alarme ici.

— Il n'y a jamais l'argent qu'il faut pour ce genre de chose et de toute façon…

— Ouais, Dieu vous protège, finit Zazo, ironique. Je connais le gars chargé de l'enquête, l'inspecteur Leone. Laisse-moi lui parler. »

La lèvre supérieure d'Elisabetta se mit à trembler.

« Zazo, j'ai un mauvais pressentiment sur ce qui vient de se passer.

— Je sais que tu as été secouée. Je reviens tout de suite. »

Leone était un type peu aimé, bourru, qui n'était pas loin de la retraite. Du temps où Zazo faisait partie de la police, ils ne s'appréciaient pas beaucoup, et Zazo pouvait affirmer sans ciller qu'il n'avait pas pensé à cet homme une seule fois depuis qu'il avait quitté la police.

« Je me souviens de vous, dit Leone lorsque Zazo s'avança vers lui dans le réfectoire. Qu'est-ce que vous faites ici ?

— L'une des religieuses est ma sœur.

— Vous êtes au Vatican, c'est ça ? dit Leone avec un sourire mauvais.

— Oui.

— Ça vous va bien. »

Depuis qu'il travaillait avec les gardes suisses, Zazo avait appris l'art de la retenue. Il s'y appliqua et laissa passer la remarque.

« Alors, qu'est-ce que vous avez trouvé ?

— Le type a découpé un trou dans une vitre au rez-de-chaussée, sur l'arrière, et il est entré. La mère supérieure est en train de passer les salles de classe et les bureaux en revue sur les deux premiers étages, mais jusque-là, il ne manque rien. Il était debout devant une des chambres du dortoir lorsqu'une des religieuses qui revenait des toilettes l'a vu et s'est mise à crier comme une possédée. Il s'est enfui et il est probablement sorti par une porte de service.

— C'était la chambre de ma sœur. »

Leone haussa les épaules.

« C'était forcément celle de quelqu'un. Qui sait ce qu'il voulait ? Peut-être que c'était un voleur, peut-être un violeur, peut-être un junkie. En tout cas, c'est une bonne chose qu'il ne soit pas arrivé jusqu'à elle. Nous allons interroger tout le monde, relever les empreintes, vérifier les enregistrements des caméras de surveillance des environs. Vous vous rappelez la procédure, n'est-ce pas, Celestino ?

— Je suis toujours officier de police, répliqua Zazo.

— Aucun doute là-dessus. »

Elisabetta sirotait son café lorsque Zazo revint. Les religieuses s'affairaient pour offrir des boissons chaudes aux officiers de police. Avec tant d'hommes sur les lieux, certaines des femmes, par pudeur, étaient retournées dans leur chambre et avaient mis leurs habits.

« Tu n'as pas l'air bien, lui dit-il avec la brusquerie d'un frère.

— Merci de le remarquer.

— Que voulais-tu dire par un mauvais pressentiment ?

— Il y avait quelque chose chez cet homme.

— Je croyais que tu ne l'avais vu que de dos.

— Je sais. C'est pourquoi ce n'est qu'une intuition. » Elle chuchotait maintenant. « Je sais que ça a l'air fou, mais je crois que c'est l'homme qui m'a agressée cette fameuse nuit. »

Zazo accepta la tasse de café que lui tendait une des sœurs.

« Tu as raison, dit-il. Ça a l'air fou. Je crois que tu

nous fais une espèce de réaction psychologique post-traumatique. C'est tout.

— Il n'y a pas que ça, Zazo. Il y a autre chose que je devrais te dire.

— Je t'écoute », répondit-il.

Elisabetta avait l'air effrayée.

« Maintenant. »

Elle le ramena dans sa chambre. Zazo s'étala sur son lit défait et elle s'assit sur son fauteuil. En préambule, elle lui déclara qu'elle n'avait aucun droit de lui révéler ces choses-là mais qu'elle se sentait obligée de le faire. Elle exigea de sa part qu'il fasse le serment de garder le secret, en tant que frère, policier et employé du Vatican.

Zazo accepta et écouta avec une attention décuplée tandis que sa sœur lui disait tout sur son travail lorsqu'elle était étudiante, ses flashes sur la colonne vertébrale de son assaillant, les squelettes de Saint-Calixte, le vieil homme à Ulm, ses tatouages, la pièce de Marlowe.

Un coup fut frappé à sa porte partiellement refermée. Une des sœurs lui annonça que les policiers l'attendaient.

« Tu ne vas rien leur dire de tout cela, n'est-ce pas ? demanda Zazo.

— Bien sûr que non. »

Il descendit du lit et dit d'un ton grave :

« Je crois que tu n'es plus en sécurité ici. »

Lorsqu'il se réveilla, Krek avait la tête encore lourde de l'excellent cognac qu'il avait bu plus tôt. Seul dans son grand lit, il décrocha le téléphone d'une main un peu hésitante. « Oui ? »

C'était Mulej.

« Je suis désolé de vous réveiller. J'ai des nouvelles en provenance d'Italie.

— J'espère qu'elles sont bonnes.

— Elles ne le sont pas. Vani a dû abandonner. »

Krek ne put cacher sa rage.

« J'en ai assez de lui. Je ne peux plus tolérer son incompétence. Est-ce qu'au moins il a réussi à s'échapper proprement ?

— Heureusement, oui.

— Dis-lui ceci, Mulej. Dis-lui que je lui laisse encore une chance. S'il ne réussit pas, il sera liquidé. Dis-lui que je m'en occuperai personnellement. »

Il bruinait. Depuis le siège qu'Elisabetta occupait dans l'autobus, Rome paraissait lavée de ses couleurs, sans joie. Les autres voyageurs étaient trop préoccupés par leurs journaux et leurs écouteurs pour remarquer l'expression crispée du pâle visage de la religieuse.

Arrivée à son arrêt, elle ouvrit son parapluie et parcourut à pied la courte distance qui la séparait de la Commission. L'assistant du professeur De Stefano l'attendait dans le hall.

« Le professeur veut que vous alliez immédiatement à Saint-Calixte, dit-il. Une voiture vous attend. »

Les catacombes de Saint-Calixte étaient restées fermées au public depuis l'effondrement et le bâtiment des visiteurs paraissait désert et abandonné sous la pluie.

Gian Paolo Trapani faisait les cent pas devant l'entrée. Il ouvrit la portière de la voiture pour Elisabetta.

« Le professeur De Stefano est en bas. S'il vous plaît, venez vite.

— Que se passe-t-il ?

— C’est à lui de vous le dire. »

Elisabetta dut presque courir pour ne pas être distancée par le grand jeune homme élancé. Les catacombes paraissaient particulièrement sinistres ce matin-là. Malgré la fraîcheur des lieux, elle transpirait et elle était essoufflée lorsqu’ils parvinrent à la limite de la région libérienne et au lieu de l’effondrement.

De Stefano était sur le seuil, immobile, à l’exception de ses mains, qu’il frottait obsessionnellement l’une contre l’autre. Elisabetta fut alarmée devant son expression d’affreuse angoisse.

« Vous êtes la seule personne que je connaisse qui n’a pas de téléphone portable, dit-il, irrité.

— Je suis désolée, professeur, répondit-elle. Que s’est-il passé ?

— Regardez ! Voyez vous-même ce qui s’est passé ! »

Il fit un pas de côté et la laissa entrer.

C’était presque aussi choquant que ce qu’elle avait vu la première fois, mais son émotion fut cette fois plus brutale. Elle fut assaillie par un violent sentiment d’horreur devant ce qu’elle identifia comme une violation.

La chambre funéraire avait été nettoyée.

À l’endroit où se trouvaient auparavant les squelettes empilés les uns sur les autres, il ne restait que quelques os émergeant de la boue : une côte ici, un humérus là, des restes d’orteils et de doigts éparpillés comme du pop-corn sur le sol d’une salle de cinéma.

La fresque aussi avait disparu, mais elle n’avait pas été enlevée. Le mur avait été pulvérisé, très certainement par des coups de masse ; le plâtre gisait en morceaux, en fragments, complètement détruit.

De Stefano était muet de colère. Elisabetta se tourna vers Trapani pour solliciter son aide.

« Celui qui a fait ça a utilisé notre puits d'accès, dit-il en tendant un doigt vers la surface. Il n'y a pas le moindre signe d'entrée ou de sortie par la catacombe. Les gardes de nuit au centre d'accueil n'ont rien vu et rien entendu. Nous sommes partis hier à cinq heures. Ils ont dû venir après la tombée du jour et travailler toute la nuit. J'ignore quelles méthodes ils ont utilisées, mais je dirais qu'ils ont sorti les squelettes un par un ou deux par deux, qu'ils les ont rangés dans des cageots ou des caisses qu'ils ont chargés sur un camion. Des traces fraîches de pneus traversent le champ. Et pour couronner le tout, ils ont détruit notre fresque. C'est affreux. »

De Stefano retrouva enfin sa voix.

« C'est plus qu'affreux. C'est un désastre d'une ampleur indescriptible.

— Qui a pu faire une chose pareille ? s'alarma Elisabetta.

— C'est ce que je veux que vous me disiez, *vous* », dit De Stefano, en lui lançant un regard noir.

Elle n'était pas certaine d'avoir bien entendu.

« Moi ? Que pourrais-je bien savoir de tout ceci ?

— Lorsque Gian Paolo m'a appelé tôt ce matin pour m'informer de ce qu'il avait découvert ici, j'ai demandé à mon assistant de vérifier les relevés téléphoniques des quelques personnes de la Commission qui avaient connaissance du travail que nous faisions ici. Il y a deux jours, un appel a été passé de votre bureau. »

Elisabetta fouilla sa mémoire rapidement avant même qu'il ait fini sa phrase. Avait-elle effectivement utilisé son téléphone pour passer un appel à l'extérieur ? Elle ne le pensait pas.

« L'appel était destiné à *La Repubblica*. Pourquoi contactiez-vous un journal, Elisabetta ?

— Je n'ai pas passé cet appel, professeur. Vous savez que je ne ferais pas une chose pareille.

— Un appel est passé à un journal et, deux jours plus tard, notre site est nettoyé. Voilà les faits !

— Si quelqu'un a bien téléphoné, j'insiste, au nom de Dieu, croyez-moi, ce n'est pas moi qui ai passé l'appel. »

De Stefano ignora sa prière.

« Je dois aller à une réunion d'urgence au Vatican. Elisabetta, je dois vous dire que je considère comme une erreur de vous avoir impliquée dans cette mission. Vous êtes renvoyée. Retournez à votre école et à votre couvent. J'ai parlé à l'archevêque Luongo. Vous ne pouvez plus travailler pour moi. »

12

Elisabetta eut l'impression de se trouver sur un bateau qui avait perdu ses amarres et qui partait à la dérive, loin des eaux protégées du port, vers une vaste mer inconnue. On était au milieu de l'après-midi et bien qu'elle fût physiquement dans un lieu qu'elle connaissait bien, elle se sentait dans un état mental et intellectuel totalement étrange.

La chambre n'avait pas du tout changé depuis le jour où Micaela était partie pour l'université. Le lit d'Elisabetta avait le même couvre-lit rose froissé et les mêmes taies d'oreiller en satin, passés par des années de soleil. Ses livres d'école étaient toujours là, ainsi que des lectures précoces pour son âge : philosophes français, théologiens, romans sérieux. La bibliothèque de Micaela, à la différence de la sienne, était garnie de textes légers, romans à l'eau de rose, magazines *people*, conseils aux adolescents. Au-dessus du lit trônait un poster de Bon Jovi. Au-dessus de celui d'Elisabetta il y avait une affiche représentant un magnifique cerf doté de bois fabuleux, une reproduction de l'art rupestre de Lascaux.

Elisabetta était allongée sur son lit, dans son habit, mais elle avait enlevé ses chaussures. Elle ne pouvait pas retourner à l'école ou au couvent, parce que Zazo le lui avait interdit et il avait enrôlé le père d'Elisabetta, Micaela et même sœur Marilena dans sa croisade. Elisabetta avait fini par se rendre à l'argument qu'elle mettait peut-être les enfants et les religieuses en danger si elle restait là-bas.

Elle ne pouvait pas retourner à la Commission pontificale d'archéologie sacrée parce que, pour la première fois de sa vie, elle avait été renvoyée d'un emploi. La colère lui donnait la chair de poule : comment De Stefano pouvait-il penser qu'elle avait la moindre responsabilité dans ce pillage ?

Et elle ne pouvait même pas prier en paix sans se sentir distraite et sans que son esprit se laisse emporter dans des pensées agitées.

Dégoûtée, Elisabetta se redressa et remit ses chaussures. Avec une moue de défi, elle décida que, si elle ne pouvait reprendre son enseignement, elle continuerait son autre travail, qu'elle fasse ou non partie de l'équipe de De Stefano. Elle releva le menton. Elle poursuivrait, par curiosité intellectuelle. Mais il y avait autre chose de plus urgent, n'est-ce pas ? Une idée s'ancrait profondément en elle : il lui fallait comprendre ce qui s'était passé dans le columbarium de Saint-Calixte.

Pour sa propre survie.

« Que Dieu me protège », dit-elle à voix haute, avant d'aller à la cuisine se préparer du café et de s'installer dans la salle à manger pour feuilleter quelques livres de référence.

Elle entendit une clef tourner dans la serrure.

Elle leva les yeux et entendit son père appeler son nom.

« Je suis là, papa, dans la salle à manger. »

Ses livres et ses papiers étaient étalés sur la table. Elle avait utilisé l'ordinateur de son père dans le salon pour envoyer un mail de sa boîte privée au professeur Harris à Cambridge – non pas pour annuler leur rendez-vous, mais simplement pour en changer le lieu.

La clef se trouve en B.

Elle était à mi-chemin de son étude d'une version moderne des deux textes de *Faust* qu'elle avait trouvés dans une librairie près de la Commission, et elle prenait des notes sur le texte A. Ensuite, elle s'attaquerait à la version B, en se servant du livre de poche et de l'original d'Ottinger, cherchant non seulement les différences textuelles, mais toutes les notes en marge qu'elle avait peut-être laissé passer précédemment.

Son père avait terminé sa journée de travail. Ils n'étaient pas habitués à se trouver en présence l'un de l'autre, en dehors des déjeuners du dimanche.

« Comment vas-tu ? demanda-t-il en allumant sa pipe.

— Je suis en colère.

— Bien, c'est mieux que de pardonner.

— Ce ne sont pas des états exclusifs l'un de l'autre », dit Elisabetta.

Il grogna. La pipe s'éteignit. Il saisit son cure-pipe, déplia l'outil le plus long et aéra méthodiquement le fourneau.

« J'ai de la soupe en boîte. Tu en veux ?

— Plus tard peut-être. Je ferai un vrai repas ce soir. Qu'en dis-tu ? »

Carlo ne répondit pas. Ses yeux furent attirés vers la chose qu'il aimait le plus au monde – les nombres.

Elisabetta avait recopié ceux du tatouage d'Ulm sur une fiche bristol.

63 128 99 128 51 132 162 56 70
32 56 52 103 132 128 56 99
99 39 63 38 120 39 70

« Qu'est-ce que c'est ? demanda-t-il en ramassant la carte.

— Cela a un rapport avec le projet sur lequel je travaillais. C'est comme un puzzle.

— Je croyais qu'ils t'avaient dit d'arrêter.

— C'est le cas.

— Mais tu n'arrêtes pas.

— Non.

— C'est bien ! dit Carlo avec un hochement de tête approbateur. Une matrice de vingt-quatre nombres, neuf par huit par sept, poursuivit-il. Pas de schéma numérique qui me saute aux yeux. Est-ce que tu peux me donner du contexte ?

— Je n'ai pas le droit, papa.

— Tu as raconté des choses à Micaela. Elle me l'a dit.

— Elle n'aurait pas dû en parler, dit Elisabetta.

— Elle m'a seulement révélé qu'elle a eu droit à certaines informations. Sans préciser de quoi il s'agissait.

— Bien, parce que, comme moi, elle a signé un engagement de confidentialité avec le Vatican.

— Et hier soir, tu as dit des choses à Zazo. Est-ce qu'il a signé un engagement aussi ? »

Elisabetta leva les yeux d'un air coupable.

« Je n'aurais pas dû lui parler, mais j'avais peur. Je suppose que j'ai fait ce dont ils m'accusent. J'ai divulgué des secrets du Vatican.

— Aberrant. Zazo est ton frère et policier au Vatican. C'est presque comme de parler à un médecin ou à un avocat ou même à un prêtre. Ne t'inquiète pas.

— Zazo n'a pas grand-chose à voir avec un prêtre.

— Eh bien, parler à ton père, c'est plus proche. Il y a un lien sacré entre un père et sa fille, tu ne crois pas ?

— D'une certaine façon, oui, admit-elle.

— Je sais que je ne pouvais pas remplacer ta mère, mais j'ai fait de mon mieux. Ce n'était pas facile d'avoir un boulot à l'université et de vous élever, tous les trois.

— Je sais, papa. Nous le savons tous.

— Dis-moi. Quand tu étais jeune, est-ce qu'il y avait des choses que tu ne m'as pas dites, mais que tu aurais dites à ta mère ?

— Certainement.

— Quoi, par exemple ?

— Des choses de fille, de femme, mais jamais rien de très important. Tu as toujours été là pour moi et tu as toujours été fort. Nous sentions ta force.

— Ben, avec le pilonnage que je subis à la fac, je ne me sens plus si fort, mais j'apprécie que tu le dises, déclara Carlo, le sourcil froncé. Tu sais que je ne voulais pas que tu deviennes nonne, n'est-ce pas ?

— Bien sûr. Tu ne t'en es jamais caché.

— C'était comme si tu faisais une retraite. Une retraite de ta propre vie. Tu avais subi un important traumatisme, mais je voulais que tu sois comme les cowboys américains, qui remontent en selle et repartent se battre à peine tombés de cheval. Au lieu de cela, tu t'es jetée dans les bras de l'Église et tu t'es cachée. Est-ce que tu es fâchée que je te le dise ?

— Je ne suis pas fâchée, papa, mais tu te trompes. Dans mon esprit, ce n'était pas une retraite. C'était un pas audacieux vers une vie meilleure.

— Mais regarde la façon dont on te traite.

— On me traite bien. On me traite comme les autres sœurs.

— Et aujourd'hui ?

— Tu ne crois pas que ce genre de chose peut arriver dans la vie universitaire ? Regarde la manière dont tu es traité… comme une vieille paire de godasses. »

Carlo eut l'air peiné et Elisabetta regretta sa remarque à l'instant où elle franchit ses lèvres.

« Je suis désolée, papa, je n'aurais pas dû dire ça.

— Je sais que tu as raison. Il y a des injustices partout. Mais si tu veux le savoir, mon plus grand regret, c'est de ne pas te voir avec des enfants. Tu aurais été une mère fantastique. »

Elle soupira.

« À propos de ces nombres, si je te dis tout, est-ce que tu promets de n'en parler à personne ?

— Et Micaela et Zazo ? »

Elisabetta rit.

« Tu négocies avec moi, hein ? OK, Micaela et Zazo, mais seulement en ma présence.

— D'accord, dit Carlo. Essayons de trouver la solution à ton énigme. »

Elisabetta dut admettre qu'elle prit un grand plaisir à passer cette soirée en tête à tête, père et fille seuls ensemble pour la première fois depuis de nombreuses années. Elle lui prépara son plat préféré, des raviolis fourrés au fromage de chèvre, et pendant qu'elle cuisinait, il fuma, lut Marlowe et noircit plusieurs pages avec des notes et des hypothèses mathématiques. Pendant le dîner, ils discutèrent joyeusement du pacte que Faust avait passé avec le diable. Ils burent du vin – Elisabetta un demi-verre, Carlo, le reste de la bouteille.

Elle pensa qu'il avait bu plus que de coutume, mais il insista pour sortir une bouteille de grappa et en avaler deux verres pendant qu'elle débarrassait la table. Depuis des années, elle ne le voyait qu'au déjeuner du dimanche et elle ne s'était pas rendu compte qu'il se livrait à ces excès. Lorsque sa diction commença à devenir pâteuse, Elisabetta l'installa dans le salon et, quand il s'endormit dans son fauteuil, elle le réveilla doucement, l'emmena dans sa chambre et se mit à faire la vaisselle, en proie à quelques nouveaux soucis.

Le centre des opérations de la gendarmerie était une pièce moderne garnie de moniteurs vidéo qui fournissaient, en temps réel, des images des endroits stratégiques du Vatican. Zazo se trouvait dans un coin avec les deux autres hommes de son grade, Lorenzo et Capozzoli, un gars un peu plus âgé qu'eux.

Zazo pointa un doigt vers l'écran qui montrait l'entrée de la Maison Sainte-Marthe. « Quel est le taux d'occupation ? Tu es au courant, Cappy ? »

Capozzoli vérifia dans son petit carnet.

« À six heures ce soir, il y avait vingt-six cardinaux qui s'y étaient installés. »

Les hommes de Lorenzo étaient chargés de l'accueil à l'aéroport et du transport jusque-là.

« J'en ai sept de plus qui arrivent ce soir. »

Zazo hocha la tête.

« Demain, c'est *j* moins deux avant le début du conclave. Ça va pas être une sinécure.

— On a cinquante-huit éminences qui arrivent demain, dit Lorenzo.

— Doux Jésus… dit Capozzoli.

— Comme tu dis, approuva Zazo. J'ai eu quelques

petites escarmouches avec les gardes. Et vous, pas de problèmes ?

— Ils me collent au train depuis ce matin, dit Lorenzo, mais rien que je ne puisse gérer.

— On a passé au crible la maison à la recherche de micros et de bombes cet après-midi et on le fera tous les jours jusqu'à notre dernier passage la nuit précédant le conclave, dit Zazo. Est-ce que les gardes suivent la même procédure pour la chapelle Sixtine, Cappy ?

— C'est ce que j'ai compris, répondit-il. Mais ce sont de petits cachottiers. »

Zazo balaya l'air de la main en signe de dédain.

« Nous les avons déjà invités à suivre notre dernière inspection de la maison. Pas question que je ne participe pas à leur dernière inspection de la chapelle.

— N'y crois pas trop », dit Lorenzo.

Micaela ramassa son plateau. La cafétéria n'était pas trop mal pour un hôpital, mais son petit ami lui coupait sérieusement l'appétit alors qu'elle avait normalement un bon coup de fourchette.

« Pourquoi ne viens-tu pas avec moi ? » demanda-t-elle à Arturo.

Tout chez Arturo était trop grand : ses mains, son nez, son tour de taille et même, comme Micaela aimait à le dire pour le taquiner, son « pistolet à bébés ». Elle aimait beaucoup de choses chez lui, y compris le fait qu'il pouvait la soulever comme une poupée, mais il y en avait aussi qu'elle aurait volontiers changé si elle en avait eu la possibilité.

« J'ai eu une dure journée. Trois urgences, une longue consultation. Je suis vidé.

— Tout ce que je te demande, c'est de passer avec

moi voir Elisabetta chez mon père. Je me fais du souci pour elle. On ne restera pas plus de quelques minutes.

— Je sais comment ça se passe, gémit-il. Quelques minutes deviennent vite une heure. »

Micaela fit une moue irritée et son regard noir fit tressaillir Arturo.

« Tu n'aimes pas ma sœur, n'est-ce pas ?

— Si, je l'aime bien.

— Non, tu ne l'aimes pas. Pourquoi ? Qu'est-ce qu'elle t'a fait ? »

Arturo déplaça quelques petits pois dans son assiette.

« Quand j'étais à l'école, les religieuses me battaient comme plâtre. J'imagine que je fais un transfert.

— Oh, allez ! dit Micaela. Un grand costaud comme toi, qui a peur de ce que ma pauvre petite sœur représente pour sa pauvre personne !

— Tu n'es pas très sensible, se plaignit Arturo. Tu devrais me traiter avec humanité. »

Micaela se leva et attrapa son sac à main.

« Tu viens avec moi ou tu dors tout seul pendant les trente prochaines années. Voilà ce qu'elle te dit, mon humanité ! »

Elisabetta était plongée dans *Faust* lorsque le téléphone de son père sonna. Elle aurait préféré ne pas répondre, mais elle ne voulait pas qu'il se réveille. À sa grande surprise, c'était pour elle.

« Elisabetta, ici, le professeur De Stefano. »

Sa voix paraissait étouffée, voilée.

« Professeur !

— J'ai appelé au couvent. Elles étaient réticentes et ne voulaient pas me donner votre numéro, mais j'ai dit à sœur Marilena que c'était urgent.

— Qu'est-ce qui ne va pas ? Vous avez une drôle de voix », dit-elle.

Il y eut un silence.

« Le stress de la journée. Sans parler du fait que je me sens mal de vous avoir renvoyée.

— Cela n'a pas été facile à entendre non plus.

— Me pardonnez-vous ? »

Elisabetta fut frappée par son ton étrange et suppliant.

« Bien sûr, dit-elle. Je sais bien faire ce genre de chose.

— Il faut que vous veniez tout de suite chez moi, dit-il soudain. Vous êtes réembauchée. J'ai de nouvelles informations importantes. Il faut que nous en discutions. Je crois que je sais ce que veut dire le message : *La clef se trouve en B.*

— Ce soir ? demanda-t-elle en jetant un coup d'œil vers les fenêtres noires.

— Oui, ce soir », dit De Stefano précipitamment. Il y eut un autre silence. « Et apportez votre exemplaire du *Faust*. »

Il lui donna son adresse et raccrocha brusquement.

Micaela sonna à l'interphone plusieurs fois, puis se servit de sa clef pour entrer. À l'intérieur, les lumières étaient allumées, mais personne ne lui avait ouvert. La chambre d'Elisabetta était vide et la porte de son père était fermée.

Elle y passa la tête et l'entendit ronfler dans la pénombre.

Arturo lui tapota l'épaule et elle referma la porte derrière elle sans un bruit.

« Il y a un mot d'Elisabetta sur la table de la salle à manger », dit-il.

C'était sur un morceau de papier et c'était bien la fine écriture d'Elisabetta.

Je sais que Zazo m'a dit de ne pas quitter l'appartement, mais j'ai eu un appel urgent. Le professeur De Stefano veut me voir à son appartement, 14 via Premuda. Tout ira bien. Je rentrerai avant onze heures.

Elisabetta.

« J'appelle Zazo », dit Micaela, en fouillant dans son sac à la recherche de son portable.

Zazo referma son téléphone d'un claquement sec et regarda sa montre.

« Incroyable, marmonna-t-il.

— Qu'est-ce qui se passe ? » demanda Lorenzo.

Ils traversaient ensemble un des parkings du personnel du Vatican.

« À l'exception de mon père, ma sœur Elisabetta est la plus intelligente des Celestino, mais parfois, elle est vraiment idiote. Il faut que je file via Premuda. Le trajet ne me prendra pas plus de cinq minutes. Je serai rentré dans un quart d'heure et nous bouclerons la journée. »

Le taxi fut ralenti par des travaux et il mit deux fois plus de temps pour arriver via Premuda. Bien qu'il eût une religieuse pour passagère, le chauffeur tint absolument à jurer et à faire des gestes obscènes par la fenêtre durant la plus grande partie de la course.

Il laissa Elisabetta devant un joli immeuble recouvert de calcaire rose dont les volets étaient fraîchement repeints en vert. De Stefano habitait au premier étage. L'interphone bourdonna et elle monta à pied jusqu'à son appartement. Elle utilisa le petit heurtoir en bronze et attendit.

La porte s'ouvrit trop rapidement pour que les convenances de politesse soient respectées.

Un homme se trouvait là, mais ce n'était pas De Stefano.

Elle reconnut immédiatement son visage inexpressif. C'était l'homme de la cabine téléphonique, son assaillant d'autrefois, le même qui était entré par effraction dans le couvent. Il tenait une arme à la main.

Avant qu'Elisabetta puisse faire quoi que ce soit d'autre que laisser échapper un cri d'effroi, il l'attrapa par son habit et l'attira à l'intérieur.

Zazo enfonça le bouton de l'interphone de De Stefano et, n'obtenant aucune réponse, il appuya sur toutes les sonnettes simultanément jusqu'à ce que quelqu'un lui ouvre la porte.

Lorsqu'il arriva sur le palier du premier étage, il eut juste le temps d'apercevoir, dans le couloir, un pan de tissu noir qui disparaissait. Puis la porte se referma dans un claquement bruyant.

Zazo sortit le Sig de son holster, tira la culasse mobile pour armer et essaya de stabiliser ses mains tremblantes.

Elisabetta était à genoux. Elle avait été projetée à terre par la poigne brutale de l'homme. L'exemplaire du *Faust* tomba de son sac sur le carrelage.

Elle vit, dans l'autre pièce, De Stefano étendu sur le sol, du sang s'écoulait de son œil gauche.

Elle leva la tête. L'homme avait le bras tendu. Il visait sa tête avec son pistolet.

Tout cela arrivait bien trop vite, même pas le temps de *penser* le nom de Dieu.

Il y eut un fracas assourdissant.

La botte de Zazo pulvérisa la serrure, faisant éclater le bois, et la porte s'ouvrit brusquement.

Les détonations furent si retentissantes qu'Elisabetta ne recouvrerait une audition parfaite qu'une semaine plus tard. Zazo tira huit balles en cinq secondes. Ses années d'entraînement lui revinrent automatiquement : viser le centre de gravité. Continuer à tirer jusqu'à ce que le chargeur soit vide. L'éjecter et le remplacer par un nouveau.

Le sous-pull blanc immaculé d'Elisabetta fut taché de rouge, du sang qui s'écoulait du corps de l'homme. Ses oreilles bourdonnaient tellement fort que ses propres cris lui semblèrent lointains.

La seule chose sur laquelle elle parvint à se concentrer était un détail parfaitement insignifiant.

Une goutte de sang brillant se déposa sur la couverture du *Faust*, puis fut lentement absorbée par le cuir poreux.

13

Surrey, Angleterre, 1584

Cette fois, c'était Thomas Lewgar qui faisait les cent pas et essayait de calmer ses nerfs devant la porte de la salle d'examen. À l'intérieur, Christopher Marlowe se trouvait dans un coin de la pièce avec maître Norgate et les deux autres contradicteurs pour l'examen de Lewgar, Robert Cecil et un étudiant de second cycle venu d'une autre université.

Norgate tenait un parchemin qu'il agita sous le nez des examinateurs.

« Pour être parfaitement franc, Mr Lewgar est un candidat un peu marginal. Il va devoir faire des prouesses pour qu'on lui octroie son diplôme. Je connais bien son père. C'est un notable de Norwich. Cela ne me déplairait pas de voir Lewgar s'en sortir correctement aujourd'hui, ce qui est la raison qui m'a poussé à convoquer maître Marlowe pour faire partie de ce jury. En tant qu'ami, j'imagine que vous ferez tout pour l'aider dans le déroulement de son examen.

— Oui, monsieur, dit Marlowe.

— Bon, dit Norgate, en jetant un œil sur son

parchemin. J'ai trois questions que nous pouvons lui proposer. La première est la suivante : "Aux yeux de Dieu, les péchés sont véritablement véniels lorsque les hommes les redoutent en tant que péchés mortels." »

Le comité hocha la tête.

« La deuxième : "L'amour de Dieu ne trouve pas, mais crée ce qui lui plaît." »

Nouveaux hochements de tête.

« Et la troisième est moins théologique, plus mathématique et philosophique : "L'ordre mathématique des choses matérielles est habilement défendu par Pythagore, mais encore plus ingénieuse est l'interaction des idées soutenue par Platon." Qu'en pensez-vous ? »

Quelque chose se mit à parcourir son corps. Marlowe fut conscient du sang qui coulait dans ses veines ; il pouvait presque en sentir la saveur métallique dans sa bouche.

« Je noterais volontiers, monsieur, que Thomas m'a toujours dit à quel point il aimait les mathématiques et la contribution des Grecs à nos connaissances actuelles. »

Cecil leva les yeux, surpris, mais ne dit rien.

« Très bien, dit Norgate. Ce sera donc Pythagore. »

À trois heures de l'après-midi, le spectacle était terminé. Rares étaient ceux qui se souvenaient de plus désastreuse performance à l'examen final. Norgate déclara la fin de la session lorsqu'il apparut clairement que Lewgar ne pouvait rien faire d'autre que répéter encore et encore les mêmes arguments flous et légers. Le jeune homme en eut les larmes aux yeux et des palpitations, et, à la fin, seuls les plus endurcis dans l'assistance pouvaient se réjouir de ce spectacle.

Lorsque Norgate annonça, depuis son fauteuil, que le

candidat ne recevrait pas son diplôme de premier cycle, Lewgar quitta la salle en courant presque.

« Tout cela est bien triste », dit Norgate au jury, avant de s'en aller, lui aussi.

Cecil prit Marlowe à part ; son visage était aussi amusé que perplexe.

« Je croyais que Lewgar était votre ami.

— Il l'est, dit Marlowe. Peut-être mon ami le plus proche à l'université.

— Et pourtant, vous l'avez fait parler sur un sujet sur lequel il n'était pas prêt à discourir.

— On dirait que oui. »

Cecil se pencha vers lui.

« Je suis impressionné par vos effets de manche, maître Marlowe. Nous connaissons les Marlowe, vous savez. »

Marlowe releva. *Nous ?*

« Vraiment ? dit-il.

— Je me demandais si vous seriez prêt à m'accompagner à Londres demain. Je voudrais vraiment que vous y rencontriez quelqu'un. »

Puis il approcha ses lèvres de l'oreille de Marlowe et chuchota :

« Je sais ce que vous êtes. »

C'était l'homme le plus effrayant que Marlowe ait jamais vu. Il avait des yeux impitoyables profondément enfoncés dans leurs orbites, qui semblaient capables de percer les esprits et lire les âmes. Son visage avait des traits fins et aquilins. La manière qu'il avait de figer ses muscles faciaux dans une parfaite immobilité le faisait ressembler à une statue qu'on aurait taillée dans un bloc de marbre froid et sombre. Son pourpoint et sa cape étaient taillés dans les meilleures étoffes, comme il sied à un ministre de la reine.

Marlowe était dans la salle de réception du grand homme à Barn Elms, dans le Surrey, juste après son arrivée en bateau depuis Londres avec Robert Cecil. La demeure, bâtie en calcaire pris aux églises catholiques rasées par le père d'Élisabeth, le roi Henri, était la maison la plus splendide que Marlowe ait jamais vue. Depuis la rivière, dans les dernières lueurs du crépuscule, elle paraissait d'une longueur interminable. À l'intérieur, les boiseries, le lambrissage, les tapisseries et tentures héraldiques le laissèrent bouche bée, et lui donnèrent le désir de connaître le même genre de vie.

« Sir Francis, dit Cecil. Je vous présente maître Christopher Marlowe. »

Francis Walsingham. Secrétaire d'État de la reine. Son maître espion et bourreau. L'homme qu'elle appelait son Maure à cause de son teint basané et de son attitude sinistre. L'homme le plus dangereux d'Angleterre.

« Bienvenue dans ma demeure, messieurs. Il fait bon s'échapper de Whitehall parfois pour venir se régénérer à la campagne. Avez-vous vu le baron Burghley, Robert ?

— Non, pas encore. Je chercherai père lorsque nous retournerons à Londres.

— Excellent. Assurez-vous qu'il vous obtienne une audience avec la reine. Vous devez être attentif à votre carrière. J'ai du bon vin à vous offrir, un exceptionnel *alicante* espagnol. Il est fabriqué par des papistes qui méprisent notre reine Élisabeth, mais on ne peut pas nier ses qualités. »

Marlowe sirota le vin rafraîchi, admirant son bouquet et se demandant pourquoi il était assis dans ce beau fauteuil moelleux sur lequel était brodée une rose Tudor rouge et blanche. Mais, après quelques échanges insignifiants sur Benet College, Maître Norgate et les examens, Walsingham en vint au fait.

« Le jeune Robert effectue des missions pour moi, maître Marlowe. Il contribue à l'élimination des éléments papistes dans les rangs de Benet et d'autres universités. Il recherche également des hommes de talent qui peuvent aussi servir la Couronne et il m'a parlé plusieurs fois de vous dans ses rapports des dernières années. »

Marlowe était étonné. Il s'était à peine rendu compte que Cecil avait remarqué son existence.

« Je suis honoré, monseigneur, dit-il.

— Nous vivons une époque troublée, maître Marlowe. Depuis 1547, notre religion d'État a changé trois fois, du catholicisme anglais d'Henri au protestantisme radical d'Édouard, au catholicisme radical de Marie et, maintenant, au protestantisme d'Élisabeth. Dans la populace les graines de la confusion ont produit beaucoup d'arbres étranges. Lequel est votre arbre ?

— Notre famille a toujours suivi l'exemple de la reine.

— Vraiment ? Vous êtes sérieux ? »

L'excitation de Marlowe se transforma en inquiétude. Était-il tombé dans un piège ? « Nous avons toujours été des sujets loyaux. »

Walsingham posa son verre d'un mouvement brusque sur la table. Sa collerette élaborée l'obligeait à se tenir droit comme un piquet.

« Je tiens pour certain, dit-il, que vous n'êtes pas de véritables protestants, même si vous trouvez que c'est pratique de vous allier avec eux de temps en temps. Je sais que vous n'êtes pas papistes ; vous avez pour eux le plus grand mépris. Je pense que vous êtes autre chose. »

Marlowe avait les yeux rivés sur lui, n'osant pas parler.

« On me dit que vous excellez dans l'étude de l'astronomie. Vous comprenez bien les étoiles, n'est-ce pas ?

— J'ai d'assez bonnes connaissances.

— Cecil est aussi un astrologue compétent. Comme moi. Aucun de nous, bien entendu, n'arrive à la cheville de l'astrologue de la reine, John Dee, mais nous connaissons quelques petites choses. Les étoiles ne peuvent être ignorées.

— C'est incontestablement vrai, acquiesça Cecil.

— Alors, je présume, Marlowe, que votre allégeance aux leçons des cieux est bien supérieure aux leçons des Écritures. »

Marlowe eut une furieuse envie de s'enfuir.

« Écoutez-moi bien, Marlowe, poursuivit Walsingham. Peut-être y a-t-il des hommes qui tirent bénéfice des conflits religieux. Peut-être y a-t-il des hommes qui fomentent le conflit. Peut-être y a-t-il des hommes qui sont plutôt indifférents lorsque des protestants sont assassinés à Paris, mais qui ronronnent comme des chats qu'on caresse lorsque des catholiques sont massacrés à York et Londres. Peut-être y a-t-il des hommes qui sont des ennemis anciens et déterminés de l'Église de Rome et qui vivent dans l'espoir perpétuel de sa destruction. Peut-être appartenez-vous à cette catégorie. »

Walsingham se leva, ce qui poussa Cecil à l'imiter promptement. Marlowe se redressa plus lentement. Il suait à grosses gouttes. Puis Walsingham le surprit en posant une main sur son épaule d'un geste rassurant.

« Peut-être, poursuivit-il, Cecil et moi sommes-nous également de cet avis.

— Je reste sans voix, monseigneur, bafouilla Marlowe.

— Je veux que vous travailliez pour moi, Marlowe, même en poursuivant vos études à Cambridge en vue de l'obtention de votre prochain diplôme. Je veux que tout ce que vous fassiez contribue à soutenir notre cause et notre progrès. La reine n'est pas des nôtres, mais elle croit fermement que Cecil et moi, nous lui appartenons. Et dans la mesure où sa haine des papistes est aussi aiguë que la nôtre, nous sommes véritablement du même bord. Je veux que vous deveniez un de mes espions, que vous suscitiez des troubles à l'étranger pour le compte de la reine, mais surtout, pour *notre* compte. Nous attendons beaucoup de vous. »

Marlowe se sentit étourdi de bonheur.

« Je ne sais pas quoi dire.

— Ne dites rien, rétorqua Walsingham. Suivez-moi. Les actes parlent plus que les paroles. »

Marlowe emboîta le pas à Cecil et Walsingham. Ils empruntèrent un long couloir jusqu'à une vieille porte massive que Walsingham ouvrit. Un escalier de pierre menait à une cave.

Des torches illuminaient les murs humides. Ils marchèrent en silence et parvinrent à une autre porte sur laquelle Walsingham s'appuya de tout son poids avec son épaule droite. Elle craqua sur ses gonds et s'ouvrit lentement pour révéler une grande pièce, à peu près de la taille du grand salon, à l'étage au-dessus. Une douzaine de personnes, sept hommes et cinq femmes, entre vingt et quarante ans, buvaient du vin et se prélassaient sur des canapés moelleux dans la lumière douce des bougies. Ils s'interrompirent tous et se levèrent.

« Mesdames et messieurs, dit Walsingham. Je vous présente maître Christopher Marlowe, le jeune homme dont je vous ai parlé. J'aimerais que vous lui réserviez le meilleur accueil et que vous lui témoigniez notre hospitalité. »

Comme s'ils répondaient à un signal, ils se mirent tous à se comporter d'une manière qui abasourdit Marlowe à un point qu'il n'aurait pas cru possible.

Les femmes et les hommes se mirent à se défaire de leurs vêtements, l'un après l'autre. Les tapis se couvrirent de pourpoints, de justaucorps et de chausses, de corsages, de jupons et de vertugadins. Bientôt, de la chair rose fut exposée partout et Marlowe trembla et s'agita en voyant la nudité totale de douze beaux corps face à lui, les organes des hommes pleinement tumescents.

Lorsqu'il se tourna vers son hôte pour partager son incrédulité, il fut encore plus surpris de constater que Walsingham et Cecil s'étaient également déshabillés.

« Montrez-lui, ordonna Walsingham. Allez-y, montrez-lui. »

D'un même mouvement, tous se tournèrent et montrèrent leur dos à Marlowe.

Tous, y compris Walsingham, avaient une épaisse queue rose.

« Mon Dieu », balbutia Marlowe.

Walsingham l'examina du coin de l'œil.

« Ne soyez pas timide, Marlowe. Je vous demande de laisser s'exprimer votre *véritable* nature. »

Marlowe hésita un instant, puis il fit ce qui lui était ordonné. Il commença par enlever ses chaussures, puis ses vêtements un à un, jusqu'à ce qu'il ne lui reste que son haut-de-chausses. Il finit par le laisser tomber sur le sol.

Les autres se mirent à applaudir. Ils disaient ainsi leur approbation devant ce qui était peut-être la plus longue queue de la salle, celle de Marlowe.

« Choisissez qui vous voulez, dit Walsingham. Vous êtes parmi les vôtres, désormais. Vous pouvez faire ce que vous voulez. Vous êtes un lémure. »

Je suis un lémure.

Marlowe s'approcha lentement d'un beau jeune homme blond qui l'encouragea d'un sourire éclatant.

Ma vie peut maintenant commencer.

14

Le carrelage au sous-sol de l'hôpital Sant'Andrea était d'un jaune douteux et il était difficile de savoir s'il était propre ou sale. Pour un observateur extérieur, la présence d'une religieuse au beau milieu d'un groupe de policiers juste devant la morgue aurait pu suggérer une scène de deuil familial en présence d'un représentant de l'Église.

Mais Elisabetta était concentrée sur ses propres émotions, s'armant de courage pour faire face à la mort.

Micaela sortit de la morgue, vêtue de sa longue blouse blanche de médecin. Elle prit Elisabetta par le bras et la tira à l'écart.

« Est-ce que tu es sûre de vouloir faire ça ? demanda-t-elle.

— Oui, absolument », répondit Elisabetta avec une assurance feinte. Puis elle ajouta : « Il le faut. »

Micaela la serra dans ses bras.

L'inspecteur Leone était présent, toujours aussi irascible ; on aurait dit qu'il avait dormi sans quitter son uniforme.

« Nous venons aussi. »

Micaela se raidit, tel un coq de combat prêt à sortir ses ergots.

« Le pathologiste a dit rien qu'elle. Adressez-vous à lui, pas à moi. »

Elisabetta trouva étrange de se sentir à l'aise avec les morts « anciens », mais d'éprouver des difficultés face aux morts « récents » ; les squelettes et restes momifiés étaient rangés dans la partie sereine, rationnelle de son cerveau, alors qu'elle paniquait à la vue du corps de quelqu'un qui venait de décéder.

Peut-être était-ce quelque chose de primitif, fondé sur la peur de la chair dégradée. Ou peut-être, se dit-elle, était-ce aussi simple qu'un souvenir d'enfance : essayer de réconcilier le corps défunt de sa mère dans son cercueil avec l'image de l'éclatante vigueur qu'elle avait donnée auparavant.

L'homme était allongé sur le dos et une petite serviette recouvrait ses parties intimes – sans doute, se dit Elisabetta, par respect pour la pudeur d'une religieuse. Sa poitrine était truffée de méchants trous noirs, provoqués par le passage des balles de 9 mm. Ses yeux étaient ouverts, mais curieusement, ils ne paraissaient pas plus éteints que lorsqu'il était vivant. Son visage, figé dans la mort, était identique à celui, immobile, qu'elle avait vu la nuit précédente et quelques années auparavant aussi.

« C'est lui, chuchota-t-elle à l'intention de sa sœur. Je suis sûre que c'est l'homme qui m'a poignardée. »

Le docteur Fiore, le pathologiste, demanda si Elisabetta était prête. Elle hocha la tête et deux assistants aux bras musclés retournèrent le corps sur le ventre. Dans son dos les blessures causées par les balles sortantes étaient horribles.

La serviette fut retirée et ses fesses musclées furent dénudées.

« Tu vois, chuchota Micaela. Pareil. »

Le docteur Fiore, visiblement troublé par ce qu'il voyait, entendit sa remarque. « Pareil à… ?

— Juste pareil à ce que je lui avais décrit », répondit Micaela évasivement.

C'était comme si le vieil homme d'Ulm qu'elles avaient vu en photo s'était matérialisé, en chair et en os.

La queue boudinée pendait jusqu'au bas de ses fesses comme un serpent mort.

Les nombres tatoués en trois anneaux à la base de la colonne.

Elisabetta contempla le dessin d'un air hébété.

« J'en ai vu assez », dit-elle au bout d'un moment.

Elle aurait préféré rester seule quelques minutes – peut-être un bref temps de répit dans la chapelle de l'hôpital –, mais ce n'était pas possible. Il y avait maintenant de plus en plus de monde dans le hall et une vive altercation avait éclaté. Zazo était arrivé avec Lorenzo et il s'en était immédiatement pris à l'inspecteur Leone. Zazo avait déclaré bille en tête que l'intrus du couvent et l'homme sur la table d'autopsie étaient une seule et même personne. Leone répondit d'un ton sarcastique que son enquête exigeait manifestement une preuve plus convaincante que celle dont semblait se satisfaire la gendarmerie du Vatican.

Ils se querellèrent et Micaela disparut pour répondre à un appel urgent venant de l'hôpital. Elisabetta fut abandonnée à ses pensées jusqu'à ce qu'elle sente une présence derrière elle.

« Est-ce que ça va ? »

C'était Lorenzo, les bras croisés, deux doigts serrant son képi de commandant.

« Oui, ça va, répondit-elle.

— La nuit a dû être éprouvante pour vous », dit-il, le regard timidement rivé sur ses chaussures.

Cette situation avait quelque chose de familier. Elle voyait Lorenzo, mais elle sentait Marco. Les ressemblances physiques n'étaient pas tellement importantes. Marco était plus grand, le teint plus mat, il était plus beau, tout du moins, dans son souvenir. Mais c'était encore un ami de Zazo, en uniforme, qui lui apportait un sentiment de sécurité rien que par sa présence. Et il y avait une autre ressemblance, remarqua-t-elle. Les yeux. Tous les deux avaient le même regard bienveillant.

Il lança un coup d'œil à Zazo et secoua la tête.

« Il en a jusque-là, de la police. Ils l'ont traité comme si c'était lui le criminel, hier soir. Six heures d'interrogatoire et ce n'est pas fini, apparemment. C'est compliqué quand on tue quelqu'un.

— Est-ce que *vous* avez jamais… ? »

Lorenzo répondit rapidement.

« Jamais. Je n'ai jamais tiré dans la colère. Zazo non plus – jusqu'à maintenant –, mais vous le savez.

— C'est affreux, dit Elisabetta avec tristesse. Si seulement ça n'avait pas été nécessaire. Si seulement le professeur De Stefano n'avait pas été tué. Si seulement le mal n'existait pas.

— Votre église, dit Lorenzo, c'est Sainte-Marie-du-Trastevere, c'est bien cela ?

— Vous la connaissez ?

— Pas vraiment. Zazo en a parlé. Peut-être qu'une fois le conclave terminé, l'effervescence retombée, je pourrais y aller et prier avec vous.

— J'en serais heureuse. » Elisabetta se reprit aussitôt. « Nous avons tous besoin de prier pour le pardon du Christ. »

Lorsque ce fut enfin le tour de la police d'entrer dans la morgue, Zazo vint rejoindre Lorenzo et Elisabetta.

« Ces crétins n'ont rien. Mis à part un nom, Aldo Vani, et c'est à peu près tout. Il n'a pas d'emploi déclaré, il n'est pas connu des services fiscaux. Ils ont fouillé son appartement et ils disent qu'ils sont revenus bredouilles. Son téléphone mobile ne contenait pas de répertoire et l'historique des appels était vide. Selon eux, c'est un fantôme.

— Quand j'étais jeune flic, j'étais à Naples, dit Lorenzo. Ce type est comme un tueur de la mafia, menant une vie qui n'existe pas. Mais cette queue ! Qui a jamais entendu parler d'une chose pareille ? »

Zazo posa sur sa sœur un regard protecteur.

« Nous ne savons pas si cela signifie quelque chose. Peut-être que oui, peut-être que non. »

Le téléphone de Lorenzo se mit à sonner. Lorsqu'il fit un pas de côté pour décrocher, Zazo demanda à sa sœur :

« Ça va, tu tiens le coup ?

— Je suis fatiguée, mais heureuse d'être en vie.

— Je t'avais dit de ne pas quitter l'appartement de papa.

— Le professeur a appelé. Il a tellement insisté, le pauvre. Il devait être menacé par ce sauvage. Au moins, j'ai laissé un mot, Dieu merci. »

Zazo pointa un doigt sur les portes de la morgue.

« Mon Dieu, Elisabetta. Si tu ne l'avais pas fait, c'est toi qui aurais été allongée là-dedans. Je veux que tu retournes chez papa et que tu y restes. Ne sors sous aucun prétexte. Je vais essayer d'obtenir de Leone qu'il t'accorde une protection policière, mais je ne crois pas que je vais y arriver. Il s'est focalisé sur le professeur

De Stefano et il pense que tu es juste tombée par hasard sur quelque chose. Il ne voit pas le lien.

— Je ne lui ai pas dit tout ce que je savais.

— Inutile. Il n'est pas dans ton intérêt de tout lui dire. De toute façon, cela ferait sauter le petit fusible qu'il a dans son cerveau. Il refuse même d'envisager que le salopard qui se trouve là-dedans est le type qui a essayé de te tuer autrefois. Mon Dieu, si le conclave ne commençait pas après-demain, je prendrais un congé et je me chargerais personnellement de ta protection. »

Elle lui effleura la joue.

« Tu es un frère formidable. »

Zazo rit.

« Oui, je le sais. Écoute, peut-être que ce serait mieux que tu ailles t'installer dans la maison de campagne de papa. »

Elisabetta secoua la tête.

« Je me sens plus en sécurité ici. Et je peux aller à mon église. Mais, Zazo…

— Quoi ?

— Je néglige mes obligations et mes dévotions. Je veux juste retourner à mon enseignement, retrouver ma vie.

— Bientôt. Je suis sûr que tu la retrouveras bientôt. Nous aurons le fin mot de cette affaire. »

Lorenzo et Micaela mirent fin à leurs appels presque au même moment et les rejoignirent.

« L'inspecteur Loreti est en train de péter les plombs, dit Lorenzo. Il veut que nous retournions au Vatican immédiatement. Ça grouille de barrettes rouges et de journalistes.

— Est-ce que tu veux bien la ramener à la maison ? demanda Zazo à Micaela.

— L'inspecteur Leone a dit qu'il voulait me parler à nouveau, dit Elisabetta.

— Bon, alors juste après, d'accord ?

— Je la ramènerai », promit Micaela.

Un bruit de pas se rapprocha, venant des ascenseurs. Trois monseigneurs arrivaient vers eux d'un pas rapide, suivis d'un archevêque.

« C'est l'archevêque Luongo, leur dit Elisabetta, en levant les yeux. Le chef de la Commission pontificale d'archéologie sacrée.

— OK, on s'en va, dit Zazo en posant sa main sur l'épaule de Lorenzo. Je t'appellerai chez papa. »

Elisabetta eut l'impression que Lorenzo voulait lui dire au revoir en la prenant dans ses bras ou, au moins, en lui serrant la main, mais il se contenta d'un sourire et partit.

« Vous voici, s'écria l'archevêque. Comment allez-vous, très chère ?

— Je suis indemne, Votre Excellence. »

Luongo était grand, il faisait bien plus d'un mètre quatre-vingts. Elisabetta l'avait vu à la Commission une fois sans couvre-chef ; son crâne était complètement chauve et lisse, et il n'avait pas non plus de sourcils ni d'ombre sur les joues. *Alopécie totalis*, avait répondu Micaela lorsque Elisabetta l'avait interrogée sur ces particularités. Un corps complètement glabre. C'était un homme ambitieux – tout le monde le disait, à la Commission – et les bribes de rumeurs qu'elle avait réussi à glaner à la cantine tournaient autour de la question de savoir si sa maladie allait interférer avec son désir manifeste d'accéder au rang de cardinal.

Il s'approcha d'Elisabetta et la toisa.

« C'est une tragédie, pour le professeur De Stefano.

C'était un homme merveilleux. Savez-vous que je l'ai recruté personnellement pour cette mission ? »

Elle hocha la tête.

« Qui ferait une chose pareille ? Que dit la police ?

— Ils poursuivent leur enquête. »

L'archevêque regarda Micaela par-dessus ses lunettes.

« Je vous présente le docteur Celestino, ma sœur, dit Elisabetta.

— Ah, comme c'est merveilleux de se consacrer aux arts de la médecine. »

Micaela réussit à afficher un petit sourire pincé et, au grand soulagement d'Elisabetta, elle se garda de toute réponse narquoise.

« Je me demandais si je pouvais échanger quelques mots avec vous personnellement, dit Luongo à Elisabetta.

— Si c'est au sujet des catacombes et de l'homme qui a fait ça la nuit dernière, vous pouvez parler devant ma sœur. Elle a signé un accord de confidentialité avec la commission. Elle sait tout sur Saint-Calixte, Ulm et maintenant ceci.

— Oui, oui, je me souviens – nous vous avions intégrée dans le projet comme consultante, docteur, n'est-ce pas ? Merci pour l'aide que vous apportez à la commission et à l'Église. Dans ce cas, je vais parler librement. Elisabetta, mon message est bref et j'espère qu'il sera clair. Nous devons assumer nos responsabilités à la fois vis-à-vis du monde laïc et vis-à-vis de l'Église. Je suis certain que vous ferez votre devoir et aiderez la police de votre mieux pour retrouver la raison pour laquelle cet homme… » Luongo baissa la voix. « Je crois comprendre qu'il a une queue, poursuivit-il. Pourquoi cet homme a-t-il commis ces actes terribles ? Mais, en même temps, je suis sûr que vous serez sensible à la situation dans laquelle nous nous trouvons. Le conclave est imminent. Le monde entier se focalise sur l'importance grandiose de ce que nous, en tant qu'Église, allons faire pour choisir notre prochain pape. Nous ne pouvons polluer le déroulement du conclave en permettant que circulent des discours sordides sur Saint-Calixte et des hommes pourvus de queue. Pour cette raison, nous avons la coopération totale des autorités laïques pour imposer un embargo médiatique concernant les événements malheureux d'hier soir. Et, je dois le souligner, malgré la coïncidence étrange de l'anormalité anatomique de l'homme qui vous a agressés, le professeur De Stefano et vous, il n'y a pas de lien clair entre ces deux événements. »

Le visage de Micaela devenait de plus en plus rouge et Elisabetta craignit que sa sœur ne lâche ses quatre vérités à l'archevêque. Elle essaya de la court-circuiter en disant :

« Je comprends, Votre Excellence. »

Ce ne fut pas suffisant. Micaela parut lutter pour maintenir sa voix à un niveau sonore acceptable dans un hôpital.

« Coïncidence ? Pas de lien clair ? Vous rigolez ou quoi ? Vous trouvez ces squelettes dans les catacombes, ensuite, ils disparaissent tous, puis quelqu'un entre par effraction dans le couvent de ma sœur, puis le professeur est assassiné et Elisabetta est sauvée, uniquement par la grâce de Dieu, sans parler de l'intervention de mon frère. Et vous voulez qu'elle se taise ? »

Elisabetta ne connaissait pas bien Luongo. Elle ne l'avait vu que quelques fois. Mais là, sur son visage se peignit un changement terrifiant, une expression de rage contenue qui cloua sur place Micaela.

« Je tiens à me faire parfaitement comprendre, laissa-t-il échapper dans un souffle brûlant. Nous sommes tous deux contraints par les plus strictes règles de confidentialité. Nos accords sont rédigés par le plus grand cabinet d'avocats de Rome et je peux vous assurer, mesdames, que si ces accords sont rompus, vous trouverez nos avocats plus effrayants que n'importe quel homme pourvu d'une queue. »

Avec le temps, le couloir devant la morgue s'était dépeuplé, à mesure que les membres de la police et du clergé quittaient les lieux. Le pathologiste partit lui aussi et un seul assistant resta pour terminer la paperasse, à côté du corps recouvert d'Aldo Vani.

Quelqu'un frappa à la porte de la morgue et l'assistant ouvrit de mauvaise grâce.

Il trouva un prêtre dégingandé sur le seuil, qui le toisait de sa haute taille.

« Oui, qu'est-ce que c'est ? fit-il d'un ton brusque.

— Je suis le père Tremblay. Je suis là pour examiner le corps. » Il tendit une lettre. « J'ai reçu la permission des plus hautes autorités. »

La Maison Sainte-Marthe était accrochée à la douce pente de la Cité du Vatican adjacente à la basilique. C'était un édifice simple de cinq étages, modeste dans ses ambitions, un symbole de sobriété et d'austérité. Ce n'était rien de plus qu'un dortoir fournissant un logement fonctionnel aux membres du clergé venant en visite. Son taux d'occupation habituel était faible, mais il était notablement différent de tous les autres hôtels du monde ; il était conçu pour les conclaves et, dans les rares occasions où il était plein, cela signifiait que le Saint-Siège était tristement vide.

Au premier étage de l'hôtellerie se trouvait une chapelle privée dotée d'un plafond à claire-voie très haut et d'un petit orgue, don des chevaliers de Colomb. Presque les deux tiers des cardinaux étaient arrivés à Rome et ils se rassemblèrent dans la chapelle pour une messe privée donnée par le cardinal Diaz, l'un des innombrables devoirs que devait assumer le doyen du Collège des cardinaux.

Le vieux boxeur dominait largement le lutrin, dont on aurait dit qu'il était destiné à un enfant. L'acoustique était parfaite et sa voix portait jusqu'au fond de la salle sans qu'il ait besoin d'un micro.

« Mes chers frères, la basilique Saint-Pierre, témoin de tant de moments importants et significatifs du ministère de notre cher pontife disparu, compte sur ceux, aujourd'hui rassemblés dans la prière, qui ont, d'une manière particulière, eu la responsabilité et le privilège d'être proches de lui, comme collaborateurs directs, en prenant part à la mission pastorale de notre Église.

« En ces jours de deuil et de tristesse, la parole de Dieu illumine notre foi et renforce notre espoir, nous assurant qu'il est entré dans la Jérusalem céleste où, comme il nous l'est dit dans l'Apocalypse : "Dieu essuiera toutes larmes, la mort disparaîtra, il n'y aura plus ni chagrin, ni pleurs, ni tristesse." »

Lorsque la messe fut terminée, Diaz quitta l'hôtellerie à pied en compagnie des cardinaux Aspromonte et Giaccone.

« Venez dans mon bureau, dit Diaz. J'ai eu des entretiens

privés avec certains de nos influents amis. Je voudrais en partager la teneur avec vous.

— Un peu de propagande électorale ? demanda Aspromonte, provoquant un petit rire de Giaccone.

— Ne ris pas, Luigi, dit Diaz. C'est de toi que tout le monde parle. »

Aspromonte parut se dégonfler. Sa grosse tête chauve se pencha vers l'avant comme si son poids était devenu trop lourd pour son cou. De son côté, Giaccone ferma les yeux et secoua la tête, ce qui fit trembler ses bajoues.

« Nous devons arrêter cela. Je ne veux pas prendre le poste. »

Les trois cardinaux passèrent plusieurs barrages de la gendarmerie du Vatican chargés d'interdire l'accès de l'hôtellerie. Zazo et Lorenzo, venus inspecter leurs troupes, s'inclinèrent devant le triumvirat et poursuivirent leur chemin pour aller parler à deux caporaux en faction à l'entrée de la Maison Sainte-Marthe.

« À quelle heure les chiens renifleurs doivent-ils passer ? s'enquit Zazo.

— Six heures, répondit l'un d'eux.

— Faites-moi un rapport tout de suite après. »

Les caporaux mouraient d'envie de poser des questions sur la fusillade de la veille. Tout le monde était terriblement curieux et les rumeurs allaient bon train parmi les gendarmes, mais aborder le sujet aurait été de l'insubordination et Zazo n'était pas du tout enclin à fournir spontanément la moindre information.

Lorsque Zazo et Lorenzo se tournèrent, prêts à partir, ils se trouvèrent face à l'un de leurs équivalents de la garde suisse, le major Gerhardt Glauser, un nabot arrogant qui arborait un insupportable air de supériorité. Chaque fois qu'ils parlaient de lui, Zazo se mettait sur la pointe des pieds, montrant ainsi que, selon lui, Glauser avait dû tricher pour correspondre à l'exigence de taille minimale requise dans la garde suisse.

« Qu'est-ce que j'entends sur un incident qui se serait produit hier soir ? demanda-t-il de sa voix nasillarde.

— Il y a eu un petit problème. Zazo l'a réglé, dit Lorenzo.

— D'après ce qu'on m'a dit, c'était plus qu'un petit problème. Vous avez tué un homme, paraît-il. »

Zazo fit mine de tourner une clef devant ses lèvres.

« Enquête en cours, Glauser, dit-il. Vous devriez le savoir.

— Si elle impliquait les gardes, mes supérieurs auraient certainement suspendu l'agent pendant la durée de l'enquête.

— Eh bien, elle n'implique *pas* les gardes, voilà », dit Zazo en le contournant.

Lorenzo et lui se hâtèrent de retourner au quartier général, au palais de la Chancellerie, et s'installèrent dans le bureau qu'ils partageaient pour revoir les plannings avant leur briefing de l'après-midi avec l'inspecteur général Loreti. Au bout d'un moment, Lorenzo s'approcha d'un pas tranquille du bureau de Zazo.

« Je vais chercher un café. Tu en veux un ? »

Zazo hocha la tête et Lorenzo jeta un coup d'œil à l'écran de son ordinateur.

« Mais que fais-tu sur le site d'Interpol ? interrogea Lorenzo.

— Ne t'occupe pas de ça.

— Allez… insista Lorenzo.

— J'ai obtenu les empreintes du gars à la morgue. Leone est un tel génie qu'il n'a probablement pas vérifié si elles étaient dans le fichier d'Interpol. Et puis, tu sais, les drôles de tatouages autour de sa queue ? Il faut que je te dise, en toute confidence, qu'Elisabetta en a vu d'identiques sur un homme qui est décédé il y a quelques années en Allemagne. Je veux qu'Interpol épluche de vieux relevés téléphoniques pour voir si ce type en Allemagne et notre gars, Vani, se sont jamais parlé au téléphone.

— Bon sang, dit Lorenzo. Si Loreti découvre que tu fais ta propre enquête sur une affaire de la police en plein milieu d'un conclave… tu sais ce qui va t'arriver.

— Alors, ne lui dis pas, dit Zazo. Trois sucres. »

Krek ferma les rideaux de son bureau pour que le soleil de l'après-midi ne l'éblouisse plus. Il se rassit et contempla son agenda. Il avait encore trois rendez-vous prévus. Ensuite, dîner dans un hôtel du centre-ville avec un Suédois qui désirait se débarrasser de son entreprise de construction. Krek voulait desserrer sa cravate. Il voulait un verre. Il voulait une femme. Il faudrait attendre pour avoir les trois. Il appela sa secrétaire.

« Trouvez-moi Mulej. »

Le géant entra d'un pas lourd, en tripotant son col.

« Est-ce que vous avez décidé ce que vous voulez faire ?

— Aldo a lamentablement échoué. La nonne est toujours vivante et la police détient le corps de Vani. On ne peut pas faire pire.

— Nous devrions utiliser Hackel. Il est déjà à Rome.

— Hackel a une tâche plus importante. Je ne veux pas qu'il se déconcentre. Non, envoie des hommes d'ici. Tout de suite. Finissons-en. »

15

Rome, 64

On était en mai, le plus joli mois, lorsque l'herbe des prés était tendre et que les fleurs printanières arboraient leurs plus belles couleurs. Tandis que le jour baissait et que la brise se levait, la foule des joyeux convives afflua plus nombreuse et se bouscula sur la rive du lac. Ce serait une longue nuit exotique, une nuit dont on parlerait pendant des décennies, une nuit de spectacle et de danger.

L'instigateur était Tigellinus. Caius Ofonius Tigellinus était riche, haut en couleur et démesurément puissant. Officiellement, il était à la tête des vigiles, mais dans la pratique, il était le combinard et proxénète en chef de l'empereur ; ce soir, il avait organisé la fête du siècle. Ils étaient entourés de bois, au Champ de Mars, la splendide villa bâtie des dizaines d'années auparavant par Agrippa, le gendre d'Auguste. La pièce maîtresse de la propriété était le grand lac artificiel, le *Stagnum Agrippae*, alimenté par un aqueduc complexe, l'*Aqua Virgo*, et vidangé par un long canal qui se jetait dans le Tibre.

Sur toute la longueur de la rive, autour du lac de deux cents mètres, les invités goûtaient à des plaisirs débridés. Il y avait des tavernes, des bordels et des salles à manger qui avaient été bâtis juste pour l'occasion. Des oiseaux exotiques et des bêtes sauvages apportés des plus lointaines contrées de l'Empire s'égaillaient, certains errant librement, d'autres, comme les tigres et les guépards, retenus par des chaînes assez longues pour qu'ils puissent attraper les ivrognes avec leurs dents et leurs griffes. Lorsque cela arrivait, un rugissement ravi montait de la foule qui grossissait de quelques centaines de spectateurs, avides de voir le malheureux ou la malheureuse se faire déchiqueter.

La pénombre grandissante et le vin qui coulait à flots provoquèrent un regain de lubricité. Un bordel était peuplé de femmes nobles seulement. Dans un autre, des prostituées professionnelles s'ébattaient en public, nues, jusque sur la pelouse. Des femmes aux mœurs légères de toutes origines étaient disponibles, nobles ou esclaves, matrones ou vierges, et toutes étaient contraintes de satisfaire la moindre demande. Des esclaves baisaient leur maîtresse devant le mari, des gladiateurs prenaient des filles sous les yeux de leur père. Tout était permis, rien n'était interdit. Lorsque la nuit tomba, les bosquets et édifices environnants s'éclairèrent et retentirent de cris et de gémissements. On se poussait, on se bousculait, on se bagarrait et on se poignardait. Et la nuit ne faisait que commencer.

Dans le pavillon principal, quelques douzaines d'invités importants étaient allongés sur des bancs et des sofas. Il y avait des sénateurs, des courtisans, des diplomates, les plus riches marchands. Tigellinus était assis devant, le lac clapotait à moins d'un mètre de ses sandales. Pour la nuit, il avait troqué son lourd uniforme de préfet des vigiles contre une toge, mais il avait été tenté d'aller encore plus loin, imitant certains des invités de haute naissance, et de ne porter qu'une tunique avec une ceinture. Tigellinus était grand et sévère, avec des sourcils épais qui lui donnaient l'air d'être une brute épaisse. Sur sa gauche, taciturne comme toujours, était assis Balbilus, l'astrologue basané. Il était dans la septième décennie de sa vie, mais il avait toujours l'air vigoureux et en bonne santé, impérieux et inaccessible. À sa gauche se trouvait un autre lèche-bottes grisonnant de l'empereur, l'affranchi Anicetus. Il avait été choisi par la mère de l'empereur, Agrippine, pour être l'un des tuteurs de son fils Néron avant sa majorité et, ensuite, il avait mis en œuvre le funeste plan de l'empereur et l'avait noyée en coulant son bateau royal. Pour finir, Néron avait dû envoyer des assassins professionnels pour achever le travail. Lorsqu'elle s'était trouvée face aux hommes armés d'épées dans ses appartements, Agrippine leur avait crié de lui arracher sa matrice qui avait mis au monde un fils si détestable, même selon ses propres critères pourtant ignobles.

Derrière Néron, désœuvrée et ivre, se trouvait Poppée, son épouse, parée de bijoux, alanguie, tendant son gobelet pour que l'une de ses servantes le remplisse. Même avec ses yeux injectés de sang et une éruption cutanée marbrée que son médecin grec n'avait pas pu soigner, elle avait encore les traits ravissants qui lui avaient valu les faveurs de l'empereur.

Tigellinus se pencha et demanda à Balbilus.

« Pourquoi êtes-vous si sombre ?

— Vous le savez. Pour la seconde fois, nous sommes parvenus à nos fins : l'un de nous est devenu empereur.

Et voilà ce qu'il nous offre. Écoutez les sénateurs gronder ! Je crains une révolte, peut-être de la violence à son adresse. Et à notre encontre. Ils ont tué Caligula. Cela peut se reproduire. Nous pourrions bien ne pas avoir de troisième chance. »

Tigellinus grogna.

« Une comète est passée il y a deux semaines, quand Néron était à Bénévent, n'est-ce pas ?

— Oui. Un signe clair annonçant un danger.

— Et vous lui avez conseillé d'éradiquer la menace en purgeant l'aristocratie de certains éléments.

— Et vous, mon bon préfet, vous avez fait, pour vos massacres, d'excellents choix.

— C'est précisément la raison pour laquelle vous ne devriez pas vous inquiéter. » Tigellinus baissa la voix. « Il comblera tous nos désirs. Il connaît son destin. Oui, peut-être est-il devenu un peu fou – ce genre de pouvoir produit cet effet-là –, mais il n'est pas si fou qu'il ait perdu le cap. Laissons-le se divertir et se faire plaisir à sa façon. » Il finit avec un clin d'œil. « Telle est sa mission. Telle est sa nature. »

L'apôtre Pierre était gêné par ses genoux et une souffrance permanente causée par des douleurs fulgurantes qui se propageaient le long d'une jambe. Le voyage qui l'attendait allait être ardu, il l'aurait été même pour un homme plus jeune, mais il s'était levé tôt, s'était lavé dans un abreuvoir derrière la petite maison de pierre à Golgotha et avait contemplé le soleil levant qui illuminait les collines.

La maison avait appartenu à un frère de Philippe, un des douze apôtres de Jésus, et, à sa mort, elle était devenue la propriété de sa femme Rachel. Elle avait été la seconde à se réveiller ce matin-là et, lorsqu'elle vit que Pierre n'était plus dans son lit, elle était partie à sa recherche.

« Dois-tu aller à Rome ? » demanda-t-elle.

Il était assis sur la terre pierreuse d'une couleur orangée.

« Je le dois.

— Tu nous es précieux, dit-elle. Nous ne voulons pas te perdre. Matthieu est parti, ainsi qu'Étienne, Jacques, Matthias, André et Marc, tous des martyrs comme lui. »

Un rayon du soleil levant éblouit Pierre et il plissa les yeux.

« Lorsque j'étais un jeune homme, Jésus a dit quelque chose qui m'a accompagné au cours de ma longue vie. Il a dit : "Lorsque tu seras vieux, tu tendras les mains et quelqu'un d'autre te vêtira et t'emmènera là où tu ne veux pas aller." Je ne veux pas te quitter et quitter mes frères et sœurs bien-aimés, Rachel, mais je crains que ce soit ma destinée. »

Elle n'essaya pas de le contredire.

« Eh bien, viens, faisons au moins en sorte que tu montes sur cette mule après avoir pris une nourriture chaude. »

Une brise fraîche se mit à tournoyer dans la cour centrale et les jardins de la villa de Néron au Champ de Mars. Hors de vue, la gigantesque fête battait son plein. Néron était installé sur un banc en marbre recouvert de coussins et jetait d'un geste distrait aux lamproies de son bassin des morceaux de nourriture qu'il piochait dans un bol en cristal, tandis que Balbilus et Tigellinus marchaient en parlant.

« Puis-je entrer ? demanda Anicetus, qui se trouvait derrière deux colonnes du péristyle.

— Fais vite », rétorqua Néron.

Anicetus tenait les deux épaules des toges de deux jeunes filles. « Vous plaisent-elles, Votre Excellence ? »

Néron examina les deux filles rougissantes qui sanglotaient.

« Qui sont-elles ?

— Les filles jumelles du sénateur Vellus. »

Néron sourit.

« Bien. Je déteste ce salopard.

— Je savais que vous seriez content, dit Anicetus.

— Quel âge ont-elles ?

— Douze ou treize ans, à mon avis.

— Emmène-les dans mes appartements et attends là-bas. » Il fit approcher Anicetus et lui chuchota à l'oreille : « Lorsque j'en aurai fini avec elles, assure-toi de faire bon usage de leur chair tendre. Mes poissons, mon cher Anicetus, sont affamés. » Il se tourna vers les autres hommes. « Vous disiez ?

— Je disais à Balbilus ce qu'il savait déjà – que l'ambiance dans la ville est agréablement détestable, dit Tigellinus. Le peuple romain en est arrivé à haïr les chrétiens encore plus qu'ils ne haïssent les juifs.

— Bien sûr, renchérit Balbilus. Les chrétiens sont des gens arrogants et méprisables qui ne font même pas semblant d'éprouver du respect pour vous. Au moins, les juifs vous laissent-ils le croire. »

Tigellinus ajouta :

« Et les chrétiens sont de plus en plus nombreux chaque mois. Ils se reproduisent comme des lapins.

— Je les méprise au plus haut point, dit Néron dans un bâillement. Leur piété me donne la nausée. Cette manière de prétendre que leur faiblesse est une force – “Tends l’autre joue, disent-ils, pour te faire frapper à nouveau”. À quoi je réponds lorsqu’ils tendent une joue : “Ne vous fatiguez pas à les frapper une seconde fois, passez-les au fil de l’épée et qu’on n’en parle plus.”

— Très bon conseil, dit Tigellinus.

— Écoutez-moi, dit Néron. Le culte chrétien est de plus en plus présent. Ils défient mon autorité. Leurs chefs, comme ce chien galeux qui se fait appeler l’apôtre Pierre, entrent et sortent de ma ville sans recevoir ne serait-ce qu’un coup de fouet. Si nous les laissons échapper à notre colère, nous le regretterons longtemps, croyez-moi. Ponce Pilate a eu une bonne idée le jour où il a crucifié ce petit homme hideux, Jésus de Nazareth. Pilate savait que son culte allait nous causer des ennuis et contrecarrer nos intérêts.

— Pilate a coupé la tête du culte et douze autres têtes ont poussé à sa place, les puants apôtres de Jésus, dit Tigellinus.

— Il faut que nous soyons plus malins que Pilate et que nous les éradiquions tous ! affirma Balbilus. Notre empereur nous dit qu’il a trouvé un moyen d’utiliser le pouvoir de la populace romaine pour les éliminer une fois pour toutes et nous enrichir par la même occasion. Mon travail, en tant qu’astrologue impérial, sera de lui communiquer la meilleure date pour le faire. Et ton travail, Tigellinus, sera de le mettre en œuvre. »

Néron se leva et s’apprêta à sortir de la cour.

« Ce dont notre ville a besoin, lança-t-il par-dessus son épaule, c’est d’un immense feu. »

16

En rentrant du commissariat, Elisabetta demanda au taxi de la déposer devant la basilique Sainte-Marie-du-Trastevere. Son entretien avec l'inspecteur Leone avait été difficile et l'exercice mental consistant à lui en dire assez pour être sincère sans violer son engagement de confidentialité avec l'Église l'avait épuisée.

Le silence et la paix régnaient dans la basilique, où seuls quelques touristes se promenaient, prenant des photos et cherchant les précieuses reliques de l'église – la tête de sainte Apolline et un morceau de la sainte Éponge. Elisabetta s'inclina devant l'autel, se signa et s'installa à l'endroit habituel, juste sous la peinture du plafond en bois, *L'Assomption de la Vierge* du Dominiquin. Les seules autres personnes dans les rangées étaient une poignée de vieilles dames du quartier qui semblaient être toujours là.

Elisabetta s'absorba complètement dans sa prière. La fraîcheur sèche et la faible lumière qui avaient si bien préservé les antiquités pendant des siècles avaient le même effet sur son équilibre mental. Lorsqu'elle eut dit les derniers *amen*, elle regarda autour d'elle et découvrit avec surprise qu'il y avait bien plus de monde sur les bancs. Elle se sentait plus calme, régénérée. Elle jeta un œil à sa montre. Une heure s'était écoulée. À l'école, les filles devaient être en train de commencer leur géométrie.

Elle se leva et essaya de se concentrer sur sa prière, mais il lui fut impossible de contrôler les pensées qui lui traversaient l'esprit.

Le dos hideux de Vani.

Les squelettes.

La tête ensanglantée de De Stefano.

Le corps de Marco dans son uniforme d'apparat.

Et, au moment où Elisabetta sentit les larmes monter, le visage réconfortant et avenant de Lorenzo apparut. Au lieu de pleurer, elle sourit, mais lorsqu'elle se rendit compte de ce que son esprit était en train de faire, elle secoua énergiquement la tête, comme si, ce faisant, elle délogerait l'image.

Il valait mieux lever les yeux et contempler la mosaïque de l'oiseau moqueur là-haut, dans l'abside, se dit-elle. Elle s'y appliqua.

Elisabetta retourna à pied chez son père, ne s'arrêtant que chez le primeur et le boucher. C'était le jour de congé de Carlo et elle avait l'intention de lui préparer un bon dîner.

À peine passé le seuil de l'appartement, elle l'entendit appeler depuis le salon et remonter d'un pas rapide le couloir.

« Où étais-tu ? dit-il avec irritation. Nous t'attendons depuis un moment. »

Il paraissait gêné.

« *Nous ?* demanda-t-elle. Qui c'est, *nous* ? Que se passe-t-il ?

— Bon sang, Elisabetta, tu ne m'avais pas dit que tu

attendais de la visite. Ils ont fait tout le chemin depuis l'Angleterre ! »

Elle ferma les yeux tant elle était gênée.

« Mon Dieu ! J'avais complètement oublié ! Avec tout ce qui s'est passé… »

Carlo la serra rapidement dans ses bras pour la rassurer.

« Tout va bien. Tu es là, saine et sauve. Tu as eu une nuit difficile. Je leur ai servi un verre de vin, leur ai raconté toutes les histoires que je connais sur Cambridge. Tout va très bien. Donne-moi les sacs et va rejoindre nos invités. »

Evan Harris ressemblait exactement à sa photo. Il était mince, plutôt terne et pas très costaud. Ses cheveux clairs, peignés sur le côté, retombaient sur un front bombé, ce qui le faisait paraître plus jeune que ce qu'il était probablement en réalité, mais Elisabetta se dit qu'il devait approcher la cinquantaine. Il n'était pas venu seul. Une femme l'accompagnait ; elle portait des vêtements très chers, avait un maintien parfait, une coiffure impeccable et sentait un parfum de luxe. Le botox avait effacé toutes les rides de son visage et son sourire de figurine ne permettait pas à Elisabetta d'évaluer son âge.

Harris et la femme se levèrent de concert et, l'air confus, clignèrent ensemble des yeux.

« Je suis navrée d'être en retard, dit Elisabetta. Je suis Elisabetta Celestino. Je crois que mon père ne vous a pas dit que j'étais religieuse. Et j'ajouterais que je crains bien de ne pas vous l'avoir dit non plus.

— Je suis ravi de faire votre connaissance, dit Harris poliment. Et je dois vous prier de m'excuser d'avoir omis de vous dire que je venais accompagné de ma collègue. Puis-je vous présenter Stephanie Meyer, un membre distingué de Regent House, le conseil de direction de l'université de Cambridge. Elle est également une généreuse donatrice de notre université.

— Je suis très heureuse de faire votre connaissance, dit Meyer avec l'élocution précieuse de la haute société britannique. Votre père est absolument charmant. Je lui ai dit que j'allais suggérer au directeur de notre département de mathématiques de l'inviter à faire une conférence sur la conjecture de Goldberg.

— Goldbach, dit Elisabetta, la corrigeant gentiment. J'espère qu'il ne vous a pas imposé une conférence sur le sujet. »

Soudain elle se rappela qu'il avait travaillé sur son tatouage. La dernière fois qu'elle était passée, ses notes étaient étalées partout dans le salon. Une pile irrégulière de papiers jaunes, couronnée de revues, se trouvait sur le buffet. Heureusement, il avait vaguement rangé.

« Pas du tout, dit Meyer. J'espère qu'il trouvera la solution. Et j'espère que son département le traitera avec le respect qu'il mérite manifestement.

— Y a-t-il quelque chose qu'il ne vous ait pas dit ? demanda Elisabetta en hochant la tête.

— Seulement que vous étiez une religieuse, apparemment, dit Harris avec un sourire.

— Je vous en prie, asseyez-vous, dit Elisabetta. Que puis-je vous apporter ?

— Seulement le livre, dit Harris. Nous sommes très impatients de le voir. »

L'ouvrage se trouvait dans son ancienne chambre, sur son petit bureau d'étudiante. Elle le sortit de son enveloppe, le rapporta et le mit entre les mains tendues d'Harris. Elle contempla l'impatience qui se lisait sur son visage, comme celle d'un enfant qui reçoit son premier cadeau de Noël. Ses mains tremblaient.

« Nous devrions porter des gants », marmonna-t-il d'un ton distrait. Il le posa sur son pantalon à fines rayures et il tourna lentement la couverture en cuir marbré de l'*in-quarto* pour découvrir la gravure.

« Ah, regardez-moi ça, dit-il, presque pour lui-même. Regardez-moi ça.

— Est-il authentique ? demanda Meyer.

— Il n'y a pas le moindre doute, dit Harris. Version B, 1620. » Il tourna délicatement plusieurs pages. « La couverture est un peu abîmée, mais le livre est dans un extraordinaire état de conservation. Aucun dommage causé par l'eau. Aucune moisissure. Pas de déchirure visible. C'est un exemplaire remarquable, un livre remarquable. »

Il le passa à Meyer qui fouilla dans son sac à la recherche d'une paire de lunettes. Elle le parcourut à son tour.

« Et vous dites que vous l'avez trouvé en Allemagne, dit Harris. À Ulm ? »

Elisabetta hocha la tête.

« Pouvez-vous me donner des détails ? insista-t-il. La provenance est toujours intéressante dans ce genre de circonstance.

— Il m'a été donné par une boulangère, dit Elisabetta.

— Une boulangère ! s'exclama Harris. Comment se fait-il qu'une boulangère se trouve en possession d'un trésor aussi extraordinaire ?

— Elle était la propriétaire d'un appartement dont l'occupant est décédé sans descendance. Ce livre lui appartenait. Il était professeur à l'université d'Ulm. »

Meyer faillit lever un sourcil, mais le botox l'en empêcha.

« Et savez-vous d'où il le tenait ?

— La seule information que j'ai, c'est qu'il l'a reçu en cadeau », dit Elisabetta.

Juste à ce moment-là, son père revint, s'excusant de faire intrusion. Il cherchait un article qu'il avait copié dans une revue de mathématiques, mais en fouillant dans la pile de papiers sur le buffet, il ne put s'empêcher de s'imposer dans la conversation.

« Que pensez-vous de son livre ? demanda-t-il à Harris.

— Je crois qu'il est authentique, professeur Celestino. C'est un très bel exemplaire.

— Vaut-il quelque chose ?

— Papa ! s'exclama Elisabetta, le visage cramoisi.

— Je pense qu'il a beaucoup de valeur, dit Harris. Il est rare, très rare, en fait. C'est la raison pour laquelle nous sommes ici.

— J'aimerais en savoir davantage sur ce livre, dit Elisabetta.

— Puis-je vous demander d'où vous vient cet intérêt ? » interrogea Meyer.

Elle avait encore le volume sur ses genoux et ne paraissait pas encline à le rendre.

Mal à l'aise, Elisabetta s'agita sur sa chaise et lissa son habit, une manifestation de sa tension dont elle devenait coutumière lorsqu'elle était obligée de dire des semi-vérités. « Comme je l'ai dit au professeur Harris, le travail auquel je me consacre concerne les positions de l'Église au XVIe siècle. Les thèmes religieux sont abondamment présents dans le *Faust* de Marlowe.

— Effectivement, dit Harris. Et vous avez dit que

votre travail se concentre particulièrement sur les différences entre les textes A et B. »

Elisabetta hocha la tête.

« Eh bien, je vais vous donner quelques éléments de contexte qui pourraient vous être utiles et je peux vous indiquer une ribambelle de travaux érudits sur le sujet pour l'approfondir. J'ai consacré ma carrière à Marlowe. On peut dire que je suis un peu obsédé par lui.

— Ce n'est rien de le dire, ajouta Meyer, serrant les lèvres avec un vague sourire pincé.

— Je me suis concentré sur la littérature anglaise pour mon premier cycle au Corpus Christi College, qui s'appelait Benet College à l'époque de Marlowe, où il a étudié. J'ai passé deux ans dans les mêmes lieux que lui. J'ai poursuivi et obtenu mon doctorat sur Marlowe et, depuis, j'enseigne à Cambridge. J'imagine que tous les érudits spécialistes de Marlowe ont leur pièce préférée et il se trouve que la mienne est *Faust*. C'est une pièce extraordinaire dans sa vision, sa complexité, la puissance et la beauté de la langue. Vous pouvez garder Shakespeare. Je prends Marlowe. »

Sans y être invité, le père d'Elisabetta se glissa dans un fauteuil et parut écouter avec intérêt. Elle lui lança un regard perplexe, qui était sa manière silencieuse de lui demander ce qu'il était en train de faire. Il répondit avec une moue têtue, sa manière de dire qu'il était chez lui et qu'il pouvait y faire comme bon lui semblait.

« Marlowe obtint sa maîtrise en 1587, poursuivit Harris. Dans des circonstances quelque peu mystérieuses, compte tenu de ses absences de l'université et ses prétendues activités secrètes sur le continent au nom de Francis Walsingham, le maître espion de la reine Élisabeth. Il a probablement quitté Cambridge pour

Londres et commencé sa carrière de dramaturge. Alors que nous ne savons pas dans quel ordre précis il a écrit ses pièces, nous avons des preuves que la première qui a été produite à Londres était *Didon, reine de Carthage*, une œuvre intéressante mais quelque peu inaboutie.

« La meilleure information que nous avons sur *Faust*, c'est que Marlowe l'a écrite en 1592. La première représentation référencée a eu lieu en 1594, une production par la troupe des Admiral's Men. Le rôle de Faust était joué par Edward Alleyn, le plus grand acteur de son époque. Marlowe a été tué en mai 1593. A-t-il jamais vu *Faust* joué sur scène ? Je l'espère. Peut-être y avait-il eu des représentations avant.

— Quel texte a été représenté en 1594 ? Le A ? demanda Elisabetta.

— Eh bien, c'est une excellente question, mais nous n'en savons rien. Vous voyez, la première publication connue du texte A est datée de 1604, bien après sa mort. Il y a eu une deuxième publication en 1609 et une troisième en 1611. En tout, il n'y a que cinq exemplaires originaux connus du texte A, une à la Bodleian Library à Oxford, deux à la Huntington Library en Californie, une à la Bibliothèque d'État de Hambourg et une à la Petworth House du National Trust dans l'ouest du Sussex. Ils sont tous fondamentalement les mêmes, donc on pourrait être tenté de dire qu'ils représentent la version jouée en premier, mais ce n'est qu'une supposition.

« Le premier texte B n'a été publié qu'en 1616. Cet *in-quarto* est similaire au vôtre dans la mesure où c'est le premier à utiliser la gravure sur bois désormais célèbre sur la page de garde, qui montre Faust convoquant le diable tout en restant à l'intérieur de son cercle magique. Cet exemplaire se trouve au British Museum. L'édition suivante qui est apparue date de 1619 et elle n'est pas différente de celle de 1616. Il n'y a qu'un exemplaire connu, qui appartient à un collectionneur américain à Baltimore. Ensuite, on arrive au vôtre, l'édition de 1620. Ici, curieusement, il y a une coquille sur la page de titre – les imprimeurs en faisaient couramment en ce temps-là – le mot *"History"* est devenu *"Hiftoy"*. Il n'y en a qu'un exemplaire à la British Library. Nous savons que trois exemplaires sont apparus dans des ventes au cours des quarante dernières années. On a perdu la trace de tous les autres. Jusqu'à aujourd'hui, dirais-je. Le vôtre est indubitablement l'un d'eux. »

Le père d'Elisabetta grattait sa barbe naissante depuis un moment. Il ne se rasait jamais les jours où il ne travaillait pas.

« Ainsi le texte B est un tiers plus long que le texte A. Quelles sont les autres différences ? »

Harris eut l'air surpris.

« Je suis impressionné que vous sachiez une chose pareille ! dit-il. Je pensais que votre domaine, c'était les mathématiques.

— Mon père est éclectique dans ses centres d'intérêt, dit Elisabetta rapidement, le suppliant du regard de se taire.

— Eh bien, pour être précis, dit Harris, le texte B omet trente-six vers du texte A mais ajoute six cent soixante-seize nouveaux vers.

— Qui a fait les changements ? demanda Elisabetta. Marlowe ?

— Cela, nous ne le savons pas. Peut-être a-t-il écrit la seconde version. Peut-être un collaborateur ou un nègre inconnu a-t-il fait les changements pour plaire au public élisabéthain après la mort de Marlowe. Comme tous les dramaturges de son époque, Marlowe ne participait pas à la publication de ses pièces et contrôlait assez mal le contenu des représentations. Des scènes ont pu être ajoutées ou enlevées par un autre écrivain, par des acteurs, par n'importe qui, en fait. À moins que des manuscrits ultérieurs n'apparaissent, il se peut que nous ne le sachions jamais.

— Quelles sont pour vous les différences véritablement significatives entre le texte A et le texte B ? » demanda Elisabetta, avec, en tête, les mots écrits sur l'enveloppe : *La clef se trouve en B.*

Harris prit une profonde inspiration.

« Mon Dieu, par où commencer ? Des thèses entières ont été écrites sur le sujet. Moi-même, j'y ai apporté ma contribution. Je serais heureux de vous envoyer une bibliographie détaillée pour que vous puissiez creuser la question autant que vous le souhaitez. Pour être bref, disons que les ressemblances sont beaucoup plus nombreuses que les différences. Dans les deux textes, notre docteur Faust convoque le diable des enfers, Méphistophélès, et signe un pacte pour passer vingt-quatre années sur Terre au service personnel de Méphistophélès. En échange, il lui donne son âme en paiement et se damne pour l'éternité à rôtir en enfer. Au terme de ces vingt-quatre années assez savoureuses et dévolues au péché, même si elles furent vécues dans la peur et le remords, il n'y a rien que Faust puisse faire pour changer son destin. Il est écartelé et son âme est emportée en enfer.

« Pour ce qui est des différences, ce sont des différences textuelles dans tous les actes, mais la plupart des ajouts se trouvent dans l'acte III ; dans le texte B, l'acte III est beaucoup plus long et il devient un pamphlet anticatholique et antipapiste assez virulent…

ce qui, en soi, n'est pas très surprenant dans le foyer protestant que l'Angleterre était devenue sous le règne d'Élisabeth. Faust et Méphistophélès font un voyage à Rome et observent le pape, ses cardinaux, évêques et moines qui se comportent comme des bouffons scandaleusement cupides. La pièce a dû avoir un succès certain à son époque.

— Quelle est d'après vous la raison de cette addition ? demanda Elisabetta.

— Sur ce point, il ne peut s'agir que d'hypothèses. Dans la version A, la visite de Faust à Rome était présente, mais elle était beaucoup plus courte. Peut-être que chaque fois qu'elle était jouée et que le pape apparaissait sur scène, le public huait, trépignait et s'agitait tellement que Marlowe ou quelqu'un d'autre a réécrit et embelli l'acte III de la version B pour alimenter copieusement ce sentiment. »

Elisabetta prit quelques notes sur un bloc.

« Puis-je vous demander de me parler du rôle de l'astrologie dans la pièce ? »

Harris hocha la tête avec enthousiasme.

« Bien sûr. C'est un autre sujet cher à mon cœur. L'astrologie était extrêmement importante du temps de Marlowe. La reine avait son propre astrologue à la cour, John Dee. Dans *Faust*, Marlowe a très certainement été influencé par ce texte ecclésiastique bien connu sur la sorcellerie, le *Malleus Maleficarum*, qui établit – et je suis presque gêné d'avouer que je suis capable de le citer de mémoire – que "les démons sont prompts à apparaître lorsqu'ils sont convoqués par des magiciens sous l'influence des étoiles, pour berner les hommes, leur faisant ainsi supposer que les étoiles ont un pouvoir divin ou sont des divinités". Et on trouve les résultats directs de ces idées dans l'acte I, scène 3 de *Faust*, lorsque Faust commence à énoncer, du centre de son cercle magique :

"À ce moment où l'ombre noire de la Terre,
Voulant voir Orion à l'humide influence,
De l'espace antarctique a jailli dans le ciel
Et de sa sombre haleine en a terni la voûte,
Tu vas, Faust, commencer tes incantations[1]*."* »

Harris marqua une pause et sourit, en guise d'excuse.

« Je pourrais continuer indéfiniment. »

Elisabetta leva les yeux.

« Je suis curieuse de connaître le sens des symboles astrologiques dessinés sur le cercle magique. Ont-ils une signification particulière ? »

Harris fronça les sourcils en entendant la question.

« Stephanie, puis-je voir le livre ? »

Il était toujours posé sur ses genoux. Meyer le lui donna d'un geste précautionneux. Il l'ouvrit à la page de garde. « Eh bien, c'est le zodiaque classique, j'imagine. Les constellations, les planètes. Pour être honnête, je n'y ai jamais réfléchi d'une manière rigoureuse. » Il leva la tête et cligna des yeux. « Peut-être que je devrais. »

Sentant une ouverture, Meyer brisa le mutisme dans lequel elle se murait depuis le début.

« Je suis certaine que vous vous demandez pourquoi je suis venue à Rome avec le professeur Harris, dit-elle.

— Je ne sais pas pour ma fille, mais moi, je me le demande », rétorqua Carlo sans la moindre diplomatie.

1. *La Tragique Histoire du docteur Faust,* traduit de l'anglais par Fernand-C. Danchin, Les Belles Lettres, 1988.

Elisabetta serra les dents et attendit impatiemment la réponse.

« Je vais être franche avec vous, dit Meyer. Je suis ici missionnée par l'université. Nous voulons ce livre. Nous le voulons vraiment. Il comblerait un manque terrible dans la collection de notre bibliothèque. Christopher Marlowe était un homme de Cambridge, un de nos diplômés les plus illustres et les plus pittoresques. Cependant, nous ne possédons pas un seul exemplaire des premiers *in-quarto* de *Faust*, sa pièce la plus célèbre. Oxford en a un et pas nous ! Il faut remédier à cette situation. En tant qu'amie de l'université et mécène des humanités, j'ai engagé mes ressources personnelles pour faciliter l'acquisition de ce livre. Est-il à vendre, chère amie ?

— Combien ? couina Carlo.

— Papa ! Je t'en prie ! » supplia Elisabetta, en le fusillant du regard. Elle se tourna vers Meyer. « Je ne saurais vous répondre. Je suis tellement honorée que vous soyez venus de si loin pour me voir. Franchement, ce n'est pas une question à laquelle j'ai réfléchi.

— Mais le livre vous appartient, poursuivit Meyer. Je veux dire, il est à vous, et la décision de le vendre vous incombe, n'est-ce pas ?

— Je n'ai pas de biens personnels, dit Elisabetta. On m'a donné le livre pour qu'il en soit fait don à l'Église. Je suppose que si quelqu'un devait l'acheter, les fonds iraient à mon ordre. »

Meyer sourit poliment.

« Eh bien, maintenant que nous l'avons vu et que le professeur Harris a constaté son authenticité et se déclare satisfait de son état, peut-être qu'à notre retour, nous pourrons vous envoyer une offre écrite. Seriez-vous prête à prendre en considération une offre formelle ? »

Elisabetta rougit.

« Vous avez été si gentils de venir me parler. Bien entendu. Envoyez-moi votre proposition. Je parlerai à la mère supérieure. Elle saura comment y répondre. »

Lorsque les visiteurs furent partis, Elisabetta s'effondra littéralement sur le canapé, victime de sa fatigue. Elle enleva son voile serré, passa une main dans ses cheveux courts et massa son cuir chevelu endolori. Son père revint avec une tasse de café. Son visage trahissait son inquiétude paternelle.

« Tu as besoin de dormir. Personne ne vit une nuit pareille à celle que tu viens de connaître sans avoir besoin de repos. Bois ton café. Ensuite, va dans ta chambre. »

Elisabetta prit la tasse.

« Tu disais déjà la même chose quand j'étais enfant. "Va dans ta chambre, Elisabetta, et ne sors que lorsque tu seras prête à t'excuser."

— Il fallait bien que quelqu'un t'inculque un peu de discipline, dit Carlo. Ta mère était trop indulgente. »

À ce moment-là, à travers ses yeux embués, elle put presque voir sa mère, jeune et jolie, passant du couloir à la cuisine.

« Elle me manque encore tellement », dit-elle.

Son père renifla d'un air de défi. C'était sa manière de dire qu'il n'allait pas se laisser aller à l'émotion.

« Bien sûr qu'elle te manque. Comme à nous tous. Si elle n'était pas morte, peut-être que tu n'aurais pas fait ce que tu as fait. »

Elisabetta se raidit.

« Qu'est-ce que j'ai fait ?

— Prendre le voile. »

Elle eut conscience qu'après avoir prononcé ces

paroles son père les regretta. Mais il était clair qu'il les pensait.

« Peut-être que tu as raison, dit-elle d'un ton égal. Peut-être que si Marco n'avait pas été tué, peut-être que si maman avait été vivante, peut-être, peut-être. Mais il arrive des choses dans une vie, Dieu nous met à l'épreuve. Ma réponse à ses épreuves a été de Le trouver. Je ne le regrette pas le moins du monde. »

Carlo hocha la tête.

« Tu étais une belle jeune fille pleine de vie. Tu l'es toujours. Et tu te caches sous ton voile et ton habit. Je n'en ai jamais été heureux. Tu aurais dû être une épouse, une mère et une érudite. Cela aurait rendu ta mère heureuse. »

Elisabetta lutta contre son envie de se mettre en colère. Il était stressé par les événements de ces derniers jours et elle lui pardonna.

« Pourquoi as-tu passé toutes ces années à poursuivre tes recherches sur Goldbach ? »

Il étouffa un rire. Elle savait qu'il était assez intelligent pour deviner la direction qu'elle voulait lui faire prendre.

« Parce que c'est ma passion.

— Et c'est ta quête, ajouta-t-elle. Eh bien, ma passion, ma quête, c'est d'être avec Dieu, de sentir Sa présence au plus profond de mon âme. Pour L'honorer avec mon travail avec les enfants. Voilà ma passion. Voilà ce qui me rend heureuse. »

À cet instant, l'interphone retentit. C'était comme si une cloche sonnait pour marquer la fin du round dans un combat de boxe. Ils parurent tous deux soulagés.

« Est-ce qu'ils reviennent ? » demanda son père,

examinant la pièce pour voir si leurs visiteurs avaient oublié quelque chose en partant.

Il répondit à l'interphone et revint au salon pour dire à Elisabetta que sa mère supérieure, sœur Marilena, venait la voir.

Elisabetta se leva et se dépêcha de remettre son voile. Elle vint accueillir Marilena à la porte.

« Ma chère, dit Marilena, le visage inquiet, en lui prenant les mains. Je me suis fait tellement de souci pour vous. Nous avons été informées de l'épreuve que vous avez traversée hier soir.

— Je vais bien, dit Elisabetta. Dieu était avec moi.

— Oui, oui, je l'en ai remercié toute la journée. »

Elisabetta emmena Marilena au salon. La bouilloire siffla à nouveau dans la cuisine où elle avait envoyé son père.

« Quel joli endroit, dit Marilena en regardant autour d'elle.

— C'est ici que j'ai grandi, dit Elisabetta.

— Si chaleureux, si chargé de culture. Tout le monde à l'école s'est inquiété pour vous.

— J'espère que cela ne vous a pas trop distraites, dit Elisabetta.

— Nous sommes assez fortes dans notre mission et dans notre foi pour ne pas perdre de vue ce que nous devons accomplir avec les enfants et avec Dieu. » Marilena se mit à rire. « Bien sûr que cela nous a distraites. Vous savez bien que nous parlons ! Même ma mère ne peut parler de rien d'autre.

— Dites à Mama qu'elle me manque », déclara Elisabetta, tout en se rendant compte en sursautant qu'elle venait juste de prononcer des paroles identiques.

Soudain, le visage de Marilena devint sérieux. Il

avait la même expression que lorsqu'elle se préparait à informer des parents des mauvais résultats obtenus par leur enfant. « La mère supérieure Maria m'a appelée aujourd'hui de Malte », dit-elle d'une voix sombre.

Elisabetta cessa de respirer.

« Je ne sais pas où la décision a été prise, je ne sais pas pourquoi elle a été prise et je n'ai pas été consultée. Vous êtes transférée, Elisabetta. L'ordre veut que vous quittiez Rome et que vous vous présentiez dans notre école à Lubumbashi, en République démocratique du Congo. On vous attend là-bas dans une semaine. »

17

Londres, 1586

Le jeune homme lança des regards nerveux dans le jardin entouré d'un mur et dominé par un mûrier qui était devenu trop grand pour la petite pelouse.

« À qui avez-vous dit qu'appartenait cette maison ? demanda Anthony Babington.

— À une veuve, répondit Marlowe. Elle s'appelle Eleanor Bull. Poley la connaît. Elle est des nôtres. »

Ils étaient à Deptford, sur la rive sud de la Tamise. On était au début de l'été et les semaines précédentes avaient été très chaudes et très humides. Des vapeurs organiques fétides montaient de la rivière et restaient suspendues dans l'air. Le délicat Babington reniflait régulièrement un mouchoir parfumé pour ne pas être incommodé. Il avait vingt-quatre ans, il était blond et charmant malgré son visage tout grimaçant à force de plisser les yeux à cause du soleil de ce bel après-midi. Marlowe remplit de bière le verre de Babington et la mousse coula sur la table en chêne.

« Je dois dire, Kit, que je ne sais pas comment vous trouvez le temps de faire tout ce que vous faites – suivre votre maître à Cambridge, écrire vos chansonnettes et vous consacrer à, comment dirais-je, d'autres activités. »

Marlowe fronça les sourcils, mécontent.

« Je ne le nie pas, il semble qu'il n'y ait pas tout à fait assez d'heures dans la journée. Mais, pour ce qui est de votre premier point, j'ai un accord avec mon superviseur à Benet. Je peux m'absenter pendant un certain temps, du moment que j'honore mes obligations universitaires. Concernant le troisième point, ma conscience exige que j'investisse dans ces "autres activités". Quant au deuxième point, je n'écris pas des chansonnettes. J'écris des pièces de théâtre. »

Babington était sincèrement mortifié.

« Je vous ai offensé et j'en suis confus. Je suis ébahi, monsieur, par votre assiduité et par vos talents.

— Vous serez convié à ma première, dit Marlowe avec magnanimité. Venez, reportons notre attention sur des questions plus importantes. Parlons de la restauration de la véritable foi catholique en Angleterre. Parlons de notre chère reine Marie. Parlons de cette vieille mégère d'Élisabeth et de ce qu'il faut en faire. Nous avons du soleil en abondance, de la bière et le plaisir d'être ensemble. »

Ils s'étaient rencontrés par le biais de Robert Poley, un des hommes de Walsingham. Pas un banal flagorneur, mais un être d'exception. Impitoyable et rusé, il avait été *sizar* à Cambridge en 1568, mais n'avait pas eu son diplôme parce que, présumé catholique, il n'avait pas pu prêter le serment d'allégeance obligatoire à la religion de la reine. Néanmoins, il n'était visiblement pas tenu par ses principes au point de décliner les propositions des recruteurs de Walsingham et il devint rapidement l'un des agents les plus utiles du secrétaire d'État, un informateur qui parvenait facilement à s'infiltrer dans des complots papistes en Angleterre et sur le continent. Et, en échange d'une compensation adéquate, il se laissait même parfois emprisonner. Il n'y avait pas de meilleur endroit que les geôles de Sa Majesté, clamait-il, pour rencontrer des conspirateurs catholiques.

Pendant le carême cette année-là, Poley avait organisé un dîner pour que de jeunes catholiques se rencontrent à la Plough Inn, près de Temple Bar, à l'ouest de la City. Anthony Babington, une connaissance de Poley, fut invité avec deux étrangers dont Poley se portait garant, Bernard Maude et Christopher Marlowe. Naïf et malheureux, Babington était le seul autour de la table ce soir-là qui ne travaillât pas pour Walsingham.

Entre la bière, le vin et les chuchotements, Babington découvrit l'existence de certains projets. Marie Stuart, reine d'Écosse, était, selon la volonté d'Élisabeth, emprisonnée depuis dix-huit ans pour avoir fomenté la révolte contre le règne protestant d'Élisabeth et s'être présentée comme la reine légitime d'Angleterre et la restauratrice de la primauté du pape. À la suite de la découverte du complot de Throckmorton contre la Couronne, Marie se trouva condamnée à l'isolement total, à Chartley Hall dans le Staffordshire, coupée du monde extérieur par des gardiens puritains qui relataient le moindre de ses faits et gestes à Walsingham.

Les nouvelles rapportées par Poley étaient les suivantes : des agents catholiques en France, en Hollande et en Espagne faisaient circuler l'information que la Ligue catholique et les grands princes chrétiens d'Europe allaient rassembler une armée de soixante mille hommes pour envahir le nord de l'Angleterre, libérer Marie et l'installer sur le trône. Grâce aux inventions géniales de Kit Marlowe, un brillant jeune réfractaire récemment rallié à leur cause, une méthode de communication avec Marie avait été inventée. Marlowe avait imaginé de faire passer des lettres à Chartley Hall, cachées et scellées dans des emballages imperméables à l'intérieur des tonneaux de bière, et il avait également inventé un code sophistiqué pour ces messages au cas, peu probable, où ils seraient découverts.

Des lettres de conspirateurs avaient déjà été envoyées de cette manière et Marie avait répondu par des encouragements écrits. Mais elle avait été prudente. Elle ne connaissait aucun des conspirateurs personnellement. Ils avaient besoin de quelqu'un qui lui était familier et en qui elle avait confiance.

Babington. En 1579, il avait été page auprès du comte de Shrewsbury qui était alors le protecteur de Marie. Elle aimait bien le garçon et, cinq ans plus tard, il avait été chargé de livrer plusieurs paquets de lettres en main propre à la reine écossaise. Bien qu'il ait abandonné ce jeu dangereux pour mener la vie d'un gentleman à Londres, ses opinions étaient bien connues de ses sympathisants.

Alors la question qui fut posée à Babington ce soir-là fut la suivante :

« Allez-vous vous rallier à nous ? Allez-vous aider la reine Marie ? »

Sa réponse réjouit les espions. Comment cette trahison pouvait-elle réussir, chuchota-t-il, si Élisabeth restait en vie ? Elle était populaire parmi ses sujets égarés. Ne serait-elle pas capable de rassembler ses forces armées pour contrer efficacement les envahisseurs ? Le complot ne se déroulerait-il pas mieux si elle était conduite, selon l'expression qu'il employa, à une fin tragique ?

Les autres lui assurèrent que l'un d'entre eux, un certain John Savage, prévoyait de se charger de cet aspect-là, précisément, et, dans une réponse un peu alcoolisée, Babington scella son destin en trinquant avec tous les convives. Marlowe, qui était novice et inconnu des acolytes de Walsingham, serait son messager. Les deux jeunes gens échangèrent un sourire comme de parfaits conspirateurs et un autre toast s'ensuivit.

Des bruits leur parvinrent de l'intérieur de la maison. Babington bondit, en alerte, mais ce n'était que Mrs Bull qui revenait de ses courses. Elle passa la tête par la fenêtre et demanda si elle devait apporter un plateau de nourriture.

Ils mangèrent et burent jusqu'à ce que l'ombre du mûrier s'allonge et noircisse. Marlowe avait des nouvelles dont il dit à Babington qu'elles avaient été transmises à Poley directement par l'ambassadeur de France en Angleterre, Guillaume de L'Aubespine. L'organisation de l'invasion prenait forme. Les armées française, espagnole et italienne étaient engagées dans l'expédition sacrée. On avait de bonnes raisons de croire que les catholiques anglais prendraient également les armes dès qu'apparaîtraient des troupes étrangères arborant les couleurs du pape. Ce qui était requis, c'était l'ultime assentiment de la reine Marie, que Babington était chargé d'obtenir.

Marlowe sortit de l'écritoire portative qu'il avait posée à ses pieds les accessoires de sa profession. Il tailla une plume avec son meilleur couteau, ouvrit son flacon d'encre et amusa énormément Babington en épongeant la bière renversée sur la table avec son postérieur avant de poser le casier sur un endroit sec. Il étala quelques feuilles de parchemin sur le sous-main en cuir.

« Voudriez-vous me dicter ? demanda Marlowe. Je suis un excellent scribe.

— Kit, c'est vous qui êtes l'auteur. Nous avons largement discuté de ce qui doit être transmis. Peut-être pouvez-vous vous-même rédiger. »

Marlowe acquiesça, disant qu'il éviterait d'écrire dans une prose trop fleurie et privilégierait une langue simple. Tout en grattant le parchemin, il dit à haute voix :

« D'abord, s'assurer de l'invasion. Des forces suffisantes chez l'envahisseur. Nous avons choisi les ports où doit se dérouler l'arrivée. Il y aura une forte présence sur place pour se joindre à elles et sécuriser leur débarquement. Puis délivrance de Votre Majesté. Renvoi de la concurrente usurpatrice. Pour effectuer toutes ces tâches, il plaira peut-être à Votre Excellence de se confier à mes bons soins.

« Attendu que tout retard serait extrêmement dangereux, il plaira peut-être à Votre Excellentissime Majesté de nous diriger par Votre Sagesse, et par Votre Autorité Princière, de tout faire pour que l'affaire progresse ; prévoyant que là où il ne se trouve pas de nobles libres et dévoués à Votre Majesté dans cette entreprise vitale, et considérant qu'il en faut pour prendre la tête et conduire la multitude, toujours disposée par nature dans ce pays à suivre l'aristocratie, considérant en outre qu'elle ne permet pas seulement d'entraîner la populace et la petite-bourgeoisie sans qu'elles manifestent ni contradiction ni dispute, mais qu'elle donne grand courage aux chefs.

« Je serai accompagné d'une dizaine de gentilshommes et d'une centaine de nos partisans pour délivrer Votre Royale Personne des mains de vos ennemis.

« Pour le renvoi de l'usurpatrice, à qui nous ne devons plus obéissance suite à son excommunication, il y aura six nobles gentilshommes, tous mes amis proches, qui, par le zèle qu'ils portent à la cause catholique et au service de Votre Majesté, entreprendront cette tragique exécution. »

« Êtes-vous satisfait de cette composition ? » demanda Marlowe lorsqu'il eut terminé.

Babington avait, semblait-il, la gorge sèche tant il était anxieux.

« Elle semble exprimer comme il convient nos connaissances de l'affaire et nos demandes. Que la reine nous bénisse.

— Alors je la traduis en langage codé sur-le-champ. Pendant que je me consacre à cette tâche, demandez à la veuve Bull si elle peut nous apporter un peu de bière. Je ne boirai que par soif. La procédure consistant à substituer des lettres par des nombres et les mots par des symboles est ardue à l'extrême, et ma tête doit rester aussi claire que l'onde dans laquelle s'admire Narcisse. »

Babington partit à pas traînants avec l'enthousiasme d'un homme qui se voit bientôt conduit à la potence. Lorsqu'il revint avec un pichet plein, Marlowe dit :

« Je vais faire aussi vite que possible. Poley doit porter cette lettre au brasseur à Chiswick dès ce soir car je crois que c'est demain qu'on livre le prochain tonneau à Marie. Ensuite, il ne restera plus qu'à attendre la réponse de la dame. »

Babington avala deux chopes d'affilée. Il ne lui importait pas de garder les idées claires.

Le palais de Whitehall était une véritable ville. Il surpassait en taille le Vatican et les palais d'Europe et ce n'était pas une mince affaire que de s'orienter dans les mille cinq cents pièces. Pour rejoindre sa destination, il fallait une bonne connaissance préliminaire des lieux ou les bonnes grâces d'un gentleman ou d'une lady serviable qui vous prenne par la main et vous conduise dans le labyrinthe des bureaux et résidences privées.

Marlowe savait désormais bien se repérer dans le palais et il se présenta avec empressement au bureau privé de Walsingham, le cœur battant, le visage triomphant. Le secrétaire de Walsingham le salua cordialement et annonça son arrivée.

Walsingham s'entretenait avec Poley, aussi grave qu'à l'accoutumée, avec son visage buriné et ses cheveux noirs à l'aspect graisseux, qui étaient attachés sur sa nuque. Dans cet état, il serait passé plus certainement pour un brigand ou un soldat que pour un gentleman qui avait été un temps à Cambridge.

Les premiers mots qu'énonça Marlowe en arrivant furent :

« Je l'ai ! »

Marlowe ouvrit son écritoire et posa fièrement les parchemins sur le bureau. Walsingham se jeta dessus comme un faucon sur un campagnol. Pendant qu'il les étudiait de près, Marlowe resta là, à enlever les poils blancs que l'un des chats de Mrs Bull avait laissés sur son pourpoint.

« C'est bien, très bien, dit Walsingham. Je vais faire envoyer le message codé au brasseur immédiatement. Est-ce que Marie a le nouveau code ?

— Elle l'a, dit Poley. Il se trouvait dans son dernier

tonneau. Elle croira forcément que personne d'autre ne pourra l'avoir déchiffré.

— Puisse-t-elle répondre bientôt et montrer sa détermination, s'écria Walsingham. Une fois que nous aurons intercepté sa lettre, nous aurons sa saloperie de tête catholique, le ciel m'en soit témoin !

— Je voudrais être présent lorsque cela arrivera, dit Marlowe, imaginant le dénouement sanglant.

— Je m'assurerai que ce soit le cas. Et vous serez là pour voir Babington les tripes à l'air, hurlant à son Dieu. Comme les autres conspirateurs. Ensuite, les affaires sérieuses commenceront. Les partisans du pape voudront venger la chute de Marie. Vous savez ce que cela signifie ?

— Une guerre, à mon avis, dit Marlowe.

— Pas une guerre, plusieurs. L'Europe à feu et à sang, et en temps voulu, le monde entier. Et nous serons les seuls véritables vainqueurs. Prenant plaisir à mesure que s'entasseront les cadavres de catholiques. Nous récupérerons les terres et les affaires de tous les partis. Nous remplirons nos coffres. »

Marlowe hocha la tête, toujours debout.

« Asseyez-vous, dit Walsingham. Prenez du vin. Vous avez bien travaillé. Vous travaillez toujours bien. Quelle que soit la tâche qu'on lui confie, à Reims ou Londres, Paris ou Cambridge, il s'en acquitte avec diligence, ne trouvez-vous pas, Poley ? »

Poley leva son verre avec raideur.

« Oui, il est assez précieux.

— Merci, monseigneur, dit Marlowe. Je ne recherche que votre contentement et l'avancement de notre cause. Mais, pour continuer à le faire, je vais avoir besoin d'une lettre du Conseil privé de la reine adressée à l'université pour excuser mes absences. Ils ont l'intention de ne pas m'accorder mon diplôme de second cycle parce qu'ils pensent que je vais en France pour me mêler aux papistes et encourager leurs agissements.

— C'est parce que vous êtes un acteur convaincant, dit Walsingham. Poley, donnez-lui la lettre que nous avons préparée. »

Marlowe la lut, hautement reconnaissant. Elle était parfaite. Courte et autoritaire, ne laissant aucun doute sur le fait que Marlowe était parti à l'étranger au service de Sa Majesté. « Ce sera parfait. »

Walsingham reprit le document et se mit à chauffer de la cire pour y apposer le sceau du Conseil privé. Pendant qu'il s'affairait avec la bougie, il dit :

« Je voudrais vous demander quelque chose, Marlowe. Je suis très curieux de savoir pourquoi vous cherchez à vous consacrer à cette frivolité, l'écriture de pièces de théâtre. J'ai entendu dire que les Admiral's Men allaient bientôt jouer l'une de vos œuvres. Comment cette activité contribue-t-elle à l'avancement de notre cause ? Je peux assigner à un esprit brillant comme le vôtre une centaine de tâches qui bénéficieront aux lémures. Comment cela peut-il être une plus grande priorité ? »

Marlowe se versa un verre de vin et le goûta. Il était excellent, bien meilleur que sa piquette habituelle.

« Avez-vous jamais été au théâtre, monseigneur ? »

Walsingham hocha la tête avec dédain.

« Je le fais seulement parce que la reine apprécie ce genre de divertissement et, souvent, elle exige que son Conseil l'y accompagne. Et vous, Poley ? Êtes-vous amateur de théâtre ? »

Poley ricana.

« Je préfère passer mes soirées avec une fille de joie.

— Oui, j'ai entendu parler des disparitions survenues dans votre sillage lorsque vous allez vous distraire ainsi.

— Je ne peux quand même pas les laisser en vie une fois qu'elles ont vu mon cul.

— C'est vrai », gloussa Walsingham.

Marlowe se pencha en avant, ignorant Poley.

« Alors, monseigneur, vous avez vu les effets que les pièces ont sur le public. Comment elles mêlent des émotions, de la même manière qu'une cuillère en bois mélange un ragoût. Comment elles évoquent toutes sortes de passions – la joie, la rage, l'ardeur, la peur – et font que tous les gens présents ont la même pensée. Je me servirai de mes pièces, monseigneur, pour faire naître la discorde, pour allumer des feux dans le cœur des hommes, pour dresser les protestants contre nos plus grands ennemis, les catholiques. Avec mes pièces, je peux faire le mal sur une très grande échelle. Et je suis bon dans ce domaine. Non, *plus* que bon. »

Walsingham fit lentement le tour de son bureau et s'assit à côté de Marlowe. Il prit du vin et se mit à rire.

« Je ne peux pas m'opposer à vos idées, Marlowe, ni à la confiance qui vous anime. Ce n'est pas notre manière habituelle de fonctionner, mais un des nôtres, un très grand, il y a longtemps, se prenait pour un artiste. Voyez-vous de qui je suis en train de parler ?

— Était-ce Néron ?

— Oui, exactement. Il était, dit-on, un des grands artistes de son temps. Mais vous savez ce qui lui est arrivé ? Il est devenu fou. Toutes ses conquêtes sont tombées en poussière. Vous ne deviendrez pas fou, Marlowe, n'est-ce pas ?

— J'espère bien rester sain d'esprit.

— C'est bien. Si cela devait ne pas être le cas,

je craindrais d'avoir des ordres sinistres à donner à Mr Poley. »

L'été passa, puis l'automne. La nouvelle année arriva et, avec elle, le givre dans les champs et la glace sur les étangs. En février, avec les vents d'hiver qui balayaient le Northamptonshire, Marlowe arriva en diligence au château de Fotheringhay.

L'air glacial ne parvenait pas à tempérer sa bouillante excitation. Les derniers mois avaient été grisants. Du jour où il avait écrit la lettre de Babington dans le verdoyant jardin de Mrs Bull jusqu'à ce moment, où les portes massives de Fotheringhay s'ouvrirent pour le laisser entrer, il avait eu l'impression de vivre pleinement sa destinée. Son ascendance et son esprit lui avaient toujours donné un sentiment de puissance, mais l'exercice effectif du pouvoir était véritablement grisant.

Après que Walsingham eut intercepté la réponse de Marie à Babington, il s'empara rapidement des conspirateurs. Marlowe se trouvait à Saint Giles in the Fields, en ce jour de la fin septembre, lorsque le regard troublé de Babington le repéra dans la foule, quelques instants avant que le malheureux jeune homme ne soit hissé par le cou sur l'échafaud, pour être attaché, vivant, à une table. Le bourreau se servit d'un couteau ordinaire pour ouvrir le ventre plat de Babington. La brute vêtue de sa tunique de boucher sanguinolente fit lentement rôtir les entrailles de Babington et son pénis tandis que ses cris diminuaient pour finalement se taire définitivement et que ses yeux devenaient enfin vitreux. Ce jour-là, certains des spectateurs en eurent la nausée. Mais pas Marlowe.

Le procès de Marie suivit et, bien qu'il fût conduit

avec toutes les formalités exigées par les hautes raisons d'État, l'issue ne fut jamais douteuse. L'heure de son exécution dans la Grande Salle de Fotheringhay était venue ; elle aurait lieu dans la même salle où s'était tenu le procès.

Marlowe, qui pour des raisons évidentes s'intéressait au plus au point à la mise en scène, s'émerveilla devant cette représentation particulière. Une estrade drapée de noir, d'un mètre cinquante de haut et de quatre mètres de large, avait été dressée à côté d'un feu qui flambait dans l'immense cheminée. Marie se trouvait entre deux soldats ; derrière elle, ses suivantes étaient en pleurs. Le bourreau, cagoulé, les mains serrées sur son tablier blanc, avait posé sa hache contre la balustrade.

Tandis que la reine d'Écosse priait en latin et pleurait, Marlowe se fraya un chemin dans la foule pour se rapprocher de la scène. Lorsque le moment vint pour elle de se dévêtir, elle parvint à dire :

« Jamais auparavant je n'ai eu de tels chambellans pour me préparer et jamais je n'ai retiré mes vêtements pour une compagnie telle que celle-ci. »

Les spectateurs eurent le souffle coupé lorsqu'ils découvrirent ses jupons : du satin rouge sang, les couleurs de son Église, les couleurs des martyrs.

Marlowe retint son souffle lorsque le bourreau brandit sa hache très haut au-dessus de sa tête et l'abattit de toute sa force.

Néanmoins, le coup fut maladroit. Il manqua son but, sectionna le nœud de son bandeau et glissa, entaillant profondément l'arrière de son crâne. La reine écossaise émit un petit cri aigu, mais resta immobile sur le billot. Le second coup trouva un meilleur angle et le sang jaillit comme il devait, mais même celui-là ne réussit pas à séparer complètement la tête du corps. Le bourreau fut obligé de se baisser et il se servit de sa hache comme d'un couteau pour découper les derniers nerfs.

Il attrapa la tête par le bonnet, se remit debout et la brandit bien haut. Mais au moment où il cria les mots qu'il avait bien répétés : *« God save the Queen ! »* la tête lui échappa et il se figea, tenant le bonnet et une perruque auburn.

Elle partageait le secret avec ses suivantes. Marie était devenue presque complètement chauve. Sa tête ensanglantée tomba en roulant de l'échafaud et atterrit aux pieds de Marlowe.

Il regarda sa bouche s'ouvrir et se fermer comme si elle essayait de baiser sa botte, et chaque mouvement d'agonie faisait frémir plus vivement sa queue.

Je suis un lémure et j'ai contribué à tuer la reine catholique.

18

La chapelle Sixtine de Michel-Ange n'avait pas été créée pour que des hordes de touristes se dévissent la tête et fassent crépiter leurs flashes.

Elle avait été créée pour cette occasion.

Scellée, déserte, il y régnait un silence imposant et prometteur ; elle baignait dans une lumière douce et naturelle tombant des hautes fenêtres, situées juste en dessous du plafond peint, qui éclairaient la chapelle.

Des rangées de tables, placées face à face et couvertes de velours marron étaient soigneusement disposées de part et d'autre de la chapelle. Sur chaque table, un simple carton blanc avec le nom d'un cardinal.

Il y eut le bruit d'une clef antique dans une serrure antique et une lourde porte s'ouvrit dans un grincement. Puis, des reniflements et des griffes sur le sol en mosaïque.

Le berger allemand tira sur sa laisse, les oreilles dressées, aux aguets, la queue battant l'air sous l'effet de la concentration. Son maître, un agent de l'entreprise de sécurité Gruppo BRM, le laissa faire son travail. Il alla directement à la table la plus proche, renifla la tenture de velours qui effleurait le sol et passa sa grosse tête noire et brune en dessous.

Le chien réapparut, la queue toujours aussi dressée. Il tira sur sa laisse pour atteindre la table suivante.

Hackel fit signe à son homme, Glauser, qui paraissait ravi d'avoir une mission en civil pour le conclave, son costume noir était taillé avec suffisamment d'ampleur pour cacher une mitraillette améliorée Heckler & Koch.

« Faites venir l'équipe pour qu'elle enchaîne derrière le chien. »

Glauser hocha la tête et alla chercher les détecteurs de micros.

Lorsqu'ils en eurent terminé avec la chapelle, les membres de la sécurité se déplacèrent en masse dans les petites pièces adjacentes, y compris la chambre des larmes – où le nouveau pape passerait un bref moment seul pour réfléchir à sa destinée –, la chambre des vêtements de cérémonie, puis dans le sous-sol, où ils finirent leur inspection.

Dans la cour derrière la chapelle, Hackel regarda les gens de Gruppo BRM ranger leur matériel et faire monter le chien dans une camionnette. Glauser l'approcha et dit :

« À partir de maintenant, je double la garde et je maintiens le plus haut niveau de sécurité. »

Hackel pointa un doigt sur lui et gronda :

« Vous avez intérêt à vous en assurer. »

Elisabetta était seule dans l'appartement. Elle y était retournée après la messe à Sainte-Marie-du-Trastevere et la journée s'étirait étrangement vide devant elle. Elle n'était pas du tout habituée à ce que son temps ne soit pas structuré ; mais elle n'allait quand même pas allumer la télévision !

Elle commença par passer une heure sur l'ordinateur

de son père à faire des recherches sur Lubumbashi et la République du Congo. Comme ce pays était pauvre, se dit-elle. Ils manquaient de tout. Mais, malgré leur pauvreté, les enfants qui apparaissaient sur le site de l'ordre paraissaient si gais, si ingénus. Elle en fut un peu ragaillardie.

Elle soupira et se leva. La lumière qui entrait par les fenêtres rendait visible la poussière sur les meubles. Contrairement à la femme de ménage, elle avait le droit de déplacer les livres et les papiers impunément, et de dépoussiérer et lustrer à des endroits dont on ne s'était pas occupé depuis des années.

Elisabetta alla dans sa chambre, enleva ses chaussures puis son habit. Les tiroirs de sa vieille commode étaient gonflés par l'humidité et il fallut forcer pour les ouvrir. Elle n'avait pas regardé ses vêtements depuis des années et, à la vue de ses anciens pantalons et pulls, elle se sentit assaillie par un flot de souvenirs. Elle attrapa un jean délavé qu'elle avait acheté lors d'un voyage scolaire à New York et ses doigts frôlèrent quelque chose en dessous.

C'était une boîte recouverte de velours.

Elle s'assit sur son lit, la poitrine frémissante, essayant de retenir ses larmes. La boîte était posée sur ses genoux nus. Elle l'ouvrit. Un rayon de soleil se posa sur le pendentif de Marco et se transforma en mille éclats sur les facettes. Il était aussi beau et étincelant que le jour où elle l'avait mis pour la première fois.

Il faisait chaud, ce soir-là. La fenêtre d'Elisabetta était grande ouverte, mais pas un souffle d'air ne pénétrait dans la pièce.

Marco posa son index sur le pendentif en forme de

cœur et l'appuya doucement contre le haut de sa poitrine. Sa peau était luisante et elle avait le souffle court. Ils étaient baignés dans la lumière des bougies.

« Tu l'aimes toujours ? demanda-t-il.

— Bien sûr que je l'aime. Tu n'as pas remarqué que je ne l'enlève jamais ?

— Si. Tu le gardes même quand on fait l'amour.

— Avec les autres mecs, je l'enlève », dit-elle en lui enfonçant un doigt dans les côtes.

Il fit la moue.

« Ah, très sympa. »

Elisabetta l'embrassa sur la joue, puis passa une langue joueuse sur sa barbe de quelques jours. Elle avait un goût salé.

« Ne t'en fais pas. Il n'y a personne d'autre. »

Il s'assit à côté d'elle dans le lit et remonta ses genoux contre sa poitrine ; tout à coup, il dit :

« Nous allons nous marier, n'est-ce pas ? »

Elle s'assit aussi et le regarda, d'un air interrogateur.

« Tu n'es pas en train de me demander ma main, si ? »

Marco haussa les épaules.

« C'est juste une question. Je crois que je connais la réponse, mais je veux juste m'assurer que tu la connais aussi. »

Ce soir-là, c'était un homme-enfant. Si grand et puissant, mais en même temps si vulnérable et manquant d'assurance.

« Qui d'autre pourrais-je bien épouser ? »

Elisabetta plaça sa paume contre le dos nu de Marco et la fit doucement descendre le long de sa colonne jusqu'au creux de ses reins. C'était un endroit lisse et ferme et, pour une raison qu'elle ne comprenait pas, c'était l'endroit de son corps qu'elle préférait.

Elisabetta rangea la boîte en velours dans le tiroir, aussi soigneusement que s'il s'était agi de la relique d'un saint. Elle enfila le vieux Levi's, qui lui allait toujours, puis un pull qui sentait un peu le renfermé.

En nettoyant l'appartement, elle essaya de ne pas penser à Marco. Elle avait toujours bien réussi à écarter les souvenirs le concernant, mais aujourd'hui, sa seule chance de parvenir à oublier, c'était l'Afrique.

L'annonce de sœur Marilena l'avait profondément troublée. Elle avait passé la nuit dans la dénégation, à lutter contre son indignation, sa colère même. Qui jouait avec sa vie, qui tirait les ficelles comme si elle était une marionnette ? Pourquoi l'arrachait-on à son couvent et à ses élèves, en fait, à ce qui protégeait sa vie ?

Mais, en priant à la messe ce matin-là, son attitude avait commencé à changer et son humeur, à s'améliorer. Elle était bien arrogante, bien orgueilleuse, de mettre en cause son destin. Non seulement il était entre les mains de Dieu, mais il lui apparut que le Congo était Son cadeau. C'était une chance, comprit Elisabetta, de se défaire du lourd fardeau qu'elle portait depuis si longtemps. Elle pourrait laisser derrière elle les squelettes et les hommes avec des queues et leurs petits tatouages noirs, et revenir à sa véritable vocation, être au service de Dieu et participer à l'éducation de Ses enfants. L'école de Lubumbashi était lointaine, c'était un lieu de pureté et de bonté, et elle s'y régénérerait. Bien sûr, sa famille et la communauté des sœurs lui manqueraient, mais ce n'était rien en comparaison du sacrifice auquel le Christ avait consenti. L'amour du Christ la soutiendrait dans ce pays étranger et elle revit les visages heureux des petits enfants sur les pages du site Web de Lubumbashi.

Le salon, la cuisine, la salle à manger, le couloir et les toilettes des invités étincelaient et sentaient les produits ménagers. Elle ferait les chambres ensuite, en commençant par la sienne et en finissant par celle de son père. Elisabetta poussa l'aspirateur dans sa chambre, le brancha et commença à le passer sur la moquette lorsque le livre de *Faust* et l'enveloppe de Bruno Ottinger attirèrent son regard. Elle éteignit l'appareil et s'assit à son bureau, relisant l'inscription signée de ce mystérieux K.

Sa propre faiblesse la fit soupirer. Elle n'arrivait pas à laisser filer.

Je ne pars pas avant six jours, se dit-elle. Quelle importance si, avant de prendre l'avion, j'utilisais une partie de mon temps à faire plus que du ménage ?

Nantie d'une tasse de café et d'un numéro de téléphone récupéré sur la page Web de l'université d'Ulm, Elisabetta s'assit dans la cuisine, le téléphone coincé sous son menton. Elle finit par forcer le barrage d'une secrétaire autoritaire et fut bientôt en ligne avec le doyen de la faculté des sciences de l'ingénieur, Daniel Friedrich.

Le doyen Friedrich écouta en silence la demande d'information que lui adressait Elisabetta sur Bruno Ottinger, mais dès qu'elle ouvrit la bouche, elle sut qu'il ne pourrait pas l'aider. Il était arrivé assez récemment à l'université et, bien qu'il eût vaguement appris qu'Ottinger avait fait partie du département des années auparavant, il ne le connaissait pas personnellement. Il donnait aussi l'impression d'avoir des choses bien plus importantes à faire.

« Y aurait-il d'autres membres de la faculté qui

seraient susceptibles de se souvenir de lui ? demanda-t-elle.

— Peut-être Hermann Straub, dit le doyen d'un ton irrité. Il a toujours été là.

— Est-ce que je peux lui parler ?

— Vous savez quoi ? dit Friedrich brusquement. Rappelez et laissez votre numéro à ma secrétaire. Elle verra si Straub veut bien vous contacter. Je ne peux rien faire de mieux. »

Elisabetta avait déjà pris le numéro du bureau de Straub sur le site Web et elle le composa dès que le doyen eut raccroché. Un homme paraissant plus âgé répondit cérémonieusement en allemand, mais passa à un anglais fonctionnel lorsqu'elle lui demanda s'il parlait anglais ou italien.

Straub se montra instantanément charmant et, d'après ce qu'elle déduisait de son ton un peu sirupeux, probablement un séducteur vieillissant. Elle ne prit pas le risque de le décevoir en l'informant qu'elle était religieuse.

« Oui, répondit-il, surpris. Je connaissais Ottinger assez bien. Nous avons été collègues pendant de nombreuses années. Il est décédé il y a déjà quelque temps, vous savez.

— Oui, je sais. Peut-être pouvez-vous m'aider. Je me trouve en possession d'un objet de valeur qui lui a appartenu, un vieux livre, que m'a remis une connaissance commune. Je voulais essayer de découvrir quelque chose le concernant.

— Eh bien, il faut que je vous dise qu'Ottinger n'était pas l'homme le plus facile du monde. Je m'entendais relativement bien avec lui, mais j'appartenais à une minorité. Il était assez dur, assez revêche. La plupart des étudiants ne l'aimaient pas et ses relations avec les autres membres de la faculté étaient plutôt tendues. Certains de mes collègues ont refusé de lui parler pendant des années. Mais c'était un homme brillant et un ingénieur en mécanique remarquable. J'appréciais ses travaux. Et *lui* appréciait les *miens*. Cela nous a permis d'entretenir des relations de travail harmonieuses.

— Que saviez-vous de sa vie à l'extérieur de l'université ?

— Pas grand-chose, vraiment. C'était un homme très discret et je respectais cela. À ma connaissance il vivait seul et n'avait pas de famille. Il se comportait comme un vieux garçon. Ses cols étaient élimés, ses pulls troués, vous voyez ce que je veux dire…

— Vous ne saviez rien de ses intérêts en dehors de l'université ?

— Je sais seulement que ses opinions politiques étaient un peu extrêmes. Nous n'avions pas de grandes conversations sur ce sujet, rien de ce genre, mais il faisait souvent des petits commentaires qui montraient vers quel bord il penchait.

— Et lequel était-ce ?

— La droite. L'extrême droite, je dirais. Notre université est assez progressiste et il était tout le temps en train de marmonner : les socialistes par-ci, les communistes par-là. Je crois qu'il avait aussi des *a priori* contre les immigrés. Les étudiants que nous avions venant de Turquie et d'ailleurs, eh bien, ils connaissaient la réputation d'Ottinger et ils se tenaient à distance de ses cours.

— Appartenait-il à un parti politique ? demanda Elisabetta.

— Je ne sais pas.

— A-t-il jamais mentionné un intérêt pour la littérature ?

— Je ne me souviens pas.

— A-t-il jamais parlé de Christopher Marlowe ou de la pièce *Faust* ?

— À moi ? Je suis sûr que non.

— A-t-il jamais parlé de quelqu'un qu'il appelait "K" ?

— À nouveau, je ne m'en souviens pas. Ce sont des questions très étranges, jeune dame. »

Elisabetta rit.

« Oui, je veux bien le croire. Mais je garde la plus étrange pour la fin. Avez-vous connaissance d'une bizarrerie physique qu'il aurait pu avoir ?

— Je ne vois pas du tout ce que vous voulez dire. »

Elle prit une inspiration. Pourquoi le cacher ?

« Bruno Ottinger avait une queue, un appendice caudal. Le saviez-vous ? »

Il y eut un long silence.

« Une queue, dites-vous ! Comme c'est extraordinaire ! De toutes les personnes que j'aurais connues dans ma vie, Ottinger, ce vieux bougre, devait bien être le seul homme à avoir une queue ! »

Une fois qu'Elisabetta eut tiré les lourds rideaux pour laisser entrer la lumière, elle découvrit que la chambre de son père n'offrait pas le désastre auquel elle s'attendait. Certes, son lit n'était pas fait et il y avait des livres et des vêtements partout, mais il n'y avait pas beaucoup de poussière et la salle de bains attenante était dans un état acceptable. Visiblement la femme de ménage avait un accès régulier à son sanctuaire.

Elle défit le lit, rassembla les serviettes, les vêtements sales et prépara la prochaine lessive.

Elle ne toucha pas à l'autre lit. Le couvre-lit était parfaitement tiré, les oreillers décoratifs rangés par taille décroissante. On aurait dit qu'il était protégé par une espèce de champ de forces – c'était la seule surface qui n'était pas encombrée par les affaires de son père.

Le lit de sa mère.

En revenant dans la chambre, les poings sur les hanches, Elisabetta parcourut le désordre des yeux. Elle se dit que ce ne serait pas une mince affaire, de ranger ses livres et ses papiers, mais elle était déterminée à se lancer dans cette tâche. Par ailleurs, elle pouvait le faire avec plus de soin que n'importe qui d'autre : les monographies sur Goldbach ici, les cahiers et notes sur Goldbach, là. Les notes de conférences, encore ailleurs. Les polars, à cet endroit-là.

Une étagère était parfaitement ordonnée, celle qui se trouvait à côté du lit de sa mère. Les livres de Flavia Celestino, dont la plupart traitaient d'histoire médiévale, restaient dans le même ordre que le jour où elle était décédée. Elisabetta en prit un, *Élisabeth et Pie V – L'Excommunication d'une reine*, et s'assit sur le lit. La jaquette du livre était propre et brillante, c'était un exemplaire en parfait état d'un livre qui avait vingt-six ans. Elle ouvrit l'ouvrage et contempla la photo de l'auteur sur le rabat de la jaquette.

C'était comme si elle se regardait dans un miroir.

Elle avait oublié à quel point elle ressemblait à sa mère ; la photo avait été prise lorsque Flavia avait à peu près son âge. Le même front haut, les mêmes pommettes, la même bouche. Bien qu'elle ait été une petite fille lorsque le livre était paru, elle se rappelait la réception que ses parents avaient donnée et à quel point sa mère était fière et radieuse à sa publication. Sa carrière universitaire au département d'histoire de la Sapienza était lancée. Qui aurait imaginé qu'elle mourrait moins d'un an plus tard ?

Elisabetta n'avait jamais lu le livre. Elle avait évité de le faire, de la même manière qu'on évite de s'attarder sur les souvenirs d'une pénible histoire d'amour. Mais, à ce moment-là, elle décida d'emporter un exemplaire en Afrique. Elle commencerait à lire dans l'avion. Ce serait comme une conversation longuement reportée. Distraitement, elle feuilleta le volume et parcourut un paragraphe ici et là. Le style était empreint de légèreté. Flavia, visiblement, était un bon écrivain et Elisabetta en fut heureuse.

Une enveloppe tomba du livre sur ses genoux – elle se dit qu'il s'agissait d'un marque-page. Elle la retourna et découvrit avec surprise le sceau du Vatican. Il y avait un carton à l'intérieur. Avec une curiosité fébrile, elle la sortit et se figea instantanément.

C'était donc ça !

Elle l'avait *déjà* vu. Elle se souvint.

La porte de la chambre lui paraissait immense et effrayante.

« Entre, dit son père. Tout va bien. Elle veut te voir. »

Les pieds d'Elisabetta paraissaient collés au sol.

« Vas-y ! »

La poignée était au niveau des yeux d'un enfant. Elle la tourna et fut assaillie par les odeurs étranges d'une chambre de malade. Elle avança doucement vers le lit de sa mère.

Une voix ténue l'interpella :

« Elisabetta, viens. »

Sa mère était calée contre de gros oreillers, emmitouflée dans son épaisse robe de chambre. Son visage était creusé, sa peau, terne. De temps en temps elle semblait réprimer une grimace de douleur, de peur que les contractions de son visage n'effraient sa fille.

« Tu es malade, momma ?

— Oui, ma chérie, momma est malade.

— Pourquoi ?

— Je ne sais pas. Les médecins ne savent pas non plus. J'essaie très fort d'aller mieux.

— Est-ce que je dois prier pour toi ?

— Oui, pourquoi pas ? La prière, c'est toujours bon. Quand on a des doutes, il faut prier. Est-ce que tu manges bien ? »

Elisabetta hocha la tête.

« Ton frère et ta sœur aussi ?

— Oui.

— Et papa ?

— Il chipote.

— Oh… Ce n'est pas possible. Elisabetta, tu es encore petite mais tu es l'aînée. Je veux que tu me promettes quelque chose. Je veux que tu prennes toujours soin de Micaela et de petit Zazo. Et si tu peux, essaie de prendre soin de papa aussi. Il se laisse absorber par son travail et, parfois, il faut lui rappeler certaines choses.

— Oui, maman.

— Et n'oublie pas de prendre soin de toi aussi. Tu vas devoir faire ta vie, toi aussi. Je veux que tu essaies toujours d'être la petite fille heureuse que j'aime tant. »

Sa mère fut secouée d'un spasme, trop fort pour pouvoir être caché. Elle serra son ventre d'un geste involontaire et, à ce moment-là, un petit tas de papiers glissa du couvre-lit. Un carton tomba par terre. Elisabetta le ramassa et le regarda.

« Qu'est-ce que c'est ? » demanda Elisabetta.

Sa mère le lui reprit et le rangea au milieu des papiers.

« Ce n'est rien. Juste un petit dessin. Approche. Je veux te faire un bisou. »

Elisabetta sentit le contact de ses lèvres sèches contre son front.

« Tu es une bonne petite fille, Elisabetta. Tu as le plus grand cœur que je connaisse. Mais rappelle-toi : les gens ne sont pas tous bons. Tu ne dois jamais baisser ta garde face au mal. »

Elisabetta tint la carte dans sa main et sanglota. En cet instant, la mort de sa mère lui parut aussi brutale et proche que le jour où elle avait eu lieu. Elle voulait tant retourner en arrière et lui parler une dernière fois, lui demander une explication, lui demander son aide.

Un coup sec fut frappé à la porte d'entrée, le bruit produit par un doigt replié qui tapait avec insistance sur le bois épais. Elle rangea le carton dans le livre, s'essuya le visage avec ses paumes et se demanda comment quelqu'un avait réussi à entrer dans l'immeuble sans passer par l'interphone. Était-ce un voisin ?

Elle colla son œil humide contre le judas et recula dans un sursaut.

Le visage pâle, allongé du père Pascal Tremblay remplit l'œilleton. Elle en fut si troublée que son premier réflexe fut de s'enfuir et d'aller se cacher sous le lit de sa mère.

19

Rome, 64

On était mi-juillet et de nombreuses familles nobles de Rome avaient quitté la chaleur étouffante de la ville pour le climat plus frais de leurs villas sur la côte ouest ou leurs propriétés dans les collines boisées. Il restait un million d'habitants, moins chanceux, en ville. L'air miroitant qui planait au-dessus de la métropole empestait la fumée provenant de milliers de cuisines et une fine couche de cendres noires s'était déposée sur les toits et les pavés comme une sinistre neige d'été.

Tout était desséché : la gorge des habitants, le sol sableux, les poutres et les chevrons fissurés des vieux immeubles. L'eau, toujours importante à Rome, ne fut jamais aussi vitale que pendant la période de sécheresse de cet été brûlant, qui ne connut pas la moindre pluie.

Un millier d'affranchis et d'esclaves travaillaient continûment dans les circuits d'eau et maintenaient les aqueducs, les réservoirs et les kilomètres de conduites en bon état. Une centaine d'édifices publics, cinq cents bassins et des douzaines de fontaines ornementales étaient alimentés jour et nuit en eau, mais depuis des semaines, le seul bruit émis par le système était un grondement.

L'eau ne coulait pas comme elle l'aurait dû : elle gouttait. Les bassins étaient à un niveau dangereusement bas, les bains augmentaient leurs prix, les brasseurs facturaient plus cher leur bière. Les vigiles, les oiseaux de nuit de la ville, connaissaient le danger. Organisés en sept cohortes d'un millier d'hommes environ, ils dormaient le jour tandis que, la nuit, ils patrouillaient dans les ruelles sombres et dangereusement étroites de la vaste capitale, à l'affût de départs de feu dans les maisons. Leurs seules armes efficaces étaient des seaux en bronze et en cuir qu'ils se passaient de main en main, formant des chaînes humaines qui partaient du bassin le plus proche, ou du Tibre, s'il était assez près. Mais en cette saison, les niveaux d'eau étaient trop bas pour que l'on puisse en espérer grand-chose. Et les vigiles savaient pourquoi. Il ne s'agissait pas que de la sécheresse.

Les ponctions étaient implacables et le commissaire à l'eau, un proche parent du préfet Tigellinus, était en train de s'enrichir.

Avant de décamper pour Antium quinze jours plus tôt, Néron avait dit à Tigellinus :

« Demande à ton beau-frère de saigner la ville à blanc. »

Et pratiquement du jour au lendemain, des dirigeants corrompus avaient ordonné à leurs équipes d'installer des tuyaux illégaux pour ponctionner l'eau. Des torrents d'eau non taxée allèrent aux corsaires lémures et les vigiles ne pouvaient faire grand-chose de plus que de se ronger les ongles jusqu'au sang en regardant Rome se transformer en poudrière géante. Vingt-huit ans s'étaient écoulés depuis le dernier grand incendie.

Juillet était un mois de festivités et la saison des courses de chars battait son plein. Rien ne distrayait les masses des malheurs provoqués par la chaleur et l'humidité aussi bien qu'une journée sportive au Circus Maximus. Jusqu'à deux cent mille Romains s'entassaient dans les gradins pour encourager une de leurs équipes, les Bleus, les Rouges, les Verts ou les Blancs, chacune contrôlée par une corporation. Des quadriges, des chars tirés par quatre chevaux, faisaient la course sur la longue piste étroite en forme de U et, si le conducteur et les animaux survivaient au virage en épingle à cheveux, le prix était important. En dessous des gradins se trouvaient plusieurs étages animés offrant des bars à vins, des échoppes qui servaient de la nourriture chaude, des boulangeries et de nombreux bordels.

Le jour était favorable à d'autres égards aussi. Balbilus avait dit à Néron que ce serait le cas, après avoir longuement réfléchi devant ses tableaux astrologiques. Sirius, l'étoile principale du Grand Chien, monta dans les cieux ce soir-là, marquant les jours les plus chauds de l'été. Mais, en plus, son chemin passait par la Maison de la mort. Ce point avait été décisif. L'heure du destin avait sonné.

Cette nuit-là, la Lune était pleine, mais parce que le ciel était voilé de quelques nuages, elle donnait peu de lumière aux milliers de gens qui faisaient la queue devant les portes du Circus Maximus pour être certains d'entrer parmi les premiers.

Dans les entrailles du cirque, sous les loges, Vibius, la créature nocturne de Balbilus, et un autre homme débouchèrent d'un passage sombre et entrèrent dans une boutique égayée par de vives lumières. Un boulanger portant un tablier de cuir était en train d'enfourner des miches de pain dans un four brûlant.

« On n'est pas ouvert ! » aboya-t-il.

Vibius s'avança calmement vers lui, lui enfonça une épée dans le ventre et la fit remonter jusqu'au cœur. Le boulanger tomba avec fracas et, lorsque sa femme arriva précipitamment de la pièce où la pâte reposait, l'autre homme la tua de la même manière, d'un seul coup violent.

Un homme cria. Du coin de l'œil, Vibius vit le fils du boulanger faire irruption de la pièce de séchage, le cœur rempli de rage et une barre de fer à la main. Dans le bruit sourd d'os qu'on écrase, le collègue de Vibius s'effondra. Vibius pivota et se jeta sur le solide gaillard ; il lui trancha la gorge d'un geste franc et net, et le regarda tomber sur les genoux de sa mère.

En jurant, Vibius contourna les corps et saisit la palette du boulanger pour aller chercher des braises au fond du four recouvert de briques. D'un mouvement du poignet, il laissa tomber un tas rougeoyant dans un coin. Instantanément, les lames du plancher se mirent à fumer, à siffler et, en quelques instants, une colonne de fumée monta le long des murs vers les chevrons.

Vibius retourna dans le passage plongé dans l'obscurité et descendit rapidement l'escalier ; il n'avait pas fait son travail parfaitement. Bientôt, il se mêla à la foule, attendant que le spectacle commence vraiment.

Un étage au-dessus de celui du boulanger se trouvait un magasin de lampes à huile, où s'entassaient de lourdes amphores. Les vases d'argile éclatèrent, avec la chaleur, et alimentèrent le feu d'une manière si spectaculaire que le coin nord-est du Circus Maximus explosa dans une boule de feu. En poussant un grand cri, la foule montra le brasier et ce fut la débandade. Les flammes montèrent vers le ciel et presque immédiatement les cloches du poste de vigiles voisin du quartier qu'on appelait Regio IX se mirent à retentir.

Une cohorte de vigiles se mobilisa, mais leurs brigades armées de seaux épuisèrent rapidement les maigres réserves d'eau localement disponibles. Tout ce qu'ils purent faire, ce fut crier des ordres d'évacuation dans la nuit. Le Circus Maximus était entouré d'habitations branlantes dont certaines possédaient des étages supérieurs bâtis en toute illégalité, si mal construits qu'ils se touchaient presque au-dessus des étroites ruelles pavées. Le brasier engloutit rapidement les maisons, ne laissant derrière lui que des ruines et des corps calcinés. Attisé par un fort vent, le feu s'étendit vers le sud à Regio XII, puis à Regio XIII, avant de franchir le mur servien qui autrefois marquait la limite sud de la ville avant qu'elle ne repousse ses frontières.

Les rues s'emplirent de gens effrayés, impuissants, tandis que le feu s'étendait et sautait d'un toit à l'autre. Il avalait les rues les unes après les autres. Des groupes d'hommes, de femmes et d'enfants se trouvèrent piégés par les murs effondrés ou les rideaux de flammes. Et bien qu'on entendît raconter par la suite que des hommes en aidaient d'autres à s'enfuir et éteignaient des poches de feu, des rumeurs circulèrent selon lesquelles des silhouettes mystérieuses parcouraient la ville et jetaient des tisons sur des constructions épargnées jusque-là par le feu.

Lorsque le jour se leva, un voile de fumée lourde recouvrait de nombreux quartiers sud de Rome et le feu progressait sur l'Aventin vers des temples et des demeures cossues. Puis les vents tournèrent d'une façon inquiétante et se mirent à pousser le feu vers le nord, vers les pentes sud du Palatin et du mont Cælius. La ville était condamnée.

Depuis le plus haut balcon de sa villa sur la via Appia, Balbilus regardait, au nord, la fumée s'élever en tournoyant. Vibius le rejoignit, couvert de suie, après son expédition récente, et on lui offrit un gobelet de vin pour étancher sa soif.

« Il est trop près pour ne pas être dangereux, gronda Balbilus.

— Le vent tourne, vers le sud, dit Vibius.

— Je peux prédire les mouvements célestes, mais pas ceux des vents, dit l'astrologue basané. Je préférerais ne pas perdre ma maison.

— Je crois que la mienne est déjà partie, dit Vibius sans la moindre trace d'émotion.

— Ta famille peut venir ici. Toutes les familles lémures qui sont en danger peuvent se réfugier ici. Fais passer le message. »

Un contingent de la cavalerie prétorienne arriva à Antium au moment où le soleil se couchait. La ville avait un nouveau port que Néron avait fait construire, mais les prétoriens se fiaient plus à leurs chevaux qu'aux bateaux. Néron avait transformé Antium en une enclave protégée habitée par des vétérans de la garde et des centurions à la retraite. Il avait rebâti le palais côtier d'Auguste à sa manière et y avait ajouté un complexe à colonnades surélevé qui s'étendait sur deux mille mètres le long de la mer. Pour son plaisir, il avait également construit d'innombrables jardins, temples, bassins et, surtout, un théâtre dans lequel il pouvait s'adonner à son art.

Lorsque la cavalerie arriva pour l'informer du feu qui

ravageait Rome, Tigellinus resta impassible, mais refusa au messager, qui portait une communication personnelle de la part du préfet de Rome, l'accès à l'empereur. Néron était dans les coulisses, en train de se préparer pour un concours qui avait lieu le soir même. Vêtu d'une tunique de style grec, sans ceinture, il se trouvait au milieu de ses concurrents, tous des gens du coin qui savaient avec certitude que Néron serait le favori des juges. Lorsque arriva son tour, il entra sur la scène du théâtre semi-circulaire et lança un regard au public composé de lèche-bottes – des soldats à la retraite, des sénateurs de sa cour, des magistrats d'Antium et une cohorte de ses troupes spéciales, les gardes germains. Même si Antium se trouvait à bonne distance de Rome, une vague odeur de cendre planait dans l'air et les nouvelles de l'incendie commençaient à se répandre. Le public chuchotait et s'agitait, et s'il n'y avait pas eu la représentation royale, ils auraient interrogé les messagers pour en savoir plus.

Néron brandit sa lyre et se mit à chanter une chanson douce, *Le Pillage d'Ilion*, racontant la destruction de Troie par les Grecs pendant la guerre du même nom. Il remporterait la compétition, bien entendu, mais personne ne paraissait heureux d'entendre parler d'une grande ville rasée par un incendie…

Dans les bas-fonds de l'Esquilin, des braises se posaient sur les toits et les balcons ; des citoyens et des esclaves vigilants les éteignaient en les piétinant avant que le feu ne prenne. Pierre se trouvait là, lors d'une de ses missions pastorales en tant qu'évêque de Rome. C'était un voyageur las mais tenace. Il supportait des voyages en caravane muletière qui duraient des mois et le menaient à Jérusalem et à Rome, depuis chez lui, à Antioche, en Grèce, où il était également évêque. Sa mission à Rome avait été difficile. Ses disciples convertissaient autant d'esclaves et d'affranchis que possible, mais les citoyens étaient hostiles au culte chrétien, comme ils l'appelaient. Cependant, Pierre avait ses ouailles, qui, tel un petit troupeau d'agneaux, avaient besoin de temps en temps des conseils d'une équipe de bergers…

Cornelius le tanneur était devenu prêtre de la nouvelle Église et sa maison était un de leurs lieux de réunion et de prière. Pierre se trouvait près d'une fenêtre dans une pièce où les fidèles étaient rassemblés. Une braise rougeoyante passa lentement et Pierre la regarda un instant avant de revenir au papyrus qu'il tenait dans sa main. Il avait récemment écrit une épître à ses fidèles adeptes et il voulait qu'ils l'entendent énoncée par sa propre bouche :

« C'est pourquoi, frères, appliquez-vous d'autant plus à affermir votre vocation et votre élection ; car, en faisant cela, vous ne faillirez jamais. C'est ainsi, en effet, que l'entrée dans le royaume éternel de Notre-Seigneur et Sauveur Jésus-Christ vous sera pleinement accordée. Voilà pourquoi je prendrai soin de vous rappeler ces choses, bien que vous les sachiez et que vous soyez affermis dans la vérité présente. Et je regarde comme un devoir, aussi longtemps que je suis vivant, de vous tenir en éveil par des avertissements, car je sais que je la quitterai subitement, ainsi que Notre-Seigneur Jésus-Christ me l'a fait connaître. Mais j'aurai soin qu'après mon départ vous puissiez toujours vous souvenir de ces choses. Ce n'est pas, en effet, en suivant des fables habilement conçues, que nous vous avons fait connaître la puissance et l'avènement de Notre-Seigneur Jésus-Christ, mais c'est comme ayant vu Sa majesté de nos propres yeux. Car Il a reçu de Dieu le Père honneur et gloire, quand la gloire magnifique Lui fit entendre une voix qui disait : “Celui-ci est mon Fils bien-aimé, en qui j'ai mis toute mon affection.” Et nous avons entendu cette voix venant du ciel, lorsque nous étions avec Lui sur la sainte montagne. Et nous tenons pour d'autant plus certaine la parole prophétique, à laquelle vous faites bien de prêter attention, comme à une lampe qui brille dans un lieu obscur, jusqu'à ce que le jour vienne à paraître et que l'étoile du matin se lève dans vos cœurs. »

Lorsque Pierre eut terminé, Cornelius le prit à part et l'emmena dans le coin de la pièce à côté du poêle.

« De bien belles paroles, dit-il.

— C'est mon cœur qui s'est exprimé, répondit Pierre.

— Tu as parlé de quitter ta vie terrestre. »

Pierre paraissait résolu. Une autre braise passa à côté de la fenêtre.

« Cela arrivera bientôt. Rome va être consumée par les feux de l'enfer et je crains que Néron ne cherche un bouc émissaire.

— Ils diront que c'est nous, mais d'après certains, ce sont les lémures.

— Sans doute des superstitions », dit Pierre.

Cornelius baissa la voix.

« Je connais un homme qui jure qu'il a vu un corps calciné dans les décombres du Circus Maximus et qu'il avait une queue. »

Pierre haussa un sourcil.

« Si c'est vrai, le mal est peut-être bien parmi nous.

— Tu devrais quitter Rome, insista Cornelius. Organisons ton retour vers Antioche.

— Non, dit Pierre. Je reste. C'est ainsi que cela doit être. Christ a souffert pour moi et, maintenant, c'est mon tour de souffrir pour Lui. Tu sais, Cornelius, ce qu'ils ne comprennent pas, c'est qu'en nous tuant ils nous rendent seulement plus puissants. Viens, mon ami, essayons d'aider nos frères. Et si le mal est là, affrontons-le. »

Tigellinus retint le messager jusqu'au matin. Il savait que Néron était dans une phase inspirée et qu'il n'aurait pas apprécié d'être dérangé par des questions concernant l'Empire. Par ailleurs, Néron avait eu connaissance de l'incendie avant qu'il ait lieu, n'est-ce pas ? Malgré tout, le message du préfet de Rome devait être transmis et une fois que l'empereur eut été doucement réveillé par son secrétaire personnel, Épaphrodite, un lémure grec attentionné, il fut informé qu'un contingent de prétoriens était arrivé de Rome porteur d'une importante nouvelle.

Après avoir été baigné et parfumé pendant une heure, Néron accueillit les soldats dans sa grande pièce de réception, accompagné de Tigellinus, Épaphrodite et son dévoué assassin, Anicetus. La lettre qu'on lui tendit était succincte. Le Circus Maximus était détruit. Les quartiers sud de la ville étaient en flammes. L'incendie était incontrôlable.

« Et qu'y puis-je ? » demanda Néron.

C'était une question de pure rhétorique.

« Dois-je porter des seaux ? Voici certainement une affaire qui relève du préfet Sabinus. C'est son travail ! Le mien est de chanter ce soir au concours. On dit qu'il y a un Thrace avec une voix magnifique, qui sera mon rival. Je ne peux pas décevoir mon public.

— Dois-je apporter une réponse écrite au préfet Sabinus ? s'enquit le commandant des prétoriens.

— Tigellinus peut rédiger quelque chose s'il le souhaite, dit Néron. Au fait, l'Esquilin est-il en danger ? »

Le soldat répondit qu'il ne pensait pas et Néron renvoya la cohorte d'un mouvement impérial de la main, puis il ordonna qu'on lui apporte du vin coupé d'eau.

« On dirait que tu as fait du bon travail, Tigellinus.

— Il aura fallu plus d'un jour pour bâtir Rome, mais peu suffiront à la détruire, dit Tigellinus avec un sourire.

— Rappelle-toi, dit Néron avec irritation, je suis aussi intéressé par la destruction que toi, mais je viens juste de terminer la Domus Transitoria et j'aimerais y vivre jusqu'à ce que la Domus Aurea soit bâtie sur les terres défrichées. »

La Domus Transitoria était un palais à colonnades, tout en longueur, qui partait du Palatin et allait jusqu'aux jardins de Mécène, occupant une grande partie de l'Esquilin à Regio III. Mais la construction de la Domus Aurea était son but ultime, un palais si grandiose et audacieux qu'il éclipserait toutes les autres constructions de Rome. Il avait personnellement approuvé les plans et les dessins. Elle se situerait sur une parcelle d'une centaine d'hectares de terres brûlées au pied du Palatin. Le hall serait assez haut pour qu'on puisse y placer une statue de quarante mètres le représentant, en véritable colosse de Rome. Ce vestibule de trois étages de haut, que Néron avait surnommé le Millaria, ferait une longueur de deux kilomètres le long du Forum, sur les terres des quartiers de Carina et Subura. On y trouverait une immense piscine, véritable mer au milieu de Rome, qu'il utiliserait pour d'extravagants spectacles historiques.

« Je suis presque certain que la terre dont vous avez besoin pour la Domus Aurea est déjà brûlée, dit Tigellinus. Si les vents sont favorables, la Domus Transitoria sera un lieu sûr. Je me fais également du souci pour mes boutiques à la basilique Aemilia. »

Néron n'était pas trop d'humeur à se montrer compatissant. Il avait fait de Tigellinus le second homme le plus puissant de Rome et lui avait permis de devenir extrêmement riche.

« Si tu perds ta précieuse basilique, tu en reconstruiras une plus grande avec de plus petites boutiques dont les loyers seront plus élevés. Tu sais comment ça marche. Nous utiliserons les carrières de marbre, le ciment et le bois des lémures pour nos nouvelles constructions. Nous donnerons la primauté à nos alliés. Nous prélèverons nos taxes personnelles sur la moindre transaction. Nous ferons fortune sur le dos de toute cette souffrance et de tous ces morts. N'est-ce pas merveilleux ? Au fait, faisons-nous bien courir le bruit que ce sont les chrétiens qui sont derrière tout cela ?

— C'est bien la rumeur que nous diffusons. »

Néron se leva et s'étira.

« C'est une belle journée, Tigellinus. Laisse-moi, maintenant. Je vais reposer ma gorge pour le concours de ce soir. »

L'incendie poursuivit son avancée. Les flammes montèrent sur le Palatin, le Cælius et l'Aventin et des vents violents le poussèrent vers le nord, en direction de l'Esquilin et du cœur de Rome.

Plus tard dans la journée, un messager prétorien arriva avec des nouvelles qui attirèrent grandement l'attention de l'empereur. La Domus Transitoria était menacée. Néron donna des ordres selon lesquels tout devait être fait pour protéger ses propriétés et décida de son départ par mer vers Rome le lendemain matin.

Néron arriva à bord d'un petit navire d'une flottille qui remonta le Tibre sous un ciel d'un brun sale. Tandis que son embarcation approchait de la ville, il s'extasia devant les grands nuages de fumée et les immenses flammes qui montaient majestueusement à l'assaut du ciel. Les docks de Regio XIII avaient été détruits et la flottille dut trouver un point d'amarrage plus bas, à côté du Champ de Mars.

Accompagné de Tigellinus, Néron fut emmené en litière à la rencontre de Sabinus, le préfet de Rome, qui lui fit un compte rendu sommaire : la ville était à la merci des flammes. L'incendie ne pouvait plus être contrôlé par la main de l'homme. Ils passèrent la porte Esquiline, puis entrèrent dans les décombres fumants des jardins de Mécène, qui, encore quelques jours auparavant, étaient le plus bel endroit de Rome. Néron grimpa au sommet de la colline et monta sur la massive tour de Mécène pour avoir une meilleure vue sur sa ville en feu. De l'autre côté de la vallée, le Palatin et tous les anciens palais impériaux d'Auguste, Germanicus, Tibère et Caligula étaient en train de brûler. Le Forum avait disparu, la maison des Vestales, le temple de Vesta, la Regia, l'ancienne demeure des rois de Rome, tout n'était plus que cendres. Poussant un lourd soupir, Néron contempla les flammes qui venaient lécher les abords de la Domus Transitoria. Les cohortes prétoriennes et les esclaves de l'empereur avaient construit un pare-feu qui n'avait pas réussi à les arrêter.

« Je suis navré que votre palais soit en train de brûler », dit Tigellinus d'un air sombre.

Néron haussa les épaules.

« Il en sortira du bien. D'ici là, restons ici et regardons le feu. Il a une certaine beauté, ne trouves-tu pas ? »

Le cinquième jour de l'incendie, Néron fit le tour de la ville, agissant comme un véritable empereur : dirigeant les pare-feu, organisant l'hébergement temporaire des réfugiés sur le Champ de Mars et faisant appel aux entrepôts de grains pour que la ville soit approvisionnée depuis Ostie. Néanmoins, malgré ses apparitions publiques, on entendait partout circuler des rumeurs selon lesquelles ses hommes de main et lui étaient responsables de ce sinistre et on lui en voulait de plus en plus d'avoir mis tant de temps à revenir à Rome.

Lorsqu'il fut informé des bruits qui couraient, la réponse de Néron fut :

« Il faut combattre le feu avec le feu. »

Bientôt, tous les commandants de prétoriens et de vigiles reçurent l'ordre de répandre, auprès des citoyens de Rome, l'information selon laquelle ils détenaient la preuve que des chrétiens pyromanes étaient responsables du désastre et se vengeaient ainsi des Romains qui avaient crucifié le Christ. Rapidement, des soldats patrouillèrent la ville, firent sortir les chrétiens de toutes les habitations et boutiques qui n'avaient pas brûlé et les exécutèrent sur place.

Le matin suivant, les vents étaient tombés et les feux cessèrent de progresser. Mais une nouvelle parvint à Néron qui le mit dans une rage folle. Alors qu'il avait perdu sa Domus Transitoria et qu'il allait devoir emménager dans une autre résidence temporaire, il apprit que la basilique Aemilia, la prunelle des yeux de Tigellinus, avait survécu aux flammes sans la moindre égratignure sur sa façade de marbre. On lui rapportait même que Tigellinus se vantait de sa bonne fortune.

Le subalterne de Néron s'en était mieux sorti que son empereur ! Sur ce, il envoya un message au domaine de

Balbilus disant qu'une action brutale mais juste s'imposait. Ce soir-là, un feu se déclara dans une jolie boutique de soieries et d'étoffes de lin au rez-de-chaussée du bâtiment de Tigellinus.

Il engloutit rapidement la totalité de l'édifice – et c'est ainsi que démarra la seconde phase du grand incendie. Il monterait sur le Capitole et ravagerait les temples sacrés qui avaient échappé à la destruction. Le temple de Jupiter Stator serait perdu, ainsi que les temples de Luna et d'Hercule, le théâtre de Taurus. En redescendant du Capitole, l'incendie franchirait le mur servien et réduirait en cendres de grands bâtiments publics sur le côté sud du Champ de Mars, où s'amassaient une foule de réfugiés. S'il n'y avait pas eu une surface occupée par des colonnades de pierre et si le vent s'était maintenu, le feu aurait englouti le camp de réfugiés et aurait fait plusieurs milliers de victimes supplémentaires. Lorsqu'il prit fin deux jours plus tard, seuls quatre des quatorze quartiers de Rome avaient échappé à la destruction.

Lorsque la nouvelle de l'incendie de la basilique Aemilia se répandit, le prêtre Cornelius fut convoqué, parce que plusieurs membres de sa congrégation avaient des échoppes dans ce bâtiment et les chrétiens étaient tenus d'aider leur prochain. L'apôtre Pierre était aux côtés de Cornelius lorsque le messager arriva et ils accoururent tous deux sur les lieux avec un groupe de chrétiens.

Vibius n'avait pas beaucoup apprécié l'ordre qu'il avait reçu de mettre le feu à l'édifice en plein jour, mais il déplaisait à Balbilus de désobéir à l'empereur. Lorsque Vibius sortit par une fenêtre à l'arrière juste avant que les flammes viennent lécher la ruelle, un commerçant le vit et le prit en chasse, mais il le perdit dans le labyrinthe des petites rues adjacentes.

Lorsque Cornelius, Pierre et leurs compagnons arrivèrent, le bâtiment était la proie des flammes et il n'y avait pas grand-chose qu'ils puissent faire si ce n'était venir grossir les rangs de la foule et réconforter les commerçants affolés.

Pierre passa son bras autour des épaules d'un marchand de vin en pleurs et chuchota que le Christ prendrait soin de lui et de sa famille. Le marchand se raidit soudain et pointa un index.

« C'est lui qui a allumé le feu, je l'ai vu. »

Vibius était revenu sur ses pas pour contempler son œuvre au sixième rang dans la foule. Lorsqu'il vit le marchand le désigner du doigt, il s'empressa de reculer.

Dans sa jeunesse à Bethesda, Pierre avait été pêcheur. Son frère André et lui s'étaient souvent attiré de graves ennuis pour protéger leur espace de pêche. Jésus avait prêché la non-violence, mais Pierre n'avait jamais accepté de se soumettre à l'injustice.

« Poursuivons-le ! » cria-t-il, et le groupe de chrétiens se mit en branle comme un seul homme.

Les plus jeunes réussissaient à ne pas perdre Vibius, mais les plus âgés se firent distancer et luttaient pour rester dans le groupe. Pierre et Cornelius fermaient la marche, avançant au petit trot vers le sud du mieux qu'ils pouvaient par les ruelles envahies par la fumée.

Lorsque Pierre et Cornelius parvinrent à la porte Appia, Pierre fut obligé de s'arrêter pour se reposer.

« Nous les avons perdus de vue, dit Pierre d'un air contrit. Je suis navré d'être un tel fardeau.

— Je serais heureux si à ton âge je pouvais courir ne serait-ce que deux fois moins vite que toi », dit Cornelius.

Bientôt, l'un des hommes de leur groupe revint vers eux en courant.

« Nous l'avons trouvé, dit l'homme, haletant. Il est à côté, dans une villa. »

La villa de Balbilus était devenue un refuge.

Presque une centaine de lémures dont les maisons étaient menacées ou brûlées étaient rassemblés dans les pièces de réception. La plupart d'entre eux étaient aisés, les femmes et les enfants étaient gâtés et l'absence du confort auquel ils étaient habitués avait créé une concurrence féroce pour les produits de base. Balbilus avait personnellement de bonnes réserves de grain et de vin, mais il lui faudrait demander à Néron d'envoyer des provisions supplémentaires dans peu de temps.

Il était dans sa chambre à coucher au dernier étage, marmonnant des paroles amères en entendant le grabuge qui s'était déclaré en dessous, lorsque son serviteur Antonius frappa doucement à sa porte.

« Qu'y a-t-il ? demanda Balbilus d'un ton irrité. De quoi se plaignent mes visiteurs, cette fois ? Ne sont-ils pas reconnaissants d'avoir un toit sur la tête ?

— La foule s'est rassemblée, dit Antonius, essoufflé. Elle a passé les grilles.

— Quelle foule ? »

Le serviteur désigna la fenêtre.

Balbilus enfila ses sandales et alla sur le balcon. Un groupe de personnes se trouvait dans son jardin, tenant des torches, et lorsqu'ils virent le grand patricien au teint olivâtre les regarder depuis son balcon, ils se mirent à crier.

« Mais que voulez-vous donc ? » s'écria Balbilus.

Quelqu'un répondit :

« Nous voulons l'homme qui a mis le feu à la basilique Aemilia ! Nous savons qu'il est là.

— Je vous assure, il n'y a personne ici qui ait allumé un feu ! » hurla Balbilus.

Un autre homme cria :

« Donnez-nous cet homme ou alors nous brûlerons ce palais.

— Je suis l'astrologue de l'empereur ! Partez d'ici tout de suite ou vous aurez à en répondre devant les prétoriens. »

Balbilus se retourna, prêt à rentrer.

« Disparaissez, racaille ! cria Antonius avant de refermer la fenêtre.

— Qui sont-ils ? lui demanda Balbilus.

— Je ne sais pas, maître.

— Tâchez de le savoir. »

Balbilus descendit l'escalier quatre à quatre et trouva Vibius en train de boire du vin dans la cour envahie de monde.

« Tu as été suivi, gronda Balbilus.

— C'est ce que je crois comprendre, répondit-il sans émotion. Je t'avais dit que nous aurions dû attendre le coucher du soleil.

— Peut-être as-tu raison. Et maintenant, que faisons-nous ? »

Vibius finit son verre, le jeta dans le bassin et dégaina son épée.

« En quoi cela te sera-t-il utile face à une foule en furie ?

— Pendant qu'ils me pourchassent, emmène tout le monde au columbarium. C'est notre seul espoir. Il se peut qu'ils incendient la villa, mais ils partiront dès que la faim les tenaillera. Transmets la nouvelle à Néron. Va à Antium. Tu trouveras bien quelque chose. Je vais en tuer autant que possible. »

Les cris venant du jardin redoublèrent et une torche entra par une des fenêtres des pièces de réception. Un jeune lémure la ramassa promptement et la jeta dans le bassin.

À l'extérieur, Pierre et Cornelius s'étaient rapprochés.

« Cessez cette violence ! cria Pierre à l'intention du lanceur de torche. Sais-tu s'il y a des innocents à l'intérieur ? »

Vibius brandit son épée. Il sortit par une porte latérale en poussant des rugissements féroces contre les gens assemblés et s'enfuit en direction de la via Appia. Les plus jeunes chrétiens se lancèrent à ses trousses comme des chiens sur un lièvre.

Un jeune costaud rattrapa Vibius et le projeta à terre. Les deux hommes luttèrent frénétiquement sur le sol pendant quelques secondes. Au premier contact, Vibius avait lâché son épée, mais il parvint à mettre ses mains autour du cou du jeune homme et il enfonça ses deux pouces dans sa trachée. Manquant d'air, le jeune homme repoussa Vibius d'un coup de pied dans la poitrine. Lorsqu'ils se séparèrent, la chaîne que l'homme portait autour du cou se brisa dans la main de Vibius.

Vibius la jeta et saisit son épée. Se redressant en appui sur un genou, il éventra son adversaire d'un mouvement habile. Les entrailles du jeune homme jaillirent. Vibius se releva et repartit vers la via Appia, les autres sur ses talons.

« Vite ! cria Balbilus aux lémures. Au columbarium ! Suivez-moi ! »

Ils sortirent de la villa par le verger et s'introduisirent dans le mausolée rectangulaire avec sa voûte en berceau. Antonius tint la trappe ouverte jusqu'à ce que son maître et tous ses invités soient descendus le long de l'étroit escalier. Ensuite, il poussa un petit autel sur la trappe pour la cacher et courut vers le verger, trébuchant sur l'homme aux boyaux à l'air. Il vit quelque chose sur le sol qui le fit s'arrêter : un médaillon en argent accroché à une chaîne en argent cassée. Il le ramassa, poussa un juron et retourna en courant au columbarium.

Constatant que la voie était libre, Antonius déplaça l'autel et tapa sur la trappe.

« Maître ! C'est Antonius ! Je sais qui sont ces hommes ! Ouvrez-moi vite ! »

Balbilus s'exécuta et leva les yeux vers l'ouverture. Antonius laissa tomber le médaillon dans sa main, referma la trappe et, une fois de plus, la cacha sous l'autel. Arrivé dans le verger, il s'arrêta sous un arbre, s'assit et, sans une seconde d'hésitation, se trancha la gorge.

À la lumière d'une lampe à huile fumante, Balbilus examina le pendentif.

Le symbole *chi-rhô*.

Les chrétiens !

Qu'ils soient damnés ! Puisse Néron massacrer les chrétiens jusqu'au dernier, hommes, femmes et enfants. Qu'ils soient maudits pour l'éternité !

Une centaine de lémures étaient entassés dans le columbarium, luttant pour le moindre centimètre carré d'espace au sol.

Balbilus se tint sous sa fresque de signes astrologiques et exigea le silence. Un petit enfant pleurait. Il menaça de le tuer si quelqu'un ne le faisait pas taire.

« Écoutez-moi, siffla-t-il. Nous n'avons qu'une nuit à passer. Au matin, nous trouverons un abri ailleurs. Nous sommes plus forts qu'eux. Nous sommes meilleurs qu'eux. »

L'un des chrétiens avait vu Antonius s'enfuir en courant du mausolée. Il le trouva encore chaud et agité de soubresauts, se vidant de son sang. Rapidement, l'homme courut retrouver Cornelius et Peter.

« Venez ! insista l'homme. Il faut que vous voyiez ça ! »

Lorsqu'ils furent rassemblés autour du corps d'Antonius, l'homme descendit la culotte du mort.

« Mon Dieu ! » s'écria Cornelius.

Pierre tendit le bras pour s'appuyer contre le tronc de l'arbre voisin.

Antonius avait une queue.

Lorsque les jeunes chrétiens retournèrent à la villa, leurs poings et leurs sandales tachés du sang de Vibius, ils trouvèrent Pierre à côté de l'arbre. L'un d'eux avait un couteau dans une main – et autre chose dans l'autre. Il montra l'objet à Pierre. C'était une queue rose ensanglantée.

« C'est indéniable, dit Pierre, ébranlé. Ce ne sont pas des fantômes. Ces êtres existent bel et bien. Que devons-nous faire lorsque nous découvrons le véritable mal parmi nous, un mal qui ne peut être que l'œuvre du diable ? demanda-t-il.

— Nous devons l'éliminer, dit Cornelius.

— Il n'y a pas d'autre réponse », chuchota Pierre. Puis il haussa la voix. « Au nom du Christ tout-puissant, vous pouvez allumer la torche ; renvoyez ces démons en enfer. »

Balbilus leva les yeux vers le plafond noir et entendit les cris étouffés des maraudeurs chrétiens et le bruit de leur course.

Les lémures étaient accroupis devant lui, serrés comme des poissons salés dans un tonneau : les hommes, stoïques, les femmes, en colère, les enfants, agités. Au-dessus de leurs têtes, les *loculi* creusés dans les murs étaient occupés par des urnes pleines de cendres et d'ossements de leurs derniers ancêtres. La puissante odeur de pourriture leur emplissait le nez.

Soudain les cris étouffés au-dessus de leurs têtes cessèrent et tout devint silencieux.

Balbilus tendit l'oreille.

Il entendit la voix de Pierre, mais ne parvint pas à comprendre ses paroles.

Balbilus perçut un souffle puissant et un petit bruit sec tandis qu'un incendie ravageur se répandait au-dessus et aspirait une partie de l'air contenu dans le mausolée. Il sentit sa peau frémir alors que la température dans le caveau grimpait de minute en minute. Au bout d'un long moment, il entendit un grondement fracassant et le toit voûté s'écroula sur le sol du mausolée.

Il se passa encore un peu de temps et il vit les lampes à huile s'éteindre en crachotant, l'une après l'autre, par manque d'air. Lorsque la dernière expira, ils se retrouvèrent dans une obscurité totale.

Et dans ces ténèbres il entendit les halètements et respirations sifflantes d'une centaine d'hommes, de femmes et d'enfants.

Il fut le plus fort et le dernier à partir. Lorsqu'il tomba à genoux dans le noir, serrant avec colère le pendentif *chi-rhô* si fort que sa main se mit à saigner, il eut un dernier sursaut et fut parcouru d'une colère si violente et si brûlante qu'elle parut lui calciner le cerveau.

Il faudrait des semaines pour que la terre de Rome soit fraîche sous le pied, mais Néron entreprit rapidement d'apporter du réconfort à ses sujets aux abois.

Ses soldats arrêtèrent tous les chrétiens qui avaient survécu à l'incendie et n'avaient pas eu l'intelligence de fuir. Il restait peu de lieux publics pour célébrer leur mise à mort, alors Néron invita les réfugiés de Rome dans les jardins de la seule de ses propriétés qui n'avait pas été touchée, de l'autre côté du Tibre.

Là, dans son stade personnel, tandis que les Romains en colère se régalaient d'un festin de pain frais, Néron fit une entrée majestueuse, vêtu en conducteur de char sur un quadrige d'or. Au son des trompettes, l'apôtre Pierre fut traîné jusqu'à la piste. Il avait été arrêté avec le prêtre Cornelius et plusieurs disciples dans une maison chrétienne près de la colline du Pincio. Lorsque les soldats étaient arrivés, Pierre leur avait souri comme s'il accueillait de vieux amis.

Pierre fut hissé sur une haute estrade en bois au centre de la piste pour que tout le monde le voie bien et Tigellinus proclama d'une voix forte qu'il était le meneur du complot visant à détruire Rome. Lorsqu'il eut terminé son discours, il s'assit à côté de Néron dans les tribunes royales et ils regardèrent le spectacle ensemble : les prétoriens commencèrent à travailler avec leurs marteaux et leurs gros clous.

« Nous tenons de source sûre que cet homme, Pierre, et ses acolytes sont ceux qui ont enfermé Balbilus et les autres, dit-il à Néron.

— Ma haine à leur égard était déjà grande, dit Néron entre ses mâchoires serrées. Maintenant, elle est mille fois plus grande. Ils ont tué mon éminent astrologue et nous ont pris l'élite des lémures. Les membres de leur

Église seront pour toujours nos pires ennemis. Tuons-les. Écrasons-les. Qu'ils soient damnés pour l'éternité.

— Qu'allons-nous faire de Balbilus ? demanda Tigellinus.

— Il repose en paix dans son propre columbarium. Qu'il y reste avec les autres. »

Pierre fut installé sur une croix en bois qui n'était pas très différente de celle que Ponce Pilate avait utilisée pour crucifier Jésus. De gros clous en fer furent plantés dans ses paumes et ses chevilles. Mais, alors que Jésus avait été suspendu de la manière qu'on connaît, Néron infligea à Pierre l'indignité supplémentaire d'être installé la tête en bas.

Le vieux monsieur si doux mourut lentement et dans la douleur, dans la chaleur de l'après-midi, proclamant jusqu'à la fin – à voix trop basse pour que quiconque puisse l'entendre – son amour pour Dieu, son amour pour son sauveur et ami Jésus-Christ, et sa croyance absolue que le bien avait triomphé d'au moins une partie du mal présent dans ce monde.

Pour le plus grand plaisir de la foule, tandis que la vie se retirait peu à peu du corps de Pierre, deux cents hommes et femmes chrétiens furent amenés dans le stade, dévêtus, flagellés et attachés à des pieux. Des chiens féroces, que l'odeur du sang rendait fous, furent lâchés pour les achever.

Et cette nuit-là et pendant plusieurs nuits, les jardins de Néron furent le théâtre de cette scène macabre : des chrétiens enduits de graisse animale et transformés en torches humaines illuminèrent la coquille vide d'une ville qui autrefois avait été la grande Rome.

20

Elisabetta resta dans l'entrée, se demandant ce qu'elle devait faire. Si elle ne bougeait pas, peut-être le jeune prêtre finirait-il par s'en aller.

« Sœur Elisabetta, cria Tremblay de l'autre côté de la porte, dans un italien marqué d'une forte intonation française. S'il vous plaît, je sais que vous êtes là. Il faut que je vous parle. »

Elle répondit précipitamment, essayant de penser à toute vitesse.

« Mon frère est membre de la gendarmerie du Vatican. Il m'a dit de ne parler à personne. Il doit arriver d'une seconde à l'autre.

— Je sais qui est votre frère. Je vous en prie, n'ayez pas peur de moi. Nous sommes du même côté.

— De quel côté parlez-vous ?

— Du côté du bien. »

Contrairement à tout ce que son instinct lui dictait, Elisabetta lui ouvrit. Elle s'attendait à une agression physique sur sa personne, mais il se contenta de la suivre en silence jusqu'au salon et s'assit. Tremblay était moins imposant dans cette position, croisant ses longues jambes de mante religieuse et ses mains grêles sur ses genoux. Il avait apporté un mince dossier en cuir qu'il coinça entre sa cuisse et l'accoudoir du fauteuil.

« Je suis heureux que vous n'ayez pas été blessée, dit-il.

— Vous avez entendu parler des événements de la nuit dernière ? » demanda-t-elle, toujours debout.

Il hocha la tête.

Elle ne pouvait ignorer les lois de l'hospitalité.

« Voulez-vous une tasse de thé ou de café ?

— Non, merci. Je voudrais juste vous parler.

— Alors commencez donc par me dire qui vous êtes.

— Le père Pascal Tremblay.

— Je connais votre nom.

— Je travaille pour le Vatican.

— C'est ce que j'ai compris, dit-elle d'un ton glacial.

— Je suis désolé de me montrer si réservé. Vous voyez, les informations ne sortent pas facilement de ma bouche. J'ai appris à être discret. Disons, plus que discret. Secret.

— Qui vous a appris cela ?

— Mes supérieurs. En fait, mon supérieur. Je n'en ai qu'un.

— Et qui est-il ?

— Je dépends du cardinal Diaz, le doyen du Collège des cardinaux. Je chuchote à son oreille, il chuchote dans celle du pape.

— À propos de… ?

— Du mal, répondit-il simplement. J'accepterais volontiers du thé, si votre offre tient toujours. »

Elisabetta le laissa, essayant de retrouver son calme, en attendant que l'eau bouille. Elle perdit un peu la notion du temps, mais le sifflement de la bouilloire la ramena à la réalité. Lorsqu'elle retourna au salon avec deux tasses, elle constata que Tremblay n'avait pas bougé, ni décroisé les jambes ou les mains. Elle lui tendit son thé et son regard s'attarda un peu trop sur ses doigts extraordinairement osseux.

« J'ai une maladie, dit-il soudain.

— Je suis désolée.

— Ce n'est pas grave. Ça s'appelle la maladie de Marfan. C'est une pathologie du tissu conjonctif. C'est ce qui me donne cette apparence.

— Cela ne me regarde pas, dit Elisabetta en s'asseyant.

— Il vaut mieux que vous me compreniez.

— Pourquoi ?

— C'est mieux, c'est tout. »

Lorsqu'elle croisa les jambes, elle se rendit compte qu'elle portait un jean.

« Je suis navrée de ne pas être correctement vêtue. Je faisais le ménage. Vous avez dit que vous étiez chuchoteur. C'est cela qui apparaît sur votre carte de visite ?

— Je n'ai pas de carte de visite, dit Tremblay après avoir bu une gorgée. Je n'ai pas de titre. Je suis simplement assistant particulier auprès du cardinal. Mes prédécesseurs étaient assistants particuliers, ni plus ni moins.

— Vos prédécesseurs ?

— La chaîne est ininterrompue depuis des siècles.

— Une chaîne de gens qui chuchotent dans l'oreille des cardinaux et des papes à propos du mal ?

— Oui. »

Tremblay révéla quelques éléments de sa biographie ; comment il avait été remarqué dans son séminaire à Paris parce qu'il était plus fait pour l'administration que pour la prêtrise. Bien qu'il pensât qu'ils devaient considérer que son apparence risquait de poser problème aux paroissiens, on lui dit que c'était son talent et son diplôme en comptabilité qui avaient attiré l'attention du diocèse. Après son ordination, on le nomma au bureau ecclésiastique de l'archevêque de Paris. Il grimpa rapidement les échelons des administrations et finit par avoir des contacts réguliers avec le Vatican sur les questions diocésaines. Lors d'une visite à Rome, sept ans auparavant, il avait été convoqué à une audience par un évêque italien qu'il ne connaissait pas, dans une aile inhabituelle du palais. Un autre homme se trouvait dans le bureau de l'évêque, un monseigneur Italien un peu âgé avec un tremblement prononcé des mains.

« On vous a choisi pour venir à Rome, dit-on au père Tremblay. Vous allez reprendre les fonctions de monseigneur, qui prend sa retraite.

— Et quelles sont ces fonctions ?

— La surveillance, lui répondit-on.

— Et qui dois-je surveiller ?

— Les lémures.

— Les lémures ? demanda Elisabetta. De quoi s'agit-il ?

— Vous en avez vu un à la morgue », dit Tremblay.

Elisabetta frissonna. Il eut l'air de s'en apercevoir, mais il n'essaya pas de la réconforter.

« Et vous avez vu leurs squelettes à Saint-Calixte.

— Je ne comprends pas.

— Je crois que si, dit-il. Le professeur De Stefano m'a dit que vous étiez quelqu'un d'intelligent et que vous vous demandiez si une espèce de secte n'avait pas survécu jusqu'à l'époque actuelle.

— Vous avez travaillé pour lui ?

— Non, je vous ai dit pour qui je travaillais. J'ai été détaché à la Commission pontificale d'archéologie sacrée après la découverte des squelettes. On m'a ordonné de suivre de près votre enquête. Ce que le professeur De Stefano vous a dit était vrai : le Vatican s'est toujours posé et se pose toujours des tas de questions sur Saint-Calixte. En particulier à cause du conclave et de la troublante et néfaste publicité qui découlerait d'une fuite. Les quelques officiels qui connaissent l'existence des lémures étaient tout particulièrement inquiets. Mais De Stefano n'en savait pas beaucoup plus que vous. Assez pour le rendre nerveux, peut-être. Il n'avait pas besoin d'en savoir plus.

— Et moi, j'en ai besoin maintenant ?

— Je compte sur votre aide.

— Je ne vois pas ce que je peux faire. J'ai été congédiée.

— Oui, je l'ai appris.

— On m'envoie en Afrique. »

Tremblay parut surpris de l'apprendre.

« Quand ?

— Dans une semaine.

— Je peux essayer de faire annuler cette décision.

— Non ! Je veux y aller.

— Alors nous n'avons pas beaucoup de temps. Les lémures », dit-il à nouveau en posant sa tasse.

Les lémures. Les fantômes des anciens Romains, les ombres des morts. Des âmes malfaisantes, insatiables, rejetées. Ils entraient dans les foyers la nuit, ils commettaient des actes affreux.

Tremblay expliqua qu'il y avait une fête tous les ans au mois de mai pendant laquelle les Romains accomplissaient des rites pour exorciser leurs maisons et chasser ces horribles créatures. À minuit, dans tous les foyers romains, le chef de famille, le *pater familias*, jetait des haricots noirs par-dessus son épaule et disait neuf fois : « Par ce geste, je nous sauve, ma famille et moi. »

Les lémures étaient censés être distraits lorsqu'ils ramassaient les haricots. Alors le fidèle se retournait, leur jetait de l'eau claire, puis tapait des cymbales de bronze l'une contre l'autre, exigeant le départ des démons. Et pendant un an, avec un peu de chance, ils resteraient à distance.

L'origine du terme lémure était obscure. Mais, aujourd'hui, le rapprochement était assez clair avec les lémuriens, ces primates africains nocturnes, au regard obsédant, aux cris d'outre-tombe et aux queues longues et épaisses. Carl Linnæus, le taxinomiste du XVIIIe siècle, s'était inspiré des fantômes romains et avait donné leur nom à ces animaux.

Tremblay décroisa les jambes et se pencha en avant.

« À Saint-Calixte, nous avons un groupe d'hommes, de femmes et d'enfants du Ier siècle qui étaient dotés de queues et qui périrent ensemble, peut-être par le feu. Les premiers Romains les craignaient, pensaient qu'ils étaient des fantômes. Mais ils étaient bien réels, Elisabetta. Ils existaient déjà dans la Rome antique. Ils ont été présents tout au long de l'histoire et ils sont toujours là. Votre homme à Ulm en était un. Aldo Vani en était un. Ils ont volé les squelettes de Saint-Calixte. Dans quel but, je ne sais pas. Ils ont tué le professeur De Stefano. Ils ont essayé de vous tuer. Ils sont parmi nous.

— Comment savez-vous tout cela ?

— C'est mon travail. Le Vatican – ou plutôt, un très petit nombre de gens au Vatican – connaît l'existence des lémures depuis des siècles. L'Église a fait discrètement tout ce qu'elle pouvait pour s'opposer à eux, pour vaincre le mal qu'ils incarnent. Il y a eu des réussites, mais aussi beaucoup d'échecs. Ce sont des adversaires redoutables. Je suis un pisteur, malheureusement plus souvent enquêteur que prêtre. Je cherche les signes de leur présence, je suis leurs traces qui sont parfois aussi évanescentes que des rumeurs. Je voyage, je lis, je surveille Internet, les rapports des services de renseignements et même, comme vous, les revues médicales. »

Elisabetta parut choquée.

« Je dois avouer que j'ai regardé votre boîte mail.

— Vous êtes allé dans mon bureau ?

— Je suis désolé. À notre époque, vous devriez vous déconnecter de votre messagerie lorsque vous quittez le bureau.

— Est-ce vous aussi qui avez appelé le journal avec mon téléphone de bureau ?

— Non ! Quelqu'un l'a fait, mais ce n'était pas moi.

— Je croyais que c'était vous.

— Pourquoi ?

— Vous me rendiez nerveuse. »

Tremblay rit.

« Je produis cet effet-là sur les gens.

— Qui sont ces êtres ? Que veulent-ils ?

— Cela équivaut à demander pourquoi le mal existe sur Terre. Je ne suis pas le plus grand théologien du monde, ma sœur. Mes compétences relèvent plus de l'organisation et de l'administration. Je me contente de reconnaître simplement que le mal existe sous de nombreuses formes et le rôle d'un Dieu compatissant consiste à nous donner la force de le combattre et d'en tirer des leçons. Les lémures sont amoraux. Ils se délectent de la recherche du pouvoir, de la richesse, de la domination. Tels sont leurs dieux. Et nous, l'Église, nous sommes leur grand ennemi. Pourquoi est-ce ainsi, je ne sais – mais c'est un fait certain. Cette situation perdure depuis des siècles, peut-être des millénaires, depuis les tout premiers pas de l'Église. J'aime à penser que nous représentons le bien dans le monde et qu'ils représentent le mal. Que nous représentons la lumière et eux, les ténèbres. Des forces naturellement antagonistes.

— L'un des corps de Saint-Calixte tenait un pendentif *chi-rhô* dans sa main », dit Elisabetta.

Tremblay leva un sourcil et son visage parut encore plus allongé.

« Vraiment ? L'Église était jeune à cette époque. Toute jeune. La lutte est donc très ancienne. Ils ont pour objectif de nous tuer, de nuire à nos intérêts, de monter les autres contre nous. À toutes les époques, à tous les moments de l'histoire où sévissait l'anticatholicisme, il semblerait que nous pouvons soupçonner la main invisible de lémures.

— Et en ce qui concerne leur queue ?

— Ah, la queue. C'est un phénotype.

— Pardon ?

— Un terme scientifique. Depuis longtemps, le Vatican pense que les queues sont une incarnation physique du mal. Le champ moderne de la génétique nous apprend que le génotype contrôle le phénotype.

— Seriez-vous en train de dire qu'ils sont porteurs des gènes du mal ?

— Ce que je dis, c'est que ce sont des psychopathes au plus haut point, un sous-groupe d'humains presque extraterrestres, totalement dépourvus de toute capacité à ressentir de la culpabilité ou du remords. Ils éprouvent très peu d'émotions. Ils ont des comportements antisociaux, impliquant souvent la violence. Ils comprennent la différence entre le bien et le mal, simplement, ils se comportent comme si ça n'était pas le cas. Il y a un domaine des neurosciences en pleine évolution qui travaille sur le lien entre des anomalies génétiques particulières des neurotransmetteurs du cerveau comme la sérotonine et la dopamine et les comportements antisociaux ou psychopathologiques. Mais le phénotype le plus visible de la constitution génétique des lémures est indéniablement leur queue. La queue, anormale, est associée depuis toujours au mal. Nul besoin de regarder plus loin que les représentations du malin depuis les temps anciens.

— Si ce que vous me dites est vrai, comment ont-ils pu se cacher de nous si longtemps ?

— Parce qu'ils font extrêmement attention et probablement, parce qu'ils ne sont pas très nombreux. Ils s'associent avec leurs pairs. Ils s'accouplent et se marient entre eux. S'ils doivent entrer dans l'armée ou se trouver en situation d'être vus par d'autres, nous pensons qu'ils sont envoyés auprès d'un de leurs chirurgiens pour se faire amputer de leur queue. S'ils tombent malades, ils vont voir un de leurs médecins. S'ils meurent, ils s'adressent à un funérarium leur appartenant. Le fait de mourir en pleine rue sans qu'aucun de leurs pairs puisse accéder à leur corps, comme c'est arrivé à Bruno Ottinger, est très rare. Et se faire tuer, comme Aldo Vani l'a été par votre frère, c'est encore plus rare.

— Et ces tatouages ?

— On ne les a jamais déchiffrés. J'ai personnellement fouillé le Vatican pour voir si un de mes prédécesseurs avait la moindre théorie sur le sujet, mais il n'y a rien. J'espérais que vous aviez peut-être trouvé quelque chose.

— Non, je n'ai pas de réponse.

— Mais vous avez des idées. Ce message que vous avez découvert sur l'enveloppe en Allemagne, c'est un document contemporain. Nous n'avons jamais vu trace de ce genre de communication intime entre eux.

— Vous êtes au courant ?

— Le professeur De Stefano m'a montré une copie du mot. Et je n'ai pas pu m'empêcher de remarquer la monade que vous aviez dessinée sur votre tableau blanc.

— La monade ?

— Vous ne l'aviez pas identifiée ? »

Elisabetta sentit son cœur palpiter.

« Non, de quoi s'agit-il ? »

Tremblay prit son dossier en cuir, l'ouvrit et sortit une feuille. « Regardez ça. »

Elisabetta frissonna.

« Le symbole », dit-elle doucement.

Tremblay hocha la tête.

« Il provient d'un frontispice d'un livre publié à Londres en 1564 par John Dee. C'était un alchimiste, mathématicien, philosophe et l'astrologue de la cour d'Élisabeth Ire. Nous pensons qu'il était aussi un lémure. Le livre, intitulé *Monas Hieroglyphica*, "La Monade hiéroglyphique", était un texte exhaustif prétendant expliquer ce glyphe, ce symbole inventé par lui qui, soi-disant, représentait l'unité mystique de toute création, une entité singulière à partir de laquelle dérive toute chose matérielle présente sur Terre. Le glyphe est construit par la combinaison de quatre symboles : les signes astrologiques de la Lune, du Soleil, de la Croix et du symbole zodiacal du Bélier, l'un des cinq signes de feu. Ce texte est terriblement alambiqué et technique, mais en gros, d'après Dee, le Soleil et la Lune de la monade désirent que les éléments soient séparés par l'application du feu. »

En voyant l'expression de confusion qui se lisait sur le visage d'Elisabetta, Tremblay s'empressa d'ajouter :

« Ne vous souciez pas de le comprendre. Je ne suis pas certain qu'aucun érudit contemporain parvienne à appréhender ce texte. Il y aurait, semble-t-il, une tradition orale secrète qui expliquerait correctement la monade, mais elle a été perdue avec le temps. Ce qui est important pour nous, c'est de savoir que la monade a été adoptée par les lémures comme symbole, une manière rapide et simple pour eux de s'identifier, un code, si vous voulez, pour se reconnaître entre eux.

— Comment pouvez-vous en être aussi sûr ? Et qu'est-ce qui vous fait penser que Dee en faisait partie ?

— C'est un ensemble de quatre cent cinquante ans d'indices laissés au Vatican par mes prédécesseurs. Des miettes de pain. Ces hommes ont fait le plus gros du travail. J'ai ajouté quelques documents ici et là à la mixture, mais nous savons qu'à la fin du XVIe siècle les lémures commencèrent à adopter la monade comme signature de leurs correspondances secrètes. Elle avait visiblement une signification profonde pour eux et nous pensons que John Dee était l'un d'eux. Mais nous n'avons jamais trouvé de preuve directe. »

Elisabetta regarda à nouveau le frontispice.

« La monade. On dirait qu'elle a une queue, vous ne trouvez pas ?

— Si.

— Il faut que je *vous* montre quelque chose. »

Elle abandonna Tremblay dont le visage allongé était empreint d'une expression interrogative et alla dans la chambre de son père. Elle revint avec le livre de sa mère et tendit à Tremblay l'enveloppe du Vatican. Lorsqu'il sortit le carton, il fit la moue comme s'il venait de sucer un citron.

« C'était à ma mère, dit Elisabetta. Elle est décédée lorsque j'avais huit ans. Je pensais bien avoir vu ce symbole avant et j'avais raison. Sur son lit de mort.

— Une enveloppe du Vatican… dit Tremblay. Quel rapport avec votre mère ?

— Aucun, à ma connaissance. Elle était historienne à la Sapienza.

— Ce livre a-t-il été écrit par elle ? Flavia Celestino ?

— Son premier et le seul qu'elle ait écrit. Elle est morte jeune.

— Savez-vous si elle a jamais fait des recherches, un travail quelconque au Vatican ?

— J'étais une enfant. Je peux interroger mon père.

— Puis-je voir le livre ? »

Tremblay tourna les pages à la recherche des remerciements et les parcourut.

« Voilà, elle remercie le Vatican pour lui avoir donné accès à certains documents. »

Elisabetta soupira devant sa propre ignorance concernant la vie de sa mère.

Tremblay se leva soudain et regarda sa montre. Le bracelet était lâche, comme si rien ne pouvait tenir correctement à un poignet aussi mince.

« Que faites-vous demain matin ?

— Je n'ai pas de projets.

— Bien. Vous allez m'accompagner aux archives secrètes du Vatican. Nous devons découvrir la raison pour laquelle votre mère détenait la monade. »

21

Même s'il restait encore une journée complète avant le conclave et qu'il n'était que six heures du matin, la place Saint-Pierre était envahie de pèlerins empressés et de toutes sortes de journalistes venus du monde entier qui prenaient leurs premiers clichés de la journée.

Zazo fit un détour par rapport au chemin habituel qu'il empruntait du parking de la gendarmerie au palais de la chancellerie de manière à passer par la place pour voir ceux de ses hommes qui avaient été de service la nuit précédente. À l'exception d'un touriste ivre qui s'était égaré aux alentours de deux heures du matin et qui faisait du tapage, on lui rapporta que tout était calme.

À six heures trente, il y eut une réunion des officiers de la gendarmerie et des gardes suisses. Par souci d'harmonie, le lieu de ces rencontres était alternativement le palais de la Chancellerie et la caserne des gardes suisses. Sur l'estrade se trouvaient l'inspecteur général Loreti et son homologue, le colonel Hans Sonnenberg. Derrière eux, au repos, se trouvaient leurs seconds, Sergio Russo pour la gendarmerie et Matthias Hackel pour les gardes.

Zazo et Lorenzo s'assirent ensemble. Une rangée derrière eux, le major Glauser, des gardes suisses, cogna délibérément l'arrière de la chaise de Zazo du bout de sa botte.

« Le grand jour va bientôt arriver, Celestino. Est-ce que vous serez prêts ? » dit-il de son ton condescendant habituel.

Zazo lui lança un regard furieux et ne répondit pas.

« Je vais lui rentrer dans le lard, chuchota-t-il à l'oreille de Lorenzo.

— T'as vu son costume ? demanda Lorenzo.

— Probablement soldé à moitié prix à cause de sa taille ridicule », dit Zazo.

Loreti tapota le micro.

« OK, messieurs, commençons. Je suis heureux d'accueillir le colonel Sonnenberg et ses hommes dans nos locaux pour la dernière réunion avant le début du conclave. Vous connaissez tous notre *modus operandi* : on ne laisse rien au hasard. Rien. Tout est planifié à la minute près et il n'y aura pas d'entorses. Ce matin, nous allons passer en revue l'ordre des événements de demain, le jour *j*. Après le jour *j*, le temps que durera le conclave ne dépend pas de nous, mais chaque jour sera organisé de la même manière jusqu'à ce qu'un nouveau pape soit élu. Ensuite, le programme postconclave commencera et cette partie-là également est planifiée à la minute près, sans entorse possible. La sécurité des cardinaux, du nouveau pape, du Saint-Siège, des employés et des visiteurs venus du monde entier dépend de notre observation scrupuleuse du plan prévu. Tout doit se dérouler avec autant de précision que le mécanisme de la montre du colonel Sonnenberg. »

Au milieu de petits rires déclenchés par le mot d'esprit de Loreti, Matthias Hackel prit le micro. Il dominait tous les autres d'une tête et il était aussi large que l'estrade.

À voir son expression sévère et ses lèvres serrées, il était clair qu'il n'avait aucune intention de chauffer l'auditoire par ses bons mots.

Il appuya sur la télécommande et projeta la première diapositive de son PowerPoint. « Voici le programme du jour *j*, commença-t-il. Nous allons le dérouler dans le détail. J'attends de tous les officiers qu'ils s'assurent que chacun de leurs hommes ait parfaitement compris sa mission. Les gardes suisses feront leur travail. Les gendarmes feront leur travail. Le commandement et le contrôle seront infaillibles. Le monde entier aura les yeux braqués sur nous et nous devons être parfaits. »

Zazo baissa les yeux sur la version imprimée de la présentation et s'efforça de se concentrer. Il connaissait les détails par cœur et le ton monocorde de Hackel ne fit qu'accentuer sa perception de l'heure matinale à laquelle il s'était levé.

8 h 45	Les bus arrivent pour emmener les cardinaux électeurs de la Maison Sainte-Marthe à la basilique pour la messe *Pro Eligendo Romano Pontifice*, la messe pour l'élection du souverain pontife.
9 h 15	Début de la messe.
10 h 15	Fin de la messe.
10 h 30	Retour en bus à la maison d'hôtes.
12 h	Déjeuner privé pour les cardinaux à la maison d'hôtes.
15 h	Les bus arrivent pour emmener les cardinaux électeurs de la maison d'hôtes à la loggia des bénédictions dans la basilique.

15 h 30 Procession de la loggia des bénédictions jusqu'à la chapelle Sixtine.

16 h Les portes de la chapelle Sixtine sont verrouillées. Début du conclave.

19 h Les premiers bulletins de vote sont brûlés dans la cheminée de la chapelle Sixtine.

19 h 15 Les bus ramènent les cardinaux de la chapelle Sixtine à la maison d'hôtes.

Une fois terminé le compte rendu sans saveur de Hackel, Zazo et Lorenzo allèrent prendre rapidement un café et retournèrent dans leur bureau. Ils n'avaient que quelques minutes avant de rassembler leurs troupes, mais Zazo alla voir sa boîte mail et ouvrit, plein d'espoir, un message expédié par Interpol.

Il était étonné qu'ils répondent aussi vite, mais lorsqu'il commença à lire le message, il comprit.

Les empreintes d'Aldo Vani avaient fait clignoter les écrans d'Interpol comme des sapins de Noël.

Il était recherché en Suisse pour agression sous le nom d'Hugo Moreti.

Sous le nom de Luis Crea, il était recherché en Espagne pour viol.

Sous celui de Hans Beckman, il était recherché en Allemagne pour détention d'explosif et meurtre.

Vani était un criminel d'envergure internationale, sans aucun doute.

Dans le message, Interpol demandait le dossier italien de Vani et son certificat de décès pour pouvoir clore les affaires irrésolues et, en pièce jointe, ils avaient ajouté, avec leurs compliments, les relevés téléphoniques de Bruno Ottinger concernant les années 2005-2006. Le seul élément qui fit tiquer Zazo fut la question qui terminait le message : comment se faisait-il que la gendarmerie du Vatican était impliquée dans cette affaire ?

Avant d'attraper son képi et de filer voir ses hommes, Zazo lança l'impression des relevés téléphoniques, se disant qu'il n'aurait probablement pas le temps, avant la fin du conclave, de faire plus que de récupérer les sorties papier et de les emporter. Il fourra les pages dans la poche de son blouson de cuir.

Un flux constant de cardinaux allait et venait de la Maison Sainte-Marthe aux différents lieux importants du Vatican. D'ordinaire, ils auraient eu la permission de se promener librement, accompagnés seulement d'assistants, mais la sécurité était renforcée et à chacun on avait attribué un gendarme au moins comme garde du corps. Zazo se trouvait à la Maison après le déjeuner, s'adaptant à un emploi du temps qui changeait en permanence, lorsque son téléphone portable se mit à sonner. C'était le bureau de l'inspecteur général Loreti. Il était convoqué immédiatement.

« J'ai du boulot par-dessus la tête, dit-il à l'assistant de Loreti. Il y a intérêt à ce que ce soit important. »

Loreti le fit entrer aussitôt ; il n'avait pas l'air content. Il demanda à Zazo de s'asseoir. Ce qu'il fit, avant de poser son képi sur ses genoux.

« Je viens d'avoir un appel d'Interpol, dit Loreti sobrement.

— Écoutez, inspecteur général… »

Loreti le fit taire d'un geste furieux.

« Je ne vous ai pas demandé de parler. Apparemment, vous avez fait des demandes au nom du Vatican concernant l'homme que vous avez abattu. Ils voulaient savoir en quoi cette affaire concernait notre corps. C'est une bonne question. Dites-moi, commandant, en quoi cette affaire concerne-t-elle la gendarmerie ? Maintenant, vous pouvez parler.

— Ma sœur a failli être tuée, s'écria Zazo. Elle était employée par le Vatican à ce moment-là, à la Commission pontificale d'archéologie sacrée. D'autre part, la police n'a pas le moindre indice. Ils traitent cette affaire n'importe comment. »

Loreti prit une grande inspiration, gonfla les joues et laissa l'air s'échapper lentement. Zazo avait l'air de savoir à peu près ce qui allait sortir de sa bouche.

« J'ai entendu des excuses ridicules pour des comportements inappropriés dans ma vie, mais venant de l'un de mes meilleurs officiers, celle-ci mériterait d'être archivée. Voici quelques faits : *primo*, le crime a eu lieu en dehors de la Cité du Vatican, et donc, hors de notre juridiction. *Secondo*, la police n'a pas demandé notre aide. *Tertio*, vous étiez le principal responsable sur le lieu du crime. Vous avez tiré sur l'assaillant et vous l'avez tué. On n'enquête pas sur sa propre implication dans un crime. Enfin, *quarto*, au cas où vous ne le sauriez pas, le conclave commence demain. Vous avez négligé votre mission et cela est inacceptable. »

Zazo hocha la tête comme un gamin qu'on réprimande.

« Je vous présente mes excuses, inspecteur général. Ma sœur est impliquée dans cette affaire. Peut-être auriez-vous fait la même chose si votre sœur avait été agressée de cette manière. Mais j'aurais au moins dû vous en parler et demander votre permission.

— Et j'aurais dit non !

— Et je me serais arrêté là, j'imagine. J'accepte vos

reproches et j'accepterai, bien entendu, les sanctions que vous choisirez de m'imposer.

— Tant mieux. Vous n'allez pas aimer ça, vos camarades ne vont pas aimer ça et moi non plus, mais je n'ai pas le choix. Vous allez être convoqué devant un tribunal pour répondre de vos actes et, jusque-là, vous êtes relevé de vos fonctions. Effet immédiat !

— Mais inspecteur ! Le conclave ! Mes hommes !

— Je vais donner temporairement à Lorenzo le commandement de vos hommes. Il va devoir mettre les bouchées doubles et il vous en sera reconnaissant. Je ne peux pas risquer de confier à un officier aussi négligent que vous la responsabilité de la vie des cardinaux électeurs et de celle du prochain pape. Rompez, commandant. »

Lorenzo le trouva assis, l'air abattu, à son bureau, regardant par la fenêtre.

« Bon sang, Zazo… dit-il.

— Je suis désolé, j'ai merdé.

— J'aurais agi de la même manière s'il s'était agi de ma sœur. Qu'est-ce que tu vas faire ? »

Zazo haussa les épaules, malheureux.

« Rentrer à la maison ? Aller dans un bar ? Te regarder à la télé faire mon boulot ? Lorenzo, je ne sais pas. »

Lorenzo lui donna une tape amicale sur l'épaule et l'accompagna dehors.

Près du parking, Zazo tomba sur Glauser, l'air particulièrement suffisant.

« Hé, Zazo, j'ai entendu parler de ce qui t'arrive, s'écria-t-il. La prochaine fois que je te vois, si par hasard ils t'autorisent à revenir, tu devras me saluer parce que tu ne seras plus au même grade.

— Hé, Glauser, répondit Zazo. Va te faire foutre. »

Un grand prêtre au visage spectral accompagné d'une jolie jeune religieuse entra dans la tour par la porte Sainte-Anne. Ils furent arrêtés immédiatement par deux gardes suisses.

Le père Tremblay montra ses documents d'identification et, lorsque les gardes se mirent à interroger Elisabetta, il dit :

« La sœur est avec moi. »

Les gardes continuèrent à poser des questions et, cette fois, Tremblay dit d'une voix plus forte :

« J'ai dit : la sœur est avec moi ! »

Les gardes les laissèrent passer.

« C'est le conclave, chuchota Tremblay. Tout le monde est à cran. »

Ils passèrent entre deux énormes portes en bronze ornées d'un bas-relief décrivant des scènes de l'Ancien Testament.

Ils se trouvaient dans la tour aux Vents.

« Bienvenue aux archives secrètes », dit Tremblay en précédant Elisabetta dans un étroit escalier en colimaçon.

Elle le suivait de près mais dut s'arrêter brusquement lorsqu'il interrompit son ascension à mi-chemin, la respiration courte et sifflante.

« Je suis désolé, dit-il. C'est à cause de ma maladie. Je ne suis pas très résistant. » Il continua à parler, pour se donner apparemment une chance de retrouver son souffle. « La tour a été bâtie par Ottaviano Mascherino entre 1578 et 1580 pour servir d'observatoire. Si nous avions plus de temps, je vous ferais visiter. Plus haut, dans la salle de la Méridienne, les murs sont ornés de fresques décrivant les quatre vents. Dans l'un des murs, il y a un minuscule oculus. À midi, la lumière du soleil entre par le trou et suit une ligne en marbre blanc incrustée dans le sol. De part et d'autre de la ligne se trouvent divers symboles astrologiques et astronomiques autrefois utilisés pour calculer l'effet du vent sur les étoiles.

— J'aimerais beaucoup voir cela un jour », dit Elisabetta.

Tremblay avait apparemment un peu récupéré ; il respirait plus librement.

« Au XVIIe siècle, sous les ordres du pape Paul V, les archives secrètes furent sorties de la bibliothèque du Vatican et restèrent inaccessibles aux visiteurs jusqu'en 1881, date à laquelle le pape Léon XIII les a ouvertes aux chercheurs. Les archives, voyez-vous, sont le lieu où sont rassemblés tous les textes promulgués par le Saint-Siège : documents d'État, correspondance, livres de comptes papaux et beaucoup d'autres documents que l'Église a accumulés avec les siècles. Les chercheurs doivent faire des requêtes précises. Ils peuvent effectuer une recherche dans la salle des fichiers et les textes demandés leur sont apportés par le personnel. Officiellement, personne n'a le droit de feuilleter les documents. »

Vu la manière dont il le dit, Elisabetta ajouta :

« Mais *vous*, vous le pouvez, c'est cela ? »

Il reprit son ascension.

« Oui, j'ai le droit. »

Il s'arrêta sur le palier et ouvrit une porte.

« Venez. La salle des fichiers et les bibliothécaires se trouvent à côté de l'ancienne salle d'étude. »

L'ancienne salle d'étude avait des murs jaune canari et un haut plafond voûté. Des statues grandeur nature des saints étaient disposées dans des niches le long des murs. De grandes fenêtres donnaient sur les jardins du Vatican. Il y avait de nombreuses rangées de bureaux en stratifié blanc équipés de lampes inclinables et de prises pour des ordinateurs. Tous les bureaux étaient inoccupés.

« C'est fermé, dit Tremblay. À cause du conclave. »

La salle des fichiers, également déserte, comportait de nombreux meubles à tiroirs et des terminaux informatiques. Tremblay frappa à une porte portant la plaque du chef bibliothécaire et une femme d'une cinquantaine d'années très maquillée leur ouvrit.

Elle l'accueillit chaleureusement.

« Père Tremblay ! Comme je suis heureuse de vous voir !

— *Signorina* Mattera, répondit-il. Je suis navré de vous déranger sans avoir prévenu. Je voudrais vous présenter une de mes collègues, sœur Elisabetta. »

La femme eut un hochement de tête poli.

« Comment puis-je vous aider, mon père ?

— Nous cherchons tout ce que vous pourriez avoir sur une femme du nom de Flavia Celestino. C'était une chercheuse universitaire qui a eu accès aux archives dans les années 1980.

— Eh bien, je peux essayer de la retrouver dans les fichiers, mais les informations sur les chercheurs sont généralement très succinctes.

— Y aurait-il une trace des documents qu'elle a demandé à consulter ? demanda Tremblay.

— Peut-être, mais généralement, ce n'est pas le cas.

— Tout ce que vous pourrez trouver nous sera utile », dit le prêtre.

Tremblay et Elisabetta attendirent dans l'ancienne salle d'étude, assis à une table avec une vue sur les jardins qui s'étaient parés des premières couleurs exubérantes du printemps. Le nouveau pape disposerait d'un lieu charmant pour ses moments de répit.

« Puis-je vous poser une question ? risqua Tremblay.

— Bien sûr.

— Pourquoi êtes-vous devenue religieuse ? »

Elisabetta sourit, mais répliqua :

« Pourquoi êtes-vous devenu prêtre ?

— Moi, d'abord, hein ? dit-il en riant. OK. Pour moi, c'était facile. J'étais enfant de chœur. Je me sentais bien à l'église. À l'université, je n'étais pas à mon aise. Je ne me suis jamais vraiment intégré. Enfin, peut-être aurais-je été bien dans un bureau, à faire de la comptabilité, mais je n'aurais jamais eu de vie sociale. Vu mon état, mon apparence. Les femmes avaient peur de moi, alors le célibat n'a pas été mon plus grand sacrifice, je crois. »

Elle fit la moue.

« Je me demande, mon père, avez-vous interrogé d'autres religieuses pour savoir pourquoi elles ont pris le voile.

— Non, jamais.

— Alors, pourquoi à moi ? »

Il hésita un instant puis laissa échapper :

« Parce que vous êtes si jolie. Lorsqu'une belle femme devient religieuse, j'imagine que les sacrifices sont plus importants et l'engagement à Dieu est, proportionnellement, plus grand lui aussi. »

Elisabetta se sentit rougir.

« C'est une question compliquée. Voulais-je fuir quelque chose ? Voulais-je trouver quelque chose ? Ma foi est profonde et je pense que c'est ce qui est le plus important pour moi.

— C'est une bonne réponse. »

Le cliquetis de talons sur le sol carrelé leur annonça le retour de la bibliothécaire. Elle avait une fiche bristol dans la main.

« C'est assez inhabituel, mais on dirait que cette chercheuse a son propre dossier. Je ne comprends pas pourquoi, mais voici le numéro d'accès. Voulez-vous que je vous le fasse apporter ? »

Tremblay prit la carte et l'examina.

« Non, je vais aller le chercher moi-même. »

Il se tourna vers Elisabetta.

« Nous descendons au sous-sol. »

Pour Tremblay, la descente était plus aisée et il parvint à parcourir plusieurs volées de marches sans s'arrêter. Les archives souterraines, qui avaient été creusées quelque trente ans auparavant, étaient vastes et s'étendaient sous toute la longueur du musée du Vatican. Contrairement à la tour aux Vents avec ses fresques à couper le souffle et ses armoires en bois sombre qui renfermaient les documents les plus anciens et les plus précieux, le sous-sol avait des apparences de site industriel. Des armoires à dossiers – métalliques, beiges, sans fioritures – étaient alignées sur environ quatre-vingts kilomètres, sous un plafond bas en béton. Le prêtre lui expliqua que le personnel l'appelait la galerie des étagères métalliques.

Tremblay regarda le numéro inscrit sur la fiche et dit :

« C'est une bonne chose que les religieuses portent des chaussures confortables. »

Ils marchèrent pendant plusieurs minutes dans l'allée apparemment interminable bordée d'étagères. Elisabetta ressentit une étrange impression. Il lui sembla se retrouver dans des catacombes modernes. Autrefois, on révérait les ossements, aujourd'hui, c'était le papier.

« Beaucoup de ces dossiers, dit Tremblay, sont plus "secrets" que les documents gardés dans la tour aux Vents. Officiellement, il y a une règle qui exige que la plupart des documents et lettres du Vatican soient gardés pendant une durée de cent ans, pour éviter qu'ils ne soient dévoilés au public alors que certaines des personnes concernées pourraient encore être en vie. D'un point de vue strictement pratique, tout ce qui est postérieur à 1939 est interdit d'accès.

— Mais pas pour vous, dit Elisabetta.

— Je n'ai aucune restriction. » Il vérifia la numérotation sur les meubles. « Je crois que nous approchons. »

Ils finirent par s'arrêter au milieu d'une rangée. Tremblay se servit de son doigt pour repérer les numéros sur chacune des boîtes à archives jaune pâle.

« Celle-ci, dit-il. Parfois, ça sert d'être grand. » Il tendit le bras au-dessus de sa tête et tira une boîte. « La salle de lecture est loin. Cela vous ennuie que nous regardions ici ? »

La boîte était presque vide. Elle ne contenait qu'une douzaine de papiers volants. Tremblay les enleva, posa la boîte à ses pieds et tint les feuilles pour qu'ils puissent voir tous les deux.

La première était une lettre tapée sur papier à en-tête de l'université et datée du 12 juin 1982.

La signature de la mère d'Elisabetta était franche et assurée, écrite avec un stylo à encre dont la plume avait une pointe fine. Elle fit monter les larmes aux yeux d'Elisabetta, mais la jeune femme renifla un grand coup et étouffa ses sanglots.

« C'est la lettre par laquelle elle demande la permission d'utiliser les archives, lut Elisabetta rapidement. Elle détaille le sujet de son livre, l'excommunication de la reine Élisabeth par le pape Pie V. »

Tremblay rangea la lettre au bas de la pile.

Suivirent deux autres lettres similaires, où elle demandait à être admise à nouveau pour poursuivre ses recherches. L'une des lettres résumait les documents qu'elle avait déjà vus : *Regnans in Excelsis*, la bulle papale de 1570 par laquelle Élisabeth, reine d'Angleterre, était excommuniée pour hérésie ; une lettre de Matthew Parker, archevêque de Canterbury au pape Pie V (1571) ; une lettre d'Edmund Grindal, archevêque de Canterbury au pape Grégoire XIII (1580) ; une bulle papale de 1580, un éclaircissement du pape Grégoire XIII de la bulle *Regnans in Excelsis* ; une lettre du nonce du pape en France adressée au pape Clément VIII pour l'informer de la mort d'Élisabeth (1603).

Tremblay regarda si Elisabetta avait fini, puis passa à la page suivante.

C'était la lettre d'accompagnement datée de 1984 par laquelle Flavia faisait don de son livre sur l'excommunication d'Élisabeth à la bibliothèque du Vatican.

Ensuite une autre lettre, datée du 22 avril 1985 au chef archiviste, demandant la permission d'effectuer des recherches pour son second livre. Flavia écrivait :

« Au cours des travaux préliminaires pour mon livre sur la reine Élisabeth, je suis tombée sur une intéressante correspondance entre le mathématicien et astrologue John Dee et Ottaviano Mascherino, l'architecte qui a construit la tour aux Vents. Je voudrais pouvoir accéder aux archives pour rechercher d'autres lettres échangées par les deux hommes, pour élaborer mon hypothèse selon laquelle, au plus fort du schisme entre Rome et l'Angleterre, il y avait néanmoins des échanges scientifiques et culturels intenses et ininterrompus entre les grands esprits de l'époque. »

« Est-ce que vous aviez connaissance de ceci ? demanda Tremblay.

— Non. Pas du tout. »

La page suivante obligea Elisabetta à respirer profondément.

C'était un mémo joint au dossier par le chef archiviste, daté du 17 mai 1985, retirant à Flavia Celestino ses privilèges aux archives. Il affirmait qu'elle avait obtenu un accès non autorisé à la boîte 197741-3821 et que ses notes avaient été confisquées.

« Cela paraît étrange, dit Tremblay. Elle n'aurait pas pu avoir entre les mains des dossiers qu'elle n'avait pas demandés. Comme je l'ai dit, personne n'a d'accès direct aux documents. »

Une feuille volante était agrafée au mémo. Elle était couverte de l'écriture penchée si particulière de Flavia.

« Ses notes ! » s'écria Elisabetta.

Elles étaient succinctes.

Lettre de Dee à Mascherino, 1577 :

Fraternité

Cause commune

« Alors que j'observe l'éclipse totale de Lune le 27 septembre depuis Londres, la chaleur envahira mon cœur à la pensée que tu seras en train de contempler le même événement depuis Rome, mon cher frère. »

Lémure

« Mon Dieu ! s'exclama Tremblay. Elle avait découvert une preuve directe. Je n'ai jamais vu cette lettre à laquelle elle fait référence. Venez avec moi. La boîte d'archives en question – celle qui porte ces numéros est à l'étage diplomatique, avec les documents les plus anciens.

— Attendez, dit Elisabetta. Nous n'avons pas fini. »

Le dossier de Flavia contenait deux autres feuilles.

La première était un mémo écrit par un médecin, le docteur Giuseppe Falcone, adressé à une personne en particulier mais marqué « délivré en main propre, le 6 juin 1985 » :

À la demande du Vatican, j'ai examiné la patiente Flavia Celestino, qui a été confiée aux bons soins du docteur Motta à l'hôpital Gemelli. Elle se trouve dans un état grave, avec de la diarrhée, des vomissements, de l'anémie, des dysfonctionnements du foie et des reins, et des pertes de repère. Mon diagnostic différentiel comprend un syndrome hémolytique et urémique, une encéphalomyélopathie virale, une amyloïdose et une intoxication aux métaux lourds ou à l'arsenic. Cette dernière hypothèse est la plus vraisemblable. J'ai parlé avec le docteur Motta. Il m'a informé que les tests à l'arsenic et aux autres substances toxiques sont négatifs, et même si je suis surpris, je dois accepter ses conclusions. Je pense qu'il a envisagé toutes les possibilités, mais à ce stade, il semblerait qu'il n'y ait pas grand-chose à faire pour elle.

« Elle a été empoisonnée », chuchota Elisabetta. Elle ne fit aucune tentative pour refouler ses larmes et Tremblay la regarda, impuissant.

La dernière page était une copie du certificat de décès, daté du 10 juin 1985, établissant la cause de la mort de Flavia comme étant une insuffisance des reins et du foie, et indiquant qu'une autopsie n'avait pas été demandée par le médecin légiste.

« Je suis désolé, dit Tremblay en lui touchant la main. Mais nous devons trouver la lettre de Dee. »

Il remit la boîte à sa place et retourna à grands pas vers la tour. Elisabetta le suivit, son corps et son esprit si amorphes qu'elle sentait à peine le sol sous ses pieds.

En montant l'escalier, Tremblay blâma sa constitution peu robuste, mais il s'obligea à poursuivre jusqu'à ce qu'ils aient atteint le second étage de la tour. Lorsqu'ils arrivèrent sur le palier, Elisabetta se demanda avec inquiétude s'il n'allait pas perdre connaissance, tant il était hors d'haleine.

« Par ici », dit-il, haletant.

Là, dans les archives du secrétariat d'État, ils traversèrent une pièce après l'autre ; toutes étaient pleines de meubles en noyer du XVIIe siècle. Tremblay avait recopié le numéro sur un morceau de papier et il le relisait tout en fouillant les pièces. Il finit par le trouver, rangé très haut. Il se posta devant la grande échelle et déclara :

« Je suis tellement essoufflé que je ne pense pas y arriver. »

Elisabetta grimpa les échelons et ouvrit la vitrine qu'il lui désignait. Il énonça le numéro. Elle trouva la boîte.

Une fois descendue, elle posa le carton sur l'un des meubles bas au centre de la pièce et laissa Tremblay l'ouvrir. Il était plein de parchemins attachés par un ruban, datant tous du XVIe siècle. D'un œil avisé, il parcourut les textes en latin, en français, en anglais et en allemand, cherchant celui qu'il voulait. Aux deux tiers de la pile, il s'arrêta net sur un papier moderne comportant une note écrite au stylo à bille.

1577. Lettre de John Dee à Ottaviano Mascherino, déplacée pour être intégrée dans une collection privée.
Signé : R. A. 17 mai 1985

« Qui est R. A. ? » demanda Elisabetta.

Tremblay secoua la tête tristement.

« Je n'en ai pas la moindre idée, mais Dieu m'en soit témoin, je vais le découvrir. Partons. Il n'y a plus rien à faire ici. J'ai du travail. Je vous contacterai dès que j'aurai trouvé quelque chose. S'il vous plaît, ne parlez de tout ceci à personne. »

Le téléphone sonna dans le bureau de la bibliothécaire.

« Ici, la *signorina* Mattera aux archives secrètes. Oui, Votre Excellence. Merci de me rappeler. Je voulais vous informer que le père Tremblay a demandé l'accès à un dossier classé rouge aujourd'hui. Il s'agissait d'une femme qui a effectué des recherches ici dans les années 1980, une certaine Flavia Celestino. Oui, Votre Excellence, selon le protocole, il a eu accès à ce dossier et maintenant, toujours selon le protocole, je vous en informe avec diligence. »

22

Elisabetta ouvrit la porte de l'appartement de son père et cligna des yeux, incrédule. Dans la cuisine se trouvait Zazo.

« Où étais-tu ? tempêta-t-il d'un ton exaspéré. Ne t'avais-je pas dit de ne pas bouger ?

— J'avais un rendez-vous. » Elle ne voulait pas mentir, mais elle ajouta : « À l'école. »

Zazo commença à lui faire la leçon.

« Elisabetta…

— Mais que fais-tu ici ? rétorqua-t-elle. Comment se fait-il que tu ne sois pas en uniforme ? »

Lorsqu'il lui raconta ce qui s'était passé, les larmes d'Elisabetta se remirent à couler. « Tout ça, c'est ma faute.

— Comment ça, ta faute ?

— Je ne sais pas, dit-elle en s'essuyant les yeux. Mais c'est vrai. »

Zazo rit.

« Je te croyais intelligente. Que s'est-il passé ? Arrête de pleurer et fais-moi du café. »

Plus tard, alors qu'elle lavait les tasses et les soucoupes, Elisabetta demanda à Zazo s'il voulait aller à l'église avec elle.

« Plus d'église pour moi pendant un moment, dit-il. Mais je t'accompagne à pied jusque là-bas. »

C'était un de ces après-midi balayés par le vent où de gros cumulus cachaient le soleil par intermittence, tandis que la lumière passait sans arrêt du jaune au gris et du gris au jaune. Zazo ne parvenait pas à décider s'il devait garder ses lunettes de soleil ou pas. Il finit par renoncer et les rangea dans la poche intérieure de sa veste où les branches se glissèrent entre les pages des relevés téléphoniques.

« Voilà ce qui a causé ma perte, dit-il en agitant les papiers devant sa sœur.

— Les as-tu regardés ?

— Non. Peut-être que je le ferai plus tard ce soir, ou demain. Une fois que j'aurai décuité.

— S'il te plaît, ne bois pas, dit Elisabetta.

— Es-tu nonne ou puritaine ? plaisanta son frère. Bien sûr que je vais boire. Je vais porter un long toast à la fin de ma carrière et au nouveau pape, quel qu'il soit. »

Ils s'arrêtèrent à un coin de rue, attendant que le feu passe au vert pour eux.

« Je suis certaine qu'ils vont se contenter de te donner un avertissement. Zazo, je suis très fâchée contre toi. Tu ne pouvais pas lâcher l'affaire, non ?

— Non, je ne pouvais pas.

— Moi non plus », avoua Elisabetta en traversant lorsque le feu passa au vert.

Zazo courut pour être à sa hauteur.

« Qu'est-ce que tu as fait ?

— J'ai appelé l'université d'Ulm et trouvé un ancien collègue de Bruno Ottinger. Il s'avère qu'Ottinger était un vieux bonhomme méchant, un partisan de l'extrême droite.

— C'est tout ?

— Rien d'autre de très remarquable. Il n'avait pas beaucoup d'amis. L'initiale K ne signifiait rien pour le collègue en question. Et Christopher Marlowe non plus.

— Est-ce que papa travaille toujours sur les nombres ? »

Elisabetta hocha la tête.

« Espérons qu'il aura plus de chance qu'avec Goldbach, dit Zazo un peu dédaigneux.

— Ne sois pas méchant. »

Soudain, il ajouta :

« Tu vas vraiment me manquer. »

Elle lui adressa un petit sourire crispé, essayant de ne pas perdre contenance.

« Tu vas me manquer à moi aussi. Et papa. Et Micaela. Et mon école.

— Alors ne pars pas.

— Ce n'est pas mon choix.

— C'est le choix de qui ? Ce n'était pas celui de Dieu, tu sais.

— Je ne sais pas qui a pris la décision, mais bien sûr que c'est le choix de Dieu.

— Quelqu'un veut se débarrasser de toi, c'est évident, Elisabetta. D'abord, quelqu'un passe un coup de fil depuis ton bureau aux journaux, un appel grâce auquel tu es renvoyée. Ensuite, tu es transférée le lendemain du jour où quelqu'un essaie de te tuer. Ce n'est pas la main de Dieu. C'est la main de l'homme. »

Le dôme de l'église apparut.

« Peut-être que nous découvrirons la vérité sur cette affaire un jour, peut-être que non. Ce qui est important pour moi, c'est que je reprenne le cours de ma vie. Si c'est en Afrique, qu'il en soit ainsi.

— Tu sais, dit Zazo d'un air narquois, tu ne vas pas manquer seulement aux gens que tu as cités.

— À qui d'autre ?

— À Lorenzo. »

Elle s'arrêta et le regarda fixement.

« Il n'a rien dit, bien entendu, dit Zazo, mais je le sens.

— Mais je suis religieuse !

— Peut-être, mais parfois, les femmes quittent le clergé. Je ne peux pas dire qu'il y pense, mais je vois bien qu'il y a quelque chose dans ses yeux. C'est mon meilleur ami. » Zazo baissa la voix. « Après Marco.

— Oh, Zazo…

— Laisse-moi te dire autre chose », dit son frère en touchant sa manche noire.

Une vieille dame s'arrêta pour contempler la scène – une religieuse et un jeune homme en conversation intime dans la rue. Elisabetta lui adressa un sourire poli et Zazo et elle se remirent à marcher.

« Je sais pourquoi tu es devenue nonne.

— Ah bon ? Pourquoi ?

— Parce que Marco était parfait pour toi. Après lui, personne ne serait jamais aussi bien. »

Elle fit un geste vers le ciel.

« Et c'est à cause de cela que j'ai épousé le Christ ? C'est ça que tu vas dire ? Tu ne crois pas que c'est terriblement simpliste ?

— Je ne suis pas un type compliqué, dit-il.

— Tu es mon frère, Zazo, mais tu es aussi un idiot. »

Ils étaient arrivés sur la place Sainte-Marie-du-Trastevere. Il haussa les épaules et désigna l'église.

« Je t'attends au café.

— Tu n'es pas obligé.

— Si je ne peux pas protéger le prochain pape, je veux te protéger, toi. »

Un monospace Vito Mercedes avança lentement sur la piazza, venant de la rue qu'ils avaient remontée. C'était une zone piétonne. Avant que Zazo ne puisse faire signe au conducteur qu'il était en infraction, le véhicule passa la marche arrière et disparut. Quelques instants plus tard, un homme avec une barbe rousse sortit du monospace dans une rue adjacente, retourna à pied sur la place et s'assit sur la margelle de la fontaine pour fumer une cigarette. Il était à mi-chemin entre le café et l'église, et il paraissait se donner du mal pour observer à la fois Elisabetta et Zazo.

« Que fais-tu ici ? demanda le père de Zazo en laissant tomber son cartable dans le salon.

— C'est de famille », marmonna Zazo.

Il répéta toute l'histoire pendant que Carlo se versait un apéritif, puis un autre.

« D'abord, Elisabetta s'attire des ennuis, puis toi. Et après ? Rien du côté de Micaela ? Les mauvaises nouvelles arrivent toujours par trois.

— C'est de la superstition ou de la numérologie, papa ? ironisa Elisabetta.

— Ni l'un ni l'autre. C'est un fait. Que faisons-nous pour le dîner ?

— Je vais préparer quelque chose.

— Fais simple, dit Carlo. Il faut que je sorte ce soir.

— Un rendez-vous ? hasarda Zazo.

— Très drôle. Ha ! Ha ! Un pot pour le départ à la retraite de Bernardini. Il est plus jeune que moi. La catastrophe est imminente. »

Carlo ouvrit son cartable et poussa un juron.

« Qu'est-ce qui ne va pas ? demanda Elisabetta.

— Je voulais passer une heure à travailler sur ton énigme, mais j'ai laissé le fichu bouquin au bureau. Donne-moi l'ancien.

— Non ! protesta-t-elle. Tu as entendu qu'il a de la valeur. Tu vas renverser ton verre dessus. J'ai une édition de poche dans ma chambre, tu pourras même l'annoter si tu veux. »

Elisabetta prépara un plat de pâtes avec du pecorino et nettoya une salade verte pendant que Zazo buvait deux ou trois des bières de son père.

« Micaela vient après le dîner, lui dit-elle.

— Je m'en irai quand elle arrivera.

— Tu n'es pas obligé d'attendre si tu préfères être ailleurs, dit-elle.

— Tout va bien et j'ai faim.

— Bon, va chercher papa. Dis-lui que c'est prêt. »

Zazo donna un petit coup sec sur la porte de la chambre de son père. Pas de réponse. Il tapa plus fort et cria.

On entendit un « Quoi ? » grincheux.

« Le repas est prêt. »

De l'autre côté de la porte, Carlo répondit :

« Attends une minute, je suis occupé. »

Zazo retourna dans la cuisine, plongea une fourchette dans les pâtes et en préleva quelques-unes pour les goûter.

« Il a dit d'attendre une minute. Il est occupé. »

Ils patientèrent dix minutes et Elisabetta retourna à la porte. Carlo la renvoya, tout en promettant qu'il serait prêt dans une minute.

Dix minutes plus tard, ils entendirent sa porte s'ouvrir

brusquement. Il entra lentement dans la cuisine, renfrogné, tenant dans une main l'édition de poche du *Faust* et un carnet.

« Ça va, papa ? » demanda Elisabetta.

Soudain, l'expression boudeuse de Carlo se transforma en un gigantesque sourire, comme un enfant qui ferait une plaisanterie.

« Je l'ai résolue ! J'ai décodé ton énigme ! »

23

Londres, 1589

Marlowe s'imprégnait de l'atmosphère de foire d'empoigne londonienne en flânant dans les rues animées et grouillantes de Shoreditch. Il souriait à toutes les fripouilles, filles de joie, tous les nègres, colporteurs et gamins des rues qu'il frôlait en passant. *Je suis né pour vivre dans un lieu comme celui-ci*, pensa-t-il.

C'était un jour dont il attendait beaucoup et même la puanteur des caniveaux ouverts ne parvenait pas à amoindrir son plaisir ; dans peu de temps, il verrait la première représentation de sa nouvelle pièce, *L'Histoire Tragique de la vie et de la mort du docteur Faust*.

Marlowe avait mis ses plus beaux vêtements, ceux qu'il portait quatre ans auparavant lorsque, les poches pleines de l'argent donné par Walsingham, il avait posé pour un portrait dont il avait passé commande. Dans un acte d'orgueil démesuré et sans précédent qui avait embrasé l'imagination de ses collègues, il avait offert le portrait au maître de Benet lors de son départ en 1587. Complètement époustouflé par ce geste, maître Norgate n'avait pas eu d'autre choix que de l'accrocher dans sa galerie lambrissée, à côté d'une ribambelle d'autres érudits et anciens étudiants bien plus remarquables.

Sur le tableau, il posait d'un air suffisant, les bras croisés, la bouche boudeuse et rebelle, les cheveux au vent et la moustache fine. Son pourpoint était ajusté, noir avec une bordure de velours rouge, décoré de boutons dorés sur le devant et sur les manches. Sa chemise de lin était ouverte, avec un col de dentelle souple, qui était bien plus canaille que les cols habituels, amidonnés, à jabot qu'arboraient les notables accrochés sur le mur de Norgate. Les vêtements, qui avaient bien vécu en Angleterre et sur le continent, étaient un peu usés, mais ils faisaient encore leur effet et lui allaient parfaitement. Malgré tout, si la pièce devenait un succès, il avait déjà prévu de demander au tailleur de Walsingham de lui confectionner un nouvel ensemble.

Londres, cette dense métropole de cent mille âmes, lui appartenait, désormais. En peu de temps, il en avait apprivoisé le cœur exigeant et en avait extrait ses trésors, les uns après les autres. Il n'en doutait pas : *Faust* lui apporterait la plus flamboyante des récompenses.

Marlowe s'était attaché à Londres comme une sorcière à son chaudron. La nuit il fréquentait le très animé Nags Head à Cheapside, les sombres bordels de Norton Folgate, où il pouvait cacher le détail de son anatomie sous sa culotte montante, et les salons fiévreux de Whitehall où, entouré de Cecil, de Walsingham et de ses pairs, il n'avait pas besoin de se cacher. Et le jour, lorsque sa tête avait récupéré des excès de la nuit précédente, il restait dans ses appartements et faisait courir la plume sur le parchemin jusqu'à ce que sa main lui fasse mal.

Il trouva son foyer théâtral auprès des Admiral's Men, une troupe d'acteurs qui était sous le patronage de

Charles Howard, le commandant en chef de la marine royale. L'amiral avait convaincu le plus grand acteur d'Angleterre, Edward Alleyn, de rejoindre sa compagnie et lorsque Alleyn, un homme imposant à la voix de baryton aussi puissante qu'un cor du meilleur cuivre, lut *Tamerlan le Grand*, ce fut le début d'une intense association artistique. Alleyn avait du mal à croire qu'un chef-d'œuvre comme *Tamerlan le Grand* ait pu être écrit par un homme de vingt-deux ans. Il en fut de même du public et la pièce, qui racontait l'histoire d'un simple berger devenu meurtrier et le redoutable dirigeant de Perse, fut le sujet de toutes les conversations à Londres et eut un grand succès commercial.

Le théâtre était la première salle de spectacle édifiée dans ce but à Londres et Marlowe ressentait toujours un frisson d'excitation chaque fois qu'il y entrait. C'était un grand polygone avec une charpente en bois, en partie construit par la main de Burbage, qui était maître-charpentier. Il y avait trois balcons entourant une cour pavée devant une estrade surélevée. Pour un penny, quelques centaines de personnes pouvaient assister à la pièce debout, sur ces pavés, serrés les uns contre les autres. Pour un autre penny, quelques centaines d'autres pouvaient accéder aux balcons et, pour un penny supplémentaire, ils pouvaient louer un tabouret. Une demi-douzaine de loges étaient aménagées sur les balcons : des alcôves privées réservées aux privilégiés.

Devant le théâtre, Marlowe dut se frayer un chemin, incognito, au milieu d'une foule compacte, indisciplinée et puante, de prostituées, proxénètes et pickpockets. Il arriva au tourniquet en essuyant son pourpoint du dos de la main, au cas où quelque ornement déplaisant ne s'y soit déposé.

« Kit ! Par ici ! »

Thomas Kyd lui faisait signe.

« Tom ! »

Les gardes le laissèrent passer et Tom franchit la distance qui les séparait en quelques pas bondissants. Il était beaucoup plus grand et aussi blond que Marlowe était brun.

« J'ai cru que tu allais être en retard pour la première de ta propre pièce. »

Marlowe rayonna.

« Ils n'ont plus vraiment besoin de moi, maintenant. Après tout, les mots sont écrits depuis longtemps. »

Kyd lui tapa sur l'épaule.

« Voilà quel est notre lot, mon ami. Mais, sans notre petite contribution, les acteurs n'auraient rien d'autre à faire que lâcher des pets et des borborygmes. »

Marlowe avait rencontré Kyd peu de temps après avoir quitté Cambridge. Kyd était un pilier du Mermaid, et une des célébrités du monde du théâtre. Sa *Tragédie espagnole* avait été un des plus grands succès des dernières années. Il avait six ans de plus que Marlowe, il était d'origine plutôt modeste, comme lui, mais il était désavantagé parce qu'il n'avait pas fréquenté l'université. Il avait triomphé uniquement grâce à son talent créatif et sa personnalité combative. Marlowe l'avait apprécié immédiatement et vice versa, mais il résista aussi longtemps qu'il le put à ses suppliques pour qu'il devienne son amant.

Finalement, après une soirée particulièrement arrosée de bière, ils se retrouvèrent dans le même lit. Marlowe recula pour échapper aux baisers ardents de Kyd et dit d'une voix rauque :

« J'ai une particularité.

— Vraiment ? Comme c'est intéressant ! Est-elle très grande, très petite ou très courbée ? demanda Kyd en se calant sur un coude.

— Est-ce que tu jures de n'en parler jamais à personne ?

— Je le jure », dit Kyd sur un ton mélodramatique.

Marlowe sortit du lit, se leva, lui tourna le dos et descendit sa culotte.

Kyd poussa une exclamation de joie.

« J'ai toujours su que tu étais un diable ! Quelle merveille ! Je peux la toucher ?

— Oui, tu peux, dit Marlowe. Elle supporte d'être malmenée. »

Kyd caressa la queue, fasciné.

« Est-ce que cette particularité est courante dans ta famille ?

— Non, mentit Marlowe. Je suis le seul. Peut-être le seul au monde.

— Ce sera notre secret à nous, alors, dit Kyd. Reviens dans mon lit aussi vite que tu peux. »

Les deux hommes se frayèrent un chemin dans la foule jusqu'à la scène. Dans les coulisses, Edward Alleyn, le plus grand acteur d'Angleterre, vêtu de la panoplie du docteur Faust, échauffait ses cordes vocales avec des exercices harmoniques.

« Kit ! s'exclama-t-il. Et Tom ! À quoi ressemble la salle ?

— Pleine à craquer, à en juger par la foule, dit Kyd. Tu es parfait dans ce rôle.

— J'ai l'air qui convient, mais me souviendrai-je de mon texte ? J'ai joué trois nouvelles pièces cette dernière semaine.

— Je vous prie, cher monsieur, de ne pas oublier mes vers, le réprimanda Marlowe. Souvenez-vous, les autres pièces étaient de la pâtée pour chiens. Celle-ci est taillée dans le meilleur steak.

— Je ferai de mon mieux, soyez-en assuré. »

James Burbage approcha et escorta Marlowe et Kyd dans un étroit escalier menant à une des loges d'où ils contemplèrent la foule.

« Regardez-les tous ! s'écria Burbage. J'entends qu'on se presse aux grilles, ils réclament tous des billets. Il va falloir demander des cavaliers armés pour maintenir l'ordre ! Le bouche à oreille est un allié puissant, n'est-ce pas ?

— Eh bien, la pièce a tout ce qu'il faut ! dit Kyd. Les idées de Kit – convoquer Méphistophélès par la magie, vendre son âme au diable en échange des secrets de l'univers –, voilà des thèmes grisants. »

Une flasque de vin se trouvait sur la table. Burbage versa trois verres.

« Aux thèmes grisants et à la séduction du succès, messieurs. »

Le metteur en scène appela au calme et annonça les noms des acteurs. À la mention d'Edward Alleyn, de grands cris d'enthousiasme résonnèrent. Le chœur entra en scène et la pièce commença.

Lorsque Alleyn, en docteur Faust, fit son apparition, à la simple vue du grand homme, le public s'enflamma. L'acteur réussit à garder la posture du Faust en grande tenue tandis qu'il attendait d'un air suffisant que la foule ait fini de s'époumoner. Bientôt, il fut debout dans un cercle magique élaboré décoré de signes astrologiques, exécuté exactement selon les instructions précises de Marlowe. Sa voix retentit :

À ce moment où l'ombre noire de la Terre,
Voulant voir Orion à l'humide influence,
De l'espace antarctique a jailli dans le ciel
Et de sa sombre haleine en a terni la voûte,
Tu vas, Faust, commencer tes incantations,
Éprouver des démons l'entière obéissance,
Toi qui leur as donné sacrifice et prière,
En ce cercle est inscrit le nom de Jéhovah,
Anagrammatisé dans un sens puis dans l'autre,
Avec en abrégé les noms sacrés des saints,
La figuration des attributs célestes,
Les signes du zodiaque et des astres errants,
Grâce à quoi les esprits sont forcés d'apparaître.
Donc, plus de crainte, ô Faust, montre-toi résolu
Et pousse la Magie à son haut exploit.

Le public eut le souffle coupé lorsque Méphistophélès apparut dans une explosion de phosphore, vêtu de vert, avec tous les attributs du diable, les cornes et les ailes.

Kyd chuchota à l'oreille de Marlowe :

« Magnifique ! »

Et Marlowe lui sourit, satisfait.

La mise en scène se fit encore plus impressionnante à mesure que Faust, après avoir signé son pacte avec Lucifer pour échanger son âme contre vingt-quatre années sur Terre avec Méphistophélès pour serviteur, partit pour son voyage exploratoire.

L'élocution puissante d'Alleyn, associée aux feux d'artifice et aux flammes, captivait le public. Lorsque arriva le moment pour Lucifer de réclamer sa prime, un dragon terrible, crachant le feu, émergea d'un nuage de fumée. Au-dessus, des diables échevelés se balançaient, attachés par des filins, avec des cierges magiques dans la bouche. Des tambours produisirent le grondement du tonnerre tandis que des accessoiristes lançaient des éclairs.

Et vers la fin, avant d'être emporté en enfer, Faust se vit accorder son dernier vœu – voir de ses propres yeux la belle Hélène de Troie. Alleyn, de sa voix puissante, émut les spectateurs jusqu'aux larmes.

Ce visage ! C'est lui qui lança mille nefs
Et qui brûla les tours sublimes d'Ilion !
Hélène qu'un baiser me joigne aux Immortels !

Une fois que les applaudissements se furent calmés et que la foule se fut dispersée, la nuit était tombée et, avec elle, une brume rafraîchissante. Dans une ruelle derrière le théâtre, Kyd et Marlowe restèrent ensemble un moment.

« Pourquoi dois-tu partir ? dit Kyd d'un ton boudeur. Viens avec moi au Mermaid. C'est un triomphe, Kit. Viens le fêter avec des amis.

— Il faut que j'aille voir des gens, dit Marlowe. Je te rejoindrai plus tard. Attends-moi là-bas, d'accord ?

— D'accord, si tu viens plus près. »

Kyd l'embrassa, glissa une main dans son dos et caressa sa queue d'un geste sensuel.

Dans l'ombre, un homme seul les observa pendant un moment puis disparut sans un bruit dans la brume.

Au palais de Whitehall, dans son bureau privé,

Francis Walsingham versa à Marlowe et à Robert Cecil des verres de bon cognac français. Robert Poley était présent aussi, assis à côté du feu, une chope à la main, sombre et taciturne.

On entendit frapper à la porte et le secrétaire privé de Walsingham annonça :

« Il est là. »

Marlowe ne s'attendait pas à rencontrer qui que ce soit d'autre. Curieux, il observa le petit homme, guère plus grand qu'un adolescent, qui franchissait le seuil. Il portait une longue toge noire d'académicien, qui traînait par terre. Son visage était flétri par les années et il possédait la barbe la plus remarquable que Marlowe ait jamais vue, blanche comme une oie des neiges, assez touffue pour pouvoir abriter un nid d'oiseaux et aussi longue que son visage. L'homme tenait contre lui une boîte marquetée et vernie de la taille d'une bible.

Walsingham s'avança et, obséquieux, baisa sa main décharnée avant de demander : « Est-ce l'objet ?

— Oui », acquiesca l'homme en lui tendant la boîte.

Walsingham la posa avec précaution sur son bureau, désigna Marlowe et dit :

« Voici l'homme que je voulais que vous rencontriez. Chistopher Marlowe, je vous présente le docteur John Dee. »

L'homme barbu parut glisser jusqu'à lui.

« Le jeune dramaturge et poète… Je suis très heureux de vous connaître, monsieur. »

Marlowe sentit l'excitation du moment le submerger. Le grand astrologue lémure ! L'astrologue de la reine !

« Non, monsieur, répondit-il en s'inclinant très bas, c'est moi qui suis honoré et qui ai l'immense privilège de vous rencontrer. »

Walsingham remplit un verre pour Dee tandis que Poley restait à sa place à côté du feu, sans être invité à se joindre au cercle.

« Alors la première de votre nouvelle pièce a eu lieu cet après-midi, ai-je entendu, déclara Dee.

— Oui, c'est exact, dit Marlowe.

— Et comment a-t-elle été reçue ? demanda Walsingham.

— Le public a eu l'air d'apprécier, dit Marlowe avec modestie.

— Peut-être devrions-nous nous travestir et aller la voir nous-mêmes, suggéra Cecil à leur hôte.

— Je ne fréquente pas les théâtres à moins que la reine n'insiste, dit Walsingham. Peut-être, maître Marlowe, auriez-vous l'amabilité d'informer le docteur Dee sur la manière dont cette nouvelle production sert nos plus grands desseins. »

Marlowe hocha la tête.

« Certainement. Rien n'est plus important que notre mission et ma bien insignifiante pièce a seulement pour but de semer les graines sournoises de la confusion et de la haine.

— De quelle manière ? s'enquit Dee.

— D'abord, elle parle du bien et du mal, et je suis heureux de vous informer que le mal, sous la forme de Lucifer, bat le bien à plates coutures. La damnation l'emporte nettement sur le salut, ce qui, sans aucun doute, fera naître un sentiment de désarroi et d'ahurissement dans les masses.

— Bien, fit Dee. Très bien.

— Et j'ai eu pour but d'embrouiller leur esprit sur ce qui constitue le concept essentiel de la doctrine protestante, la prédestination absolue. Je n'ai pas besoin de vous rappeler que, d'après Calvin, Dieu seul choisit les hommes qui seront sauvés et ceux qui seront damnés. L'homme n'a aucun contrôle sur son destin ultime. Les papistes, bien entendu, considèrent cela comme une hérésie totale et, si un certain nombre d'entre eux voient la pièce, ils seront cruellement troublés. Les protestants dans le public verront dans le sort affreux de mon héros Faust, qui rejette Dieu mais qui plus tard est incapable de se repentir, un digne hommage rendu au calvinisme. Mais certains, je crois, seront au fond d'eux désespérés par la justesse du message et souffriront de grands tourments à l'idée que le repentir est sans effet et que leur destin est défini. Si tel est le cas, penseront-ils, alors pourquoi ne pas continuer à pécher ?

— Eh oui, pourquoi pas ? intervint Cecil.

— Même si nous avons le plus grand mépris pour les catholiques, je suis assez content de lancer des piques aux protestants également. Faust, dans un de ses discours, dit la chose suivante : "Du péché la mort est le salaire", c'est dur. Si nous disons : "En nous point de péché", nous nous trompons et il n'y a en nous point de vérité. Alors… parbleu… On ne peut que pécher et donc, il faut mourir. Hélas ! il faut mourir d'une mort éternelle. L'étonnante doctrine ! Oh ! *Que sera, sera.* Advienne que pourra !

— Je vois bien comment cela va torturer leurs petits esprits fragiles, déclara Walsingham sur un ton approbateur.

— Et, en hommage à nos traditions, dit Marlowe, Faust convoque le diable en se tenant dans un cercle magique contenant les signes astrologiques du grand Balbilus. »

Dee tapa du poing sur l'accoudoir de son fauteuil.

« Ah ! Cela me fait très plaisir ! Balbilus est mon héros. Il est certes perdu dans la mémoire des hommes ordinaires, mais il est pour toujours présent dans *nos* cœurs. »

Dee laissa Walsingham remplir son verre à nouveau et dit :

« Avez-vous dit à Marlowe ce que nous attendons de lui ?

— Je vous laisse lui en parler, répondit Cecil.

— Je vais le faire, déclara Dee. Marlowe, avez-vous jamais entendu parler du saint irlandais Malachie ?

— Non, répondit Marlowe.

— Comme c'est dommage. C'était l'évêque de Down, au XIIe siècle. Il a beaucoup voyagé sur le continent et a été le confident de Bernard de Clairvaux et du pape Innocent II. C'était aussi un lémure, un grand, un astrologue, maître dans son art. Alors qu'il rendait visite au pape Innocent à Rome, il assista, dit-on, à une éclipse de Lune particulièrement propice, et de son observation naquit une importante prophétie concernant la papauté. Il prédit un nombre fini de papes, cent douze, ni plus ni moins. Et il identifia pour chaque pape un élément caractéristique. Ainsi, pour le dernier pape, Sixte V, Malachie vit et écrivit : "l'axe au milieu d'un signe". Sixte avait un blason qui représentait un lion traversé par un axe. Pour le pape actuel, Urbain VII, Malachie écrivit : "de la rosée du ciel". Urbain était l'archevêque de Rossano en Calabre, où on recueille dans les arbres une sève appelée "la rosée du paradis". Voyez-vous ? »

Marlowe hocha la tête, fasciné.

« Et lorsque le numéro 112 sera atteint ? demanda-t-il.

— La prophétie est apocalyptique, dit Dee d'un ton

égal. L'Église ne sera plus et j'ose avancer qu'un nouvel ordre naîtra. Du chaos, les lémures triompheront. »

Marlowe plissa les yeux.

« Que se passera-t-il ?

— Hélas, nous ne serons plus là pour le voir. Avez-vous lu ma *Monade hiéroglyphique* ?

— Je l'ai étudiée. À l'université. C'est un texte extrêmement difficile, admit Marlowe.

— Notre ami Walsingham, le maître en codes secrets, appréciera à sa juste valeur lorsque je vous dirai que ce texte a un sens, si ardu qu'il puisse paraître pour un lecteur ordinaire, mais un message complètement différent caché, destiné à nos frères. Vous rappelez-vous mon illustration de la monade ?

— Oui, monsieur.

— Ma propre prophétie est la suivante : le monde prendra fin à un moment où à la fois la Lune et le Soleil seront dans la maison du Bélier. Le Bélier est un signe de feu. Le monde sera certainement consumé par le feu. La *Monade* véhicule ce sens. Puisse-t-elle devenir notre symbole !

— Elle le pourrait, dit Cecil en levant son verre. Elle le sera.

— Je ne peux pas dire si ma vision de l'apocalypse coïncidera avec la prophétie de Malachie. Personne ne le peut. Mais on ne peut en exclure l'éventualité.

— Comment se fait-il que je n'aie jamais vu la prophétie de Malachie ? demanda Marlowe.

— C'est précisément la raison de ma présence ici, répliqua Dee. Vous aurez un rôle vital à jouer dans la mise en œuvre de la prochaine étape de notre plan. Je ne saurais trop insister sur l'importance de notre collaboration dans la concrétisation de l'ultime destinée des lémures. Le texte de Malachie a été transmis d'un astrologue à un autre et il est demeuré parmi nous comme un document sacré. Nous pensons que le temps est venu de le faire connaître plus largement.

— Effectivement, marmonna Cecil.

— Nous vivons des temps difficiles, déclara Dee. En Angleterre, nous sommes servis par le zèle protestant de la reine. Ici, nous vivons bien et nous sommes bien établis. Mais sur le continent, les choses ne sont pas aussi favorables. Le pape est scandalisé par la mort de Marie d'Écosse. Ses plus proches cardinaux et lui sont convaincus que les lémures sont mêlés à l'affaire. »

Walsingham rit.

« Ils sont méprisables, mais ils ne sont pas idiots.

— Effectivement, répondit Dee. Ils ont capturé un certain nombre de nos agents en Italie, en Espagne, en France et les ont affreusement torturés. On m'a dit qu'ils conservaient leurs queues comme des trophées qui les font jubiler. Nous sommes démoralisés et cela ne se peut. Nos frères ont besoin d'inspiration et d'encouragement pour nourrir leur esprit combatif. D'après la prophétie, il ne reste que trente-huit papes. Cela va prendre un temps considérable, des siècles. Entre-temps, ce serait une bonne chose que Malachie devienne un étendard que tous les lémures pourraient porter dans leur cœur. J'ai toujours dit que celui qui lit l'avenir peut le contrôler. Les lémures le peuvent et ils devraient prospérer dans les temps à venir. J'ai la conviction profonde que, lorsque le dernier grain de sable s'écoulera dans le sablier de l'histoire et que le dernier pape aura fait son temps, le monde et toutes ses richesses seront entre nos mains.

— Et il y a autre chose, dit Cecil. Parlez-lui de notre complot concernant le prochain pape. »

Dee hocha la tête avec enthousiasme.

« Nous voudrions accomplir quelque chose qui n'a jamais été fait auparavant : un pape lémure. Imaginez notre pouvoir si nous commandions la papauté et si, grâce à notre influence à la cour d'Angleterre, nous contrôlions en même temps la reine protestante ? Avec l'aide de Malachie, nous aimerions aider notre homme, le cardinal Girolamo Simoncelli, à recevoir cette distinction. Malachie identifie le pape suivant comme *"ex antiquitate urbis"*, venant de l'antiquité de la ville. Simoncelli correspond parfaitement : il est actuellement cardinal d'Orvieto, ce qui, en italien, veut dire, "vieille ville".

— Dites-moi ce que je peux faire, dit Marlowe, enflammé par l'excitation fébrile qu'il lisait dans les yeux du vieil homme.

— Walsingham, donnez-lui la boîte. »

Marlowe prit la boîte entre ses mains et en souleva le couvercle. À l'intérieur se trouvait un parchemin roulé, tenu par des rubans.

« C'est un exemplaire de la *Prophétie* de Malachie, écrite de sa propre main, dit Dee. Gardez-la à tout instant près de vous. Emportez-la à Rome. Nous avons un ami de confiance là-bas, un architecte du nom de Mascherino. Walsingham vous fournira une bonne raison de vous rendre en Italie, mais lorsque vous y serez, vous déposerez, avec l'aide de Mascherino, le manuscrit dans la bibliothèque du Vatican et peu de temps après, *mirabile dictu*, "chose étonnante à dire", Mascherino le trouvera et le fera connaître. Une fois qu'il sera lu et apprécié, les cardinaux constateront l'indéniable précision de Malachie sur les siècles et cela servira à soutenir la candidature de Simoncelli pour qu'il devienne le prochain pape.

— Puis-je ? demanda Marlowe en prenant le parchemin.

— Bien sûr », acquiesça Dee.

Marlowe dénoua le ruban et déroula soigneusement le parchemin. Il lut en silence et, pendant un moment, le seul bruit qu'on entendit dans la pièce fut celui du tisonnier avec lequel Poley remuait les bûches. Lorsque Marlowe eut terminé, il laissa le manuscrit s'enrouler et attacha les rubans. Un sourire vint éclairer son visage.

« Pourquoi ce sourire mauvais, Kit ? demanda Cecil.

— Une idée vient de me traverser l'esprit. Une bagatelle, dit Marlowe en refermant et verrouillant la boîte. Je travaille déjà activement aux révisions de ma pièce de *Faust* qui sont assez conséquentes pour qu'on puisse considérer qu'il s'agit d'une nouvelle version. Il m'est venu l'idée que je pouvais en faire davantage pour ridiculiser l'Église du pape et je suis en train d'ajouter de la matière à mon troisième acte, qui se situe dans le palais du pape à Rome. J'aimerais avoir votre permission, chers messieurs, d'encoder un message pour les prochaines générations de lémures, un message de fierté et de ferveur concernant la prophétie de Malachie et qui trouvera peut-être sa source dans les différences entre mes deux versions. »

Walsingham se tourna vers Dee, puis hocha la tête.

« Comme vous le savez, j'ai toujours eu un faible pour les codes secrets.

— Je trouve que c'est une excellente idée, dit Cecil. Je vous en prie, Kit. J'attends impatiemment de voir ce chef-d'œuvre d'encodage. »

Dee se leva et lissa sa toge.

« Venez, maître Marlowe, accompagnez-moi jusqu'à la rue et contemplons ensemble le ciel nocturne. »

Restés dans le bureau, les trois hommes continuèrent à boire.

« Je crois que le docteur Dee l'aime bien, dit Cecil.

— Il est assez facile de l'aimer, dit Walsingham. Je ne comprends pas son goût forcené pour le théâtre, mais ses talents particuliers sont certainement utiles.

— Néron aussi avait une passion pour le spectacle », fit remarquer Cecil.

Cela fit ricaner Walsingham.

« Il n'a rien d'un Néron ! Poley, que pensez-vous de tout cela ? Vous avez été, toute la soirée, muet comme une carpe. »

Poley se détourna du feu.

« Ce soir, j'étais au théâtre.

— Pourquoi, dites-moi ? Êtes-vous devenu un passionné ?

— Pas vraiment. Cela fait un moment que j'ai des soupçons sur Marlowe. Je l'observe de temps en temps.

— Et qu'avez-vous observé ? demanda Walsingham.

— J'ai surpris Marlowe et Thomas Kyd amoureusement enlacés. Kyd avait la main sur le postérieur de Marlowe.

— Mais Kyd n'est pas un des nôtres ! dit Walsingham durement.

— Effectivement », confirma Cecil.

Walsingham serra les accoudoirs de son fauteuil, en proie à la colère.

« Marlowe est brillant, mais il est intempérant et il ne partage pas nos manières prudentes. Accompagnez-le à Rome. Assurez-vous qu'il accomplisse bien la tâche qui lui est assignée. Lorsqu'il reviendra, nous le laisserons écrire ses pièces et continuer ses missions. Mais, Poley, je veux que vous gardiez un œil sur lui, un œil très attentif et, comme toujours, informez-moi de tous les détails. »

24

Le père d'Elisabetta demanda à Zazo et à sa fille de débarrasser la table pour qu'ils puissent examiner ensemble le *Faust*.

« Regardez ! dit Carlo. Il y a une différence entre ton exemplaire et celui sur lequel je travaillais jusqu'à présent. »

Elisabetta jeta un coup d'œil à son livre.

« Ce sont tous les deux des versions B. Quelle est la différence ?

— Le tien est numéroté. Tu vois les chiffres dans la marge de droite ? Toutes les cinq lignes. Au début de chaque acte, on reprend à un. C'est un système d'annotation courant dans les pièces. Il permet aux acteurs de retrouver leur texte facilement et aux enseignants de renvoyer facilement leurs étudiants à un passage donné. Seul mon exemplaire n'a pas de numéros. »

Elisabetta sentit l'excitation la gagner.

« Oui ! Je vois.

— Je ne suis arrivé à rien en regardant ça comme une progression numérique ou un code de substitution. Et c'est là que ça m'est venu : et si ces tatouages renvoyaient à des numéros de lignes ? Des lignes qui diffèrent entre la version A et la version B. “La clef se trouve en B”, disait la lettre.

— Mais il y a tellement de différences entre les deux versions, fit remarquer Elisabetta. Par où commencer ?

— Exactement. Je me suis rendu compte que cela pourrait être une tâche très difficile si l’on procédait par tâtonnements et qu’elle conviendrait beaucoup mieux à un ordinateur. Je me suis mis alors à réfléchir à la manière d’écrire un programme adéquat. C’est là que je me suis rappelé quelque chose qu’a dit ton professeur Harris. Tu te souviens ? Les plus grandes différences se trouvent dans l’acte III qui est beaucoup plus long dans le texte B et qui est devenu une diatribe anticatholique. Sur une intuition – et ne lève pas les yeux au ciel, Zazo, les mathématiciens ont parfois des intuitions, tout comme les policiers –, je suis allé directement à l’acte III et j’ai commencé à jouer avec les numéros de ligne. Si chacun des vingt-quatre nombres du tatouage correspond à un numéro de ligne, alors nous aurons peut-être la seule solution qui ne nécessiterait pas la contribution d’un ordinateur.

— OK, fit Elisabetta. Quel était le premier nombre ? »

Carlo enfila ses lunettes de lecture, puis les enleva.

« 63. »

Elisabetta trouva le vers.

« *Me conter les secrets des rois de tous pays*. Et maintenant ?

— Eh bien, à nouveau, la solution la plus simple consisterait à prendre la première lettre du premier mot. Croyez-moi, j’étais prêt à creuser un peu plus, mais il me semble que c’est aussi simple que ça.

— Donc, c’est M, dit-elle. Quel est le nombre suivant ?

— 128.

— *Au front aérien, montrant plus de beauté*. A. »

Zazo cria presque :

« S'il vous plaît, je meurs de faim ! Est-ce que vous pouvez en venir au fait ? »

Carlo remit ses lunettes sur son nez.

« Le message est : MALACHIE ROI GLOIRE AUX LÉMURES », déclara-t-il.

Elisabetta eut le souffle coupé lorsqu'elle entendit le mot « lémures ». Elle força son esprit à se concentrer sur Malachie et réussit tout juste à articuler :

« Malachie était un saint irlandais, je crois. Il y a quelque chose d'autre le concernant, mais je n'arrive pas à me souvenir…

— Moi non plus, dit Carlo. Et qu'est-ce que c'est que ces lémures ? Bon, je ne suis que le mathématicien et j'ai terminé mon travail. »

Il renifla de contentement, percevant enfin les effluves provenant de la cuisine, et dit :

« Ça sent bon. Et si on mangeait ? »

Elisabetta remercia Dieu pour l'invention d'Internet. Sans ça, elle aurait eu à attendre jusqu'au matin, puis trouver une bibliothèque et passer une journée ou plus à fouiller dans les rayons.

Après le dîner, seule dans l'appartement en attendant l'arrivée de Micaela, elle se mit à surfer frénétiquement pour comprendre le message codé.

De la myriade de pages Web consacrées à Malachie, elle vit que le saint était devenu un sujet d'actualité, en particulier depuis la mort récente du pape.

Elisabetta secoua la tête devant sa propre ignorance de l'importance du sujet. *Je ne suis pas cloîtrée*, se dit-elle, *mais on dirait bien que je ne suis pas dans le coup.*

Les faits étaient pourtant simples. Saint Malachie, dont le nom irlandais était Máel Máedóc Ua Morgair, avait vécu de 1094 à 1148. Il était l'évêque d'Armagh. Il avait été canonisé par le pape Innocent III en 1199 et il était devenu le premier saint irlandais. Et il était censé être l'auteur de *La Prophétie des papes*, une vision prémonitoire des identités des cent douze derniers papes.

L'essentiel de ce qu'on apprit de sa vie provenait d'une *Vie de saint Malachie*, une biographie écrite par son contemporain français, saint Bernard de Clairvaux, le grand théologien du XIIe siècle, auquel Malachie rendait visite lors de ses voyages entre l'Irlande et Rome. Lors de son dernier passage à Clairvaux, Malachie tomba malade et mourut littéralement dans les bras de saint Bernard.

La prophétie de Malachie resta inconnue, ou tout au moins, non publiée, de son vivant. C'est l'historien bénédictin Arnold de Wyon qui la publia le premier en 1595 dans son livre *Lignum Vitae*[1] et mentionna saint Malachie comme étant son auteur. Selon le récit de de Wyon, en 1139, Malachie avait été convoqué à Rome par le pape Innocent II. Pendant son séjour, il eut une vision des papes futurs qu'il nota sous la forme d'une séquence de phrases mystérieuses. Son manuscrit resta inconnu jusqu'à ce qu'il soit mystérieusement découvert dans les archives de Rome en 1590.

Les prophéties de Malachie étaient courtes et abstruses. Commençant avec Célestin II qui fut élu en l'année 1143, il vit une chaîne ininterrompue de cent

1. « L'arbre de vie ». *(N.d.T.)*

douze papes jusqu'à la fin de la papauté ou, comme le croyaient certains, la fin du monde.

Chaque pape se voyait attribuer un titre mystique, concis et évocateur : *Du château du Tibre*, *Le dragon ruiné*, *De la rose du lion*, *L'ange des bois*, *La religion dépeuplée*, *De l'éclipse solaire*. Siècle après siècle, ceux qui essayaient d'interpréter et d'expliquer ces prophéties symboliques réussirent toujours à trouver à propos de chaque pape *quelque chose* qui renvoyait à l'expression de Malachie, en relation avec sa région d'origine, son nom, son blason, son lieu de naissance, ses talents.

Elisabetta passa rapidement la liste en revue, complètement captivée. La prophétie concernant Urbain VIII était *Lilium et Rosa*, « le lys et la rose ». Il était né à Florence, et il y avait une fleur de lys sur le blason de Florence ; il avait trois abeilles dessinées sur son écu, et les abeilles, bien sûr, collectent le pollen des lys et des roses.

Marcel II était *Frumentum Floccidum*, le « froment prêt à tomber ». Insignifiant, sans doute parce qu'il n'avait été pape que très peu de temps et son blason comportait un cerf et des épis.

Innocent XII était *Rastrum in Porta*, « le râteau à la porte ». Il appartenait à la famille Pignatelli del Rastrello qui habitait aux portes de Naples. Or *rastrello* signifie râteau en italien.

Benoît XV était *Religio Depopulata*, « la religion dépeuplée ». Pendant son règne, la Première Guerre mondiale avait fait vingt millions de victimes en Europe, la pandémie de grippe en 1918 avait tué cent millions de personnes et la révolution d'Octobre en Russie avait écarté le christianisme au profit de l'athéisme.

En 1958, à la suite de la mort de Pie XII, le cardinal

Spellman de Boston s'était un peu amusé de la prophétie de Malachie qui annonçait que le prochain pape serait *Pastor et Nauta*, « Pasteur et nautonier ». Pendant le conclave qui élirait Jean XXIII, Spellman avait loué un bateau, l'avait rempli de moutons et avait longuement navigué sur le Tibre. En fait, Angelo Roncalli, le cardinal qui avait été élu pape, avait été le patriarche de Venise, la cité maritime célèbre pour ses canaux.

Le pape Jean-Paul II était *De Labore Solis*, ce qui littéralement signifiait « Du labeur du soleil », bien que l'expression latine désignât également et couramment une éclipse de Soleil. Karol Józef Wojtyla était né le 18 mai 1920, le jour d'une éclipse partielle de Soleil sur l'océan Indien, et fut enterré le 8 avril 2005, un jour d'éclipse de Soleil sur l'Amérique du Sud et le sud-ouest du Pacifique.

Et la série prophétique de Malachie allait jusqu'au 267e et pénultième pape qui venait juste d'être enterré dans trois cercueils emboîtés, dans une crypte sous la basilique Saint-Pierre.

Le 268e pape, qui serait choisi lors du conclave qui allait commencer le lendemain, serait le dernier. Malachie l'appelait Pierre le Romain et lui donnait le titre le plus long : *In persecutione extrema S.R.E. sedebit Petrus Romanus, qui pascet oues in multis tribulationibus : quibus transactis civitas septicollis diruetur, et Iudex tremendus iudicabit populum suum. Finis.*

Ce qui signifiait : « Dans la dernière persécution de la sainte Église romaine siégera Pierre le Romain qui fera paître ses brebis à travers de nombreuses tribulations. Celles-ci terminées, la cité aux sept collines sera détruite, et le Juge redoutable jugera son peuple. Ce sera la fin. »

Le caractère vague de ces prophéties rappela à Elisabetta les quatrains de Nostradamus, des idées concoctées par un charlatan de sorte que les gens puissent, à la faveur d'une ou deux bribes de la vie d'un pape, relier l'homme à son titre. En fait, différents érudits prétendaient que la prophétie de Malachie n'était rien de plus qu'un canular sophistiqué du XVIe siècle qui visait – sans y réussir – à aider le cardinal Girolamo Simoncelli à devenir pape.

Et pourtant, encodé dans le *Faust* de Marlowe, se trouvait le message : MALACHIE ROI GLOIRE AUX LÉMURES – un message suffisamment important pour que ces lémures en fassent un tatouage sur leur sacrum.

La formation d'anthropologue d'Elisabetta lui revint à l'esprit. On savait que l'utilisation des tatouages remontait à la période néolithique et probablement même encore plus loin. Les tatouages étaient les preuves d'un rite de passage, des marques d'un statut, d'un rang, d'une appartenance culturelle, des symboles de dévotion religieuse et spirituelle. Le symbolisme et l'importance des tatouages variaient d'une culture à l'autre, mais elle était certaine d'une chose : ces tatouages sur le sacrum étaient importants pour les lémures.

Donc, il était probablement logique de penser que Malachie était important pour eux aussi, constituant peut-être la base d'une sorte de système de croyances. Et Marlowe avait dû soit connaître leur existence, soit en être un lui-même !

GLOIRE AUX LÉMURES. Elisabetta se mit à tripoter son crucifix.

Elle voulait communiquer avec le père Tremblay, mais elle se rendit compte qu'elle n'avait pas de numéro pour le contacter.

Elle entendit du bruit à la porte, quelqu'un qui

manipulait la serrure. Elle s'approcha doucement. La porte s'ouvrit en grand et Micaela entra brusquement.

« Désolée d'être en retard. J'avais un patient à voir. »

Elles s'embrassèrent et Elisabetta mit de l'eau à bouillir.

« Où est papa ?

— Un dîner pour le départ à la retraite d'un de ses collègues du département. »

Micaela fronça les sourcils.

« Je suis sûre qu'il était ravi d'y aller. Arturo vient nous rejoindre plus tard. Ça t'ennuie ?

— Bien sûr que non. »

Micaela enleva sa veste. Elle avait un look professionnel élégant, avec sa jupe bleue et son haut en soie, et elle se sentit obligée de commenter le gouffre vestimentaire qui la séparait de sa sœur.

« Pour l'amour de Dieu, Elisabetta, pourquoi est-ce que tu portes ton habit dans la maison ? Tu n'es pas en permission ? »

Elisabetta tendit sa main gauche, lui montrant son alliance.

« Toujours mariée, tu te souviens ?

— Alors, comment le Christ te traite-t-il dans Son rôle de mari ? » demanda Micaela sèchement.

Elisabetta se souvint de sa récente rêverie concernant Marco.

« Je crois qu'il me traite mieux que je ne Le traite en tant qu'épouse. »

Elle changea brusquement de sujet.

« As-tu eu des nouvelles de Zazo ? »

Micaela était au courant ; il l'avait appelée. Elle se mit en colère, lançant des invectives contre le Vatican, les chefs idiots et les crétins en général. Elisabetta interrompit sa diatribe.

« Si tu te calmes, je te dirai quelque chose.

— Quoi ?

— Papa a résolu l'énigme des tatouages.

— Dis-moi ! »

Elles furent interrompues par le bourdonnement de l'interphone. Micaela dit que c'était probablement Arturo et elle se précipita pour répondre, mais elle revint en secouant la tête.

« Ce n'était pas lui. C'est un certain père Tremblay. Il dit que tu l'attends. C'est bien ça ?

— Oui, mais…

— Mais quoi ?

— S'il te plaît, ne fais aucun commentaire sur son apparence, d'accord ? »

Elisabetta accueillit le père Tremblay à la porte et le fit entrer dans la cuisine, où, dès qu'il vit Micaela, il s'excusa pour son intrusion. Elisabetta l'assura que cela ne posait pas de problème et se dépêcha d'ajouter qu'elle voulait lui parler, de toute façon. Elle le présenta. Micaela le regarda de haut en bas et demanda précipitamment, ignorant la prière d'Elisabetta :

« Vous souffrez de la maladie de Marfan, n'est-ce pas ?

— Ne sois pas impolie ! lui reprocha Elisabetta.

— Je ne suis pas impolie, je suis médecin.

— Tout va bien, dit Tremblay, les oreilles rouges de gêne. Oui, c'est le cas. Votre diagnostic est infaillible.

— Je le savais », dit Micaela, satisfaite.

Une fois qu'ils furent assis à la table de la cuisine, ce fut Elisabetta qui expliqua à Micaela le rôle du père Tremblay dans l'affaire et informa le prêtre de ce que savait sa sœur.

« Il semblerait que nous avons tous des connaissances, mais incomplètes, dit Tremblay. Mais j'ai d'importantes informations à vous communiquer.

— Moi aussi, fit Elisabetta.

— Voulez-vous que je tire à pile ou face pour qu'on sache qui commence ?

— Non, je vous en prie, sœur Elisabetta, dit Tremblay poliment. Dites-moi ce que vous avez découvert.

— Mon père est un homme intelligent, un mathématicien. Il a compris le code. Nous savons ce que signifient les tatouages. J'étais sur le point de le dire à ma sœur. La réponse provient des différences entre les textes A et B du *Faust* de Marlowe. Les tatouages disent "Malachie roi. Gloire aux lémures." »

Le visage de Tremblay se décomposa.

« Mon Dieu…

— C'est quoi, les lémures ? » s'enquit Micaela.

Pendant que Tremblay buvait nerveusement une gorgée de thé, Elisabetta lui rappela que Micaela était tenue par un accord de confidentialité avec le Vatican et elle lui demanda si elle, Elisabetta, pouvait parler librement. Il hocha la tête, avec gêne, et Elisabetta répéta ce qu'il lui avait dit des lémures et ce qu'ils avaient appris dans les archives secrètes.

Lorsqu'elle eut terminé, Micaela s'insurgea :

« Et tu t'attends à ce que je croie ça ? Et tu me racontes que notre mère était en relation avec ces gens ? Qu'ils l'ont peut-être empoisonnée ?

— Je crains que tout ce que dit sœur Elisabetta ne soit absolument vrai, murmura Tremblay. Ce sont des ennemis féroces. Il vaudrait mieux qu'ils n'existent pas, mais ils existent.

— Et Malachie ? demanda Micaela en secouant la tête. Qui est-ce ?

— Je peux répondre à cela », répondit Tremblay.

À la grande surprise d'Elisabetta, le prêtre connaissait parfaitement bien la prophétie et il en présenta un résumé efficace. Lorsqu'il eut terminé, il enroula son long index dans l'anse de sa tasse et la souleva pour boire la dernière gorgée, avant d'ajouter :

« Je peux vous dire, Elisabetta, que nous ne pensions absolument pas que les lémures étaient impliqués dans l'histoire de Malachie. Personne au Vatican ne prenait la prophétie au sérieux. Ce fut une erreur et, maintenant, nous sommes arrivés au dernier pape annoncé par Malachie. Et peut-être le dernier espoir de notre monde. »

Micaela fit montre de son mélange caractéristique de scepticisme et d'exaspération. « Suis-je la seule à avoir l'impression d'être dans la salle des miroirs d'une fête foraine ? C'est impossible ! Pour moi, tout cela n'a aucun sens.

— Tu as vu Aldo Vani en chair et en os, dit Elisabetta. Tu as vu les photos de Bruno Ottinger. Ces hommes étaient des lémures. La prophétie de Malachie était assez importante pour qu'ils se la fassent tatouer sur les reins ! J'ai peur, Micaela. Ton analogie avec la fête foraine… nous ne sommes pas dans le palais des miroirs, mais dans la maison de l'horreur. Je crois que ces hommes ont l'intention de nuire prodigieusement à l'Église. »

Tremblay tendit la main vers le dossier en cuir qu'il avait posé à ses pieds. Il l'ouvrit et en sortit une liasse de pages imprimées.

« Votre sœur a raison, Micaela. Sœur Elisabetta, lorsque vous êtes partie ce matin, je suis retourné dans mon bureau et j'ai commencé à travailler pour découvrir qui était ce "R. A." qui avait signé la sortie de la lettre de Dee en 1985, aux archives secrètes. La tâche a été ardue, j'ai fouillé les vieux dossiers du personnel du Vatican. Je crois que j'ai le nom de l'homme en question : un certain Riccardo Agnelli. C'était le secrétaire privé d'un évêque devenu aujourd'hui cardinal.

— Qui ? Quel cardinal ? demanda Elisabetta.

— Je vous le dirai dans une minute. Mais voici quelque chose de beaucoup plus important. Le temps que j'obtienne ma réponse, ma boîte mail était pleine de messages. Je suis abonné à un service qui scanne les journaux et les magazines à la recherche de certains mots clefs et symboles, comme la monade.

— Qu'est-ce que la monade ? » intervint Micaela.

Elisabetta se pencha et la fit taire.

« Attends ! »

Tremblay posait des feuilles sur la table, l'une après l'autre.

« Voici une annonce dans le *New York Times* d'aujourd'hui. » Elisabetta vit une petite image de la monade sans texte pour l'accompagner. « Voici une annonce dans la *Pravda*. *Le Monde*. L'*International Herald Tribune*. *Corriere della Sera*. *Der Spiegel*. *Jornal do Brasil*. Le *Times* de Londres. Le *Sydney Morning Herald*. Il y en a d'autres. Toujours la même chose. Juste la monade. J'ai appelé un journaliste que je connais au *Monde*. Je lui ai demandé s'il pouvait trouver qui avait publié l'annonce. Il m'a répondu qu'ils avaient reçu une lettre sans mention de l'expéditeur contenant de l'argent pour l'annonce et des instructions pour que l'image paraisse aujourd'hui.

— C'est un message, chuchota Elisabetta, à peine audible.

— Oui, confirma Tremblay.

— Un message ? Un message sur quoi ? Mais de quoi parlez-vous ? » s'exclama Micaela.

Elisabetta se leva brusquement et se sentit défaillir. Elle se retint au dossier de sa chaise.

« Je sais ce qui va se passer !

— Moi aussi », dit Tremblay.

Ses longues mains tremblaient.

« Toute cette frénésie pour que les squelettes de Saint-Calixte restent cachés, dit Elisabetta. Toutes les tentatives pour me faire taire. C'est à cause du conclave. Ces lémures, ils communiquent entre eux pour être prêts. Ils vont accomplir la prophétie de Malachie. Ils vont frapper demain, pendant le conclave !

— Est-ce que tu es devenue *folle* ? » demanda Micaela.

Elisabetta l'ignora.

« Je vais appeler Zazo.

— Zazo est suspendu. Que peut-il faire ? dit Micaela d'un ton brusque.

— Il trouvera quelque chose. »

Un petit coup sec fut frappé sur la porte d'entrée.

« Bien, dit Micaela, voici enfin quelqu'un qui a toute sa tête. C'est Arturo. »

Micaela se leva et alla ouvrir.

Dans l'encadrement de la porte se trouvait un homme gigantesque, avec une barbe rousse, il tenait un pistolet. Deux autres hommes se tenaient derrière lui. Tous les trois étaient bien habillés, d'allure quelconque, le visage impassible.

25

Micaela poussa un cri, mais les hommes forcèrent le passage, refermèrent la porte et l'obligèrent à s'accroupir sur le sol. Elisabetta se leva, affolée, et courut vers l'entrée, où elle tomba sur un homme barbu qui pointait une arme sur sa sœur et essayait de la faire taire en tenant un index devant ses lèvres. Deux autres hommes glabres la tenaient en joue. Elisabetta s'immobilisa. Le barbu parla dans une langue qu'elle ne reconnut pas, puis immédiatement passa à l'anglais lorsqu'il constata qu'elle ne répondait pas.

« Dites-lui de se taire sinon je la tue. »

Sa voix était froide, le ton, neutre et ses yeux totalement inexpressifs.

C'en est un, se dit Elisabetta.

« Je t'en prie, Micaela, essaie de rester calme, dit-elle. Tout va bien se passer. S'il vous plaît, laissez ma sœur se relever.

— Vous allez vous taire ? » lui intima l'homme.

Micaela hocha la tête et Elisabetta l'aida à se remettre debout.

Un petit bruit leur parvint de la cuisine.

L'un des hommes s'y précipita et, quelques secondes

plus tard, il revenait en tenant le père Tremblay en joue. Le prêtre respirait bruyamment.

« Que voulez-vous ? s'interposa Elisabetta.

— Reculez, tous, dit le barbu en pointant son arme vers le salon. Est-ce qu'il y a quelqu'un d'autre ?

— Non. »

Il parut donner l'ordre à ses acolytes de fouiller l'appartement pendant qu'il poussait les deux sœurs et Tremblay vers le canapé du salon. L'homme qui se tenait à ses côtés portait un grand sac en toile vide.

Les lèvres de Micaela tremblaient. Des larmes de colère ruisselaient sur ses joues et faisaient couler son mascara.

« Ce sont des… ? chuchota-t-elle à Elisabetta.

— J'en suis certaine. »

Les yeux d'Elisabetta restaient secs. Elle tripotait son crucifix et observait le moindre de leurs mouvements. Elle essayait désespérément de trouver un moyen de soustraire Micaela à tout cela et craignait que son père ou Arturo ne débarquent à tout instant.

L'autre homme revint et fit signe aux autres qu'il n'y avait rien à signaler.

Le barbu sortit un téléphone portable, composa un numéro et se mit à parler à toute vitesse dans une langue très gutturale. Lorsqu'il eut terminé, il aboya quelques ordres.

L'homme en charge du sac en toile le posa sur le sol, en défit la fermeture Éclair et en sortit deux autres sacs identiques.

« Vous allez tous venir avec nous, dit le barbu.

— Où ? demanda Elisabetta.

— Si vous n'opposez aucune résistance, on ne vous fera rien. Voilà ce qui importe. »

L'autre homme ouvrit un sac plus petit et sortit un récipient métallique et des carrés de gaze.

Micaela renifla et se raidit.

« C'est de l'éther ! Il n'est pas question que je les laisse m'endormir avec cette merde.

— Mon Dieu, croassa Tremblay. Emmenez-moi et laissez les femmes partir. »

Le barbu s'adressa à Elisabetta sur un ton neutre.

« C'est vous qu'ils veulent, mais ils ajoutent : "OK, emmenez-les tous." Si les autres résistent, ils se fichent pas mal qu'on les laisse ici avec quelques balles dans le corps.

— Écoute-moi, Micaela, dit Elisabetta d'un ton grave. Laisse-les faire. Ne te débats pas. Dieu te protégera. » Puis elle ajouta : « Je te protégerai. »

Ce fut la chose la plus difficile qu'elle ait jamais faite : regarder les yeux écarquillés de sa sœur tandis qu'une brute pressait un tissu puant sur son nez et sa bouche ; regarder sa sœur se débattre et donner des coups de pied. Mais quelque chose maintenait l'esprit d'Elisabetta vif et lucide, et pendant que les hommes se concentraient sur leur horrible tâche, elle saisit un objet sur la table et le cacha dans une poche à l'intérieur de son habit.

Micaela se détendit et ils ôtèrent le tampon de gaze de son visage.

Le père Tremblay se mit à prier à toute allure en français. Sa voix paraissait très jeune et il eut l'air terriblement effrayé quand le carré de gaze fut pressé contre son visage.

Lorsque son corps s'alourdit, Elisabetta sentit une odeur d'éther frais et elle aussi se mit à prier. Au moment où le tissu fut appliqué contre son nez, la puanteur lui donna un haut-le-cœur.

Elle essaya de ne pas lutter, mais son corps refusa d'abandonner la partie sans résister. Hélas, son combat ne dura guère.

Zazo essayait de tenir sa promesse et de se saouler copieusement. Mais il était en retard, il n'avait avalé que deux bières. Il aurait dû être de service. C'était la nuit précédant le conclave et il savait que ses hommes bossaient comme des forcenés et que Lorenzo courait comme un possédé pour que tout se déroule comme prévu.

Tout à coup, il lui apparut que se bourrer la gueule n'était peut-être pas tout à fait ce qui convenait. La télévision était allumée. Une espèce de jeu de questions qu'il ne regardait pas. Juste un bruit de fond.

Son téléphone portable sonna.

« Où es-tu ? » C'était son père. Il avait l'air inquiet.

« Je suis à la maison.

— Qu'est-ce qu'il y a ?

— Est-ce qu'Elisabetta ou Micaela t'ont appelé ?

— Non, pourquoi ?

— Arturo est arrivé avant moi. La porte de l'appartement n'était pas fermée à clef. Elles n'étaient pas là. »

Zazo fut debout instantanément et enfila sa veste.

« J'arrive. »

L'air lui manquait. Elisabetta n'avait pas la bouche couverte, mais elle était dans un endroit confiné et sombre qui ne lui permettait pas de changer de position. Ses genoux étaient remontés inconfortablement sur sa poitrine. Ensuite, elle se rendit compte qu'elle avait les poignets attachés devant elle. Elle leva les mains pour explorer l'espace autour d'elle et sentit le contact rêche du tulle en nylon. Elle porta les mains à sa tête. Son voile était toujours en place. Mais il l'empêchait de respirer convenablement.

Des vibrations ébranlaient son dos et elle percevait le chuintement de pneus sur une route trempée de pluie. Elle chuchota :

« Micaela ! »

Pas de réponse. Elle essaya à nouveau, plus fort.

Au milieu des bruits de la route, elle entendit une voix étouffée, un peu abrutie :

« Elisabetta !

— Micaela ! Ça va ? »

La voix de Micaela se fit plus forte :

« Que nous est-il arrivé ? Où sommes-nous ? »

La peur d'Elisabetta fut atténuée par la présence de sa sœur.

« Je crois que je suis dans un sac.

— Moi aussi. Je ne peux pas bouger.

— Nous devons être dans une voiture ou un camion. » Puis elle se rappela quelque chose. « Père Tremblay ? appela-t-elle. Mon père, êtes-vous là ? »

Il n'y eut pas de réponse.

« Je ne sais pas s'ils l'ont emmené, dit Micaela. Où allons-nous ?

— Je n'en ai pas la moindre idée.

— Qui sont-ils ? »

Elisabetta connaissait la réponse, mais elle hésitait à la dire, par peur de perturber sa sœur – et elle-même. Pourtant, elle ne put s'en empêcher de murmurer :

« Les lémures. »

Zazo faillit perdre son calme lorsque l'inspecteur Leone dit :

« Écoutez, calmez-vous, Celestino. Vous avez bu. Je le sens à votre haleine.

— J'ai bu deux bières. Quel rapport avec la disparition de mes sœurs ? »

Leone ne lâcha pas.

« Le conclave commence demain et vous buvez de la bière ? Vous n'avez donc rien à faire ? »

Zazo prit une grande inspiration pour pouvoir se contrôler.

« Je suis suspendu. »

Leone eut un sourire narquois.

« Vraiment ? Je ne suis pas franchement étonné. »

Si Zazo lui envoyait un coup de boule, il savait qu'il se retrouverait menotté et que l'attention de la police se focaliserait sur lui et pas sur ses sœurs. Son père parut sentir le danger et il posa sa main sur l'épaule de son fils.

Zazo parla lentement et avec précaution.

« Parlons de mes sœurs, pas de moi, OK, inspecteur ?

— Bien sûr. Parlons d'elles. Vous nous traînez jusqu'ici, mes hommes et moi, et qu'est-ce qu'on trouve ? »

Leone balaya le salon d'un grand geste du bras. « Rien ! il n'y a aucun signe d'effraction, de cambriolage, pas la moindre trace de violence ni de lutte. Moi, je vois deux femmes qui sont sorties passer la nuit dehors et ont oublié de fermer la porte à clef derrière elles. Et il est encore tôt, vingt-deux heures quinze. La nuit ne fait que commencer !

— Vous êtes en train de parler d'une religieuse, bon sang ! cria Zazo. Elle ne sort pas le soir !

— On m'a dit qu'elle était suspendue, elle aussi. »

Carlo s'interposa avant que son fils ne puisse enchaîner.

« Inspecteur, je vous en prie. Depuis qu'elle a été agressée, elle fait très attention. À l'exception de la messe, elle ne sort pratiquement pas. Micaela et elle ne seraient jamais parties d'ici sans nous le dire ou sans laisser un mot. Et pourquoi Micaela ne décroche-t-elle pas son téléphone ? »

Leone leva un sourcil complice à l'intention des deux agents qui l'accompagnaient. « Écoutez, il n'y a rien que nous puissions faire maintenant. Demain matin, si elles ne sont pas de retour dans leur lit, appelez-moi et nous ouvrirons une enquête pour disparition. »

Le père et le fils se retrouvèrent seuls.

Zazo se frotta les yeux avec les paumes de ses mains.

« Je vais rappeler Arturo pour m'assurer qu'elles ne sont pas allées à l'hôpital ou à l'appartement de Micaela. »

Carlo jeta un coup d'œil distrait dans la pièce, puis tapota sa pipe pour en faire sortir les cendres dans un cendrier. En se préparant une nouvelle pipe, il demanda :

« Et après ?

— Après, tu vas appeler tous les services d'urgence des hôpitaux de Rome pendant que je vais frapper à toutes les portes de l'immeuble pour savoir si un voisin a entendu ou vu quelque chose.

— Et après ? »

Le ton de Zazo lui avait donné l'impression qu'ils seraient bredouilles.

« Après, on attend. Et on prie. »

Fort heureusement, Elisabetta s'endormit pendant un moment. Elle se réveilla brusquement en constatant qu'il n'y avait plus de mouvement. L'air dans le sac était si vicié qu'elle se dit qu'elle allait à nouveau perdre connaissance. Il y eut des voix qui parlaient cette langue étrangère à nouveau et le bruit d'une porte qu'on déverrouillait. Puis on la déplaça encore, mais cette fois, avec des glissades, des soubresauts, de brusques mouvements.

« Micaela ? »

Pas de réponse.

« Micaela ! »

Elisabetta fut secouée pendant une bonne minute, peut-être deux, elle souffrait du manque d'air et de tous ces mouvements brusques et appelait sa sœur en vain. Puis l'agitation cessa et elle se trouva sur une surface dure à nouveau. Il y eut le son long et lent d'une fermeture Éclair qu'on ouvre, l'un des bruits les plus agréables qu'elle ait jamais entendus. Elle avala une grande goulée d'air frais et, par réflexe, ferma les yeux à cause de la lumière vive.

Lorsque ses pupilles se furent habituées à la clarté, la première chose qu'elle vit fut cette horrible barbe rousse. Elle entendit le cliquetis d'un couteau qui s'ouvre. Elle ferma les yeux à nouveau lorsqu'elle vit la lame et se mit à prier, attendant la sensation affreuse qu'elle avait déjà connue une fois auparavant, l'acier qui lui rentre dans le corps.

Un cisaillement, rapide et net, et les liens a ses poignets tombèrent.

L'homme avait sectionné le Scotch qui lui immobilisait les mains.

Elisabetta ouvrit les yeux et se redressa avec difficulté. Elle se tenait debout, instable, au milieu d'une grande cave sans fenêtre, un sac fourre-tout noir à ses pieds. La pièce était pleine de caisses en pin, aussi grandes que des baignoires. Mais elle était plus intéressée par les deux autres sacs en toile qui se trouvaient à côté d'elle.

« Faites-les sortir ! » exigea-t-elle.

Un autre des kidnappeurs défit le premier sac. Micaela était en position fœtale et ne bougeait pas. Avant que quiconque puisse l'arrêter, Elisabetta se précipita, s'accroupit et lui toucha la joue. Dieu merci, elle était chaude.

Elle leva les yeux vers le barbu.

« Libérez-la. S'il vous plaît. »

Elisabetta caressa les cheveux de sa sœur pendant que l'homme obéissait et coupait le Scotch. Ensuite, elle frotta les poignets et les mains de Micaela pour activer la circulation sanguine. Micaela respirait lentement, trop lentement, mais soudain, elle ouvrit la bouche et se mit à haleter, cherchant de l'air. Ses yeux clignèrent frénétiquement.

« Elisabetta, articula-t-elle faiblement.

— Je suis là, ma chérie.

— On est vivantes ?

— Dieu merci, oui. » Elle se tourna vers leurs ravisseurs. « Libérez le prêtre ! »

Ils défirent la fermeture du sac du père Tremblay.

Son long corps était recroquevillé ; il était immobile. Ses épaisses lunettes étaient accrochées à une oreille. Elisabetta s'approcha et toucha son visage. Il était froid comme de la pierre.

« Micaela, est-ce que tu peux venir ? Il a besoin d'aide ! »

Sous le regard impassible des hommes, Micaela rampa jusqu'au sac de Tremblay et chercha son pouls sur sa carotide. Elle plaqua son oreille contre sa poitrine.

« Je suis désolée, Elisabetta, dit-elle d'un air abattu. Il est parti. L'éther. Les gens qui souffrent de la maladie de Marfan ont le cœur fragile. Le sien n'a pas résisté. »

Elisabetta se redressa et pointa un index sur le barbu.

« Salauds ! Vous l'avez tué ! » hurla-t-elle, sous l'emprise d'une colère dont elle ne se croyait pas capable.

L'homme haussa les épaules et se contenta d'ordonner à ses comparses d'emporter le corps. « Il y a des lits là », dit-il, en montrant trois lits simples calés contre un mur de pierre. Ils n'étaient pas faits, mais il y avait des draps, des couvertures et des oreillers. « Et de l'autre côté de cette porte verte, il y a des toilettes. Nous vous apporterons à manger. Il n'y a pas de sortie, il n'y a donc aucune raison d'espérer vous échapper. Inutile de crier, non plus, personne ne peut vous entendre. Bien. À plus tard.

— Qu'allez-vous faire de nous ? Que voulez-vous ? » demanda Micaela.

Le barbu leur tourna le dos et se dirigea vers une épaisse porte en bois.

« Moi ? répondit-il. Je ne veux rien. J'ai fait mon boulot et, maintenant, je rentre chez moi dormir. »

Les hommes partirent, emportant le corps du père Tremblay.

Elles entendirent le crissement d'un verrou qu'on pousse. Elisabetta aida Micaela à aller jusqu'à un des lits et à s'asseoir. Des bouteilles d'eau se trouvaient sur une table. Elisabetta en ouvrit une, la renifla et avala une gorgée.

« Tiens, dit-elle en la tendant à sa sœur. Je crois qu'elle est bonne. »

Micaela en but la moitié d'un coup. Ce n'est qu'à ce moment-là qu'Elisabetta se laissa aller et se mit à pleurer. Micaela pleura aussi et les deux sœurs se serrèrent l'une contre l'autre.

« Pauvre homme, sanglota Elisabetta. Il ne méritait

pas de mourir comme ça. Pas de rite funéraire. Rien. Il faut que je prie pour lui.

— Oui, prie pour lui, dit Micaela, en se frottant les yeux. Quant à moi, il faut que je fasse pipi. »

Vacillante, elle parvint à atteindre la porte verte.

Elisabetta récita une rapide prière pour l'âme du jeune prêtre, puis elle se dit que Dieu voudrait qu'elle se concentre sur la recherche d'un moyen de les préserver, elle et sa sœur. Elle se leva et commença à explorer les lieux.

La porte verrouillée ne bougerait pas. Apparemment, il n'y avait aucun autre moyen de sortir. Les murs étaient frais, en calcaire de couleur claire, et le plafond était haut et voûté. C'est une vieille cave, se dit-elle, datant peut-être de l'époque médiévale. Les caisses laissaient supposer qu'elle était destinée à stocker des objets, pas à y héberger des invités. Les cadres de lit métalliques paraissaient déplacés, comme si on les avait apportés là pour l'occasion.

Micaela revint, secouant la tête.

« Comment sont les toilettes ? demanda Elisabetta.

— La chasse a fonctionné.

— Des fenêtres ?

— Non. » Micaela essaya elle aussi de faire bouger la porte. « Je crois que nous sommes en très mauvaise posture.

— Quelle heure est-il ? »

Micaela regarda sa montre.

« Un peu plus de sept heures. Du matin, je suppose, mais il se peut que toute une journée soit passée.

— J'en doute, dit Elisabetta. Quelle langue crois-tu qu'ils parlaient ?

— On aurait dit une langue slave.

— Si nous avons passé la nuit à rouler, nous pourrions être en Allemagne, en Autriche, en Suisse ou en Slovénie.

— Ton cerveau fonctionne mieux que le mien, dit Micaela. Tu as probablement reçu moins d'éther.

— Probablement. »

Elisabetta alla aux toilettes à son tour. Elles étaient de la taille d'un placard, avec une cuvette et un lavabo, pas de fenêtre. Les murs étaient du même calcaire jaune.

Lorsqu'elle ressortit, elle se mit à faire son lit.

« Tu t'adaptes bien à ta captivité, fit remarquer Micaela.

— Nous devrions nous reposer. Dieu sait ce qui nous attend. »

Micaela commença à contrecœur à étendre les draps sur son fin matelas.

« Pourquoi ne nous ont-ils pas tuées ? demanda-t-elle soudain.

— Je ne sais pas. » Elisabetta examina la pièce à nouveau. « Peut-être ont-ils besoin de moi pour quelque chose. »

Micaela finit de déplier sa couverture et la lissa. Elle secoua l'oreiller plein de bosses. « Ces lits sont épouvantables. » Elle se rassit, enleva ses chaussures et se frotta les pieds.

« Si Dieu le veut, nous ne resterons pas ici longtemps. »

Elisabetta s'approcha d'une série de caisses empilées contre l'un des murs. Elles ne portaient pas de signes distinctifs. Elle tapota l'une d'entre elles ; le son assourdi l'informa qu'elle était pleine.

Comme les caisses étaient entassées sur plusieurs

rangées de profondeur différente, elles formaient une sorte d'escalier inégal jusqu'au sommet.

Elisabetta remonta son habit et se mit à grimper.

« Que fais-tu ? la gronda Micaela. Tu vas tomber !

— Mais non. Je veux voir si je peux en ouvrir une.

— Pourquoi ?

— Par curiosité.

— Je croyais que tu avais dit qu'on devait se reposer.

— Dans une minute. »

Elisabetta grimpa jusqu'en haut et se tint sur l'une d'elles, à environ quatre mètres du sol.

« Oups ! »

La caisse bougea de quelques centimètres.

« Descends ! dit Micaela.

— Non, tout va bien, je crois. Je vais faire attention. »

Elisabetta ne pouvait pas essayer d'ouvrir la caisse sur laquelle elle se tenait, alors, elle se pencha sur celle qui était plus proche du mur. Elle s'accroupit et examina le couvercle. Il avait l'air lourd et bien fermé, mais il n'était ni cloué ni vissé. Elle tira sur un bord qui bougea un peu.

Qu'allait-elle y trouver ? Des armes ? De la drogue ? Elle fit la moue. Elle ne le croyait pas.

De toutes ses forces, elle tira et parvint à soulever le couvercle de quelques centimètres, juste assez pour insérer le bout de ses doigts. Elle tira encore plus fort et le couvercle s'ouvrit assez pour qu'elle puisse voir ce que la caisse contenait.

Micaela était à nouveau debout, les poings sur les hanches.

« Alors, qu'est-ce que c'est ? Qu'est-ce que tu vois ? »

Elisabetta manquait de lumière, mais elle parvint à distinguer le contenu.

D'une certaine façon, elle ne fut pas surprise par ce

qu'elle vit. La caisse était pleine de tuf rouge et d'ossements humains. Il y avait deux squelettes complets, peut-être trois. Celui qui se trouvait sur le dessus avait une queue articulée de la longueur de sa main. Et sur son visage, elle retrouva l'expression de hurlement figé qu'elle avait déjà vue. Entre les côtes, elle repéra sans difficulté le pendentif en or qui réfléchissait la lumière. Il était gravé de signes astrologiques. C'était le même cercle du zodiaque qui se trouvait sur la fresque et sur le cercle magique de *Faust*.

Qui êtes-vous ? se demanda Elisabetta, les yeux rivés sur le visage empreint de colère. Elle tint le couvercle d'une seule main et plongea l'autre à l'intérieur, elle laissa de côté le pendentif et alla chercher le petit objet en argent qui se trouvait entre les os des doigts. Elle le sortit. C'était un joli petit médaillon *chi-rhô*.

« Qu'est-ce que c'est ? s'inquiéta Micaela. Qu'est-ce que tu as trouvé ?

— Ce sont eux ! s'écria Elisabetta. Les squelettes de Saint-Calixte. »

26

Rome, 68

À l'âge de trente ans, grassouillet, avec sa calvitie naissante, Néron ne ressemblait plus du tout à l'image omniprésente sur les statues et les pièces. Les années écoulées depuis le grand incendie avaient pesé lourd.

Pendant les quelques heures de la journée où il était à jeun, il avait travaillé de manière obsessionnelle sur tous les détails de la construction de sa Maison dorée. La Domus Aurea était moins un palais qu'une proclamation. Une vaste surface de la Rome calcinée lui appartenait désormais et il pouvait façonner la terre selon sa volonté pour lui donner cette image dorée. Lorsque ce serait terminé, le visiteur ébahi se trouverait devant un paysage de campagne avec des forêts, des champs, des animaux exotiques et des édifices grandioses autour d'un lac, le tout dans une vallée entourée de collines.

Le principal ensemble résidentiel était éblouissant : une façade de trois cent soixante mètres tournée vers le sud, bâtie de manière que sa surface dorée capte et reflète les rayons du soleil tout au long de la journée. Son vestibule était suffisamment haut pour qu'y soit érigée une statue colossale de Néron, la plus grande de Rome. Il y avait des pièces de réception avec des plafonds ajourés en ivoire et des panneaux que les esclaves pouvaient faire coulisser pour faire tomber une pluie de pétales de roses sur ses invités. Une installation permettait de vaporiser du parfum sur les convives. La principale salle de banquet était circulaire, installée sur un plateau mobile que les esclaves faisaient tourner jour et nuit pour imiter la rotation de la Terre dans les cieux. Ses bains chauds étaient remplis d'eau salée et d'eau soufrée.

Sa construction enrichit considérablement une multitude d'entreprises lémures, mais vida les coffres de l'Empire. Ce qui n'empêcha nullement Néron de trouver sa démarche justifiée. Lorsque le palais fut béni et dédié, il dit qu'enfin il pouvait vivre comme un être humain.

Tandis qu'il évoluait dans ses pièces de plus en plus somptueuses, d'une débauche à une autre, l'Empire grognait contre ses mœurs dissolues. L'homme d'État Caius Calpurnius Piso avait essayé de le renverser une année après le grand incendie ; Néron avait eu vent du complot et avait massacré tous les traîtres ainsi que leurs familles. L'année suivante, il y avait eu une révolte juive en Judée, qui avait exigé de Néron qu'il supplie Vespasien, son estimé général, de sortir de sa retraite.

Les dépenses extravagantes de la Domus Aurea et d'autres projets de construction à Rome, ainsi que le coût du maintien de l'ordre dans les territoires de son lointain Empire contraignirent Néron à lever encore plus d'impôts dans ses provinces.

« Trouve-moi plus d'argent ! » braillait-il constamment à Tigellinus qui obéissait de son mieux, non sans prélever sa part personnelle sur toutes les transactions.

Il s'était habitué aux exigences grandissantes de Néron. Plus d'argent, plus de nourriture, plus de vin, plus de spectacles, plus d'orgies, plus de sang, en particulier, de sang chrétien.

Rien de tout cela ne dérangeait Tigellinus, mais les grandes familles lémures et lui s'inquiétaient de plus en plus à l'idée de perdre le contrôle qu'ils détenaient depuis l'époque de Caligula. Comme ils regrettaient que Balbilus ne soit plus parmi eux pour lire les étoiles et leur dire ce qui les attendait !

Une nouvelle menace sérieuse était apparue en la personne de Gaius Julius Vindex, le gouverneur écrasé d'impôts de Gallia Lugdunensis. La Gaule celtique était en rébellion ouverte. En fait, les légions de Néron avaient vaincu Vindex lors de la sanglante bataille de Vesontio, mais plutôt que de continuer à combattre pour Néron, les prétoriens victorieux s'empressèrent de proposer leur général, Verginius, comme nouvel empereur. Celui-ci refusa de céder à la trahison mais, dans l'Empire, Servius Sulpicius Galba, gouverneur de la province romaine de l'Hispanie tarraconaise, avait de plus en plus de sympathisants qui voyaient en lui le successeur du corpulent joueur de lyre, devenu fou, de la Maison dorée.

Malgré toute l'adversité à laquelle il fut confronté pendant ces temps troublés, Néron parvenait cependant à trouver toujours une esquive grâce à une amphore de vin et un certain apaisement dans les bras de Sporus.

Pendant l'été 65, Néron, à qui les notions de regret et de remords étaient totalement étrangères, commit le seul acte qu'il aurait renié s'il avait pu. Sous l'effet de l'alcool, il se laissa aller à un accès de rage déclenché par un motif dont il ne se souvint même plus le lendemain :

il piétina, jusqu'à ce que mort s'ensuive, sa femme Poppée et son enfant à naître. Lorsqu'il se réveilla le matin suivant, la tête dans un étau et la bile dans la bouche, et qu'il vit le corps brisé sur les dalles de marbre et le sang de son épouse sur ses mains et ses pieds, il sanglota comme un enfant.

Il avait tué sa propre mère, il avait violé une vestale vierge, il avait commis d'innombrables actes d'une gravité inouïe, mais aucun d'eux ne l'avait frappé comme le meurtre de Poppée. Après sa mort, il comprit qu'elle lui manquait terriblement. Confronté à un vide béant, il tenta de le remplir aussi vite que possible. Chaque fois qu'il entendait parler d'une femme qui ressemblait à Poppée, il la faisait venir et, si la ressemblance était satisfaisante, il en faisait sa concubine. Mais personne ne parvint à satisfaire ses attentes autant que Sporus, un jeune affranchi qui, étrangement, lui rappelait son épouse. Néron s'enticha de lui immédiatement et il récompensa le jeune homme en le castrant pour sceller leur accord.

Lorsque ses blessures furent guéries, Néron lui mit une perruque, une robe et du maquillage pour qu'il ressemble encore plus à Poppée, et l'épousa lors d'une cérémonie officielle où Tigellinus se vit contraint d'ignorer sa dignité et conduisit la « mariée » à l'autel. Il le prenait dans son lit toutes les nuits et lui dit qu'il lui trancherait la gorge si jamais il révélait quoi que ce soit concernant sa queue. Et pendant que les rumeurs allaient bon train dans toute la ville, Néron persécutait sans arrêt ses chirurgiens grecs pour qu'ils trouvent un moyen de transformer son eunuque en une véritable femme de manière à pouvoir lui baiser le visage tout en forniquant avec elle.

En juin, les jardins de la Domus Aurea étaient des plus odorants, mais les seuls qui parurent le remarquer étaient les esclaves qui s'occupaient des parterres de fleurs et des arbres fruitiers. Néron et sa cour étaient occupés ailleurs. On venait de l'informer que le traître Galba gagnait en puissance tandis que les chaleurs de l'été commençaient à sévir.

Néron s'était brièvement réjoui de la défaite de Vindex quelques semaines auparavant, surtout parce qu'il avait entendu le gouverneur de la Gaule celtique le traiter de mauvais joueur de lyre, mais Galba avait revêtu le manteau de la rébellion et faisait avancer ses légions vers l'Italie. La cour ne fut pas du tout rassurée lorsque Néron annonça son plan délirant pour réprimer l'insurrection : il avancerait jusqu'aux légions ennemies muni de chariots remplis d'accessoires de théâtre et d'orgues hydrauliques accompagnés de concubines aux coupes de cheveux masculines et déguisées en amazones guerrières. Lorsqu'il se retrouverait face à Galba, il ne ferait d'abord rien d'autre que pleurer. Et ayant ainsi éveillé le remords chez les rebelles, il mettrait en scène un grand spectacle pour eux avec des chants de victoire qu'il aurait composés.

Un soir, à la nuit tombée, un émissaire arriva à la Domus Aurea, porteur d'un message de Tigellinus. Néron le lut et secoua la tête. Le temps était venu pour lui de partir. Il s'attendait à la nouvelle depuis longtemps et ses esclaves avaient vidé la villa et chargé les chariots et les wagons. Le général Turpilianius, le dernier des loyalistes qui commandait la force lancée contre Galba, avait fait défection. Tigellinus n'avait pas le moindre désir de mourir pour Néron et, malgré les richesses qu'il avait accumulées avec les années, il lui restait le goût amer laissé par l'incendie déclenché sur ordre de Néron, qui lui avait fait perdre sa précieuse basilique Aemilia. Non, il allait décamper dans sa propriété de Sinuessa et y faire profil bas, parmi d'autres familles lémures. Ils trouveraient une solution. Ils en avaient toujours trouvé une.

« Qu'y a-t-il ? maugréa Néron d'une voix pâteuse à Tigellinus lorsque celui-ci entra dans la salle à manger.

— Un message du champ de bataille. »

Néron passa son bras autour de Sporus et, au passage, renversa son précieux verre. « Eh bien, dis-moi ce qu'il contient ! Je suis occupé, tu ne vois pas ?

— Turpilianius est passé dans le camp de Galba. »

Néron se mit debout et vacilla. Son secrétaire, Épaphrodite, accourut pour l'empêcher de tomber.

« Qu'allons-nous faire ? » demanda Néron.

Tigellinus réfléchit un moment et, avant de partir à grands pas, il énonça un vers tiré de l'*Énéide*, un adieu mordant, sarcastique.

« Est-ce donc un si grand malheur de mourir ? »

Voyant ses courtisans s'enfuir, Néron bredouilla et la salle à manger se vida. Il réussit à retrouver assez d'aplomb pour crier d'une voix râpeuse quelques ordres à ceux qui restaient. Il voulait qu'on prépare une flotte à Ostie pour l'emmener à Alexandrie. Entre-temps, il quitterait la Maison dorée le soir même. Elle était trop grande pour que tous les accès puissent être défendus et il s'y sentait vulnérable. Les jardins serviliens entourés de murs, de l'autre côté du Tibre, étaient plus sûrs. Néron jeta de l'or à tous ceux, prétoriens et gardes germains, qui fuiraient avec lui, mais la plupart d'entre eux désertèrent sur-le-champ.

« Où est Sporus ? cria-t-il à Épaphrodite. Amenez-le-moi ! »

Épaphrodite le trouva dans les cuisines, en conversation avec un homme à la porte de service, près du jardin des aromates. L'homme s'évanouit dans la nuit.

« Qui était-ce ? demanda Épaphrodite.

— Juste un ami, dit Sporus en faisant la moue.

— Espèce de garce, il n'y a qu'un homme dont tu doives te préoccuper, dit Épaphrodite, et il exige ta présence. »

Tandis que Néron et ses proches franchissaient le Tibre, la majorité du Sénat marchait jusqu'aux casernes des prétoriens. Ils déclarèrent que Néron était un ennemi de l'État et prêtèrent allégeance à Galba. Les gardes germains de Néron reçurent l'ordre de démissionner.

Il était minuit passé lorsque Néron et Sporus se couchèrent enfin dans la chambre de Néron, aux jardins serviliens.

Néron se redressa soudain.

« Tu n'arrives pas à dormir ? soupira Sporus d'un ton las.

— Il se passe quelque chose », répondit Néron, qui se leva d'un bond et appela Épaphrodite.

L'homme confirma les peurs de Néron. Le garde du corps impérial avait disparu.

Néron se précipita, hystérique, sur la berge du fleuve et, lorsqu'il apparut qu'il pourrait se jeter dans les eaux noires, l'un de ses derniers amis, l'affranchi Phaon, suggéra qu'ils s'enfuient et aillent se réfugier dans sa propre villa, à quelques kilomètres de là, au nord. On trouva des chevaux et Épaphrodite donna une vieille cape et un chapeau de fermier à Néron puisque leur trajet passait à côté des casernes des prétoriens. Son dernier cercle était en fait très réduit : il se composait de Phaon, Épaphrodite et Sporus.

Ce fut pour un empereur un dernier voyage extrêmement épuisant. Se trouvant sur une route très passante il tenait un mouchoir contre son visage pour le cacher. Tandis qu'ils doublaient un fermier et sa mule, le cheval de Néron fit un écart, le forçant à se servir de ses deux mains pour retenir l'animal. Lorsqu'il retira son mouchoir, le fermier, qui avait été autrefois soldat, le reconnut et s'écria :

« *Ave* César ! Comment ont-ils pu te déclarer ennemi de l'État ? »

Néron ne dit rien et poursuivit sa route.

Ils atteignirent la villa de Phaon, où Néron s'effondra sur un canapé.

« Que fait-on aux ennemis de l'État ? demanda-t-il.

— La punition est ancienne, dit Phaon, d'un air malheureux, tout en fouillant à la recherche d'une flasque de vin.

— Et quelle est-elle ? s'écria Néron.

— C'est un destin dégradant, César, dit Épaphrodite. Les bourreaux dépouillent la victime de ses vêtements, lui maintiennent la tête contre le sol avec une fourche en bois et, ensuite, ils la flagellent à mort avec des verges. »

Néron se mit à gémir.

Des chevaux arrivaient.

Néron fut pris de panique, il saisit une dague et la colla contre sa gorge, mais sa main ramollit et il relâcha l'arme qui tomba sur le plancher en cliquetant.

« Personne ne va donc m'aider ? » supplia-t-il.

Épaphrodite prit la dague et l'appliqua contre la gorge de Néron à nouveau, sa pointe à peine enfoncée dans la chair rose et flasque.

« Assure-toi que mon corps soit brûlé, gémit Néron. Je veux que personne ne voie ce que je suis.

— Oui, César », répondit Épaphrodite.

Néron contempla la fresque sur le plafond de Phaon. Elle représentait une femme assise jouant de la lyre.

« Un grand artiste meurt avec moi, chuchota-t-il.

— Je ne peux pas », dit Épaphrodite, la main tremblante.

Sporus errait derrière lui. Le garçon, qui avait été humilié, castré puis sodomisé pendant des années, saisit le manche de la dague.

« Moi, je peux », dit-il en enfonçant la lame dans le cou de Néron, jusqu'à ce qu'elle ressorte de l'autre côté.

Et, tandis qu'Épaphrodite s'agenouillait, hébété, à côté du corps de son maître, Sporus se tourna et quitta la pièce seul, jouant avec le médaillon qu'il avait dans la poche et qui lui avait été donné par l'homme dans le jardin d'aromates.

C'était un symbole *chi-rhô*, un beau, en or.

« Je suis maintenant chrétien, dit Sporus à haute voix. Et j'ai débarrassé Rome de ce monstre. »

27

Londres, 1593

Cette journée de mai était anormalement chaude et au Mermaid l'atmosphère était étouffante. La taverne était remplie d'odeurs nauséabondes, de bière, rance et fraîche, d'urine, ancienne et nouvelle, et d'un affreux mélange de sueurs.

Marlowe était épuisé et très en colère parce qu'il ne se saoulait pas aussi vite qu'il aurait souhaité. Assis à une longue table, très peuplée, il s'emporta contre le tavernier, l'accusant d'avoir coupé la bière avec de l'eau, mais l'homme à la forte carrure l'ignora et le laissa râler.

« Je vais dépenser mon argent ailleurs, brailla-t-il à la cantonade. La bière est meilleure aux Pays-Bas. »

Il connaissait bien la bière hollandaise.

Il avait passé l'essentiel de l'année dans la puante ville portuaire de Flushing à jouer les agents doubles ou triples, activité dans laquelle il excellait maintenant. Walsingham était mort, presque trois ans auparavant, et Marlowe avait un nouveau maître, Robert Cecil, qui avait continué à profiter de son père, lord Burghley, pour ses relations avec la reine. Cecil avait réussi à se faufiler dans le fauteuil de Walsingham en tant que secrétaire d'État et maître espion. Robert Poley, le loyal lèche-bottes de Cecil qui faisait si volontiers des séjours dans des prisons froides et humides pour entretenir sa couverture de sympathisant catholique, se vit confier la responsabilité de tous les agents de Sa Majesté aux Pays-Bas.

Marlowe trouvait souvent ses missions clandestines insignifiantes, mais elles payaient bien – mieux que le théâtre – et lui laissaient le temps d'écrire des pièces et de poursuivre dans le domaine qu'il admirait : le chaos, la confusion et les calamités. Burghley était infirme et il ne serait plus longtemps de ce monde. Le vieux John Dee perdait la tête et la reine l'avait mis au vert comme directeur du Christ's College à Manchester. Robert Cecil était prêt à devenir le lémure le plus puissant d'Angleterre et Marlowe était son homme. Dans son sillage, Marlowe atteindrait de nouveaux sommets de gloire, de richesse et de pouvoir. Il se considérait globalement méritant ; il avait fait sa part.

Il avait vécu dans une chambre nauséabonde de la ville portuaire de Flushing, bu de la bière dans les auberges et les tavernes, glané des informations en se faisant passer pour un sympathisant des catholiques, fabriqué de la fausse monnaie avec un groupe de conspirateurs et trouvé le temps d'écrire quelques heures par nuit presque quotidiennement.

Et à la suite de son triomphe avec *Faust*, chacune de ses nouvelles pièces avait été bien reçue. *Le Juif de Malte* avait suivi, puis le drame historique *Édouard II*, puis *Héro et Léandre* et, enfin, *Le Massacre de Paris*, que les Pembroke's Men avaient joué quelques mois auparavant.

Jamais satisfait et toujours en lutte, Marlowe avait bien des raisons d'être irrité. Il vivait comme un pauvre comparé à quelqu'un comme Cecil. Ils étaient de la même facture, ils avaient la même éducation, la même intelligence, mais Cecil avait un Burghley pour père et le père de Marlowe était cordonnier. Et dans le domaine de la littérature, il avait désormais un redoutable rival. Un jeune acteur et écrivain de Stratford-upon-Avon avait fait irruption sur la scène londonienne avec une pièce intitulée *Henri VI*, dont la première avait eu lieu un an auparavant, entraînant un énorme succès financier. William Shakespeare vivait aussi à Shoreditch. Ils se voyaient fréquemment au Rose Theatre et dans les tavernes du quartier où ils se jaugeaient avec méfiance comme deux cerfs prêts à se charger mutuellement, à croiser les bois.

Le seul véritable plaisir dans la vie de Marlowe était Thomas Kyd, son grand amour, qu'il avait persuadé de venir partager sa chambre à Norton Folgate.

Il commanda d'une voix forte une autre chope de bière, exigeant qu'elle provienne d'un autre tonneau, et alla se vider la vessie dans le fossé derrière la taverne.

Là, dans l'ombre, comme à son accoutumée, se trouvait Robert Poley.

« Poley ! cria Marlowe en direction de sa silhouette noire. C'est vous ? Vous ne vous montrez donc jamais à la lumière ? Vous êtes comme l'ombre d'Hadès, toujours tapi, en train de rôder.

— Je me montrerai volontiers si vous me payez un verre, dit Poley.

— Bien. Venez et soyez mon ténébreux compagnon. »

Poley revenait directement des appartements privés de Robert Cecil qui avaient été ceux de Walsingham, mais Cecil les avait fait décorer de plus beaux tableaux et de plus belles tapisseries, d'argenterie plus fine. Il avait également travaillé son apparence adoptant un pas lent, majestueux, se commandant les vêtements les plus élégants et se montrant obsessionnellement soucieux de sa barbe pointue et de ses épais cheveux peignés en arrière.

« Quelles nouvelles me rapportez-vous, Poley ? avait demandé Cecil.

— J'ai obéi à vos ordres et j'ai consciencieusement observé Marlowe.

— Et comment se comporte notre talentueux ami ?

— Ses indiscrétions s'aggravent.

— Comment cela ?

— Il partage son lit avec Thomas Kyd, désormais. Ouvertement.

— Ah, oui ?

— Des rumeurs circulent sur Thomas Kyd, qui m'ont été transmises par nos gens à Rome.

— Quelles rumeurs ?

— On dit qu'il est un employé de l'Église. Le pape a demandé à ses hommes de trouver les lémures et de nous éradiquer.

— Et tu dis que Kyd est leur espion ?

— Oui. »

Cecil avait soupiré.

« Marlowe aurait pu aisément trouver du plaisir parmi les siens.

— Il est porté à l'autodestruction, avait dit Poley.

— Alors nous devons l'aider, avait dit Cecil. Mais nous devons agir avec précaution. La reine aime ses pièces. Mais j'entends que ce nouvel homme,

Shakespeare, même s'il n'est pas des nôtres, est un meilleur dramaturge. La reine sera bientôt distraite par un autre barde. »

Marlowe versa une liqueur forte contenue dans une flasque dans la tasse de Poley. Ils étaient installés à une petite table privée.

« Qu'est-ce qui vous occupe ces derniers temps, Poley ?

— Il y a des projets en cours, dit l'autre homme sur un ton énigmatique. Des vents nauséabonds soufflent des Flandres. Cecil voudrait nous envoyer là-bas d'ici peu.

— Paiera-t-il bien ? grogna Marlowe.

— Il dit qu'il paiera grassement. La situation est grave et, si elle est gérée à la perfection, Cecil pense que cela renforcera sa position auprès de la reine. De plus, cette aventure pourrait nous rendre tous riches.

— Dites-m'en plus, demanda Marlowe, soudain très intéressé.

— Dans une quinzaine de jours environ, le plan sera prêt pour que nous en parlions. Lorsque Cecil nous l'ordonnera, nous nous retrouverons chez la veuve Bull à Deptford.

— Vous me tiendrez au courant, dit Marlowe. J'ai mené pas mal d'affaires là-bas et il y a un avantage considérable, Mrs Bull est une excellente cuisinière. »

Marlowe sut que des ennuis se préparaient lorsqu'une semaine plus tard une lettre haineuse fut affichée sur le mur d'une église de Londres fréquentée par des protestants hollandais. C'était une diatribe en vers blancs qui cherchait à déchaîner la violence contre ces immigrants et leurs incessantes pratiques abominables. La missive évoquait des passages du *Juif de Malte* et du *Massacre de Paris* de Marlowe et était signée « Tamerlan », une sorte de provocation.

Marlowe n'avait pas écrit la lettre, mais l'hypothèse généralement répandue à la cour était qu'il en était l'auteur.

À la grande horreur de Marlowe, Thomas Kyd fut arrêté par les commissaires royaux sur l'ordre de Cecil et, soumis à d'affreuses tortures à Bridewell Prison, il jura qu'il avait vu Marlowe écrire la lettre.

La reine en fut informée et son Conseil privé, en présence de Burghley et Cecil, émit un mandat d'arrêt à l'adresse de Marlowe.

Il fut emmené à Bridewell, mais il fut traité correctement avec à peine un interrogatoire. Deux jours plus tard, Poley arriva pour le faire sortir.

« Y a-t-il une raison à tout cela, Poley ? demanda Marlowe, en colère, une fois qu'ils furent dans la rue. Cecil et vous savez que je ne suis en rien responsable de cette lettre contre les Hollandais.

— Quelqu'un vous fait du tort, dit Poley en secouant la tête. Trouvons une taverne.

— Au diable les tavernes ! Qu'est-il arrivé à Kyd ?

— Il est détenu. Vous deviez être proche de lui, ces derniers jours. Il a avoué que vous étiez coupable.

— Sous la torture ?

— J'imagine, dit Poley. Au moins, ils ne vous ont pas inquiété. Cecil s'en est assuré.

— Pour me protéger ou protéger l'existence de mes parties intimes ? chuchota Marlowe.

— Les deux, j'en suis certain. »

Marlowe s'arrêta brusquement.

« Je sais qui a fait ça, Poley ! Par les étoiles, je sais ! »

Poley fit un petit pas en arrière, comme s'il recevait un coup.

« Je suis certain que c'était William Shakespeare, ce vermisseau jaloux, ce pauvre hère qui se prend pour un dramaturge. »

Poley sourit. Il avait écrit la lettre lui-même et il était plutôt fier de son œuvre.

« Je suis certain que vous avez raison sur ce point. Avant que vous ne partiez pour les Flandres, vous devriez tuer ce misérable. »

La veuve Bull avait servi un délicieux repas dans une des pièces à l'étage : un festin composé de langue de bœuf, d'agneau, de chapon et de cerf.

Marlowe, contrairement à son habitude, manquait d'appétit. Il en était ainsi depuis qu'avait commencé cette histoire de lettre hollandaise et, de plus, il souffrait de devoir rendre compte de tous ses faits et gestes au Conseil privé de la reine tant qu'il n'avait pas terminé son enquête.

Poley mangea de bon cœur, comme les autres convives présents, Nicholas Skeres et Ingram Frizer, deux truands et escrocs lémures que Marlowe connaissait bien. Mais ce n'était pas parce qu'ils étaient de sa race qu'il devait les aimer. Il n'avait pas de problème avec les tueurs, mais peu de temps à consacrer aux incultes.

Marlowe chipota dans son assiette et but son vin.

« Quelles nouvelles des Flandres ? » demanda-t-il.

Poley lui répondit, la bouche pleine de viande :

« Le roi Philippe d'Espagne prépare une force d'invasion.

— Il a déjà perdu une armada contre Élisabeth, fit

remarquer Marlowe. Et il est à nouveau impatient de se confronter à elle ?

— Apparemment, dit Poley.

— Eh bien, je suis prêt à y aller, dit Marlowe. Est-ce que vous pouvez obtenir de Cecil qu'il signe l'ordre et me fasse quitter ces côtes détestables ?

— Il prépare le terrain, dit Poley.

— Et vous deux ? rugit Marlowe en pointant son couteau en direction de Skeres et Frizer. Êtes-vous aussi de la partie ? »

Les hommes regardèrent Poley, qui leur adressa un hochement de tête.

Frizer se leva.

« Êtes-vous en train de pointer un couteau vers moi ? » gronda-t-il d'une voix rauque.

Marlowe leva les yeux au ciel.

« Et alors ?

— Personne ne pointe de couteau vers moi.

— Apparemment, vous faites erreur, dit Marlowe sur un ton sarcastique. Je viens juste de le faire. Peut-être vous ai-je pris, à tort, pour un testicule de bœuf bien dodu, mûr pour la brochette. »

Soudain, un poignard apparut dans la main de Frizer.

Marlowe n'avait jamais esquivé une bagarre de toute sa vie et, en cet instant, toutes les frustrations qu'il avait accumulées réapparurent et le firent bouillir intérieurement. C'était un bagarreur redoutable et ce coquin maigrichon allait mordre la poussière. Le couteau à viande de Marlowe n'était ni très long ni très aiguisé, mais il ferait l'affaire.

Il s'apprêta à se lever. Soudain, deux bras lui entourèrent la poitrine et les épaules, et le plaquèrent sur sa chaise.

Nicholas Skeres s'était approché de lui par-derrière et l'immobilisait.

Frizer contourna la table d'un pas rapide.

Marlowe entendit Poley dire :

« Vas-y ! »

Il vit le poignard descendre vers son œil.

Il ne crierait pas, il ne supplierait pas.

Comme Faust, sur le point d'être emmené en enfer, Marlowe se dit qu'il avait conclu un marché.

Les trois hommes contemplèrent le corps de Marlowe, attendant que cessent les derniers sursauts. Le sang qui coulait de son œil n'était plus qu'un mince filet.

« Voilà, dit Skeres. C'est fait.

— Alors partageons l'argent », exigea Frizer.

Poley grogna et détacha une bourse de sa ceinture. Elle était lourde de pièces d'or.

« Parts égales ? suggéra Skeres.

— Ouais », dit Poley.

Plus tard, dans ses appartements, Cecil demanda à Poley :

« Comment est-il mort ?

— Bien. Une mort digne d'un lémure. Violente. Rapide. Silencieuse.

— Bon, c'est terminé. La reine sera bientôt ravie d'apprendre qu'il est mort. Quant à moi, cela me convient. Assurez-vous que personne n'examine le corps au-delà de la blessure à la tête. Enterrez-le dans une tombe anonyme. Et faites en sorte que Kyd meure aussi. Arrangeons-nous pour que Marlowe laisse ses pièces et ses codes, pas sa queue. Gloire aux lémures. Gloire à Marlowe. »

28

Elisabetta fut réveillée par le craquement de la porte sur ses gonds. Elle appela sa sœur et elles repoussèrent toutes les deux leur couverture.

La première personne qui pénétra dans la pièce était un homme d'une taille colossale en costume noir. L'autre était plus petit, plus âgé, bel homme et élégant dans un pull en cachemire bleu près du corps, un pantalon sombre et des mocassins à pompons.

« Je suis navré de vous réveiller, dit le plus âgé dans un anglais marqué d'un fort accent. Je sais que votre nuit a été inconfortable, mais je ne voulais pas que vous passiez le grand jour à dormir. »

Elisabetta se leva, lissa son habit et enfila ses chaussures.

« Qui êtes-vous ? »

L'homme ignora sa question.

Micaela était debout et ajustait son chemisier.

« Ma sœur vous a demandé qui vous étiez, connard. Vous allez bientôt regretter de vous en être pris à nous. »

Mulej sortit un gros pistolet de sous sa veste et l'injuria.

« Les gros hommes avec une petite bite aiment bien menacer les femmes, gronda Micaela.

— Micaela, s'il te plaît, supplia Elisabetta. Ce n'est pas la peine d'aggraver la situation. »

L'homme âgé rit.

« Range ton arme, Mulej. Tu n'en auras pas besoin. Mon nom est Krek. Damjan Krek. »

Krek. S'agissait-il de K ?

« Où sommes-nous ? demanda Elisabetta.

— En Slovénie, répondit Krek. Vous êtes chez moi. Accompagnez-moi à l'étage.

— Et Micaela ?

— Tout ira bien. Vous et moi, nous avons besoin de parler de certaines choses. Et nous devons regarder un peu la télévision.

— La télévision ? fit Elisabetta.

— Le monde entier a les yeux rivés sur le Vatican et, nous aussi, nous devons voir ce qui se passe, dit Krek. Le conclave est sur le point de commencer. »

Zazo n'avait pas voulu dormir, mais il s'était écroulé d'épuisement malgré l'agitation au moment où le soleil se levait sur le Tibre. Lorsqu'il se réveilla, il était dix heures et l'appartement était silencieux. Très en colère contre lui-même, il bondit du canapé et courut dans la chambre de ses sœurs dans le vain espoir qu'elles seraient rentrées discrètement pendant qu'il se reposait.

Comme il le craignait, la pièce était vide. Il jeta un coup d'œil sur son père, endormi tout habillé sur son lit. Zazo ne le réveilla pas. Il appela à nouveau Arturo. Il paraissait aussi tendu que lui.

« Alors ? » demanda-t-il.

Rien.

Zazo avait passé la nuit à réveiller les voisins. Il avait appelé les services d'urgence, parlé à sœur Marilena, couru à l'appartement de Micaela, arpenté les rues du quartier. Juste avant de décider d'attendre que le jour se lève, il avait laissé un message furieux sur la messagerie de l'inspecteur Leone, lui disant que ses sœurs n'étaient pas rentrées et lui demandait quels critères irréfutables il fallait pour que la police ouvre une enquête pour disparition.

Zazo ouvrit les rideaux du salon et la lumière du soleil se déversa dans la pièce. Il fit les cent pas. Il jura. Il ne savait pas quoi faire de ses dix doigts. Il attrapa son blouson. Il allait prendre l'air et boire un café.

Au bar, il saisit sa tasse et alla s'installer à une table près de la fenêtre. Lorsqu'il s'assit, il remarqua quelque chose de raide dans sa poche intérieure. Il plongea la main et sortit la liasse de papiers pliés.

Vingt pages couvertes de numéros de téléphone, quelques années de numéros composés par Bruno Ottinger depuis son appartement. Zazo engloutit son espresso, feuilleta les pages et s'interrompit, marmonnant qu'il était en train de perdre son temps. Il regarda dehors, espérant qu'il verrait passer l'habit noir d'une religieuse.

Il reprit les pages imprimées. Il s'agissait en majorité de numéros nationaux, allemands, surtout locaux, à Ulm. Il prit son téléphone et composa celui qui revenait le plus souvent. Une opératrice de l'université d'Ulm décrocha ; il raccrocha sans lui parler.

Au milieu des pages se trouvait un numéro ayant un préfixe qu'il ne reconnaissait pas, 386. Il le composa. Une voix d'homme répondit.

« *Da ?* 929295. »

Zazo commença par essayer l'italien.

« Bonjour. Qui est à l'appareil ?

— *Kaj ?* »

Il passa à l'anglais et posa la même question.

La voix répondit en anglais.

« Vous êtes sur une ligne privée. À qui essayez-vous de parler ?

— Je suis un ami de Bruno Ottinger », dit Zazo.

Il y eut un silence et un son étouffé, comme si la personne mettait sa main sur le micro. La voix reprit. « Je ne peux pas vous aider. » La communication fut coupée.

Zazo se frotta les yeux, las, et prit mentalement note de vérifier le code 386. Il se mit à plier les feuilles.

Quelque chose attira son attention et il s'arrêta. Il lissa les feuilles et les examina plus attentivement. Des chiffres lui sautaient aux yeux.

C'était un numéro italien, une communication avec le Vatican.

Il le composa aussi vite qu'il put. Une femme répondit en italien mais avec un accent allemand :

« *Pronto.* »

Zazo lui parla italien.

« Ici, le commandant Celestino de la gendarmerie du Vatican. À qui ai-je l'honneur ?

— Ici Frieda Shuker.

— Ah, l'épouse du caporal Shuker ?

— C'est exact. Klaus est de service aujourd'hui, bien entendu. En quoi puis-je vous aider, commandant ?

— Je suis désolé de vous déranger, dit Zazo. Juste une question. Ce numéro correspond à une résidence de gardes suisses, n'est-ce pas ?

— Oui, c'est celui de notre appartement.

— Et depuis combien de temps habitez-vous là ?

— Nous avons emménagé en 2006.

— Savez-vous qui y était avant vous ?

— Je n'en ai pas la moindre idée. Désolée. Dois-je demander à Klaus de vous rappeler ?

— Ne vous inquiétez pas, tout va bien. Merci pour le temps que vous m'avez accordé. »

Zazo ne tenait plus en place. Son esprit était trop agité pour qu'il reste à l'intérieur. Il bondit et passa la porte du café. Il fit défiler la liste de ses contacts sur son portable et appela Omar Savio au service informatique du Vatican.

Omar, un pote de soirées bière-pizza, parut surpris de son appel.

« Ça doit être important, dit-il.

— Pourquoi dis-tu ça ?

— Parce que le conclave est sur le point de commencer. Tu dois être complètement débordé. »

Apparemment, Omar n'avait pas entendu parler de sa suspension.

« Ouais, c'est important. J'ai besoin que tu cherches une information pour moi.

— Vas-y.

— Qui vivait dans l'appartement de Klaus Shuker à la résidence des gardes suisses avant lui ? Shuker s'y est installé en 2006.

— Donne-moi une seconde. »

Zazo entendit les doigts d'Omar courir sur le clavier.

« OK, appartement 18, j'y suis presque… C'était Matthias Hackel. Il l'a eu de 2000 à 2006. Il occupe maintenant l'appartement du lieutenant-colonel. Il a dû déménager quand il a eu sa promotion.

— Hackel, dis-tu ? » répéta Zazo, essayant de réfléchir.

Il s'arrêta à un feu, attendant qu'il passe au vert.

« Pourquoi y a-t-il tant de bruit ? interrogea Omar. Tu n'es pas au Vatican ?

— Ouais, je suis à côté. Écoute, Omar, ce que je vais te demander est urgent et extrêmement délicat. Il faut que tu m'envoies par mail les relevés téléphoniques de Hackel, téléphone fixe et portable, en remontant jusqu'à 2006. »

Son ami répondit d'un ton incrédule.

« Tu plaisantes, j'espère ?

— Non, je suis terriblement sérieux.

— J'aurais besoin d'une autorisation écrite du chef de Hackel pour faire ça. Si je ne l'avais pas, les gardes m'embrocheraient sur leurs lances.

— Omar, je ne te le demanderais pas s'il ne s'agissait pas d'une question de vie ou de mort. S'il te plaît, crois-moi. Je ne peux pas laisser les gardes savoir que j'enquête sur l'un d'entre eux. Je ne divulguerai jamais mes sources. Envoie-les à mon adresse mail personnelle. Tu es dans l'informatique, non ? Tu dois savoir comment rendre ces choses-là invisibles.

— Pizza gratuite à vie ? ironisa Omar.

— Oui, à vie. »

Les serveurs s'agitaient dans la salle à manger de la Maison Sainte-Marthe, proposant desserts et cafés. Les cardinaux électeurs prenaient soin de ne pas tacher leur soutane. Ces jours-ci, un bon téléobjectif pouvait repérer une tache de sauce à cent mètres.

Les neufs cardinaux évêques étaient assis sur l'estrade qui dominait les tables où les autres cardinaux dînaient avec les conclavistes, les domestiques qui étaient autorisés à les accompagner à la chapelle Sixtine. Le cardinal Diaz occupait le fauteuil central, comme il convenait à sa position de doyen du Collège des cardinaux. Ses vieux amis, Aspromonte et Giaccone, étaient assis de chaque côté.

Diaz poussa un morceau de tarte dans son assiette et marmonna quelque chose à Giaccone.

« Plus tôt nous aurons un Saint-Père, plus tôt nous retrouverons une nourriture correcte. »

Giaccone n'était pas aussi difficile. Il prit une grande bouchée, mais il était d'accord. « Ce n'est pas tellement la nourriture. Pour moi, c'est le lit. Je veux dormir dans mon propre lit. »

Aspromonte pencha sa grosse tête chauve pour écouter. « Les murs sont trop fins. » Il pointa sa fourchette en direction d'un cardinal américain. « Toute la nuit j'ai entendu Kelley ronfler. »

Diaz renifla.

« Eh bien, dans une heure nous serons dans la chapelle. Nous ferons notre devoir, puis la vie reprendra comme avant. »

Soudain, Giaccone grimaça et posa ses couverts.

« Qu'y a-t-il ? » lui demanda Diaz.

Giaccone fit une grimace qui plissa son visage potelé et tapota son gros ventre rond. « Rien. Peut-être un peu ballonné. » Il grimaça à nouveau.

Aspromonte parut inquiet.

« Peut-être devrais-tu voir le médecin. Il est juste là.

— Non, honnêtement. Tout va bien. »

Diaz lui tapota l'épaule.

« Vas-y, va t'allonger. Nous avons le temps de nous reposer un peu avant d'y aller.

— Je ne veux pas dormir, protesta Giaccone.

— Ne t'inquiète pas pour ça, dit Aspromonte. On ne te laissera pas dormir pendant le conclave ! »

29

Le grand salon du château des Krek donnait l'impression à Elisabetta qu'elle était un grain de poussière. Dans l'âtre immense brûlait un grand feu, les meubles étaient gigantesques, la galerie et le plafond garnis de poutres en bois étaient terriblement hauts.

Krek la fit asseoir sur un canapé. Il y avait des portes sur trois côtés de la pièce. Toutes étaient fermées. Aucun signe de la présence de l'homme immense. Ils étaient seuls.

Elisabetta l'observa attentivement, tremblante et pétrifiée comme un lapin essayant de se cacher d'un loup à ses trousses.

Krek était tout à fait soigné. Ses cheveux poivre et sel étaient fraîchement coupés, il se tenait parfaitement droit. Il se servit du café et, après un instant de réflexion, il lui en offrit une tasse. Elle déclina d'un mouvement de la tête.

« Je n'avais jamais rencontré de nonne auparavant, dit-il soudain. C'est à peine croyable, n'est-ce pas ? En particulier vu l'intérêt que je porte à l'Église. Et vous n'êtes pas une nonne ordinaire. Une femme qui a une profession, une archéologue. Une experte des catacombes, qui m'ont toujours fasciné. Je suis également fasciné par les choix que vous avez faits. Vous voyez, j'en apprends tous les jours. Vous, les nonnes, avez-vous la possibilité d'apprendre continuellement des choses nouvelles ? Ou étouffe-t-on cette possibilité lorsque vous entrez au couvent ? »

Elisabetta le regarda, sans parler, refusant de répondre.

Apparemment indifférent à sa rebuffade, Krek regarda sa montre et dit :

« Attention à l'heure ! »

Il prit une télécommande, alluma un immense téléviseur à écran plat qui était accroché au-dessus du buffet et mit une paire de lunettes cerclées de métal. La séquence s'ouvrit avec une vue prise par hélicoptère au-dessus de la place Saint-Pierre où des dizaines de milliers de pèlerins étaient debout, si serrés qu'ils pouvaient à peine bouger.

Krek paraissait jubiler.

« Vous avez vu combien de personnes sont assemblées là ? Ça va être un grand jour pour elles. Certaines vont raconter à leurs enfants et aux enfants de leurs enfants qu'elles étaient là, qu'elles étaient place Saint-Pierre ce jour-là. »

Elisabetta finit par dire :

« Je sais ce que vous êtes.

— Vous savez ce que je suis, cracha-t-il. *Ce que* je suis ?

— Un lémure.

— Je savais que vous étiez intelligente. J'en ai la confirmation.

— Vous avez tué le professeur De Stefano. Vous avez tué le père Tremblay. Vous êtes un monstre.

— Des étiquettes. Toujours des étiquettes. Un

monstre ! Trop facile, ne pensez-vous pas ? Je me définis comme un homme d'affaires qui a réussi et qui se trouve être membre d'un club très ancien et très élitiste.

— Vous ne devez pas faire ça. »

Krek regarda Elisabetta par-dessus ses lunettes et sourit. Mais il n'y avait pas la moindre trace d'humour dans son expression. C'était le sourire d'un prédateur qui se rapprochait de sa proie.

« Que pensez-vous que je vais faire ? »

Elle tremblait intérieurement, mais ne dit rien de plus, affrontant seulement son long regard perçant.

« Comprenez bien ceci : je ferai exactement ce que je veux. »

Trois autocars luxueux, chacun d'une capacité de quarante-deux passagers, tournaient au ralenti devant la Maison Sainte-Marthe, attendant que les cardinaux électeurs et les conclavistes sortent et montent pour le trajet d'une minute qui les conduirait dans la cour derrière la basilique. En fait, tous les électeurs avaient moins de quatre-vingts ans, leurs aînés étaient dispensés de la tâche, et tous étaient suffisamment mobiles pour parcourir cette courte distance à pied. Mais cette partie du rituel était imposée par la sécurité.

Le cardinal Diaz et le cardinal Aspromonte montèrent dans le premier bus et s'installèrent sur des sièges voisins.

« As-tu entendu, pour Giaccone ? demanda Diaz.

— Non, de quoi s'agit-il ?

— Il est toujours dans sa chambre. Il ne peut pas venir.

— Que s'est-il passé ?

— Il a appelé le docteur. Apparemment, il a la courante. Il a trop mangé, j'imagine.

— Est-ce qu'il nous rejoindra plus tard ?

— Les règles lui permettent de le faire, mais il peut aussi voter depuis Sainte-Marthe. J'ai assigné un monseigneur pour qu'on lui porte un bulletin de vote, si nécessaire.

— C'est un désastre, chuchota Aspromonte. Il aurait pu être le choix du peuple. Mais qui sait à quel point il sera facile d'obtenir des votes *in absentia*. Les gens aiment voir le visage du nouvel homme.

— Eh bien, avec l'aide de Dieu, il guérira vite. »

Sur l'écran de télévision apparut une vue plongeante des bus quittant la maison d'hôtes et leur bref trajet jusqu'à l'arrière de la basilique. Un par un les cardinaux sortirent des autocars et disparurent derrière une porte gardée par des gardes suisses en grande tenue traditionnelle.

« C'est un spectacle pittoresque, dit Krek. Lourd de tradition. Ça, je le respecte. »

Depuis leurs canapés, lui et Elisabetta pouvaient voir la télévision et, à chaque seconde, l'angoisse de la jeune femme augmentait d'un cran. Désespérée, incapable d'agir, elle décida de le faire parler.

« Et y a-t-il quelque chose que vous ne respectiez *pas* chez nous ? » demanda-t-elle, la voix chevrotante.

Il parut ravi de la voir manifester plus d'énergie.

« Eh bien, la foi en Dieu, bien sûr, est une faiblesse fondamentale. Une béquille aussi ancienne que l'homme. Je crois que plus on s'appuie sur un dieu pour gouverner sa vie, moins on la gouverne soi-même. Mais, à côté de cela, l'Église catholique a toujours été la plus suffisante, la plus répugnante, la plus hypocrite de toutes les religions. Un milliard de personnes suivent aveuglément un vieil homme déguisé, portant une robe et un chapeau ! Nous combattons cela depuis l'origine.

— Vous dites que vous croyez que les hommes devraient s'appuyer sur eux-mêmes, pas sur Dieu. En quoi d'autre croyez-vous ? demanda Elisabetta.

— Moi ? Je crois beaucoup en moi. Je crois dans les cieux. À l'évidence, les étoiles et les planètes influencent les événements humains. C'est un fait, mais je confesse que je n'ai pas la moindre idée de la manière dont cela fonctionne. Là s'arrête ma rationalité en faveur de notre système de croyance.

— Vous croyez en l'astrologie, dit-elle, perplexe.

— Notre race respecte l'astrologie depuis de nombreux siècles, rétorqua Krek.

— J'ai trouvé des symboles astrologiques à Saint-Calixte.

— Oui, je sais. S'il y avait eu un moyen d'enlever le mur rapidement en le gardant intact, j'aurais été très heureux d'avoir cette fresque dans ma demeure. Mes hommes m'ont dit qu'ils ont essayé, mais il s'est effondré. Ils ne se préoccupent guère de l'environnement et ils avaient une tâche plus importante à accomplir.

— Les squelettes.

— Oui. À nouveau, un travail grossier, mais le temps était compté.

— Qu'allez-vous en faire ?

— J'ai l'intention de leur accorder le respect qu'ils méritent. Les ossements sont mélangés. J'ai besoin qu'ils soient correctement assemblés, les hommes, les femmes, les enfants. Quelque part dans cet amas de squelettes, se trouve notre plus grand astrologue, Balbilus, je voudrais que ses restes soient identifiés et qu'il reçoive une place de choix dans ma crypte familiale. C'était l'astrologue personnel de Néron. Néron était des nôtres, voyez-vous. La tradition nous apprend que la chambre funéraire appartenait à Balbilus et que lui et ses disciples périrent durant le grand incendie de Rome. C'est invérifiable, mais on dit que l'apôtre Pierre a été impliqué dans leur mort.

— Il y avait des traces de feu.

— Vous voyez. La science ! Voilà pourquoi j'ai besoin de vous.

— Pour faire quoi ?

— Vous allez gérer les ossements. Vous êtes archéologue et une femme qui respecte le passé et le caractère sacré des défunts. Je crois que vous ferez un travail formidable. »

Elisabetta secoua la tête.

« Vous pensez que je vais faire cela volontairement ? »

Krek haussa les épaules.

« Je n'ai pas vraiment réfléchi à la question. J'ai simplement décidé que vous alliez le faire. »

Avant qu'elle ne puisse exprimer son indignation, il ajouta :

« Qu'avez-vous fait des signes astrologiques trouvés à Saint-Calixte ?

— Je ne les ai pas complètement élucidés.

— Vous avez remarqué l'ordre particulier des planètes, n'est-ce pas ? »

Elle hocha la tête.

« C'était l'alignement au moment où Balbilus est né, en l'an 4. Vérifiez, si vous ne me croyez pas. Je crois que c'était un hommage personnel à sa grandeur. C'est devenu un symbole pour nous, le symbole de son pouvoir, de *notre* pouvoir.

— Marlowe l'a utilisé dans *Faust*.

— Oui ! Bravo ! Vous avez remarqué l'illustration. Je vous l'ai dit, vous êtes faite pour ce travail. Nous avons eu beaucoup de grands astrologues au cours des âges. Bruno Ottinger était mon astrologue personnel. Je crois que vous savez certaines choses le concernant.

— J'ai le livre que vous lui avez donné.

— Je veux le récupérer, dit Krek sur un ton glacial. Peut-être me l'offrirez-vous en cadeau. » Il se tourna vers la télévision et monta le volume. « Alors les voilà, tous dans la chapelle Pauline. Nous devrions regarder. »

Hackel se tenait immobile dans la chapelle du palais du Vatican. Il était devant la porte Pauline qui conduisait à la Sala Regia, un hall couvert de fresques qui reliait le palais à la chapelle Sixtine. Les cardinaux électeurs étaient en rang devant le cardinal Diaz qui allait s'adresser à eux. Il y avait deux vidéastes qui avaient reçu l'autorisation de filmer et diffuser la brève cérémonie, la dernière image visible des cardinaux avant le début du conclave.

Hackel entendit parler dans son écouteur. Rien de grave : un touriste avait été évacué de la place pour ivresse sur la voie publique et on lui signala des pickpockets. Il contrôla sa respiration, lente et paisible. Ce serait bientôt terminé. Peut-être l'enquête révélerait-elle le rôle qu'il avait joué. Peut-être pas. On ne sous-estimait jamais assez l'incompétence des autres. Quoi qu'il en soit, *lui* saurait ce qu'il avait fait. Et, plus important, K le saurait aussi. S'il apparaissait que les autorités parvenaient jusqu'à lui, il disparaîtrait dans le réseau lémure. Divers choix seraient possibles. Il pensait à l'Amérique du Sud. Les femmes y étaient belles.

Le maître des célébrations liturgiques papales, le cardinal Franconi, tint un micro près de la bouche de Diaz. Il fit un court discours en latin, pour rappeler aux électeurs leurs responsabilités envers l'Église et la tâche solennelle qu'ils étaient sur le point d'entreprendre. Puis il les rassembla dans une courte prière pour leur donner la force et la sagesse de choisir un nouveau Saint-Père.

Ce fut Hackel lui-même qui ouvrit la porte Pauline et la procession s'ébranla.

30

Zazo regarda les cardinaux avancer lentement deux par deux dans la Sala Regia, flanqués d'une haie d'honneur de gardes suisses. Il déglutit. C'était une expérience étrange, de regarder tout cela se dérouler sur l'écran de la télé. Il aurait dû y être. Il aperçut brièvement Lorenzo à l'arrière-plan et se demanda comment il s'en sortait.

Le père de Zazo bricolait dans l'appartement dans un état de grande agitation, incapable d'aller à l'université ou de prendre son cahier sur Goldbach. Tour à tour, il fixait la rue par la fenêtre et le téléphone, comme s'il pouvait, par sa seule volonté, faire apparaître ses filles. Zazo essaya de le faire manger, mais il refusa.

Tous les deux sursautèrent lorsque le téléphone portable de Zazo sonna. Il décrocha immédiatement et secoua la tête rapidement pour signaler que ce n'était ni Micaela ni Elisabetta.

Il écouta et dit :

« Omar, tu es le meilleur. Je te jure que tu n'auras pas le moindre ennui. »

Ensuite, il raccrocha et s'assit devant l'ordinateur de son père.

« Qui était-ce ? s'enquit Carlo.

— Un de mes amis du service informatique au Vatican. Il m'envoie un relevé de communications téléphoniques.

— De qui ?

— Ce matin, j'ai découvert qu'en 2005 Bruno Ottinger a téléphoné à une résidence privée du Vatican. Matthias Hackel, l'homme qui est aujourd'hui le numéro deux des gardes suisses, vivait dans cet appartement. J'ai demandé les relevés de Hackel.

— Quel rapport avec Micaela et Elisabetta ?

— Je ne sais pas. Peut-être rien. Mais c'est curieux, non ? Pourquoi un homme comme Ottinger communique-t-il avec un garde suisse ? De toute façon, je préfère suivre mon intuition plutôt que rester assis à ne rien faire. Je n'ai pas confiance en la police pour faire quoi que ce soit de positif. »

Son père approuva et se pencha sur son épaule lorsque Zazo ouvrit le mail d'Omar et envoya la pièce jointe à l'imprimante.

Elle cracha cinquante pages. Zazo en attrapa une liasse et grogna.

« Ce type a beaucoup téléphoné.

— Que cherchons-nous ? demanda Carlo.

— Je ne sais pas bien. Des récurrences. Des numéros composés fréquemment. »

Il sortit les relevés d'Ottinger et les déplia.

« Peut-être des appels à des tiers communs aux deux séries de relevés. »

À la vue des colonnes noires de numéros de téléphone, Carlo s'anima. Il prit les pages des mains de son fils.

« Va préparer des toasts et laisse-moi m'occuper des nombres. »

La procession empreinte de gravité des cardinaux vêtus d'écarlate et de blanc paraissait fasciner Krek.

Ils psalmodiaient l'hymne *Veni Creator Spiritus*.

Veni, creator Spiritus
Mentes tuorum visita,
Imple superna gratia,
Quae tu creasti pectora.

Viens, Esprit créateur,
Visite l'âme de tes fidèles,
Emplis de la grâce d'En-Haut
Les cœurs que tu as créés.

« S'il vous plaît, dites-moi pourquoi vous faites ça ! » demanda Elisabetta, désespérée.

Il leva les yeux vers le ciel et, l'air ironique, lui fit comprendre qu'il était prêt à l'éclairer. Il coupa le son de la télévision de manière à ne pas être gêné.

« Il y a neuf cents ans, l'un d'entre nous, un grand astrologue et visionnaire, fit une prophétie.

— Malachie, dit-elle.

— Oui ! Malachie. Encore un éclair d'intelligence de ma nonne préférée. Pour nous, cette prophétie est un phare. Et en tant que l'un des dignes chefs de mon peuple, il est de ma responsabilité personnelle d'utiliser mes ressources pour m'assurer qu'elle s'accomplisse.

— Pour détruire l'Église, dit-elle avec tristesse.

— Oui, bien sûr. Tel a toujours été notre désir le plus profond.

— Malachie a prédit la fin du monde. C'est ce que vous voulez aussi ?

— Écoutez, dit Krek, j'aime la vie que je mène. Je jouis d'un certain confort, comme vous pouvez le voir. Mais c'est quelque chose auquel nous nous préparons depuis longtemps. J'entends, la destruction de l'Église. Cette partie-là, je peux aider à l'accomplir. Si le monde touche également à sa fin à cause de mes actes, eh bien, nous verrons, c'est tout. »

Elisabetta secoua la tête.

« C'est ignoble. »

Krek se leva et tisonna tranquillement son feu comme s'il voulait un rideau de flammes en toile de fond. Si telle était son intention, il réussit à atteindre l'effet dramatique escompté. Alors qu'il était debout devant la cheminée, Elisabetta eut l'impression qu'il sortait de l'enfer.

« Ignoble ? » Sa voix se fit plus forte. « En quoi votre dogme catholique est-il si différent ? Vous parlez bien du jour du Jugement dernier. Le jour où le monde tel que nous le connaissons disparaîtra, non ? Votre version fait revenir le Christ, pas la mienne. Voilà la principale différence.

— Dans le Jugement dernier, le bien et le mal auront des destins différents. C'est ce qu'enseigne l'Église, dit Elisabetta, s'efforçant d'opposer sa douceur à la colère de son interlocuteur.

— Croyez-moi, dit Krek, se calmant brusquement, je n'ai aucune envie de débattre de votre théologie. J'apprécie les différences de perception. La discorde en matière religieuse a toujours été une source de bienfait pour nous. »

Elle en eut la nausée.

« Vous dites que vous voulez détruire l'Église. Dans quel but ? Que cherchez-vous ?

— Notre *credo* ? éructa-t-il d'un ton méprisant. Notre *raison d'être*[1] ? Nous sommes intéressés par la noire beauté du pouvoir, de la richesse, de la domination. Combattre l'Église nous a toujours enrichis. Tous les conflits font naître des perspectives heureuses. Les guerres nous rendent riches et, en plus, elles sont assez plaisantes.

— Vous tirez du plaisir de la souffrance humaine ? »

Krek serra la mâchoire.

« Personnellement, oui, surtout la souffrance des religieux fanatiques et moralisateurs, mais peut-être suis-je un peu extrémiste. La plupart de mes camarades sont plus détachés.

— Vous êtes des psychopathes. »

Il éclata de rire.

« Des étiquettes, à nouveau. Vous savez, j'ai fait des études. J'ai lu et étudié toute ma vie. Je comprends le sens de ce mot. Écoutez, nous sommes ce que nous sommes, comme vous êtes ce que vous êtes. J'aime à penser que nous sommes plus évolués, plus pointus, plus efficaces. Nous ne sommes pas limités par nos émotions et je crois que c'est une force. Si vous voulez utiliser le terme de "psychopathe", allez-y. Comment devrais-je vous étiqueter ? »

Elle fut déstabilisée par la manière dont il avait retourné la situation. Il lui fallut un moment pour mettre de l'ordre dans ses idées.

« Je suis une femme de foi. Je crois en Dieu. J'ai toujours cru en Lui, depuis aussi longtemps que je me

1. En français dans le texte. *(N.d.T.)*

souvienne. Je crois en la bonté et dans le pouvoir de la rédemption. Lorsque les gens souffrent, je souffre. Je suis une servante de Dieu, voilà mon “étiquette”. Cela me définit et j'en suis heureuse. »

Krek jeta un coup d'œil à la télévision pour s'assurer qu'il ne manquait rien, puis il répondit :

« Oui, mais entrer dans les ordres, c'est un grand pas, non ? Plus de fêtes. Plus de sexe, j'imagine. Plus de liberté de faire ce que vous avez envie de faire quand vous en avez envie. Pourquoi l'avez-vous franchi, ce pas ? »

Il sait pourquoi, se dit-elle. Elle n'allait pas lui donner la satisfaction sadique de l'énoncer pour lui. Elle n'allait pas dire : « C'est à cause de *vous*, espèce de salaud ! Vos tueurs ont planté un couteau dans ma poitrine. Ils ont pris la vie de l'homme que j'aimais. Vous m'avez fait souffrir autant qu'on puisse souffrir. Mon seul salut, c'était un engagement total au service du Christ. »

« Je peux vous en remercier, se contenta-t-elle de répondre. J'imagine que j'ai une dette envers vous. »

Krek trouva cette réponse amusante et applaudit comme une otarie. Ensuite il pointa un index vers l'écran.

« Regardez ! dit-il avec l'excitation d'un enfant. Ils sont en train de fermer la porte ! »

Hackel et son sous-fifre Gerhardt Glauser faisaient partie des gardes suisses en civil qui suivaient la procession, composés essentiellement d'hommes qui avaient constitué la garde rapprochée du pape décédé. Lorsque le dernier conclaviste fut passé par le grand portail de la Sala Regia donnant sur la chapelle Sixtine, ce fut le cardinal Franconi, le maître des célébrations liturgiques papales, qui referma la lourde porte. Hackel savait qu'un rituel devait être accompli avant que la porte ne soit verrouillée de l'intérieur, mais en ce qui le concernait, les jeux étaient presque faits.

Un contingent de gardes en costume de cérémonie prit place devant la porte fermée. Hackel et Glauser les saluèrent, puis Glauser dit :

« Puis-je vous parler ? »

Les deux hommes s'éloignèrent des caméras indiscrètes des journalistes et se placèrent à côté de la fresque d'Agresti représentant Pierre d'Aragon offrant son royaume au pape Innocent III. Le plafond voûté de la Sala Regia amplifiait les sons. Glauser se pencha pour chuchoter à l'oreille de Hackel.

« L'un d'eux, Giaccone, est malade. Il est toujours à la Maison Sainte-Marthe. »

Hackel parut alarmé.

« Pourquoi ne m'a-t-on rien dit ? répondit-il avec colère.

— Je vous le dis maintenant, répondit Glauser. Mais tout va bien. J'ai mis deux hommes sur le coup. Les gendarmes sont là-bas aussi. Quand ils enverront un messager pour récupérer son bulletin, on assurera sa sécurité aussi.

— Est-ce que le colonel Sonnenberg est au courant ?

— Je ne suis pas sûr. Je ne l'ai pas informé, en tout cas. J'applique les ordres de la hiérarchie.

— Vous restez là, répondit Hackel immédiatement.

— Où allez-vous ? demanda Glauser.

— À la maison d'hôtes, vérifier personnellement la sécurité de Giaccone.

— Je vous présente mes excuses pour le retard avec

lequel je vous ai informé, mon colonel. Je ne pensais pas que c'était si important. »

Hackel partit, vexé. *Une brebis égarée*. Il allait rendre visite au cardinal Giaccone et s'occuper personnellement de son cas.

Carlo Celestino était courbé sur la table de la salle à manger, ses lunettes de lecture tout au bout de son nez. Il entourait des nombres avec son crayon et grommelait.

« Si seulement tu n'avais pas gribouillé sur les relevés d'Ottinger. Cela interfère avec le système que j'utilise.

— Je ne peux rien y faire, dit Zazo d'un ton las. Tu as trouvé quelque chose ? »

Carlo feuilleta les relevés de Hackel et marmonna :

« C'est le genre de chose qu'un ordinateur ferait en une fraction de seconde. Peut-être n'est-il pas surprenant que la plupart des appels internationaux d'un garde suisse soient pour la Suisse. Probablement de la famille, mais c'est à toi de le découvrir. Ottinger a peut-être appelé Hackel, mais apparemment, Hackel n'a pas appelé Ottinger. Attends une seconde, il y en a un qui est bizarre. Hackel a passé quelques appels à un numéro commençant par 386. Est-ce que je n'ai pas vu ça dans les relevés d'Ottinger ? » Il alla vérifier dans les autres documents. « Je le savais ! 929295. Hackel et Ottinger ont tous les deux appelé ce numéro.

— Montre, fit Zazo en attrapant les feuilles d'Ottinger. Bon sang, c'est le numéro que j'ai appelé ce matin !

— C'était qui ?

— Ils ont dit que c'était une ligne privée et ont raccroché.

— Où est-ce ? »

Zazo était déjà sur l'ordinateur, cherchant à identifier le préfixe.

« C'est en Slovénie, la région de Bled. Ce n'est pas loin de la frontière italienne. Je vais appeler la police nationale slovène à Ljubljana et leur demander de faire une recherche inversée. Il faut que nous découvrions qui vit là-bas. »

31

Derrière les portes closes, loin des regards indiscrets des médias, les cardinaux électeurs trouvèrent chacun leur place et se tinrent, l'air grave, les mains jointes, devant leur table. Trois objets étaient posés devant eux : les Évangiles, un stylo en plastique et un bulletin de vote.

Le cardinal Diaz s'avança jusqu'au podium, embrassa la salle du regard et leva les yeux vers le magnifique plafond peint de Michel-Ange. Il se concentra sur son panneau favori, *Le premier jour de la Création*, où Dieu sépare la lumière des ténèbres, prit une grande inspiration et lut un serment en latin. Tous ceux qui étaient présents devaient observer les procédures définies par la Constitution apostolique. En cas d'élection, ils auraient à défendre la liberté du Saint-Siège. Ils garderaient le secret et ne tiendraient compte d'aucun intérêt profane pour voter.

Lorsqu'il eut terminé, les cardinaux, l'un après l'autre, touchèrent les Évangiles et déclarèrent :

« Je le promets, je m'y engage et je le jure. »

Diaz prit place à sa table et le cardinal Franconi avança lentement jusqu'à la porte de la Sala Regia. Il l'ouvrit et annonça d'une voix forte :

« *Extra omnes*[1] ! »

Par ces paroles, tous, sauf les électeurs et les conclavistes, recevaient l'ordre de partir. Plusieurs domestiques obéirent scrupuleusement, puis Franconi ferma la porte derrière eux et fit coulisser le verrou.

Hackel frappa à la porte de la chambre 202 de la Maison Sainte-Marthe. Le long couloir était désert.

De l'autre côté, Giaccone demanda qui était là.

« Le lieutenant-colonel Hackel des gardes suisses. »

Quelques instants plus tard, la porte s'ouvrit. Giaccone portait un peignoir et des pantoufles. Il avait le teint pâle, son visage était encore plus ramolli que d'habitude.

« En quoi puis-je vous aider, colonel ? Est-ce que tout va bien ?

— Votre Excellence, j'ai besoin de vous parler en privé sur une question urgente. Puis-je entrer ? »

Giaccone hocha la tête, laissa Hackel passer et referma la porte.

« Bon, maintenant, nous ne verrons plus rien », dit Krek en s'asseyant en face d'Elisabetta. Les caméras de télévision retournèrent sur la place Saint-Pierre.

« Le conclave a commencé. Nous devons attendre. Mais pas trop longtemps, je pense. »

Il y avait une carafe à whisky posée sur la table. Krek tira le gros bouchon rond en verre et s'en versa une bonne rasade.

Elisabetta le regarda savourer une première gorgée.

1. « Dehors tous ! » *(N.d.T.)*

Elle ne sut pas quelle raison, autre que la curiosité, la poussa alors à demander :

« Vous en avez, vous, des tatouages ?

— Voulez-vous les voir ?

— Non !

— Dommage. Chez nous les hommes, c'est une tradition qui court depuis la fin du XVIIe siècle. Vous savez ce qu'ils signifient ?

— "Malachie roi. Gloire aux lémures."

— Mes aïeux ! Comment avez-vous compris ça ?

— "La clef se trouve en B." Le mot que vous avez adressé à Ottinger et qui accompagnait le livre.

— Je suis sincèrement impressionné ! » Krek avala une seconde lampée de liquide ambré. « Ce serait très bien que vous travailliez pour moi. » Il jeta un coup d'œil à sa montre, puis à la télévision. Il buvait plus vite, devenait plus volubile. « Marlowe était une personne importante, qui s'est associée à d'autres grands lémures anglais de son temps : Francis Walsingham, Robert Cecil, John Dee. Son message codé est devenu un cri de ralliement pour nous. "Malachie roi. Gloire aux lémures." Le mot d'ordre de notre communauté. Les nombres ont pris une signification profonde. Les porter dans un endroit caché où seulement nous pouvions les voir… c'était très spécial. »

Krek se versa un second whisky.

« Et aujourd'hui, vous essayez de faire de Malachie une réalité, dit-elle

— Depuis la Seconde Guerre mondiale, il y a eu seulement six papes. Nous nous concentrons vraiment sur la prophétie, et durant la papauté de Jean-Paul II, il y a eu les attaques du 11-Septembre. Certains de mes collègues et moi-même avons commencé à réfléchir et à nous dire que nous devions nous mobiliser autour de cet événement et nous assurer que la prophétie de Malachie se réalise. Et les islamistes radicaux nous ont rendu les choses tellement simples, avec le 11-Septembre et le reste. Tout d'un coup, les croisades reprennent ! Et tout ce qui nous reste à faire, c'est souffler un peu sur les braises. Nous étions parfaitement prêts à agir lorsque ce pape est mort et il a eu la gentillesse de nous prévenir bien à l'avance avec son très long cancer. »

Plus il parlait, plus Elisabetta se sentait oppressée. Elle fut prise de nausée et sentit la bile remonter dans sa gorge. Krek ne la regardait plus. Son attention était rivée à la télévision.

« Le 268e pape sera le dernier. Un groupe islamiste sera tenu pour responsable de ce qui se produira aujourd'hui. Cela devrait réunir les conditions parfaites pour que commence la plus grande guerre de religions de l'histoire. Il y aura le feu… non, ce sera plus que le feu. Ce sera une conflagration. Nous la regarderons ensemble, puis nous fêterons l'événement. »

Zazo remercia l'officier de police à Ljubljana et posa le téléphone.

« Ils te l'ont donné ? demanda son père.

— Sans problème. Je leur ai dit que c'était une urgence du Vatican. C'est un numéro sur liste rouge, attribué à quelqu'un du nom de Damjan Krek. »

Carlo haussa les épaules en entendant le nom.

Zazo fit une recherche.

« C'est un milliardaire slovène. Il possède une entreprise qui fait de la construction, de la fabrication d'équipement lourd, de l'exploitation minière, ce genre de chose. »

Zazo se leva et fourra ses mains dans ses poches.

« Alors, qu'est-ce que fait un homme d'affaires slovène avec un professeur allemand doté d'une queue et un officier des gardes suisses ?

— K ! s'exclama Carlo. Krek pourrait être le K qui a envoyé le livre à Ottinger. Quant à ce Hackel, je ne sais pas. »

Zazo ramassa le téléphone à nouveau.

« Tu parles allemand, non ? »

Son père hocha la tête.

« Je vais appeler le numéro de Krek. Lorsque ça sonne, dis que tu es Matthias Hackel et que tu veux parler à Krek.

— Et si c'est lui qui décroche ?

— Alors je reprendrai, en anglais ou en italien. Je lui dirai que la gendarmerie est en train d'effectuer une enquête de routine. J'improviserai.

— Quel rapport avec Micaela et Elisabetta ? »

Zazo secoua la tête.

« Peut-être rien, peut-être tout. »

Il mit le téléphone en mode haut-parleur et composa le numéro de Krek.

Lorsqu'un homme décrocha, Carlo s'identifia comme le lieutenant-colonel Hackel et demanda à parler à Krek.

Il y eut un silence au bout de la ligne et l'homme répondit en allemand.

« Je suis désolé, Herr Hackel. Vous utilisez une ligne non autorisée. Je vais demander à Mr Krek de vous rappeler immédiatement sur votre numéro de portable autorisé. »

La communication fut coupée.

« Merde ! dit Zazo, en se massant la nuque.

— Quoi ? s'écria son père.

— Il y a quelque chose qui cloche. Krek est au centre de tout ça. Je vais rappeler la police slovène et voir si je peux faire envoyer des hommes chez lui.

— Pour y chercher quoi ?

— Micaela et Elisabetta. »

Lorsque Hackel quitta la Maison Sainte-Marthe, il évita les foules en passant derrière la basilique, la chapelle Sixtine et les palais de Grégoire XIII et Sixte V pour rentrer chez lui. Le trajet l'obligeait à contourner la caserne des gardes suisses. En passant juste à côté, il entendit une voix puissante l'interpeller :

« Hackel ! »

Il reconnut la voix, ferma les yeux en signe de frustration et tourna le coin.

C'était son supérieur, Sonnenberg, qui se précipitait droit sur lui avec un escadron d'hommes en civil.

« Hackel, mais que faites-vous là ? Vous êtes censé être à la chapelle », dit Sonnenberg.

Hackel se retourna et partit dans l'autre sens.

« On nous a rapporté une activité suspecte juste devant l'église Saint-Pellegrino. J'ai laissé Glauser un court moment pour aller vérifier.

— Non, non, vous devez vous tromper, insista Sonnenberg. Je n'ai rien entendu de ce genre. Le problème se trouve à l'entrée est de Saint-Pierre, au niveau des détecteurs de métaux. Quelqu'un a essayé de passer avec une arme. Les gendarmes le tiennent, mais il se peut qu'il y en ait un second. Venez avec moi. »

Hackel bafouilla, cherchant en vain une excuse pour ne pas obéir. Il soupira et lui emboîta le pas.

Il n'avait pas fait trois pas qu'il sentit son téléphone vibrer dans la poche de son pantalon. Il le sortit. C'était le numéro de Krek. Il fallait qu'il prenne l'appel. Il ralentit le pas.

« Oui ? »

C'était l'un des hommes de Krek. Au milieu des bruits provenant de la place Saint-Pierre, il entendit :

« Herr Krek vous rappelle, Herr Hackel. »

Hackel ralentit pour s'assurer que Sonnenberg ne pouvait l'entendre.

« Je ne l'ai pas appelé, déclara Hackel.

— Pardon ? Vous venez de le faire, j'ai pris l'appel moi-même.

— Eh bien, ce n'était pas moi. De quel numéro venait-il ?

— Je vais vous l'envoyer par texto, Herr Hackel, et je vais informer Mr Krek de cette erreur.

— Faites-le immédiatement. Et dites-lui que je suis un peu en retard sur le programme, mais tout va bien. »

Krek était au téléphone et ne tentait pas de cacher la conversation à Elisabetta.

« Découvrez qui a passé cet appel en prétendant être Hackel et informez-moi immédiatement. »

Il fit claquer le combiné et jeta une nouvelle bûche dans le feu. La chaleur faisait luire son front.

« Il semblerait que nous disposions d'un peu plus de temps », dit-il à Elisabetta. Sa voix était enrouée. « Buvez avec moi.

— Je ne bois pas, dit Elisabetta.

— J'ai de très bons vins rouges, dit Krek. Vous pourriez faire comme si c'était du vin de communion.

— Non.

— Eh bien, je me sers un autre verre. »

Elisabetta n'avait jamais été aussi sensible à ses

propres battements de cœur. Elle ne pouvait pas rester assise là avec ce monstre, à attendre qu'une catastrophe se déclenche. Il fallait qu'elle fasse quelque chose.

Pendant qu'il se versait un autre whisky, elle bondit vers une porte. Krek réagit très vite. Il saisit un pan de l'habit d'Elisabetta et la fit tomber sur le tapis. Lorsqu'elle essaya de se relever, il la frappa violemment de son poing serré, en plein dans la mâchoire.

La tête d'Elisabetta bascula en arrière. La douleur ne dura qu'une seconde, avant qu'elle ne perde connaissance.

Zazo raccrocha brutalement.

« Non ? demanda son père.

— Ils refusent, dit Zazo. Ils m'ont aiguillé sur le chef adjoint de la police nationale slovène. Il dit que Krek est un homme important et qu'il ne va pas envoyer des hommes chez lui pour satisfaire une lubie. Je n'ai rien pu dire.

— Que pouvons-nous faire, alors ?

— J'y vais moi-même.

— En Slovénie ? Ça va te prendre la journée.

— Alors je ferais bien de me mettre en route tout de suite. Je retourne chez moi chercher ma voiture. Reste à côté du téléphone et appelle-moi si tu apprends quelque chose. »

Micaela entendit la porte de la cave grincer. Mulej entrait. Sa veste était de travers, son nœud de cravate, lâche.

« Je me suis dit que vous deviez vous sentir seule », articula-t-il d'une voix pâteuse.

Elle se leva de sa couchette. Elle avait déjà examiné la pièce à la recherche de quelque chose qui pourrait servir d'arme, mais il n'y avait rien. Ni lampe, ni pied de lit ou de table, ni morceau de bois, ni même un porte-serviettes dans la salle de bains qu'elle aurait pu arracher du mur.

Elle était sans défense.

Mulej pointa sur elle un gros index.

« Ne bougez pas, ordonna-t-il, refermant la porte derrière lui.

— Que voulez-vous ? demanda Micaela.

— À votre avis ? »

Il se rapprocha.

« Pas question », dit-elle d'un air de défi.

Mulej ne parut pas inquiet par son attitude.

« Alors je vous tuerai. Krek s'en fiche. Vous ne lui êtes d'aucune utilité. Si vous voulez rester en vie, vous allez coopérer. Sinon, ce n'est pas un problème pour moi. » Il tapota sa ceinture. « Qu'est-ce que j'ai fait de mon arme ? » éructa-t-il.

À ce moment-là, elle fonça sur les caisses qu'elle se mit à escalader comme Elisabetta l'avait fait.

Mulej la regarda d'un air amusé.

« Que faites-vous donc là-haut ?

— N'est-ce pas évident, espèce de gros porc ? dit-elle.

— Ce n'est pas gentil, dit-il. Descendez. Soyez donc plus aimable.

— Je vous emmerde.

— Si vous ne descendez pas, je vais devoir aller chercher mon arme et vous descendre. Ha ! ha ! »

Micaela continua à grimper. Une caisse instable bougea sous son poids. Elle s'empressa de monter sur la suivante, celle qu'Elisabetta avait ouverte. Elle s'assit sur le couvercle et fusilla Mulej du regard.

« OK, fit-il, en vacillant. Je vais revenir et je vais vous descendre.

— Non ! s'écria-t-elle. Ne partez pas !

— Pourquoi ?

— Persuadez-moi de descendre. Soyez plus gentil avec moi. »

Il parut troublé.

« Plus gentil ?

— Oui. Comme un vrai gentleman. Pas comme un salopard de violeur ! »

Micaela colla ses talons contre la caisse instable et poussa de toutes ses forces. La grosse boîte craqua, glissa et se mit à pencher.

Mulej regardait de ses yeux troubles, imbibés, un demi-sourire sur les lèvres, les poings sur les hanches. Soit il ne comprenait pas ce qui était en train de se passer, soit il pensait qu'il pourrait peut-être s'écarter d'un bond en une fraction de seconde.

La force de gravité fut la plus rapide. Et la caisse dégringola plus vite que Mulej ne l'avait anticipé.

Sa bouche s'ouvrit, prête à articuler quelque chose, juste avant que la caisse ne l'atteigne, pulvérisant son visage et écrasant son grand corps sous un tas de morceaux de bois, de terre rouge et de squelettes de lémures.

Micaela descendit et essaya de trouver un bras ou une jambe qui appartenait à Mulej sous les décombres. Elle fouilla et trouva un poignet.

« Bien », dit-elle à haute voix lorsqu'elle constata que son pouls ne battait plus.

Elisabetta reprit conscience rapidement, mais il lui fallut plusieurs minutes pour retrouver ses repères.

Elle était allongée sur le côté au centre de la grande pièce. Le feu crépitait et craquait férocement. La grande télévision montrait toujours la foule qui avait envahi Saint-Pierre. Sa mâchoire lui faisait terriblement mal.

Où était Krek ?

Il y avait un poids sur elle.

Ensuite, elle sentit qu'on la retournait sur le dos.

Une main se glissa sous ses robes et elle sentit le whisky dans l'haleine de son assaillant.

« J'ai toujours été curieux, dit Krek, la respiration haletante, sa joue contre celle d'Elisabetta. J'ai toujours voulu savoir ce que les religieuses portaient sous cet habit. »

Elisabetta ne voulait pas lui donner la satisfaction de sangloter ou de supplier. Elle préféra se tortiller et lancer des ruades tel un étalon en colère pour se débarrasser de lui.

« Bien, bien ! cria-t-il. J'aime ça ! Battez-vous ! »

Il remonta ses robes jusqu'à sa taille et c'est alors qu'Elisabetta sentit quelque chose de dur contre son ventre.

Elle se souvint.

Tout en continuant à lutter contre Krek avec sa main gauche, elle fourra sa main droite dans la poche intérieure de sa tunique. Elle trouva l'objet et, lorsqu'elle l'eut dans la main, elle l'ouvrit.

Le cure-pipe de son père. Ce simple petit objet rassurant.

Krek relâcha son emprise pendant deux ou trois secondes, le temps de se redresser pour défaire sa ceinture. Il ne fallut pas plus de temps à Elisabetta. Elle sortit le cure-pipe de sa poche et l'enfonça dans la poitrine de Krek avec toute la force qu'elle avait dans le bras.

Il ne dit rien. Elle ne sut pas si elle avait fait quoi que ce soit jusqu'à ce qu'elle retire sa main et voie l'objet planté dans son pull, enfoncé jusqu'au bout. Il n'y avait pas de sang.

Krek baissa les yeux, roula sur le côté et se releva. Il avait l'air amusé.

« Qu'est-ce que c'est ? Qu'avez-vous fait ? »

Il retira le cure-pipe et rit.

« Non, merci ! Je fume le cigare ! »

À la grande horreur d'Elisabetta, il paraissait indemne. Alors qu'elle était toujours allongée sur le tapis, il se mit à descendre son pantalon, assez pour dénuder ses reins.

« En avez-vous déjà vu une ? »

Il se tourna à demi pour lui montrer son dos. Épais, son appendice se tortillait comme un serpent en colère. Ses tatouages étaient noirs et très nets, menaçants, mais pour Elisabetta, ils n'étaient plus mystérieux.

Elle se mit à s'éloigner à quatre pattes.

Mais, au moment où Krek se retourna, elle vit qu'il se produisait quelque chose dans sa poitrine.

Le sang s'écoulait d'une petite blessure dans le péricarde et, lorsque la poche fut pleine, elle comprima son cœur comme une orange dans un presse-fruits.

Il prit une grande inspiration et se mit à souffler bruyamment. Il serra sa poitrine, souleva son pull, comme si cela pouvait lui donner plus d'air, et se mit à chanceler. Il pencha alors lentement vers l'avant comme un arbre qu'on abat. Il essaya de parler, mais pas un mot ne sortit de sa bouche. Et juste avant qu'il ne s'écroule, une expression d'intense fureur se peignit sur son visage.

Jamais, auparavant, Elisabetta n'avait vu autant de haine.

32

C'était une fausse alerte.

L'homme appréhendé par les gendarmes du Vatican près du détecteur de métaux était un policier de Rome qui n'était pas en service et se promenait avec son arme déchargée dans son sac à dos. Il était venu sur la place Saint-Pierre pour se joindre aux équipes de sécurité du conclave et avait oublié qu'il avait emporté son arme. Il était désolé et se confondit en excuses. Son identité fut vérifiée. L'homme qui l'accompagnait était son cousin.

Hackel attendit à l'extérieur de la camionnette où les hommes étaient détenus. Il se balançait d'une jambe sur l'autre et finit par dire au colonel Sonnenberg :

« Je devrais retourner à mon poste à la chapelle.

— Oui, allez-y, dit Sonnenberg. Je ferai le point avec vous plus tard. Je ne crois pas que nous aurons la chance de voir de la fumée blanche ce soir, mais on ne sait jamais. »

Hackel salua et s'en alla. Dès qu'il eut disparu du champ de vision de Sonnenberg, il fit demi-tour et se dirigea vers son appartement.

Micaela envisagea brièvement de creuser dans les débris pour voir si l'homme avait un téléphone portable, mais la tâche lui parut trop lourde. Elle colla son oreille à la porte et écouta. La chute de la caisse avait fait un fracas épouvantable. Si quelqu'un était à côté, il avait certainement entendu.

Ne percevant rien à la porte, elle l'entrebâilla, puis l'ouvrit suffisamment pour pouvoir passer la tête. Le couloir était très sombre ; il n'y avait qu'une ampoule nue à dix mètres de là. Personne en vue. Elle se mit à avancer vers la lumière.

Elisabetta resta debout au-dessus du corps sans vie, couché face contre terre. La queue, qui, à peine quelques instants auparavant, lui avait semblé si terrifiante, si menaçante, lui paraissait maintenant être un appendice charnu anormal, rien de plus.

Elle sentit son cœur battre la chamade et essaya de rassembler ses idées. Elle devait donner l'alarme. Le téléphone de Krek lui tendait les bras. Elle le saisit, puis s'immobilisa. Et si la ligne était surveillée ? Est-ce que son appel ne risquerait pas d'alerter les hommes de Krek sur le fait qu'elle était libre, mettant ainsi la vie de Micaela en danger ? Il fallait qu'elle sauve sa sœur d'abord.

La grande pièce était dotée de quatre portes et toutes, découvrit-elle, étaient verrouillées de l'intérieur. Krek semblait tenir à sa tranquillité.

Deux des portes donnaient sur deux côtés différents du hall d'entrée. C'était par là qu'elle était arrivée. Elisabetta visualisa le trajet depuis la cave : monter un escalier, entrer dans un hall à côté d'un petit bureau, traverser une bibliothèque lambrissée jusqu'au hall d'entrée, puis entrer dans la grande pièce de réception.

Elle était sur le point de pénétrer dans le hall lorsqu'elle entendit des pas lourds approcher. Elle battit en retraite, ferma la porte et examina les deux autres.

La troisième porte donnait directement sur un escalier qui montait. La quatrième s'ouvrait sur un couloir faiblement éclairé et peu décoré – destiné aux domestiques peut-être. Pas de danger en vue ; elle entra dans ce couloir.

Micaela enleva ses chaussures pour pouvoir se déplacer silencieusement et les repoussa contre le mur. Le couloir qui menait aux caves faisait une longueur considérable. Elle ne trouva aucun escalier et elle se demanda si elle n'aurait pas dû aller dans l'autre sens. Sur son chemin, elle essaya plusieurs poignées de porte. Certaines étaient verrouillées, d'autres s'ouvrirent sur de sombres pièces de stockage.

Finalement, une volée de marches en pierre peu éclairée apparut. Micaela les grimpa avec précaution, espérant ne croiser personne en route.

Elisabetta entra à pas de loup dans une salle à manger dont la table de banquet pouvait sans peine accueillir une trentaine de convives. À travers les vitraux, elle aperçut un jeune homme, carabine en bandoulière, en train de patrouiller dans le jardin. Elle se baissa et marcha accroupie sous la fenêtre. À l'autre bout de la salle à manger, elle s'arrêta pour coller son oreille sur une porte à deux vantaux. De l'autre côté du bois, elle entendit un bruit de casseroles.

L'escalier qu'avait pris Micaela l'emmena dans un dédale de réserves où était stockée de la nourriture en conserve ou déshydratée. Elle se surprit à regarder les étiquettes avec avidité et elle chercha brièvement de quoi ouvrir une boîte de pêches.

Elle entendit un petit cri derrière elle et se retourna. Une femme immense portant un tablier de cuisinière paraissait aussi choquée qu'elle. La femme émit un autre cri et se mit à courir, mais Micaela la prit en chasse, la boîte de pêches à la main et elle l'assomma d'un seul coup sur la nuque. La femme alla s'écraser dans une étagère, emportant l'équivalent d'un mois de provisions avec elle.

Elisabetta entendit un cri aigu et de grands bruits venant de l'espace cuisine. Elle s'accroupit derrière un gros vase oriental au cas où quelqu'un entrerait subitement dans la salle à manger. Mais, au bout de quelques minutes, rien ne se produisit et elle pénétra tout doucement dans la cuisine. Ne voyant rien, elle alla jusqu'à l'office, où elle trouva une chef cuisinière trapue inconsciente sur le sol, la poitrine secouée de grognements et de ronflements. Sur le côté, une volée de marches descendaient aux caves. Elisabetta marmonna une rapide prière et y fonça tout droit, se demandant ce qui était arrivé à la femme.

Micaela quitta la cuisine et se retrouva dans le hall d'entrée, un grand espace au sol de marbre, avec des meubles gigantesques et une profusion d'éléments décoratifs. Elle traversa le hall, essayant une première porte, qui était fermée à clef, puis une autre qu'elle put ouvrir centimètre par centimètre en évitant de la faire grincer.

Elle donnait sur une pièce immense avec une énorme

cheminée devant laquelle elle vit un corps à moitié nu couché par terre.

Micaela se glissa à l'intérieur et referma doucement la porte derrière elle. L'homme était immobile, avec un pull en cachemire remonté sur la poitrine et un pantalon au niveau des chevilles. Elle s'approcha lentement et poussa un juron devant ce qu'elle avait sous les yeux.

Une longue queue, sans vie.

Elisabetta avançait précipitamment dans le couloir des caves, son habit frôlait le sol de béton. Soudain, quelque chose la fit s'arrêter net. Les chaussures de Micaela ! Elle sursauta, terrorisée, mais continua à avancer vers la pièce contenant les caisses ; elle entra en trombe, appela sa sœur.

Elle découvrit une pièce dans un désordre indescriptible, avec des morceaux de bois, du tuf et des ossements répandus partout.

Lorsqu'elle vit, sous les décombres, une main recouverte de chair, elle faillit crier mais poussa un soupir de soulagement lorsqu'elle remarqua une grosse bague masculine sur un doigt.

Micaela, se dit-elle, *où es-tu et qu'as-tu fait ?*

Micaela saisit un tisonnier et s'assura deux fois que toutes les portes étaient fermées à clef.

Elle regarda fixement le téléphone, regrettant de ne pas connaître le numéro slovène des services d'urgence. C'est alors que l'appareil sonna et elle recula comme si c'était une vipère prête à bondir.

Une des poignées se mit à grincer.

Elle prit une profonde inspiration, déverrouilla la

porte, serra le tisonnier comme une hache et le brandit très haut au-dessus de sa tête.

La poignée tourna et la porte s'ouvrit.

À cet instant, Micaela amorça un grand mouvement, mais à la toute dernière seconde, elle dut s'interrompre lorsqu'elle aperçut du coin de l'œil la manche noire d'une religieuse.

Zazo se mit à courir. La circulation était dense à ce moment de la journée et il s'était dit qu'il irait plus vite à pied qu'en bus. Il commença à échafauder un plan. Il prendrait sa voiture, partirait vers le nord pour aller en Slovénie. Avec de la chance il arriverait à Bled avant minuit. Il exigerait de parler avec Krek qui appellerait probablement les autorités et le ferait arrêter. Mais Zazo pouvait-il faire autrement ? Il était policier et n'avait pas d'autre piste.

Son téléphone portable couina.

Il le sortit de sa poche tout en courant, mais s'arrêta net en voyant le numéro.

929295.

Le numéro de Krek !

« Oui ? » dit-il doucement, le souffle court après son jogging.

La voix chuchotante qu'il entendit était affolée et frénétique.

« Zazo ! C'est moi ! »

Son esprit se déconnecta de son corps en entendant la voix d'Elisabetta. Il lui sembla qu'il lui fallait une éternité pour répondre.

« Mon Dieu ! Tu es en Slovénie ! Tu es avec Krek !

— Comment le savais-tu ?

— Oublie ça. Est-ce que tu vas bien ?

— Oui ! Non ! Il est mort. Je l'ai tué, Zazo !

— Mon Dieu ! Et Micaela va bien ?

— Oui, nous sommes ensemble. Je suis désolée d'avoir à chuchoter, mais on se cache. Les hommes de Krek sont partout, mais ils ne savent pas qu'il est mort.

— OK, écoute. Si tu es en sécurité là où tu te trouves, ne bouge pas. Je vais appeler la police d'État slovène.

— Non, Zazo. Je vais les appeler. Il faut que tu ailles au Vatican.

— Pourquoi ?

— Il y a une bombe dans la chapelle Sixtine. J'en suis sûre. Il faut que tu y ailles ! Il faut que tu interrompes le conclave ! »

Zazo se trouvait via Garibaldi. Les voitures et les motos passaient en trombe. Il regarda fixement son téléphone pendant un moment pour retrouver ses esprits, puis composa le numéro de Lorenzo. Il tomba sur sa boîte vocale.

Il essaya l'inspecteur Loreti. Messagerie, là aussi.

Il était à trois ou quatre kilomètres du Vatican, trop loin pour y aller en courant.

Spontanément, Zazo bondit sur la route, étendit les bras et bloqua une Honda rouge 1 000 qui approchait. Le conducteur faillit perdre le contrôle et s'arrêta à cinquante centimètres de lui. Le jeune homme enleva son casque et se mit à jurer.

Zazo sortit son badge de sa poche arrière.

« Police ! C'est une urgence ! Je réquisitionne votre moto !

— Alors là, pas question ! » cria l'homme.

Zazo chercha instinctivement son arme, mais elle était

chez lui. Il se contenta de brandir un doigt pour menacer le motocycliste :

« Vous voulez aller en prison pour obstruction à une opération de police ? »

Le gars ne répondit rien. Zazo le repoussa avec ses deux mains. La moto bascula et le jeune homme tomba. Zazo redressa la Honda, monta dessus et passa une vitesse. Le propriétaire ne put que crier et se précipiter vainement dans son sillage.

Hackel verrouilla la porte de son appartement et ouvrit une des fenêtres côté ouest pour faire entrer de l'air frais. Son immeuble n'était pas assez haut pour qu'il puisse voir la chapelle Sixtine, mais la flèche au sommet de Saint-Pierre était visible dans le ciel brumeux de cette fin d'après-midi.

Il alluma sa télévision. La foule massée sur la place était calme, dans l'attente.

Il alla dans la chambre et ouvrit le premier tiroir de sa commode. Derrière les piles de chaussettes noires pliées se trouvait une boîte noire et verte, de la taille de trois paquets de cartes à jouer.

Hackel s'assit sur son lit et testa l'interrupteur du détonateur Combifire. Il savait que les piles étaient neuves, mais juste au cas où il se tromperait, il en avait d'autres.

Un petit voyant vert s'alluma.

Il posa le détonateur et soupira.

Il était troublé par l'appel qui avait été passé à la résidence de Krek par quelqu'un qui s'était fait passer pour lui. Le numéro qui lui avait été envoyé était un numéro romain. Quelqu'un était à ses trousses. Qui ? Comment ?

L'idée d'échapper à l'enquête était désormais absurde. Il serait obligé de disparaître immédiatement.

Hackel alla jusqu'à son placard et en sortit une valise vide.

Zazo poussa la Honda comme un fou, slaloma dans la circulation, se glissant entre les voitures dans des intervalles si étroits qu'il rayait leurs portières avec les poignées de la moto. La circulation de l'heure de pointe et les embouteillages extraordinaires autour de la Cité du Vatican rendaient tout mouvement difficile.

Sur la via Domenico Silveri, les véhicules étaient complètement bloqués. Il leva les yeux vers le dôme de la basilique, tourna le guidon et monta avec la moto sur le trottoir.

Les piétons crièrent et il cria à son tour, pour leur faire savoir qu'il n'était pas question qu'il s'arrête. Esquivant, zigzaguant, il parvint à la via della Stazione Vaticana où les trottoirs devinrent également impraticables.

Zazo abandonna la moto et se mit à courir.

Il se fraya un chemin à travers la foule et arriva, la poitrine haletante, à l'entrée Petriano du côté sud de Saint-Pierre, gardée par trois de ses hommes.

Il arriva en trombe, droit sur eux. Dans leurs yeux, il lut qu'ils étaient informés de sa suspension.

Un caporal dit :

« Commandant Celestino, je croyais... »

Zazo l'interrompit.

« Tout va bien. J'ai été réintégré. L'inspecteur Loreti m'a rappelé. »

Ils saluèrent et le laissèrent passer.

Il était inutile de tenter de couper par la place. Il ne l'avait jamais vue aussi peuplée. Il passa par les zones interdites au public, la Maison Sainte-Marthe et l'arrière de la basilique, jusqu'à une entrée secondaire du palais du côté de l'Observatoire.

La cheminée du conclave se trouvait au-dessus de sa tête. Aucune fumée n'en sortait.

Il parvint à la Sala Regia sans être inquiété. Même les gardes suisses le saluèrent avec curiosité.

Le hall était éclairé et très décoré, plein d'archevêques, d'évêques, de monseigneurs et de représentants laïcs qui attendaient la conclusion du premier jour.

Lorenzo était au fond du hall avec le commandant Capozzoli. Il aperçut Zazo, poussa un cri et l'intercepta :

« Mais qu'est-ce que tu fais ici ? »

Zazo lui jeta un regard de dément.

« J'ai besoin de ton arme.

— Tu es fou ? Qu'est-ce qui te prend ?

— Il y a une bombe ! »

Un archevêque l'entendit et se mit à chuchoter dans l'oreille d'un de ses collègues.

Lorenzo le regarda, affolé.

« Tais-toi ! Comment tu le sais ?

— Elisabetta l'a découvert ! Je crois que c'est Hackel qui l'a placée là.

— Pourquoi Loreti ou quelqu'un d'autre ne m'en a-t-il pas parlé ?

— Personne n'est encore au courant. Je t'en prie, Lorenzo ! Donne-moi ton arme. Capozzoli, évacue le hall. Lorenzo, trouve Hackel et arrête-le avant qu'il ne soit trop tard ! »

Hackel referma sa valise et la posa à côté de la porte d'entrée.

Il y avait, dans son bureau, un tiroir qui contenait

un dossier à soufflet plein de papiers personnels et de faux passeports. Il le sortit et le fourra dans une poche extérieure de sa valise.

Il allait voyager. Il voulait être aussi insignifiant que pouvait l'être un homme de sa taille. Son costume noir ne convenait pas. Il l'enleva et le plia avec soin, jeta un coup d'œil à la télévision, puis chercha dans son placard quelque chose de plus confortable. Il prendrait sa propre voiture pour aller à une station de taxis, d'où il se ferait conduire chez un loueur de voitures, et il appellerait Krek. Ils mettraient rapidement au point un plan de fuite. Il n'était guère inquiet.

Glauser vit Zazo et se raidit.

« Celestino ! Vous êtes suspendu. Qui vous a laissé entrer ? »

Les gardes suisses en grande tenue à la porte de la chapelle Sixtine serrèrent fort leurs lances de cérémonie et regardèrent Glauser. Ils attendaient des instructions.

Zazo essaya de contrôler le ton de sa voix, de peur de paraître fou à lier.

« Glauser, écoutez-moi attentivement. Il faut évacuer la chapelle. Il y a une bombe.

— Vous avez perdu la tête ! »

Le petit homme se mit à lever le bras pour parler dans le micro attaché à sa manchette, mais Zazo l'en empêcha en sortant le Sig de Lorenzo, l'arma et le pointa sur la tête de Glauser. Il y eut un mouvement d'affolement dans la Sala Regia, les gens murmurèrent et reculèrent.

« Glauser, gardez vos mains serrées devant vous, ordonna Zazo. Je vous tirerai dessus si je le dois. » Il se tourna vers les gardes suisses. « Messieurs, il y a un traître parmi vous. Votre devoir est de protéger le pape.

Un des cardinaux à l'intérieur de la chapelle Sixtine sera bientôt cet homme-là. Aidez-moi à évacuer la zone. »

Glauser bouillait de rage.

« Le seul traître, c'est vous, Celestino. J'ai toujours eu des soupçons vous concernant. Vous allez pourrir longtemps en prison. »

Glauser glissa sa main dans sa veste, pour prendre son arme et Zazo réagit. Il tira une balle dans le genou droit de Glauser et, lorsque l'homme s'écroula en hurlant, Zazo plongea sa main dans la poche pour sortir le Heckler & Koch MP5A3 de la poche de Glauser. Il défit la sécurité et pointa l'arme sur les gardes hébétés. Il aboya à l'intention de l'un d'eux :

« Vous, mettez-lui un garrot, sinon, il va mourir. Et vous, les autres, bon sang, évacuez la Sala Regia ! »

À l'autre bout du hall, Capozzoli était à la porte Pauline, hurlant de sortir. Tous, membres du clergé ou non, se précipitèrent à toute vitesse vers lui.

Zazo maintint les gardes en joue avec le pistolet-mitrailleur et donna un coup de talon dans la porte de la chapelle Sixtine.

« C'est une urgence ! cria-t-il. Je suis le commandant Celestino de la gendarmerie ! Laissez-moi entrer ! »

Il lui sembla qu'il fallut une éternité, mais pour finir, il entendit le verrou coulisser.

Le cardinal Franconi se tenait à la porte avec une expression d'appréhension mêlée de confusion sur le visage. La vue d'un homme en civil tenant un pistolet-mitrailleur provoqua chez lui un état de panique.

Zazo l'écarta et entra en trombe dans la chapelle. Une centaine d'hommes âgés portant des chapeaux rouges le regardèrent fixement dans un silence abasourdi et posèrent les stylos qu'ils utilisaient pour écrire sur leurs bulletins de vote.

Zazo était entré dans la chapelle des centaines de fois, peut-être des milliers, et il ne remarquait presque plus sa majesté. Mais il ne l'avait jamais vue comme ça, habitée par la gravité de tous les cardinaux électeurs accomplissant leur devoir ancestral. Le plafond magique était baigné par la douce lumière de la fin de l'après-midi qui entrait par les hautes fenêtres. Zazo s'arrêta au milieu de la chapelle. Directement au-dessus de sa tête, la main de Dieu était tendue vers celle d'Adam et lui donnait vie.

Le cardinal Diaz se leva de son siège et se redressa bien haut. Il reconnut Zazo. « Commandant, pourquoi êtes-vous venu dans ce lieu sacré avec une arme et avez-vous interrompu nos rites sacrés ? »

La voix de Zazo résonna dans la chapelle et lui parut venir d'un autre monde.

« Je suis désolé, Votre Excellence. Mais tout le monde doit évacuer immédiatement la chapelle.

— Nous sommes au milieu d'un vote. Nous ne pouvons pas partir.

— Je n'ai pas le temps d'expliquer, mais je crois qu'il y a une bombe dans la chapelle. »

Diaz regarda les visages de ses collègues cardinaux.

Le cardinal Aspromonte se leva.

« Pourquoi croyez-vous cela ? Qui vous l'a dit ?

— Une religieuse. Une religieuse appelée Elisabetta. »

Certains des cardinaux rirent sottement.

« Vous avez commis cet immense sacrilège à cause des paroles d'une religieuse ? rugit Diaz. Laissez-nous ! Sortez immédiatement ! »

Zazo regarda Diaz et plaça le canon de son arme contre son menton. Il passa son pouce dans la gâchette.

« Je suis désolé. Je ne partirai pas. Cette religieuse, c'est ma sœur et je crois ce qu'elle dit, de tout mon cœur. Si je ne peux pas vous sauver, je mourrai en essayant. »

Hackel s'assit dans son fauteuil préféré. De cette place, il pouvait voir simultanément la télévision et, par sa fenêtre, le dôme de Saint-Pierre. De cette façon, il verrait la déflagration deux fois. Il entendrait l'explosion deux fois. Il sentirait la percussion lui parcourir le corps une fois.

La nuit de la mort du pape, dans la cave de la chapelle Sixtine, il avait placé son sac de sport sur l'une des simples tables en bois, l'avait ouvert et en avait sorti un rouleau de feuilles enduites de caoutchouc qui ressemblait à un matériau de construction. Du Formex. Un explosif à base de RDX, de deux millimètres d'épaisseur, avec une face collante. Fabrication militaire et létale, surtout dans un espace voûté.

La largeur de la feuille était parfaite, mais il avait fallu la couper à la bonne longueur et ensuite la coller sous la table. Hackel avait sorti un composant d'un sac en plastique et avait fermement pressé une puce à radiofréquence de la taille d'un ongle de pouce dans la feuille, pour l'insérer solidement. Puis il avait redressé la table et examiné son œuvre.

Chacune des puces était programmée pour détoner à la même fréquence. Un bouton sur un détonateur à distance ferait tout. Pendant l'heure qui avait suivi, il avait répété le même processus cent huit fois, une fois pour chaque cardinal électeur du conclave papal.

Ils avaient un homme dans l'entreprise de sécurité. Le

berger allemand qu'ils avaient utilisé pour la détection d'explosifs n'aurait pas repéré du Formex, même s'il lui avait été enfoncé dans le cul.

Hackel tira l'antenne du détonateur jusqu'à sa longueur maximale.

Telle est notre nature, pensa-t-il. *Telle est notre mission.*

Il mit l'interrupteur sur la position ON et enfonça le bouton rouge du détonateur.

Les hautes fenêtres de la chapelle Sixtine furent les premières à s'envoler. Elles explosèrent dans un feu d'artifice orange, le verre ancien éclata en millions de fragments. Puis l'onde de choc emporta le plafond. Les fresques aux couleurs vives qui avaient exigé quatre années de travail de la part de Michel-Ange furent transformées en une fraction de seconde en une fine brume colorée.

La voûte de la chapelle Sixtine s'écroula par pans, enfouissant tout sous des tonnes d'affreux décombres gris. Un immense nuage de fumée s'éleva au-dessus de la place Saint-Pierre, obscurcissant le peu de lumière solaire qui restait, transformant le jour en nuit.

33

L'explosion projeta Zazo à travers la Sala Regia comme un train lancé à toute vitesse, lui fit franchir la porte Pauline et entrer dans le palais. Parce qu'il était le dernier à sortir, il subit la violence extrême du souffle, mais certains des cardinaux qui se trouvaient près de lui furent renversés comme des quilles.

Inconscient, commotionné, il ne vit rien de ce qui s'ensuivit, qu'il s'agisse des ambulances ou des premiers secours. Loreti et Sonnenberg activèrent immédiatement le plan catastrophe appelé Code Citadelle qui réquisitionnait toutes les ressources de l'État italien. Le Nucleo Operativo Centrale di Sicurezza[1], les forces spéciales de la police nationale et les carabiniers affluèrent à la Cité du Vatican et, avec l'assistance de la gendarmerie du Vatican, ils évacuèrent les foules traumatisées de la place Saint-Pierre.

Il y eut, certes, des blessures causées par des morceaux de verre et des débris de maçonnerie, mais la plupart des blessés souffrirent davantage des mouvements désordonnés d'une foule affolée. Par miracle, à la fin

1. Groupe central d'opérations de sécurité. *(N.d.T.)*

de la journée, on ne déplora aucune victime. Zazo était parmi ceux qui étaient le plus gravement touchés. Une côte cassée lui perfora le foie et, en moins d'une heure, il se retrouva au bloc opératoire où il subit une intervention chirurgicale. Dans une salle voisine, Glauser se faisait soigner le genou.

Les gardes suisses serrèrent les rangs autour des cardinaux et ceux qui n'exigeaient pas de soins médicaux ni d'hospitalisation furent entassés dans des autocars et ramenés à la Maison Sainte-Marthe, dont l'accès était bloqué par un cordon d'hommes armés. Un hélicoptère de la police nationale surveillait le site.

Lorenzo, couvert de suie et choqué, retrouva Loreti et Sonnenberg devant Sainte-Marthe.

Loreti lui demanda :

« Vous y étiez. Que s'est-il passé ? »

Lorenzo parla très fort, parce qu'il souffrait de surdité après la déflagration.

« Cinq minutes avant l'explosion, le commandant Celestino est entré dans la Sala Regia.

— Il a fait ça ? hurla Sonnenberg. Un de tes hommes a fait ça, Loreti ?

— Non, colonel Sonnenberg, dit Lorenzo. Le commandant Celestino les a sauvés. Il avait découvert qu'il y avait une bombe et il a forcé les cardinaux à sortir de la chapelle. Sans cela, ils seraient tous morts. »

Le commandant Capozzoli arriva en courant.

« Où a-t-il eu cette information ? insista Loreti. Pourquoi n'a-t-il informé personne d'autre ?

— Sa sœur le lui a dit.

— Mais qui est sa sœur, nom de Dieu ? éructa Sonnenberg.

— C'est une religieuse. »

Les deux hommes le regardèrent fixement.

« Écoutez, je ne connais pas les détails, dit Lorenzo. Mais elle avait raison. Zazo m'a dit que Matthias Hackel était impliqué.

— Hackel ! s'écria Sonnenberg. Vous êtes fou.

— Où est Hackel ? » le coupa Loreti.

Sonnenberg essaya de joindre Hackel sur sa radio mais n'eut pas de réponse.

« La dernière fois que je l'ai vu, il était ici, à Sainte-Marthe, dit Capozzoli. C'était environ quarante minutes avant l'explosion.

— Pourquoi était-il ici ? demanda Loreti.

— Il a dit qu'il voulait aller voir comment allait le cardinal Giaccone.

— Mon Dieu, dit Loreti. Allez voir. Cappy, venez avec moi. Lorenzo, prenez des hommes et cherchez Hackel. Allez voir partout. Son appartement. »

Loreti, Capozzoli et Sonnenberg étaient devant la chambre 202.

Loreti frappa.

Il n'y eut pas de réponse.

« Cardinal Giaccone ? » cria-t-il. « Ouvrez ! » ordonna-t-il à Capozzoli.

Capozzoli avait un passe. La petite chambre était vide, le lit était fait. La soutane de Giaccone était soigneusement disposée sur le lit.

La porte de la salle de bains était fermée et ils entendirent une douche couler.

« Hé ! Ho ! » cria Sonnenberg.

Il n'y eut rien d'autre que le bruit de l'eau.

Sonnenberg essaya à nouveau, plus fort.

« Hé ! Ho ! »

L'eau cessa de couler et, quelques instants plus tard, la poignée tourna.

« Hackel ? Est-ce vous ? »

Giaccone ouvrit la porte de la salle de bains ; il était gros, nu et dégoulinant.

À la vue des trois hommes dans sa chambre, il essaya de refermer la porte, mais Capozzoli coinça son pied dans l'entrebâillement, puis ouvrit la porte en grand.

« Vous attendiez le lieutenant-colonel Hackel ? s'enquit Loreti. Pourquoi ? Sortez et parlez. Savez-vous ce qui s'est passé ? »

Giaccone ne dit rien.

Il fonça en avant comme un petit taureau rose, renversant Sonnenberg qui tomba lamentablement sur son postérieur.

Giaccone alla attraper quelque chose sur son bureau, sous son chapeau rouge. Lorsqu'il se tourna, ils la virent.

Il avait une queue rose qui pendait en bas de ses reins.

Ils remarquèrent à peine le petit revolver argenté qu'il tenait dans sa main.

Il le mit contre sa tempe.

« Je suis Petrus Romanus ! » s'écria-t-il.

Et il appuya sur la détente.

Lorenzo força la porte de Hackel et entra.

Les hommes cherchèrent dans l'appartement. Il était vide.

« Fouillez cet endroit, ordonna Lorenzo. Mettez vos gants. Considérez-le comme une scène de crime. »

C'était un petit appartement, méticuleusement ordonné, ce qui rendit la fouille des affaires et des papiers de Hackel facile.

Au milieu de ses factures personnelles se trouvait un

document qui ne concernait aucun usage ménager : la facture d'une entreprise d'exploitation minière basée à Genève qui n'était autre qu'une société écran avec une fausse licence d'importateur. Elle avait été éditée par une entreprise américaine, EBA&D et faisait état de l'achat d'un rouleau d'explosif à base de RDX, du Formex.

Ils tenaient leur homme.

Maintenant, il leur fallait un mobile.

Les cardinaux Diaz, Aspromonte et Franconi se regroupèrent dans un coin de la chapelle au rez-de-chaussée de la maison d'hôtes. Leurs soutanes étaient salies et leurs visages étaient encore couverts de suie, mais ils étaient indemnes.

« Vous avez vu son corps ? » demanda Franconi.

Aspromonte hocha la tête.

« Oui. Je vous assure, Giaccone avait une queue. »

Franconi se frotta les mains, très agité.

« Un lémure ? s'énerva-t-il. L'un de *nous*, un lémure ? »

Aspromonte dit :

« Avant de se tuer, il a déclaré aux policiers : "Je suis Petrus Romanus !" »

Diaz balbutia :

« Mon Dieu ! Malachie ! Serait-ce sa prophétie qui se réalise ?

— Nous avons beaucoup plus de questions que de réponses, dit Aspromonte. Mais il n'y a aucun doute, aujourd'hui : l'Église est confrontée à un temps de troubles et de luttes inédit, dont nous ne pouvons connaître l'issue avec certitude.

— Rien ne doit être communiqué à la presse sur l'"état" de Giaccone ni sur les circonstances de sa mort, insista Diaz. Il a eu une crise cardiaque lorsqu'il a entendu l'explosion. Une crise cardiaque. Nous devons resserrer les rangs.

— Quelle tragédie ! sanglota Franconi. Notre plus grand trésor, la chapelle de Michel-Ange, partie !

— Non, vous avez tort ! le réprimanda Aspromonte. Quelque part dans le monde, peut-être ici en Italie, se trouve un autre Michel-Ange. Les édifices peuvent être rebâtis. De nouvelles peintures peuvent être commandées. Mais notre plus grand trésor, l'Église, Dieu merci, et ses dirigeants ont été sauvés grâce à un simple policier et une simple religieuse. »

Diaz hocha la tête.

« Nous avons du travail. On me dit que la basilique n'est abîmée que sur sa façade extérieure nord. La Sala Regia est assez endommagée, mais le palais est intact. Nous devons trouver un endroit pour que les électeurs se réunissent demain. Le conclave doit continuer. Nous avons besoin d'un Saint-Père. Plus que jamais. »

Elisabetta et Michaela, cramponnées l'une à l'autre, sanglotèrent en regardant les images à la télévision.

Un reporter de RTV était en train d'interviewer une famille slovène venue en pèlerinage sur la place Saint-Pierre lorsque la bombe explosa.

La caméra trembla et des milliers de personnes se jetèrent par terre en même temps, en hurlant devant la boule de feu qui s'élevait vers le ciel.

« Oh, mon Dieu ! Zazo ! » cria Elisabetta.

Avant de passer par-dessus le corps de Krek, Micaela lui donna un coup de pied dans la poitrine, juste pour être sûre. Elle prit le téléphone sur la table basse et composa le numéro du portable de Zazo. Elle tomba directement sur sa messagerie.

« Je suis sûre qu'il va bien, marmonna-t-elle. Il faut qu'il aille bien. »

Elisabetta s'agenouilla et se mit à prier.

Elle pria pour Zazo.

Elle pria pour les cardinaux.

Elle pria pour l'Église.

Elle pria pour Micaela.

Elle pria pour elle.

Au loin, elles entendirent des sirènes. Le hurlement insistant devint de plus en plus fort, puis il s'arrêta.

Il y eut des cris en slovène, un bref mais terrifiant échange de coups de feu dans le hall d'entrée et, enfin, après un temps épouvantablement long, des coups frénétiques frappés contre la lourde porte en chêne.

« Police ! On entre ! »

34

L'atmosphère dans la basilique était aussi sombre que pour toutes les messes funéraires jamais tenues sous son dôme consacré. Quelques douzaines de proches du Vatican se rassemblèrent sur les bancs couverts de poussière, priant en silence, aussi abasourdis que les victimes de l'explosion de la veille.

Le costume noir, la chemise blanche et les chaussures noires vernies de Matthias Hackel avaient été retrouvés sur la rive du Tibre près du pont Saint-Ange. Peut-être s'était-il noyé, peut-être pas, mais l'enquête interne ne faisait que commencer et on ne pouvait certainement pas tirer la moindre conclusion sur de possibles complices. Pour cette raison, le colonel Sonnenberg avait à contrecœur cédé la responsabilité de la sécurité à la police nationale et les gardes suisses avaient été renvoyés dans leurs cantonnements. La gendarmerie était déployée pour interdire à tous, sauf aux employés indispensables et à un petit groupe de reporters internationaux, l'accès à la Cité du Vatican.

Elisabetta, Micaela et leur père étaient assis au fond et attendaient en silence.

À midi, Mgr Achille, le secrétaire privé du cardinal

Aspromonte, s'approcha d'eux, se pencha et chuchota dans l'oreille d'Elisabetta.

« Attendez-moi ici, dit-elle à Micaela et à son père. Ils veulent me parler. »

Elisabetta suivit Achille dans la travée sous le monument de Pie VIII jusqu'au passage menant à la sacristie. Ils avancèrent sur le sol en marbre jusqu'à une pièce qui ressemblait à un musée où trois fauteuils confortables étaient installés face à face. Elle leva les yeux vers la Crux Vaticana, la Croix du Vatican, couverte de cuir, d'argent et de pierres précieuses. C'était le plus grand trésor du Vatican, dont on disait qu'elle contenait des fragments de la sainte Croix.

Achille lui demanda d'attendre. Bientôt, les cardinaux Aspromonte et Diaz apparurent. Lorsque Elisabetta se leva pour les saluer, Aspromonte sourit et lui dit de se rasseoir. Ils la rejoignirent, leurs fauteuils étaient si proches que leurs genoux se touchaient presque.

Diaz était raide et imposant, mais le visage plein d'Aspromonte était bienveillant. Il lui plut immédiatement.

« Elisabetta Celestino, dit-il en prenant sa fine main froide entre ses mains chaudes, généreuses. Sœur Elisabetta, l'Église a une dette incomparable envers vous.

— Je ne faisais que servir Dieu, Votre Excellence. Il a été mon guide pendant toute cette épreuve.

— Eh bien, vous L'avez bien servi. Imaginez à quoi ressemblerait le monde aujourd'hui si vous n'aviez pas réussi. Dites-moi, comment va votre frère ?

— Nous l'avons vu ce matin. Ils espèrent lui faire quitter les soins intensifs dans la journée. Il va mieux.

— Bien, bien. Il a été si audacieux, si brave, dit Aspromonte. Il a sauvé de nombreuses vies.

— Oui, il est extraordinaire, dit Elisabetta. Mais il est triste que des hommes bons comme le professeur De Stefano, le père Tremblay et le cardinal Giaccone soient morts. Il est triste que la chapelle Sixtine ne soit plus.

— La chapelle sera reconstruite, dit Aspromonte, lâchant sa main. De Stefano et Tremblay seront fort regrettés. Le cardinal Giaccone, c'est une autre histoire.

— *Il en faisait partie*, dit Diaz sobrement. La tête de la Commission pontificale d'archéologie sacrée en faisait partie !

— Mon Dieu, dit Elisabetta. Voilà pourquoi ils savaient. Depuis des années, même lorsque j'étais étudiante. C'était un lémure ? »

Les cardinaux étaient ahuris de sa réponse.

« Vous connaissez leur existence ? » chuchota Diaz.

Elisabetta hocha la tête.

« J'ai découvert certaines choses. Je les ai partagées avec le père Tremblay et, en retour, il m'a confié ce qu'il savait. Dans le plus grand secret.

— Alors vous comprenez à quel danger nous avons échappé. Dieu sait quel mal Giaccone aurait fait à l'Église s'il avait été le seul cardinal électeur survivant, déclara Diaz très en colère.

— Il aurait été pape, renchérit Aspromonte.

— Un désastre », dit Diaz, en grinçant des dents et en serrant le poing, comme si l'ancien boxeur en lui avait hâte de retrouver son coin de ring pour un nouveau round.

Aspromonte ouvrit ses paumes.

« Sœur Elisabetta, vous devez nous dire ce que vous pensez, parce que vous les avez vus de près. Vous avez parlé avec un de leurs chefs.

— Et Dieu me pardonne et pardonne à ma sœur, dit Elisabetta. Nous avons pris des vies.

— Plus tard, vous vous confesserez et vous serez pardonnées, dit Diaz avec impatience. Que savez-vous d'eux ? »

Elisabetta prit une grande inspiration.

« Ils veulent détruire l'Église. Ils la haïssent ainsi que tout ce qu'elle représente. Ils veulent piétiner tout ce qui est bien et si, ce faisant, tout est détruit, ils ressentiront de la satisfaction à voir le monde en feu. Ils sont le mal à l'état pur. »

Aspromonte l'écouta, affligé, secouant la tête comme s'il suivait un métronome invisible.

« Nous parlons du diable tout le temps, dit-il, mais même pour moi, qui interprète la Bible et la foi au pied de la lettre, le diable a toujours été plutôt une métaphore. Le mal existe, on ne peut en douter, mais qu'il y en ait une incarnation physique comme celle-ci, c'est tout à fait effrayant. »

Elisabetta sentait qu'elle devrait seulement écouter, ne plus parler, mais elle ne put s'en empêcher.

« Cela rend la parole du Christ d'autant plus importante, n'est-ce pas ?

— Oui ! acquiesça Aspromonte. Vous avez tout à fait raison, ma sœur. Nous avons toujours eu du travail. Nous en avons aujourd'hui et nous en aurons demain. Il ne sera achevé que le jour où le Christ reviendra. Nous devons être perpétuellement vigilants. »

Elisabetta se sentit envahie d'une immense tristesse.

« Pourrais-je vous poser une question ?

— Bien sûr, ma sœur, dit Aspromonte.

— Ma mère est morte lorsque j'étais enfant. Elle était historienne. Elle a trouvé un document dans les archives secrètes du Vatican, une lettre du XVIe siècle de John Dee, un homme qui était peut-être un lémure. Ses autorisations privilégiées en tant que chercheuse ont été annulées et, en quelques jours, elle est tombée malade et elle est décédée. Je crois qu'elle a été empoisonnée.

— Comment s'appelait-elle ? demanda Aspromonte.

— Flavia Celestino. Elle est décédée en 1985. »

Les cardinaux échangèrent quelques paroles en chuchotant.

« Nous n'avons pas entendu parler d'elle, dit Diaz.

— Avant que nous soyons enlevés, le père Tremblay m'a dit qu'il connaissait le nom de l'homme qui avait fait retirer la lettre de John Dee des Archives. C'était Riccardo Agnelli. C'était le secrétaire personnel de quelqu'un qui est aujourd'hui cardinal.

— Je connais Agnelli ! s'exclama Diaz. Il est mort il y a quelques années. Je vais vous dire pour qui il travaillait ! Il travaillait pour Giaccone !

— Donc, elle a bien été assassinée, dit Elisabetta, les yeux humides.

— Je suis tellement désolée, ma chère, dit Aspromonte. Vous avez subi de nombreux traumatismes à cause de ces démons. » Il tendit les mains et elle lui confia les siennes. « Pourquoi le Seigneur vous a-t-Il infligé tant d'épreuves ? »

Diaz les interrompit vivement.

« C'est une question importante, assurément, mais nous avons des tâches pratiques à accomplir d'abord. Nous sommes inquiets à l'idée que ces informations deviennent publiques. Imaginez quelle serait la réaction des fidèles s'ils apprenaient l'existence des lémures. Et nous ne sommes même pas sûrs de savoir à quoi nous sommes confrontés. Où se cachent-ils ? Et qui sait combien ils sont ? Avez-vous la moindre idée sur ces questions ? »

Elisabetta secoua la tête et Aspromonte lâcha ses mains.

Diaz se pencha en avant.

« Peut-être ces Slovènes et Giaccone étaient-ils les chefs. Peut-être ne sont-ils pas très nombreux. Si Hackel ne s'est pas noyé, il faut qu'il soit arrêté. Quoi qu'il en soit, il sera identifié comme l'auteur de l'explosion. Il était perturbé, amer, dépité après s'être rendu compte qu'il ne deviendrait jamais le chef des gardes suisses. Nous avons mis cela au point. »

Elisabetta écouta, incrédule.

« Je suis désolée, Votre Excellence, peut-être n'est-ce pas à moi de le dire… mais pensez-vous que c'est ce qu'il convient de faire, cacher la vérité ? »

Aspromonte intervint avant que Diaz ne puisse répondre.

« Après avoir entendu un rapport préliminaire sur l'épreuve que vous avez traversée et passé en revue les faits que nous connaissons, les cardinaux évêques se sont réunis jusqu'à une heure tardive pour discuter. Je ne peux pas parler de ces délibérations, mais certains membres de notre assemblée, y compris moi, n'étions pas loin de partager votre avis. Mais nous avons débattu de ces questions avec une grande solennité et l'aide de la prière, et nous parlons d'une seule voix. Nous pensons qu'il vaut mieux épargner au monde une telle angoisse. Nous pensons qu'il y a plus de mal que de bien à révéler la vérité. » Puis il ajouta : « Dans l'après-midi, nous reprendrons le conclave dans cette même pièce, sous ce grand symbole, la Croix du Vatican. Nous aurons un nouveau pape. Peut-être le nouveau Saint-Père sera-t-il d'un autre avis. Nous verrons.

— D'ici là, dit Diaz, nous devons être certains de votre silence. Nous savons que le commandant Celestino fera son devoir. Nous avons besoin que votre sœur et votre père fassent de même. Pouvez-vous vous porter garante de leur discrétion ? »

Micaela n'avait jamais été qualifiée de discrète, se dit Elisabetta, mais elle hocha la tête.

« Je vais leur parler. Je suis sûre qu'ils accepteront. Et Krek ? Et l'autre homme que Micaela a dû tuer ? Krek était un homme très riche. La police était là. Cela va certainement se savoir.

— Je ne crois pas, dit Diaz. L'ambassadeur slovène au Vatican a eu une nuit agitée. Le gouvernement slovène n'a aucune envie que les faits concernant Damjan Krek se sachent. Il était politiquement très à droite, certainement pas un ami des chefs politiques du pays. Ils ont déjà commencé à faire circuler le bruit que Krek et Mulej sont décédés dans un suicide commun. Apparemment, ils entretenaient une relation homosexuelle. Leurs corps seront incinérés. »

Elisabetta tint sa langue.

« Et les squelettes de Saint-Calixte ? Qu'adviendra-t-il d'eux ?

— Ils sont déjà en route et reviendront en Italie. Ils seront stockés quelque part. Le nouveau pape choisira le prochain président de la Commission pontificale d'archéologie sacrée. Les décisions seront prises en temps utile. »

Elisabetta n'avait plus qu'une question à poser.

« Et moi, que vais-je devenir ? »

Diaz se frotta le visage.

« Il faut que je vous dise, ma sœur, que vous pourriez nous être d'un grand secours, ici, au Vatican. Pour ma part, j'aimerais que vous repreniez l'équipe qui se retrouve privée du père Tremblay et que vous poursuiviez son important travail. Personne n'est mieux placé que vous pour lutter contre ces lémures. »

La lèvre inférieure d'Elisabetta se mit à trembler de manière incontrôlable. « S'il vous plaît, Votre Excellence. Je ferai tout ce que l'Église exigera de moi, mais je vous en supplie, laissez-moi retourner dans mon école. »

Aspromonte sourit.

« Bien sûr que vous le pouvez, ma chère, bien sûr que vous le pouvez. La paix du Christ. »

Après le départ d'Elisabetta, les deux cardinaux se regardèrent, le visage sombre. « Elle est jeune et son esprit est vif. On dirait qu'il revient à de vieux bonshommes comme vous et moi de poursuivre ce combat. »

Il était cinq heures de l'après-midi.

Ils n'étaient réunis que depuis trois heures, mais les cardinaux électeurs avaient l'air las et abasourdis.

Ils étaient assis dans la sacristie de Saint-Pierre, dans une pièce qui n'avait jamais été prévue pour cela. Des tables et un autel qui n'avait pas servi depuis le dernier synode avaient été apportés de la salle Paul VI voisine.

Un nouveau jeu de bulletins de vote avait été imprimé en hâte, chacun commençant par ces mots : *Eligo in Summum Pontificem*, « J'élis comme souverain pontife ».

Lorsque les électeurs eurent posé leurs stylos, le cardinal Franconi les convoqua un par un à l'autel dans l'ordre de préséance et chacun présenta son bulletin devant l'un des cardinaux scrutateurs et jura en latin :

« Je prends à témoin le Christ Seigneur, qui me jugera, que je donne ma voix à celui que, selon Dieu, je juge devoir être élu. »

Lorsque tous les bulletins furent réunis, un scrutateur secoua l'urne et un autre sortit un bulletin et lut le nom à haute voix.

À mesure que le dépouillement progressait, le chœur des chuchotements se faisait plus fort, mais lorsque le doyen des scrutateurs lut les résultats, les chuchotements firent place au silence.

Le cardinal Diaz se leva et se redressa de toute sa hauteur.

Il avança le long de la rangée de tables sur sa droite, se tint devant un homme et baissa les yeux.

« Acceptasne electionem de te canonice factam in Summum Pontificem[1] *?* » demanda Diaz.

Le cardinal Aspromonte avait les yeux rivés sur ses mains jointes.

Il leva les yeux, croisa le regard de son vieil ami et hésita un long moment avant de hocher la tête. *« Accepto, in nomine Domini*[2].

— *Quo nomine vis vocari*[3] *?* » interrogea Diaz.

Aspromonte éleva la voix de façon à être entendu de tous.

« Célestin VI. »

1. « Acceptez-vous votre élection canonique comme souverain pontife ? » *(N.d.T.)*

2. « J'accepte au nom du Seigneur. » *(N.d.T.)*

3. « De quel nom voulez-vous être appelé ? » *(N.d.T.)*

Le vieil âtre et la cheminée de la chapelle Sixtine avaient disparu et on utilisa la cheminée de la résidence papale à la place. C'était une vision étrange. La place Saint-Pierre était toujours interdite d'accès et vide, à l'exception d'un petit nombre d'ouvriers du Vatican. Mais il y avait une grande foule à l'extérieur des barrières, se dévissant le cou. Et à la vue du panache de fumée blanche qui s'élevait dans le pâle ciel du soir, une clameur monta et résonna dans toute la ville de Rome.

Elisabetta enleva ses chaussures et s'allongea, tout habillée, sur son vieux lit, dans son ancienne chambre, dans son ancienne école.

C'était incroyablement bon d'être de retour parmi les sœurs du couvent. Après le dîner, sœur Marilena avait fait un petit discours sur les deux événements réjouissants sur lesquels elle leur conseilla de s'attarder – l'élection d'un nouveau pape et le retour de leur Elisabetta – plutôt que sur les horribles épisodes de la veille.

Elle avait peur de fermer les yeux, craignant de voir le visage furieux et la queue battant l'air de Krek, alors elle pria les yeux grands ouverts. Et lorsqu'elle se sentit assez de courage pour supporter les ténèbres derrière ses paupières fermées, elle en fut soulagée. Elle ne vit pas Krek, mais le doux visage de Marco jeune tel qu'il était resté dans son souvenir.

Il y eut un petit coup frappé à sa porte.

C'était sœur Marilena.

« Je suis désolée de vous déranger, Elisabetta, mais il y a quelqu'un qui veut vous voir, ici, dans la chapelle. »

Mgr Achille, le secrétaire d'Aspromonte, attendait patiemment. Il tenait une enveloppe d'une blancheur immaculée entre ses mains.

« Le Saint-Père voulait que je vous remette ce courrier. »

Les mains tremblantes, Elisabetta ouvrit l'enveloppe et sortit une lettre manuscrite.

Sœur Elisabetta,

Il y a deux raisons pour lesquelles j'ai choisi le nom de Célestin VI.

La première est que, comme Célestin V, qui fut un pape célèbre pour avoir exprimé sa réticence à devenir pape, j'ai moi aussi beaucoup hésité à accepter la responsabilité de la papauté.

La seconde, chère Elisabetta, c'est vous.

Célestin VI

Elisabetta plongea la main dans la poche de son habit et en sortit le pendentif *chi-rhô* en argent.

« Je vous en prie, donnez ceci au Saint-Père, dit-elle. Dites-lui qu'il provient du columbarium de Saint-Calixte. Dites-lui que c'était l'unique petite lueur de bonté dans un lieu où régnaient les ténèbres du mal. »

35

Deux semaines passèrent et le Vatican commença à retrouver un semblant de rythme normal, à l'exception discordante des grues, engins et ouvriers chargés de la démolition méthodique et de l'évacuation des décombres fumants de la chapelle Sixtine.

Peu de trésors artistiques purent être sauvés mais une petite armée d'experts dans la restauration d'œuvres d'art venus des grands musées italiens étaient aux petits soins pour la Sala Regia et organisaient la campagne de restauration après les dégâts causés par l'explosion.

Le pape Célestin VI se saisit de l'importance symbolique de la reconstruction de la chapelle Sixtine. Il constitua une commission pontificale spéciale pour superviser le projet et organiser un concours international afin de sélectionner un artiste qui peindrait, sur le plafond, une nouvelle fresque. Celle-ci intégrerait, d'une manière nouvelle, la grandeur de Michel-Ange et devrait perdurer pendant des siècles.

Un samedi après-midi ensoleillé, une petite cérémonie avait lieu dans l'auditorium de la *scuola* Teresa Spinelli sur la piazza Mastai.

Dans le public se trouvaient des nonnes, des professeurs, des élèves et des parents.

Sur l'estrade, sœur Marilena et sœur Elisabetta étaient assises à côté d'Evan Harris, Stephanie Meyer et la mère supérieure des sœurs augustiniennes, qui était venue de Malte.

Sœur Marilena s'avança jusqu'au pupitre et annonça :

« Aujourd'hui est un jour de bonheur pour notre chère école et notre ordre bien-aimé. Rien n'est plus important pour nous que notre mission d'éducation auprès de nos enfants afin de leur offrir une vie pleine de bonté, d'efficacité et de foi. Notre manque chronique de fonds nous a forcés à faire des choix difficiles dans le passé, mais grâce à sœur Elisabetta et nos nouveaux amis ici présents, les perspectives sont lumineuses. S'il vous plaît, accueillons chaleureusement le professeur Evan Harris et miss Stephanie Meyer. »

Ils se levèrent tous les deux et s'approchèrent du pupitre. Harris prit le micro.

« Je vous prie d'excuser mon pauvre niveau d'italien, mais comme nous sommes dans une excellente école, on m'a assuré que je pourrais m'exprimer en anglais. Rien n'est plus satisfaisant qu'une situation dans laquelle tout le monde est gagnant. L'université de Cambridge a formé de nombreux hommes et femmes d'exception au cours de sa longue histoire, mais peut-être aucun n'est plus illustre que le dramaturge Christopher Marlowe. »

En entendant ce nom, Elisabetta tressaillit.

« La pièce la plus célèbre de Marlowe était *Faust* et, en tant que spécialiste de Marlowe, j'ai toujours eu de la peine que Cambridge ne possède pas une édition originale de la pièce. C'est désormais chose faite. » Il brandit le livre de manière que tout le monde puisse le voir. « Ce magnifique volume se verra occuper une place de choix dans la bibliothèque de notre université et sera une inspiration pour des générations d'érudits et d'étudiants. Je vais maintenant vous présenter Stephanie Meyer, membre distingué du conseil d'administration de l'université et la généreuse donatrice qui a rendu possible cet achat. »

Meyer sourit et énonça dans le micro, avec son accent si snob :

« C'est avec une grande satisfaction et un plaisir immense que je donne ce chèque d'un million d'euros aux sœurs augustiniennes. »

Elisabetta se réveilla le matin suivant le cœur léger et comblé, tout au bonheur de retrouver ses rituels du dimanche. Zazo était sorti de l'hôpital et il avait été informé de sa réintégration dans la gendarmerie ; il pourrait reprendre son poste dès que son état de santé le lui permettrait. La famille réunie irait à la messe et déjeunerait chez son père.

Elle prit une douche, enfila un habit qu'elle sortit de la housse du pressing et alla à pied à la basilique Sainte-Marie-du-Trastevere sous un soleil resplendissant.

Elisabetta se sentait renaître.

Le virage que sa vie avait pris, ce terrible interlude, avait déclenché un réexamen intérieur qui ressemblait, d'une certaine façon, à celui qu'elle avait entrepris une douzaine d'années auparavant, pendant sa convalescence. Alors elle avait décidé d'abandonner son ancienne vie et de devenir une personne à la foi inébranlable. Maintenant, elle allait se réengager dans cette voie.

Son père, pour sa part, avait usé de toute son influence pour qu'elle prenne une autre décision. « Saisis cette occasion, avait-il avancé. Tu es encore jeune et pleine de vie. Tu peux encore être une épouse et une mère. Va à l'église tant que tu veux, prie jusqu'à en avoir le visage bleu, mais s'il te plaît, quitte le clergé et reviens dans le monde séculier.

— Est-ce que tu laisseras tomber Goldbach ? demanda Elisabetta.

— Non, certainement pas, répondit Carlo. C'est ma passion. C'est ce qui me fait vivre. » Puis il agita son index sous le nez de sa fille. « Ce n'est pas pareil, dit-il.

— Ah bon ? fit-elle. Je ne trouve pas que ce soit si différent. »

Zazo avançait à petits pas prudents, mais il avait bonne mine. Devant l'église, Elisabetta lui fit une bise et lui dit qu'il avait perdu du poids, mais qu'il ne s'inquiète pas, elle allait y remédier avec sa cuisine. Lorenzo l'accompagnait, en uniforme. Elle voyait bien qu'il aurait volontiers passé l'après-midi avec la famille, mais il devait prendre son service après la messe. Micaela était avec Arturo. Son père arriva le dernier. Il sentait le tabac à pipe et Elisabetta vit une nouvelle tache d'encre sur ses doigts. Il avait travaillé sur Goldbach, forcément.

Ils entrèrent ensemble dans l'église et s'installèrent dans un rang au milieu de la nef.

Tandis que les paroissiens remplissaient l'église, Micaela se pencha et chuchota dans l'oreille d'Elisabetta : « Tu as vu comme Lorenzo est beau ?

— Pourquoi me dis-tu ça ? rétorqua Elisabetta à voix basse.

— Il a confié à Zazo qu'il t'aimait bien. Je crois qu'il est gêné parce que tu es religieuse.

— Il a raison d'être gêné, chuchota Elisabetta en riant.

— Et… ? fit Micaela malicieusement.

— Il faut que papa et toi, vous me laissiez tranquille », la réprimanda Elisabetta tandis que le père Santoro apparaissait et prenait place devant l'autel.

Elle ne se rappelait pas avoir autant apprécié la messe, particulièrement le moment où le père Santoro ouvrit les bras, leva les mains et entonna le *Gloria* de sa belle voix claire :

Gloria in excelsis Deo
Et in terra pax hominibus bonae voluntatis.
Laudamus te,
Benedicimus te,
Adoramus te,
Glorificamus te,
Gratias agimus tibi propter magnam gloriam tuam.

« Gloire à Dieu au plus haut des cieux
Et paix sur la Terre aux hommes qu'il aime
Nous te louons,
Nous te bénissons,
Nous t'adorons,
Nous te glorifions,
Nous te rendons grâce pour ton immense gloire. »

Lorsque le père Santoro eut terminé, Elisabetta se joignit à lui avec un *Amen* enthousiaste.

Zazo avançait lentement, refusant de s'appuyer sur quiconque ; leur groupe fut parmi les derniers à quitter l'église. À la porte, Elisabetta plissa les yeux dans la lumière du soleil de midi.

La place et sa fontaine avaient l'air particulièrement charmantes et immaculées. Il y avait des enfants qui jouaient devant le café et des amoureux qui se tenaient par la main. Le père Santoro approcha pour souhaiter à la famille un bon dimanche et il posa la main sur l'épaule de Zazo.

Soudain, Elisabetta vit le visage de Zazo se déformer et deux mots sortirent de sa bouche :

« Couchez-vous ! »

Elle se tourna et vit un homme qui se frayait un chemin parmi les paroissiens et qui tenait un pistolet pointé droit sur elle.

Matthias Hackel avait l'expression impassible de quelqu'un simplement venu mettre le point final à une tâche qu'il n'avait pas terminée.

Un coup de feu fut tiré.

Elisabetta attendit la sensation de la balle qui lui transpercerait le cœur.

Elle était prête. Pas pressée, mais prête.

La tête de Hackel explosa dans un geyser rouge. Il bascula en avant, son grand corps s'écrasa sur les pavés.

Micaela se coucha instinctivement et entraîna Elisabetta avec elle.

Lorenzo était près du corps de Hackel, l'arme sortie, prêt à tirer une seconde fois. Ce ne fut pas nécessaire.

Il vit Elisabetta et accourut.

« Ça va ? »

Elle leva les yeux vers lui. Sa tête lui cachait le soleil, mais la lumière rayonnait autour de lui, faisant comme une auréole.

Elle vit son visage, mais elle vit aussi le visage de Marco et celui de Jésus.

Tous trois l'avaient sauvée.

« Oui, ça va. »

La limousine prit l'allée circulaire devant la demeure géorgienne retirée de Stephanie Meyer.

Evan Harris était assis à côté d'elle sur la banquette arrière.

« C'est bon de rentrer à la maison, dit-elle.
— Oui.
— Entrez donc prendre un verre, offrit-elle. Je peux vous ramener chez vous un peu plus tard. »
Harris accepta.
« N'oubliez pas le livre », dit Meyer.
La sacoche de Harris était posée à côté de ses pieds.
« Aucun risque », dit-il.
Ils mirent leurs sacs dans l'entrée et allèrent dans le salon.
« C'est un vrai coup dur, que cette entreprise n'ait pas abouti, dit Meyer avec un soupir.
— Ne connaissez-vous donc pas le nom complet du pape Célestin VI ? demanda soudain Harris.
— Je crois que c'est Giorgio Aspromonte, dit Meyer.
— Giorgio *Pietro* Aspromonte, ajouta Harris rapidement.
— Petrus Romanus ! siffla Meyer.
— Vous voyez ? dit Harris. Ne soyez pas si abattue. M'offrirez-vous ce verre ? »
Elle leur versa deux grands verres de gin.
« Pourquoi ne pas aller chercher le livre ? » proposa-t-elle.
Il le sortit de son papier bulle et le posa sur le manteau de sa cheminée, ouvert sur le frontispice. Le vieux Faust semblait les regarder depuis sa place dans le cercle magique.
« Demain, nous commencerons à passer des appels, dit Harris. K n'est plus là. Mais il y en a d'autres.
— Pourquoi pas vous ?
— Effectivement. Pourquoi pas moi ? »
Ils portèrent un toast.
« Telle est notre mission, dit Harris.
— Telle est notre nature », répondit Meyer.

Cet ouvrage a été composé par IGS-CP
à l'Isle-d'Espagnac

Imprimé en France par

Maury Imprimeur
à Malesherbes (Loiret)
en avril 2014

POCKET – 12, avenue d'Italie – 75627 Paris Cedex 13

N° d'impression : 189200
Dépôt légal : février 2014
Suite du premier tirage : avril 2014
S22710/02